재일본 및 재만주 친일문학의 논리

재일본 및 재만주 친일문학의 논리

도서출판 역락

이 책은 2003년도 한국학술진흥재단의 지원에 의하여 연구되었음.(KRF-2003-073-AM1006)

머리말

　식민주의와 문화 연구센터는 2003년에 친일문학의 내적 논리를 연구한 1권의 책과 일제말 조선인 작가의 일본어 작품을 번역한 2권의 자료집을 출판하여 그 동안 한국근대문학사에서 외면받았던 일제 말 한국문학에 대하여 본격적인 탐구를 행한 바 있다. 외부의 강요에 굴종한 것으로 보았던 기존의 시각을 넘어서 친일 협력의 자발성과 내적 논리를 규명함으로써 새로운 연구의 시각을 모색하였다. 올해는 이러한 연구 성과를 발판으로 하여 일본과 만주에서의 조선인 친일문학에 대한 연구를 수행하였다. 일본 식민지 하에서 많은 조선인 문학인들이 일본과 만주 등지에서 활동하였는데 이들의 문학적 활동은 제대로 조명되지 못하였다. 특히 일제말 시기의 문학과 관련하여서는 풍문만 무성할 뿐이지 실제로 책임 있는 연구가 이루어지지 못한 것이 그 동안의 연구 현실이다. 이번의 연구에서는 일제하 한반도 내에 거주하던 문학가들의 협력과 비협력 연구에서 얻은 성과를 바탕으로 세밀한 분석을 행하였다. 일본의 공식적 식민지였던 조선과 달리 비공식적 식민지였던 만주에서는 친일 협력의 양상이 한층 복합적이었다. 만주국 국민으로서의 위상과 일본 제국의 신민으로서의 위상이 길항하였기 때문에 단선적으로 친일 협력을 규정하기 어렵다. '오족협화'와 '내선일체'는 공히 일본 제국의 정책이기는 하지만 피식민지인 조선인의 입장에서는 결코 같은 것이 될 수 없었다. 일본의 경우 조선과 마찬가지로 '내선일체'가 강요되었지만 일본인이 주를 이루는 일본에서의 조선인이 겪는 일상과 이주한 일본인이 부분적으로 살고 있는 조선에서의 그것 사이에는 일정한 차이가 날 수밖에 없다. 그렇기 때문에 만주국과 일본이 갖는 특이한 정황을 충분히 고려하여 친일 협력을 규정하고 그 속에 깔려 있는 자발성과 내적 논리를 읽으려고 노력하였다. 한반도 내부와 외부에서 이루어진 일제말 친일 협력의 문학이 갖고 있는 내적 논리를 규명하는 이러한 작업은 일본과 중국에서 진행된 당시의 논의와 무관하게 이루어질 수 없기 때문에 이 방면의 연구자들의 연구도 같이 하였다. 또한 일제말 문학의 친일이 갖고 있는 자발성과 내적 논리를 일반화하기 위하여서는 문학 이외의 분야에서 이루어진 친일 협력의 양상도 같이 연구되어야 하기에 일제말 영화에서의 친일문제를 다룬 논문도 같이 하였다. 연구에 참여하여 좋은 성과를 내준 여러 연구원들에게 감사한다.

2004년 6월
김재용

차 례

제4부 보 론 ——————————————————— 235

총 론

중일전쟁 이후 재일본 및 재만주 조선인 문학의 분화와 식민주의 협력

중일전쟁 이후 재일본 및 재만주 조선인 문학의 분화와 식민주의 협력

김재용(원광대학교)

1. 재일본 조선인 문학계와 재만주 조선인 문학계의 동시성과 차이

1939년 6월 장혁주는 만주를 처음으로 여행하면서 강경애 집을 방문했다. 장혁주가 용정을 방문하여 강경애를 굳이 만난 데에는 단순한 문학인의 만남 이상의 의미가 있었다. 두 문인은 1935년 7월 '신동아' 잡지에 공개 편지를 주고 받은 바 있다. 장혁주가 편집부의 요청으로 먼저 글을 쓰고 이것의 답장으로 강경애가 글을 쓰는 형식이었다. 장혁주는 강경애의 「소금」을 칭찬하면서 그를 '조선의 고리끼'가 되라고 주문하였고 이에 대해 강경애는 장혁주의 「장례식 밤에 일어난 일」을 고평하면서 '조선의 고리끼'라고 칭하였다.

'조선의 고리끼'라는 공통성을 가지고 있는 이들이 이런 공개 편지를 주고 받은 데에는 잡지 편집부가 이들의 유사성을 인정한 때문이다. 카프문학이 주를 이루었던 당시에 한반도 바깥인 일본과 만주에서 프로문학과 궤를 같이하는 작품을 내놓고 있는 이 두 작가의 공통성을 편집자는 놓치지 않았던 것이다. 장혁주는 「개조」에 「아귀도」를 발표한 후 이 시기까지 계속하여 빈궁과 계급의 문제를 다루고 있었으며, 강경애 역시 빈궁과 계급의 문제를 다룬 『인간문제』를 비롯한 여러 편의 작품을 발표해 오던 터이다. 카프에 관여하지 않았지만 카프 작가 이상으로 프로문학의 경향을 보여주었던 이 두 작가의 공통성을 발견하는 것은 그렇게 어려운 일이 아니었을 것이다.

그런데 만주 용정에서의 이번의 만남은 이전 편지에서의 간접적 만남과 그 양상이 매우 달랐다. 장혁주가 만주를 방문한 것은 시국의 변화와 밀접한 연관을 갖고 있었다. 장혁주는 척무성의 후원을 받은 대륙개척문예간담회 파견단의 일원으로 만주를 여행하는 것이기에 이전과는 사뭇 다른 태도를 가지고 있었다. 그가 가졌던 과거의 사회주의적 전망이란 것은 이제 더 이상 의미가 없다. 일본이 무한 삼진 함락을 계기로 전 중국을 석권하고 있는 현실을 인정하고 이것이 갖는 진보성 속에서 새롭게 세계를 읽어내는 작업이 중요한 것이며 이번의 만주 여행 역시 이러한 탐색의 결과라 할 수 있다.

그런데 강경애는 장혁주와는 상반된 태도를 가지고 있었다. 1938년 말에 발표한 「검둥이」를 마지막으로 강경애는 더 이상 작품을 발표하지 않는다. 그 역시 당시의 정황 즉 무한 삼진 함락이 갖는 현실에 대해서 눈을 감을 수 없었던 것이다. 중국전선을 평정한 일본은 간도 지역에도 대규모 토벌대를 파견하였다. 1938년 말과 1939년 초는 당시 만주에서 활동하던 항일 빨치산들에게는 가장 어려운 시기였다. 항일 운동의 주체 중의 하나가 이 시기를 '고난의 행군'이라고 후에 부를 정도로 고생이 격심하였던 무렵이다. 이런 주변의 현실을 목격하면서 강경애는 심한 번뇌를 겪어야 했다. 이전처럼 세상을 볼 수는 없지만 그렇다고 이 변화된 현실을 그대로 인정한다는 것은 더욱 어려운 일이었다. 그가 할 수 있는 것은 침묵으로 이 현실에 저항하는 것이었다.

두 사람은 이처럼 다른 배경 속에서 만나게 되었다. 장혁주와 강경애 는 예전처럼 조선의 고리끼라고 불러 주면서 서로 고무할 수 있는 그런 형편이 아니었다. 그리하여 두 사람은 서로 상대방의 입장을 이해하고 쓸쓸하게 헤어질 수밖에 없었을 것이다. 장혁주는 이후 동경에 와서 이 시기의 강경애에 대하여 언급하면서 번뇌하는 강경애를 안타까운 심정으 로 회고하고 있다. 이 변화된 현실을 받아들이지 못하고 굴신성 없이 예 전의 것에 집착하는 강경애가 한편으로는 부담스럽고 다른 한편으로는 안스러웠을 것이다.[1] 강경애가 당시 장혁주와의 만남을 어떻게 보았는가 에 대해서는 남긴 글이 없기 때문에 알 수 없다. 하지만 당시 용정에서 강경애를 지적 선배로 모시면서 글을 썼던 현경준의 글을 통하여 간접적 으로 읽을 수 있다. 현경준은 1940년 간도 문단을 묘사하는 글을 쓰면서 장혁주의 만주 방문에 대한 인상을 썼는데 이것은 현경준 개인뿐만 아니 라 강경애의 판단이기도 하였을 것이다.

> 장혁주를 생각할 때 우리는 첫째로 「아귀도」, 「쫓겨가는 사람들」
> 이후 수많은 작품 중에서 보여준 그의 인생관 끊임없이 그 무엇을
> 집요하게 파고드려는 태도를 생각하게 되는데 사생활에 있어서도
> 그 어떤 예술가로서의 무게를 생각했던 것이다. 만은 작하(昨夏) 도
> 문 체재 10여일 동안의 그의 태도에서 우리는 짜장 말할 수 없는
> 환멸을 느꼈던 것이다. 언제인가 카프 시대 때 모 작가와 평가의
> 사이에 논쟁이 벌어졌을 때 한 작품을 완전히 이해하고 평하려면
> 그 작가의 사생활도 알아야 한다는 말을 들었는데 그 말을 다시금

---

1) 장혁주는 두 개의 글에서 이러한 심정을 드러내고 있다. 하나는 『조선문학선집』 (赤塚書房, 1940) 해설에서 강경애 대해서 언급하는 아주 짧은 대목이고, 다른 하나 는 「나의 풍토기」에서 보여주는 여행기 중의 강경애와의 만남에 대한 묘사이다. 후자에서는 만남을 단순하게 묘사한 반면, 전자에서는 당시 작가 강경애의 시대적 번민을 간접적으로 묘사하고 있다.

장혁주에게서 절실히 느꼈다. 우리는 장씨가 내도(來圖)했을 때 커다란 기대를 가지고 자못 진지하게 엄숙하게 대했다. 그러나 이것에 대한 결과는 환멸밖에 없었다. 그는 감히 산문정신을 논하고 宇野浩二를 논하고 일본문단을 논하고 불교를 운운하고 자기의 『가등청정』을 논했지만 무엇 때문에 그런 것을 논하는지 그의 사상이라는 것을 조금도 이해할 수 없었다. 그리고 또 한가지 그의 태도에 이르러서는 그가 어떻게 창작하는 것인지 납득할 수가 없었다. 40여일 동안 체재하는 중 우리는 최선의 호의로 그의 편리를 도모하여 주려고 했다. 만은 그는 '홍양관'이라는 내지인 고등 하숙에 들어박혀서 방문객의 입에서 얻어 들은 이야기를 빼껴 쓰는 것으로 일과를 삼았으니 그러한 작품 속에서 우리가 찾는다면 무었을 찾을 것인가? 장씨는 조선 사람이다. 조선 사람이라면 만주에 온 이상 더구나 그 목적이 만주의 조선인 생활의 실지 답사로 거기에서 산 문학을 창조하려고 한다면 좀더 조선인의 생활을 엿보며 또한 생활해보아야 할 것이 아닌가? 내지인 고등 학숙방 어느 구석에 조선인의 생활이 있었으며 눈물이나 비애가 있었는가? 이 기회에 나는 장씨에게 감히 당시의 불만을 호소하며 앞으로의 씨의 창작태도에 일조가 되면 만행으로 생각하고 경고를 발하는 것이다.[2]

분노에 찬 현경준의 글에서 당시 강경애를 비롯한 간도의 문학인들이 그를 어떻게 보았는가를 간접적으로 짐작할 수 있다. 분명한 것은 「아귀도」와 「쫓겨가는 이들」을 썼던 장혁주에서 『가등청정』을 쓰는 장혁주로 변모했다는 사실이다.

강경애와 장혁주는 한때 조선의 고리끼로서 공통성을 갖고 먼 거리에서 활동하였지만 이제 다른 길을 걷기 시작하였다. 프롤레타리아 국제주의의 전망 속에서 서로 같은 길을 걷고 있다는 공감대는 사라지고 일본제국주의의 동아시아 패권 질서를 받아들일 것인가 아닌가 하는 문제로 전혀 다른 길을 걷는 것이다.

이들로 하여금 이렇게 다른 길을 가게 하는 결정적 계기는 역시 1938

---

2) 현경준, 「문학풍토기 - 간도편」, 인문평론, 1940. 6, 81-82쪽.

년 무한 삼진의 함락이다. 1938년 10월 '동방의 마드리드'라고 불리던 무한이 일본군에 의해 점령되자 동북아의 미래를 바라보는 시각이 현저하게 분화되었다. 중일전쟁이 일어나자 일부에서는 일본이 중국에 패하게 될 경우 조선의 독립이 가능할 것이라는 일말의 희망을 가지기도 하였으나 상해가 함락되는 등 중국의 패색이 짙자 절망하기 시작하였다. 특히 최후의 보루라고 믿었던 무한 삼진이 일본으로 넘어가자 많은 이들이 일본의 동북아 패권을 현실로서 인정하기 시작하고 이를 어떤 논리로 받아들일까 고민하였다.

장개석과 더불어 항일운동을 펼쳤던 왕정위가 중경에서 빠져나오게 된 사건도 이러한 절망적 현실에 한 몫을 하였다. 중경에 있던 왕정위가 일본에 투항하고 나오자 많은 사람들은 이제 일본과 맞서 싸운다는 것은 현실적으로 불가능하고 일본이 동북아의 패권을 쥐고 있는 현실을 사실 그대로 수용하자는 의견을 제시하였다. 오죽하면 항일을 외치던 왕정위가 대일전선에서 이탈하여 일본에 투항하였겠는가하는 현실론이 일부에서는 설득력을 갖게 되었다.

이러한 성세의 변화는 한반도는 물론이고 일본과 만주의 조선인 문학계에 큰 영향을 미치게 된다. 일본과 만주에서 활동하였던 조선인 문학인들은 이 사태에 대해 나름대로 대응을 하게 되는데 일부에서는 일본의 동아시아 제패라는 사실 자체를 받아들이지 않고 이것의 극복을 염원하는 이들이 있는가 하면, 다른 일부에서는 이제 과거의 꿈에서 벗어나 현실을 직시하고 그 속에서 살아가는 방도를 찾아야 한다고 생각하는 사람도 존재하였다. 이들은 각각 일본 식민주의에 대한 협력과 비협력의 길을 걷기 시작한다.

일본과 만주 지역은 1938년 말 이후 일본 제국주의 특히 총동원체제의 지배 속에 놓여 있다는 동시성을 갖고 있지만 또한 차이도 갖고 있었다. 일본의 조선인은 조선과 마찬가지로 내선일체라는 틀 속에서만 살아 나

간 반면, 만주의 조선인은 한편으로는 만주국 국민으로서 오족협화라는
틀 속에서 움직여 나갔고 다른 한편에서는 황국신민으로서 내선일체의
틀 속에서 살아갔다. 그렇기 때문에 이 지역에서 이루어진 친일 협력의
문학은 자신이 처해 있는 상황과 조건에 따라 각각 다른 특징을 가질 수
밖에 없었다. 이 차이를 고려하면서 일본 식민주의에 대한 협력의 문제
를 따질 때 그 실상에 다가갈 수 있을 것이다.

2. 재일 조선 문학인의 분화와 식민주의 협력

1) 재일 조선인 문학가의 상황과 친일 협력의 특수성

1938년 말 이후 나타나기 시작한 재일 조선인 문학의 내적 분화는 다
음 해인 1939년에 들어서 현저하게 드러났다. 장혁주와 한식의 경우처럼
과거 프로문학을 했던 이들이 급격하게 이전의 전망을 접고 식민주의에
대한 협력을 노골적으로 드러내기 시작하였다. 이에 반해 김사량과 김두
용은 우회적 글쓰기 혹은 침묵으로 비협력의 길을 걸었다.
　당시 일본의 조선인 문학가들은 조선과 마찬가지로 내선일체를 강요받
았다. 이 점에 있어서는 만주와는 사정이 매우 다르다. 하지만 재일본 문
학인의 경우 조선의 문학인과도 일정한 차이가 있었다. 조선에서는 내선
일체라는 것이 크게 선전되었지만 실제 삶 속에서 일본인은 소수이고 대
다수의 사람들이 조선인이기 때문에 내선일체란 것에 신경을 쓰지 않고
살아갈 수도 있었다. 같은 도시와 농촌에 살고 있다 하더라도 일본인 거
주 지역과 조선인 거주 지역이 일정하게 나누어져 있는 상황에서 조선인

들이 일본인들을 일상적으로 접하고 있는 것이 아니기 때문에 실제 차별은 강하게 존재하지만 이를 일상에서 느끼지 않고도 살 수 있었다. 일본인이 거주하면서 도시가 형성되었다고 해도 과언이 아닐 정도로 일본인 지역이었던 군산의 경우에도 일본인 거주 지역과 조선인 거주 지역이 확연하게 나누어져 있었음을 채만식의 『탁류』가 잘 보여준다. 평지의 상업 지역은 일본인들이 독점하였고, 언덕이나 산쪽 지역에 조선인들이 거주하였다고 묘사되고 있는데 이는 당시 군산의 종족적 지리학을 그대로 보여주는 것이라 할 수 있다. 이런 환경에 놓여 있는 조선의 경우에는 내선일체를 상대적으로 추상적 수준에서 받아들였을 것이다.

하지만 일본 내부에서의 차별은 일상에서 반복적으로 이루어지기 때문에 조선인들이 그 차별을 피부로 느끼지 않을 수 없었다. 일본인이 던지는 멸시를 매일 경험해야 하는 그들에게 일본인과 조선인이 하나라는 사실은 받아들이기 어려운 것이다. 1937년 이후 조선에서는 내선일체를 가로막는 최대의 걸림돌이 조선인들에 대한 재조선 일본인들의 우월의식과 차별이라는 인식이 조선총독부 관료들에게 퍼지면서 일본 헌병대들이 이러한 일본인들을 쥐제하던 정황과는 매우 다른 것이다. 이 현실의 낙차를 넘어서려고 한다면 대단한 결심이 필요하다. 일본이 동북아를 제패하고 있다는 현실적 정황이라든가 서양중심주의에서 동양을 구해야 한다는 인식만으로는 어려운 것이다. 물론 당시 일본에서 활동한 조선인 문학인의 경우 이러한 논리를 내면화하면서 식민주의에 포섭되는 것은 사실이지만 이것만으로는 이 일상적 차별을 극복하기 어려운 것이다. 그렇기 때문에 이들에게는 더 강력한 내선일체의 증거가 있어야만 되는 것이다. 그럴 때만이 바로 자신들이 일상에서 겪는 그러한 조선인 멸시의 현실을 넘어서서 내선일체에 들어갈 수 있는 것이다.

이를 가능케 해준 것이 바로 고대의 역사와 이를 뒷받침해주는 고려신사의 존재였다. 무사시노에 있는 고려신사의 존재야말로 과거에 존재했던 '내선일체'의 산 증거로 선전되었다. 장혁주와 한식의 친일 문학 작품에서 고려신사가 공통적으로 비중있게 등장하는 것은 그런 점에서 우연이 아니다.

2) 협력의 각이한 경로와 고려신사에의 귀결

(1) 차별의 극복으로서의 협력 : 장혁주

장혁주는 자신이 프로문학가였기 때문에 내선일체에 한층 쉽게 다가갈 수 있었음을 다음과 같이 고백하고 있다.

> 잠재적으로 민족주의적이었던 조선인이 문학이론으로서는 그냥 내지의 것을 받아들여 답습하였던 것은 프로문학운동에 국제성을 제거하고 조선의 입장으로서는 심히 모순된 심리적 현상이 아니면 아니 되리라고 생각한다. 이것을 더욱 이론적으로 비약한다면 종래에 민족주의는 내지인 전부에게 향해 있던 것이 프로기에 들어가서 내지인 중에 일부 인사 즉 부르조아 뿐으로 첨차 국한되어 무산계급은 그 목표에서 제거된 것이다. 여기에 최초에 금일의 소위 내선일체의 심리적 현상이 나타난 것이다. 이것은 금일의 내선일체 운동에 참가하는 조선 지식인의 심리적 움직임이 큰 요인이었다는 것을 내지인은 아직도 알지 못하리라. 즉 프로운동기 없었더라면 맹목적 추수자는 따로 하고 그래도 참된 내선일체는 아니 나왔으리라고 믿는다. 이 내선일체는 아직 지식인 전부의 심리를 획득치 못하고 불과 소수인에게 한한 것이다. 그러나 그 소수의 인 거의 전부가 일찍이 좌익에 쟁쟁한 투사이었다는 것을 생각해보면 나의 이론은 긍정케 되리라고 본다.[3]

---

3) 장혁주, 「조선문학의 신동향」, 『삼천리』, 1940. 3, 300-301쪽.

　프로문학운동이 표방하였던 국제주의 정신이 도입되면서 일본인을 부르조아와 프로레타리아로 구분하게 되고 일본인 부르조아지에 대해서는 여전히 강한 비판을 보인 반면, 일본인 프로레타리아트에 대해서는 연대의 이름으로 호의적 반응을 가졌기 때문에 내선일체를 하려고 할 때 이러한 프로문학 출신들은 상대적으로 쉬웠다는 장혁주의 진술은 장혁주 자신은 물론이고 프로문학 일반에 해당한다고 할 수 있다. 당시 한국의 프로문학가들 내부에서는 조선의 특수성을 강조하는 이들이 있는가 하면, 이런 것을 강조하는 것을 국제주의 정신에 어긋난 것이라고 비판하는 이들도 많았다. 조선적 특수성을 주장한 프로문학가의 경우는 친일 협력이 거의 없는 반면, 조선의 특수성을 비판한 프로문학가 중에서 많은 이들이 친일 협력을 했던 것을 고려해본다면[4] 장혁주의 이러한 판단은 매우 타당한 것이라 할 수 있다.

　이러한 것은 장혁주 자신에게 그대로 적용될 수 있다. 장혁주는 잘 알려져 있는 것처럼 프로문학가 못지 않게 프로문학을 하였던 이다. 그의 작품은 프롤레타리아 국제주의의 정신에 충실하게 짜여져 있다. 그가 일본 문단에서 그렇게 사랑을 받을 수 있었던 데에는 이러한 측면도 존재한다고 생각한다. 당시 일본의 프로문학가들이 장혁주를 크게 평가하면서 발표지면을 제공했는데 거기에는 바로 이 국제주의 정신이 생생하게 작용하였다. 일본인 프로문학가들의 입장에서는 조선인 출신의 작가들이 조선뿐만 아니라 일본에서 이렇게 활동하는 것이 프롤레타리아 연대의 상징이라고 생각하였을 것이다. 그렇기 때문에 이들은 장혁주를 더욱 친근하게 여기고 밀어주었던 것이다. 그 속에서 장혁주는 종족(ethnic)을 뛰어넘는다는 것이 무엇인가를 실제 피부로 느꼈을 것이고 일본의 프롤레타리아에게서 형제의 정을 확인할 수 있었을 것이다. 이러한 경우 내선

---

4) 협력의 길을 걸었던 대표적인 프로문학가로 송영을, 비협력의 길을 걸었던 대표적인 프로문학가로 한설야를 들 수 있다. 송영은 조선의 특수성을 무시한 이고, 한설야는 이를 강조했던 이다.

일체를 받아들이는 데 있어서 민족주의적 정서에 파묻혀 있던 사람들에 비해 한층 쉬웠을 것이다.

하지만 앞서 이야기한 것처럼 차별이 일상화되어 있는 일본에서 내선 일체를 마음으로 받아들인다는 것은 결코 쉽지 않은 것이다. 매일매일 접해야 하는 일본인들 속에는 조선인을 국제주의의 연대라는 감정으로 대하는 사람도 있지만 그렇지 않은 사람들이 더 많은 것이다. 또한 그 자신도 일본의 프롤레타리아트에게는 강한 연대감을 느끼고 있지만 일본의 부르조아지들에게는 그런 감정을 갖기 어려웠을 것이다. 그렇기 때문에 그가 내선일체를 받아들이고 표방한다 하더라도 여전히 감정의 저변에는 차별로 인하여 내선일체를 쉽게 받아들이기 어려웠을 것이다. 장혁주에 게 있어 이런 난관을 극복하게 해주는 것이 고려신사의 존재이다.

장혁주의 소설 「순례」는 이를 잘 보여준다. 작중화자는 조선에 있는 지원병 훈련소를 견학하러 온 사람으로 작가 장혁주를 대변하고 있는 인 물이다. 그런데 지원병 훈련소에서 이와모토라는 일본에서 자란 조선인 출신의 지원병을 만나게 되면서 어떻게 내선일체를 받아들이게 되는가 하는 것에 대해 깊은 관심을 갖게 된다. 이와모토는 술주정뱅이인 아버 지와 계모 어머니 밑에서 자랐다. 유학이나 특별한 취업의 경우를 제외 하고는 일본으로 이주한 이들이 주로 당시 조선에서 하층 출신이었다는 것을 고려할 때 이와모토의 가정 형편은 당시 일본에 살고 있는 조선인 들의 일반적 풍경이라 할 수 있다. 집을 떠나 학원에서 생활하던 그는 학 원의 선생이었던 마루오까의 교화 덕분으로 내선일체를 느낄 수 있었고 그리하여 지원병으로 나갈 생각까지 하게 되었던 것이다. 그런데 그의 마음에는 조선인과 일본인이 하나라는 사실을 마음 깊은 곳에서 받아들 이기 어려웠다. 일본의 하층 사회에 편입된 조선인으로 강하게 받은 차 별로 하여 내선일체를 머리로는 이해하지만 감정으로는 받아들이지 못하 였다.

> "옛날부터 내선이 정말 일체였는지가 늘 맘에 걸렸습니다."
>
> "그야 물론 일체였지. 자네는 그런 역사를 모르나"
>
> "조금은 압니다마는 그것이 감정에까지 떠오르지를 못했었습니다. 그러나 고마 신사에 참배했을 때 문득 깨달은 바가 있었습니다."
>
> "그랬겠네"
>
> "거기 사는 사람들이 일천 일백년 전에 여기서 건너간 사람들이란 말을 듣고 또 완전히 내지인이 되고마는 사실을 눈 앞에 보았을 때 그렇다 하고 저는 자신을 가질 수 있었습니다."
>
> 이와모토는 전력을 다해서 여기까지 말했다. 나는 이와모토 말 속의 변화를 뚜렷이 보는 듯 하였다. 젊은 그에게 대해서도 역시 역사는 커다란 영향력을 가지고 있었던 것이다.[5]

이와모토가 조선인들도 지원병으로 갈 수 있다는 발표를 들었을 때만 해도 여전히 내선일체를 믿지 못하고 일본이 일시적으로 하는 것이라고 생각하다가 고려신사를 참배하면서 비로소 내선일체가 역사적 사실이고 자신이 지원병으로 가는 것은 우연의 산물이 아니라 이러한 필연 속에서 나온 것이라는 것을 깨닫는 것이다. 이것은 작가 장혁주 자신에게도 해당된다. 일본에 이주하여 오랜 생활을 한 그로서는 이러한 내면의 연소 과정을 거쳐 결국 친일 협력의 길에 본격적으로 나선 것이고 이 작품은 그러한 내면적 계기를 작품화 한 것이라 할 수 있다. 1942년에 발표된 만주 개척민을 다룬 장편소설 『행복한 백성』을 비롯한 친일 협력의 작품들은 모두 이것과 궤를 같이 하는 것이다.

(2) 서양비판과 동양발견으로서의 협력 : 한식

한식은 장혁주와 다른 통로를 거쳐 식민주의에의 협력에 나섰지만 고려신사에 대한 집착은 마찬가지였다. 한식은 일찍부터 프로문학에 참가

---

5) 김재용, 김미란 편역, 『식민주의와 협력』, 역락, 2003, 186쪽.

하여 1920년대 중반에는 제3전선사의 일원으로 활동한 바 있다. 카프 해산 이후에도 일본에서 활동하면서 평론활동을 꾸준하게 하였다. 그런데 그가 식민주의에 대한 협력의 조짐을 보여준 것은 1940년 무렵이다. 조선의 작가들이 식민주의에 협력하는 계기는 크게 두 가지였다. 하나는 무한 삼진 함락 이후 일본이 동북아의 패권을 장악한 것이다. 다른 하나는 1940년 6월 파리 함락 이후 형성된 새로운 세계 질서 즉 '신체제'이다.6) 앞서 보았던 장혁주는 전자를 계기로 하여 식민주의에 협력한 것이라면 한식은 후자에 해당한다. 그렇기 때문에 한식의 관심은 내선일체보다는 서양중심주의에 대한 비판과 동양의 발견에 집중된다.

조선의 문단에서 벌어지고 있는 식민주의의 협력에 대해서 한식은 이미 알고 있었다. 동경에서 발간되고 있던 『문학계』 1940년 5월호에 문학통신의 일환으로 「조선문학의 최근동향」이란 글을 발표한다. 당시 일본문단은 내선일체란 시국의 영향 탓으로 조선문학을 하나의 지방문학으로 간주하면서 이전과는 달리 지대한 관심을 보여주었다. 간혹 일본의 프로문학가들에 의해 조선의 프로문학이 소개되던 것과는 질적으로 다른 차원의 소개가 이 시기에 이루어지기 시작하였다. 그러한 분위기 속에서 나온 이 글의 말미에 한식은 조선에서 이루어지는 식민주의에의 협력을 아주 간단하게, 마치 풍문을 전하는 것처럼 적고 있다. 1939년 조선문인협회가 발족한 것을 전후로 하여 내선일체나 국가총동원에 발맞추어 문학인들이 활동하기 시작하였다는 것, 일본군 위문 사절단으로 세 사람의 문인이 중국 전선에 나갔다는 것, 동아협동체론에 대한 진지한 논의가 시작되고 있다는 것 등을 소개하고 있다. 이 글의 전체에서 극히 미미한 양을 차지하고 있는 이 대목은 그가 이 시기에 조선에서 일어나고 있는 이러한 현상에 공감하지 않고 있음을 보여주고 있다. 문학통신의 성격이라 전하지 않을 수 없기 때문에 쓴 것으로 보일 뿐이다.

---

6) 김재용, 「친일문학의 근대성」, 『친일문학의 내적 논리』, 역락, 2003.

하지만 1940년 중반을 넘어서 파리함락의 소식이 전해지고 '신체제'가 공표되면서 한식은 이전과는 다른 입장을 보여주기 시작하는데 그 첫 글이 「국민문학의 문제」이다. 1941년 1월 『인문평론』에 발표한 이 글은 중일전쟁 직후 일본에서 논의된 국민문학 논쟁을 소개하면서 이것의 조선적 적용을 진지하게 논하였다. 이 글의 마지막 대목은 그의 이러한 변화된 태도를 극명하게 보여주고 있다.

> 금일과 같은 긴박한 정치적 정세에 있어서 단지 소시민적 풍속 소설이라든가 치정문학으로서는 신체제에 협력하는 문학자의 태도가 못되는 것은 분명하다. 기실히 동아의 맹주가 되며 금일의 지도적 지식적 계급의 역할을 다하기 위하여서는 이때까지의 현상을 안가하게 긍정하는 생활로부터 일보 전진하지 않으면 안될 것이다. 그와 같은 상태에서 문학자의 눈에 띄고 손에 붙잡힌 처음의 목표가 국민문학이라는 것이다. 아직 그에 부당할 국민문학이라고 생각될 작품도 없고 국민문학을 명확히 규정하며 그의 원리를 탐색한 호한한 이론도 볼 수 없다는 것이 실상이며 다만 국민문학을 수립하여야 하겠다는 요망을 통감하고 있다고 하는 것만은 사실이라 하겠다.[7]

1940년 10월 '신체제' 공표 직후에 쓰여진 것으로 보이는 이 글에서 한식의 변화된 입장은 확고하게 드러난다. '신체제'의 조건에서 국민문학의 수립이 필연이라고 보는 것이다.

이렇게 변화된 한식이 집중적으로 탐구하는 것은 역시 동양과 서양의 대립과 서양중심주의의 극복이다. 이 시기에 발표된 평론, 산문, 시에서 동시에 발견할 수 있는데 평론은 한식의 이러한 생각을 가장 극명하게 보여주고 있어 우선적으로 검토할 가치가 있다. 동경에서 발간되던 『신문화』 1941년 8월호에 발표한 「조선문학과 동양적 과제」에서는 일본문학

---

7) 한식, 「국민문학의 문제」, 『인문평론』, 1941. 1, 55쪽.

이 일본만의 문학이 아니고 동아의 문학이 되기 위해서는 어떤 전망을
가져야 하는가에 대해 설파하고 있다.

> 일본의 문학이 동아의 문학으로서 나아가기 위해서는 무엇이 우
> 선되어야하는가 그 동양적 예술전통에 대한 반성이 있지 않으면
> 안된다. 최근 이야기되고 있는 국민문학의 초석은 동양문학에의 반
> 성으로부터 출발하지 않으면 안된다.[8]

국민문학이 이루어지기 위해서는 동양문학에 대한 반성으로부터 출발
해야 한다는 한식의 지적은 당시 그가 어떤 논리로 식민주의에 협력하게
되는가를 잘 보여주는 대목이라 할 수 있다. 그 동안 자신이 서구 근대의
자장 속에서 놓여 있었기 때문에 역사를 아주 편협하게 보았고 동시에
서구 바깥의 지적 재원에 대해서 도외시했기 때문에 서구 근대를 넘어설
수 있는 원천을 확보할 수 없었다고 보고 있다. 이를 넘어설 때만이 일본
문학이 더 이상 일본만의 문학이 아니고 동아의 문학 즉 동아시아 주민
전체에게 공감을 줄 수 있는 문학이 될 수 있다고 보았다. 그러한 동양문
학의 창출에서 조선문학도 하나의 중요한 구성이 될 수 있다고 주장하였
다.
한식은 이러한 입장을 견지하였기 때문에 이후 자신의 작업을 동양문
학과 서양문학의 비교연구로 설정한다.

> 나는 최근 종생의 업으로서 전공하려는 동서문학의 비교연구에
> 따라서 역시 동양문학예술의 전통들을 반성하려 하옵니다. 자연히
> 그 방면의 저서에 한하게 되옵니다. 요즈음 다시 읽어보는 책 등으
> 로는 高須芳次朗 저의 동양문학 동양사상 谷胤徹三 저의 동양과 서
> 양, 井上哲次朗 저의 동양문화의 장래, 後藤末雄의 동서문화의 교류,
> 白柳秀湖 저의 동양민족론 일본민족론, 岡倉天心의 저작, 六胤周明의

---

8) 한식, 「조선문학과 동양적 과제」, 『신문화』, 1941. 8, 61쪽.

일본2천6백년사, 後藤末雄의 지나4천년사, 최남선의 조선역사, 그 외
에 津田 西田 長谷川 白鳥 西村眞次 등의 저서를 재독하고 있습니다.[9]

　동양의 발견에 대한 한식의 의욕은 오카쿠라 덴신(岡倉天心)에까지 거슬
러 간다. 잘 알려져 있는 것처럼 오카쿠라 덴신은 1900년을 전후하여 아
시아주의를 주장하였던 사람이다. 그가 내세우는 아시아는 일본 중국 조
선을 포함하는 동북아 3국이 아니고 이슬람과 인도에 이르는 광대한 영
역이었다. 오카쿠라 덴신의 이러한 논리는 당시 일본의 팽창주의자들의
논거로 사용된 바 있는데 한식을 비롯한 식민주의에 협력하는 이들에게
도 영향을 미쳤다.[10] 한식의 독서목록은 당시의 이러한 사정을 그대로
보여주는 희귀한 예 중의 하나이다. 한식의 독서는 오카쿠라 덴신처럼
과거의 인물도 있지만 교토학파의 니시다(西田)에까지 이른다. 잘 알려져
있는 것처럼 교토학파의 시조라 할 수 있는 니시다는 일제말 서양중심주
의에서 벗어나는 데 철학적 논거를 마련해준 사람이다. 코야마를 비롯한
그의 많은 제자들은 일본의 군국주의 파시즘에 직접 참여하여 활동하면
서 이론적 기초를 제공한 바 있다. 오카쿠라 덴신에서 니시다에 이르기
까지 일본의 동양주의 저자들의 책을 독서하고 있는 한식은 일본 중심의
동양 건설에 적극적으로 참여함으로써 식민주의에 급속하게 경사되고 있
다.

　이러한 인식은 이 시기에 발표한 시에서도 잘 드러나고 있다. 시집
『고려촌』에 실린 「인도의 기도」는 1942년 3월 일본군대가 싱가폴을 영국
군대로부터 빼앗은 직후에 쓰여진 것으로 영국으로부터 인도를 해방시키
자는 내용으로 되어 있다. 영국이 아시아 여러 지역을 침략하여 식민지

---

9) 한식, 「나의 독서」, 『매일신보』, 1941. 9. 12.
10) 오카쿠라 덴신의 영어 저작 『동양의 이상』을 일본어로 번역한 아사노 아키라는
　　중일전쟁 이후 국민문학론을 주창하였던 이로 한식의 국민문학론은 이것의 영향
　　을 직접적으로 받았다.

로 만든 이후 아시아인들은 서양 제국주의 세력 하에서 신음하였는데 이제 일본이 영국을 물리쳐 과거 이들의 식민지였던 국가들을 하나하나 탈환하여 간다. 영국이 최후의 방어망으로 간주하고 총력을 기울였던 싱가폴이 함락당하는 것을 보면서 동양주의자들은 서구에 대한 동양의 승리로 보았다. 이제 영국의 식민지로 오랫동안 살아왔던 인도와 인도인들을 해방시켜 동양의 해방을 기해야 할 때라는 것이다.

한식은 1940년 10월 '신체제' 공표 이후 급속하게 동양주의에 빠져들면서 식민주의에 협력하였다. 한식의 이런 지적 경로는 당시 조선에서 협력의 길로 나섰던 문학인들과 거의 비슷한 양상을 보여준다. 서정주, 채만식에서 볼 수 있는 것처럼 1940년 10월 이후 협력에 나선 조선의 문학인들도 급속하게 동양주의에 포섭되었고 이는 결국 식민주의 협력으로 끝났던 것이다. 그런데 한식의 경우는 일본에 거주하기 때문에 조선의 문학인들과는 다른 조건 속에서 사고할 수밖에 없었다. 앞서 이야기했던 것처럼 일상적 차별을 받고 살아야 하는 조건에서 이러한 논리적인 것만으로 일본의 식민주의에 협력하기는 어려운 것이다. 장혁주의 「순례」에 나오는 주인공의 이야기처럼 이성적으로는 받아들일 수 있지만 감정으로는 수용하기 어려웠던 것이다. 물론 장혁주의 경우 처음부터 내선일체론 속에서 시작하였기 때문에 이러한 괴리가 더욱 강했던 반면, 한식의 경우는 아시아주의로부터 시작하였기 때문에 덜할 수는 있다. 동양의 일부로서 조선이 존재하고 동양문학의 한 부분으로 조선문학이 존재한다고 간주하였기 때문에 상대적으로 내선일체에 부담을 적게 느낄 수 있다. 하지만 이런 경우에도 내선일체라는 틀을 비껴갈 수는 없었던 것이다. 이를 내면화할 수 있는 계기 역시 장혁주와 마찬가지로 고려신사이다.

1942년 말에 나온 시집 『고려촌』은 5부로 나누어져 있는데 그 중의 1부가 고려촌이라는 이름으로 되어 있다. 1부에 속한 시는 총 11편으로 모두 고려신사에 관련된 것들이다. 이 시들에 대한 애정으로 하여 그는 시

집 제목도 『고려촌』이라고 했던 것으로 보인다. 이 연작기행시 중에서
당시 한식의 심정을 가장 잘 드러내주는 것이 「술회」이다.

술 회
–고려왕의 심경에 부쳐

권세도 떨어지고 계보도 끊어지리라.
살아있는 모든 것은 변하기 마련이다.
계절풍에 불려와
여기에 떨어진 씨앗인 것
이 땅에 뿌리를 내린 것
이 풍광에 어울리는 꽃을 피워
이 풍토에 맞는 열매를 맺어
(벌써 나의 시대는 지나간 것이다
무엇에 얽매여 마음을 썩이는가)

왕관도 없고 홀이 없어도
지금은 원망도 후회도 없다.
순수한 혈통도 끊어지고
고귀한 가문이 사라져도
이미 각오한 바이다.
한갓 농부로서
남루한 옷을 걸치더라도
마음은 평온하니
머지않아 이 땅에 뼈를 묻으리.
그리고 버려진 돌을 디딤돌로 하여
너희들 자자손손이
가지 무성하고 열매를 맺어
무사히 행복하게 살아라.
그저 그것만을 바라노라.
(어떻게 나 혼자 염치 없이
부귀를 바라며

영달을 구할쏘냐)
그리고 바라는 것은
너희들의 생활이 충족되어
단 한 사람도 굶지 않고
여기 무주(武州)의 광야를 낙원으로 삼아
이 곳에서 안주하여
일족의 영광을 꾀하는 것이다.(번역은 필자)

고구려 유민들을 이끌고 무사시노에서 마을을 만들어 살았던 왕의 심정에 빗대어 자신의 감정을 노래한 이 시는 한식이 친일 협력에 들어서는 내면을 아주 잘 보여준다. 그 동안 자신이 매달렸던 사상(한식은 프로문학의 입장을 견지하였다.)에 더 이상 구애받지 않고 과감하게 벗어날 수 있는 것은 결코 자신의 사소한 이익 차원이 아니라 조선 민중의 이익 때문이라는 것이다. 일제말에 친일 협력의 길에 나섰던 문학인들이 자주 사용한 표현을 빌린다면, 소아가 아니라 대아를 위해 자신이 희생을 하고 있다는 것이다. 만약 자신의 일신만을 생각한다면 이러한 위험한 선택을 하지 않겠지만 조선 민중의 전체 이익을 위해서는 자신이 이렇게 몸을 던져야 한다는 것이다. 비장함마저 주고 있는 이 시는 당시 협력이 아닌 저항의 길을 걸었던 이육사가 썼던 유고시 「광야」와 어조 상에서는 공통된다. 이육사는 먼 훗날의 해방을 위해 자신의 한 몸을 던져야 한다고 생각한 반면, 한식은 일본의 신민이 되는 어려운 결단을 위해 자신의 한 몸을 던져야 한다고 보았던 것이다. 그런 점에서 이 두 편의 시는 당시 협력과 저항의 길을 고독하게 걸은 두 시인의 내면을 아주 대조적으로 보여주는 작품이라고 할 수 있다.

한식이 고마신사에 집착한 것은 장혁주가 그것에 매달린 것과 동일한 맥락이다. 과거 역사 속에서 일본인과 조선인이 같이 공존하면서 살았다는 것 자체가 그로 하여금 동양이란 틀 속에서 일본인과 조선인이 나란히 살 수 있는 근거로 되는 것이다. 물론 장혁주의 경우 내선일체의 강도가 훨씬 강한 것인 반면, 한식의 경우는 다소 느슨한 것으로 보인다. 그러나 이것은 미세한 차이일 뿐이고 그 둘 모두 일본을 중심으로 하는 대동아공영권을 그 전제로 하고 있다는 점에서는 동일하다.

장혁주와는 다른 지적 경로를 거쳐 식민주의에 이른 한식이 귀결하는 곳이 장혁주와 마찬가지로 고려신사라는 점은 당시 일본에서 살면서 식민주의에 협력하는 문학인들이 처하였던 현실의 특수성을 극명하게 보여준다고 할 수 있다.

3. 재만주 조선 문학인의 분화와 식민주의 협력

1) 재만 조선인 문학가의 상황과 친일 협력의 특수성

재만 조선인 문학인 내부의 분화가 이루어지기 시작하는 시점은 당시 조선의 문학인 및 재일 조선인 문학인의 그것과 큰 차이가 없다. 1938년 말 무한 삼진이 함락당하는 것을 듣게 되면서 이것의 해석을 놓고 내부적으로 갈라지기 시작하였는데 이는 식민지 조선은 물론이고 재만 조선인과 재일 조선인 모두에게 공통으로 드러나는 것이었다. 물론 재만 조선인의 경우 만주사변 이후 만주국 성립이라는 특수성이 있기는 하지만 중일전쟁 이후 이루어진 총동원체제와는 질적으로 다른 것이기 때문에 달리 차이를 읽기는 어렵다.

그런데 재만 조선인 문학인은 식민지 조선의 문학인과 재일 조선인 문학인과는 다른 상황에 처해 있었다. 식민지 조선과 일본에 살고 있는 조선인들에게는 내선일체가 강요되고 있는 것과는 달리 만주국에서는 오족협화가 강요되었다. 내선일체는 철저한 동화에 기반을 둔 것인 반면, 오족협화는 궁극적으로는 동화에 이르는 것이지만 당장 동화를 요구하는 것은 아니었다. 오히려 종족간의 차이를 인정하고 그들 사이의 협화를 주장하였던 것이다. 그렇기 때문에 식민지 조선과 일본에 살고 있는 문학인들이 겪는 고민과는 일정한 차이가 존재한다. 실제로 당시 만주국에 살고 있는 조선인 문학자들은 이러한 차이의 인정을 역으로 이용하는 경우도 적지 않았다. 염상섭이 서울을 떠나 신경으로 가면서 일종의 해방감을 느꼈다고 토로하는 것이 여기에 해당한다. 서울에서는 내선일체가 강요되기 때문에 숨통을 막는 억압을 느끼면서 살 수 밖에 없었다. 하지만 만주국에서는 조선인이 일본인이 아니라 하나의 종족으로 간주되어 상대적 자율성을 갖고 숨을 쉬고 살 수 있었다. 일본인도 만주국의 한 성원으로 취급당하고 조선인도 하나의 종족으로 다루어졌다. 그렇기 때문에 오족협화를 표방한 이상 조선인에 대한 차별을 내놓고 할 수는 없는 것이다. 물론 현실에서 만주국은 일본인의 특권을 유지하는 것 속에서 오족협화를 획책하였다. 따라서 재만 조선인들이 만주에서 처한 상황은 식민지 조선과 일본에 거주하는 문학인들이 겪는 것과는 일정한 차이가 날 수밖에 없다.

그렇기 때문에 작품 속에서 오족협화의 내용과 비슷한 것이 나온다고 해서 이를 일제의 비공식적 식민지였던 만주국을 옹호하는 것으로 해석하고 나아가 일본 식민주의에 협력하는 것이라고 규정하기 어렵다. 물론 오족협화의 이데올로기가 갖는 식민주의적 성격을 제대로 이해하지 못하고 무작정 이를 추수하는 것과 오족협화의 명분을 이용하는 것 사이에는 큰 차이가 있고 이를 읽어내어야 한다. 오족협화와 관련된 내용이 나오기만 하면 무조건 친일 협력이라고 보는 것은 당시 만주국의 실상과는 거리가 있다.

그러면 만주국에서 협력과 비협력은 어떤 지점에서 나누어지는가? 만주에서 식민주의에의 협력과 비협력은 반만주국 저항운동에 대한 태도 여하에 따라 달라진다. 잘 알려져 있는 것처럼 만주국이 성립한 이후에 도 만주에서는 지속적인 반만주국 저항운동이 펼쳐졌다. 거기에는 장작 림이나 장학량과 같은 동북 군벌의 추종자들을 비롯하여 다양한 형태의 운동이 이루어졌다. 조선인들 역시 이러한 운동에 참가하여 반만주국 저 항운동을 했다. 그리하여 관동군은 만주국에 저항하는 모든 이들을 '비 적'이라고 불러 폄하하였지만 거기에는 다양한 성향의 사람들이 존재하 였다. '토비'에 해당하는 말 그대로 일반 주민들의 재산을 아무런 이유 없이 뺏어 가는 약탈을 전문으로 하는 경우도 있는 반면, 민족주의나 사 회주의의 이상 속에서 일본의 만주 침략을 비판하고 이에 저항하는 존재 도 있었다. 일본과 관동군은 이들을 모두 '비적'이라고 불렀지만 '토비' (처음에는 반만주국 활동을 했지만 나중에는 토비나 거의 다를 바 없이 된 경우도 여기에 포함된다)에 해당하지 않는 이들은 만주국에 대한 직접적 저항을 통하여 일본의 식민주의를 비판하였다. 반만주국 저항운동은 일 본의 비공식적 식민지였던 만주국에 대한 저항으로서 궁극적으로는 일본 제국주의에 대한 저항이었다. 바로 이늘에 대한 태도 여하에 따라 당시 재만 조선인 문학가들의 식민주의 협력 여부를 판단할 수 있다. 그러한 저항운동에 대해 공감거나 혹은 찬미하지 않는 이들의 경우는 일본의 식민주의를 비판하는 것이며, 이러한 저항운동을 비판하는 것은 일본의 식민주의에 협력하는 것이라고 할 수 있다. 이런 판단을 할 때에도 '비 적'의 성격을 탐구하지 않고 작품 속에 비적을 비판하는 시선이 나오기 만 하면 친일 협력이라고 해서는 안 될 것이다. 단순한 토비에 대한 비판 은 식민주의에의 협력과는 아무런 관련이 없기 때문이다.

　재일본 조선인의 친일을 다룰 때에는 일제 식민주의에 협력하는 이들 만을 다룬 반면, 재만주 조선인의 친일을 다룰 때에는 일제 식민주의에 협력한 박영준과 장환기뿐만 아니라 협력하지 않은 안수길과 현경준도 다룬다. 이것은 안수길과 현경준의 이 시기 문학에 대해 친일이라고 보는 견해가 국내외 모두에서 일정하게 존재하기 때문에 차제에 이를 분명하게 하기 위한 것이다.

2) 식민주의에의 협력

(1) 문명으로서의 만주국 : 박영준

박영준은 1938년 만주로 건너가 그곳에서 생활하면서 창작활동을 하였다. 당시 많은 작품을 발표하지는 않았지만 그 작품들은 당시 그의 지향을 잘 보여주고 있다. 특히 「밀림의 여인」은 당시 그가 갖고 있던 내면을 아주 잘 보여준다는 점에서 주목할 필요가 있다. 이 작품은 만주 산악 지대에서 항일 운동을 하던 빨치산 여인을 귀순케 하는 과정을 그린 작품이다. 작중 화자는 산에서 빨치산 활동을 하던 여인이 사회에 내려와 적응을 하지 못하는 것을 도와가며 순응시킨다.

박영준의 「밀림의 여인」이 '비적' 중에서 '토비'가 아닌 '공비'를 다루고 있다는 점을 주목하여야 한다. 만약 이 작품이 '공비'를 다룬 것이 아니고 '토비'를 다루었다면 그렇게 문제가 될 것은 없다. 그런데 '공비'를 다루고 있기 때문에 상황은 매우 달라진다. '토비'와 달리 '공비'는 분명 당시 만주국의 조선 민중들의 편에 서서 일본 제국주의와 싸우는 이들이기 때문이다. 일제와 만주국에 대항하여 식민지 해방을 얻고자 노력하였던 이들을 고무하지는 못할망정 오히려 무모한 짓으로 규정하고 이들은 귀순시키는 것이야말로 일제 식민주의에 그대로 협력하는 것이라 할 수 있다.

박영준의 이러한 의식은 이 무렵에 우연하게 나온 것은 아니다. 그가 이 작품을 창작하기 이전에 쓴 글을 살펴보면 이러한 지향이 내면적으로 무르익은 것임을 알 수 있다. 1940년 2월 22일자 만선일보에 쓴 「'김동한' 독후감」은 그 대표적인 것이다. 만선일보 신춘문예 1등에 당선된 희곡 『김동한』에 대해 비평을 하고 있는 이 글을 온전하게 읽기 위해서는 김동한에 대한 이해가 있어야 한다. 김동한은 함경남도 단천 출신으로 러시아 이루크츠크 사관학교를 졸업한 뒤 러시아 혁명에 투신하였다. 1925년 반혁명 혐의로 체포되어 전향하여 1934년 관동군의 후원 하에 간도 협조회를 창설하였고 그 해 11월에 동변도 특별 공작 본부장으로 임명되어 '공비'를 색출하고 이들을 귀순시키는 작업을 하였다. 1937년 12월 삼강성 의란현에서 선무공작을 하다가 동북항일연군 독립사 정치부주임 김정국 부대에 의해 사살되었다. 그가 죽자 이 지역에 있던 이들이 그를 추모하여 기념비를 세우기도 하였는데 이 희곡 역시 바로 이러한 추모 사업의 일환으로 나온 것이다.[11]

김동한은 비단 만주 지역에서만 알려져 있던 인물이 아니다. 그의 전향은 당시 일본 식민주의의 첨병이었던 녹기연맹에 의해서 찬양받을 정도로 유명한 사건이었다. 녹기 일본문화연구소가 펴낸 『조선사상계개관』에서는 김동한을 사회주의에서 일본주의로 전향한 대표적인 지식인으로 들고 있다.

> 만주에서 조선인이 제일 많이 있는 간도성(간도성 인구 62만중 조선인 46만)에 1934년 9월 결성된 간도협조회의 회장 김동한씨는 예전에 러시아 적군장교로 복구하기도 하였는데 공산당 민족운동의 전향자를 간부로 하여, 1. 편협한 민족관념을 포기하고 아시아 민족의 대동단결을 기할 것, 2. 철과 같은 견고한 조직으로써 외래 공산주의의 격멸을 기할 것의 2개 강령을 걸고 칠천여 회원을 끌어

---

11) 김동한에 대해서는 임성모의 「일본제국주의와 만주국 : 지배와 저항의 틈새」, 『한국민족운동사연구 27』, 국학자료원, 2001.

모아 간도성에 있는 공산비에 대해 귀순을 권하고 일만군의 일익
으로 교전과 선무 공작에도 나가 좋은 성과를 거두었다.[12]

　김동한은 만주국에서뿐만 아니라 조선에서도 유명한 인물이었다. 최린,
최남선 등과 동급으로 취급되던 김동한을 형상화한 이 작품에 대해서 박
영준은 대단히 비판적인 어조로 글을 쓰고 있다. 그런데 그가 비판하는
이유는 김동한과 같은 인물을 다루었다는 점이 아니다. 오히려 이렇게
중요한 인물을 제대로 형상화하지 못함으로써 그가 갖고 있는 내면의 깊
이를 제대로 파악하게 하지 못하는 결과를 빚는다는 것에 대한 우려 때
문이다. 또한 김동한이 귀순을 시키고 있는 대상 인물들의 내면이 단순
하게 그려져 있어 오히려 이러한 인물들을 귀순시키는 김동한의 저력이
제대로 드러나지 못하는 점을 비판하고 있다. 빨치산이 복합적인 갈등을
겪으면서 귀순하는 것으로 그려야 이들을 귀순시키는 김동한의 역량과
사명감 또한 제대로 드러날 수 있는데 그렇지 못하고 오히려 단순화시킴
으로써 김동한 역시 보잘 것 없는 인물로 만들었다는 것이다.
　박영준은 만주의 조선문학을 위해서 자신이 나서서 이러한 인물의 귀
순을 다루어야 한다고 생각했던 것이고 그 결과로 나온 것이 바로「밀림
의 여인」이다. 그런 점에서 이 작품은 결코 우연이 아니다.
　여기서 하나 짚고 넘어가야 할 것은 그가 이 시기에 협화회에 깊이 관
여하고 있다는 점이다.「‘김동한’의 독후감」이 발표되기 전에 그가 만선
일보에 쓴「현단계의 진실한 비평과 발표기관의 기대」라는 1940년 1월
24일자의 글 말미에 ‘협화회 盤石현 본부 근무’라는 주가 달려 있다. 이를
미루어 볼 때 박영준이 1938년 만주에 이주한 후 협화회에 깊이 관여하
였음을 알 수 있다. 물론 그가 여기서 얼마나 근무하였고 어떤 일을 하였
는지에 대해서는 앞으로 더 많은 연구가 나와야 하겠지만 그가 협화회에

12) 녹기일본문화연구소,『조선사상계개관』, 녹기연맹, 1939, 23쪽.

관여하고 있었음은 분명하다. 「밀림의 여인」이 재수록된 『싹트는 대지』
가 발행될 무렵인 1941년 11월에는 협화회 교화가 분회에 근무한 것으로
나와 있는 것으로 미루어 볼 때 협화회에 지속적으로 관여하였음을 알
수 있다. 물론 협화회에 관여하였다고 곧바로 식민주의에 협력하였다고
볼 수는 없다. 특히 치외법권이 철폐되면서 조선인 민회가 협화회 산하
로 편입되었던 1938년 이후를 고려하면 더욱 그러하다. 그러나 그가 쓴
글들을 감안할 때 협화회에 관여하였던 것은 식민주의에의 협력과 깊은
관련이 있음을 알 수 있다. 그렇기 때문에 김동한을 이렇게 추모하고 나
아가 '공비'들의 귀순 공작에 바치는 작품을 발표한 것이 우연이 아님을
알 수 있다.

근대 문명화의 정점이 만주국에 있다고 판단함으로써 반만주국 활동
일체는 근대의 성과에 무지한 사람들의 치기 어린 행동으로 치부하게 되
었던 것으로 보인다. 그렇기 때문에 '밀림'을 근대 문명과 대비하여 강조
할 수 있었다. 물론 그의 이러한 생각에는 근대 문명의 집적물인 만주국
을 만든 일본 제국에 대한 강한 동경이 깔려 있음은 말할 나위도 없다.

(2) 제3의 길로서의 만주국과 황국신민 : 장환기(?)

박영준과 더불어 재만주 조선인 작가 중에서 협력을 길을 걸은 문학인
으로 장환기를 들 수 있다. 만주국에 있던 일본인 문학계에서 이마무라
에이지(今村榮治)라는 이름으로 활동하였던 장환기(이마무라 에이지의 본명
이 장환기라는 것은 당시 같이 활동하던 문학인의 회고에 의한 것이기 때문
에 정확한 것은 아니다. 이 글에서는 잠정적으로 장환기란 이름을 쓴다.)는
당시 재만 조선인 문학계와 직접적으로 관련을 맺지 않았기 때문에 관심
의 대상이 크게 되지 못하였다. 하지만 그의 작품들을 검토해 보면 재만
조선인 문학의 친일 협력에서 빼놓을 수 없는 인물임을 확인할 수 있다.

장환기가 친일 협력의 태도를 보여준 작품으로 현재 확인할 수 있는
것 중에서 가장 앞선 시기의 작품이 「동행자」이다. 이 작품은 1938년 6월
『만주행정』에 실렸다가 1938년 10월 『만주낭만』 창간호에 재수록되었으
며 이후 만주문화회가 펴낸 『만주문예연감』 3집에 다시 실렸다.[13] 만주
사변이 일어날 무렵을 배경으로 한 이 작품은 일본제국의 조선 식민지화
에 대해 별다른 생각 없이 일상의 나날을 보내고 있던 한 조선인 신중흠
이 겪는 정체성 문제와 황국신민으로서의 선택을 다루고 있다. 그는 조
선의 시골에서 살 수 없어 만주의 대련으로 이주한 후 일본인 속에서 살
아가게 된다. 가끔 자신이 조선인이라는 것이 스스로 의식되는 경우가
있기는 하지만 아무런 불편을 느끼지 못 한다. 일시적인 것에 지나지 않
았기 때문에 심각하게 고려할 필요가 없는 것이었다. 조선어를 잊고 일
본어를 일본인처럼 사용하면서 살아가고 있던 그가 생활난으로 하여 큰
형이 살고 있는, 조선인 항일운동 세력의 출현이 빈번한 지역으로 이주
하면서부터 문제는 생긴다. 일본인들이 집중적으로 살고 있던 대련의 도
시에서는 조선인 항일운동 세력에 대한 것을 신문에서 가끔 접했을 뿐
이것은 자신의 일상과는 아무런 관련이 없는 일이었다. 그런데 장춘에서
형이 살고 있는 농촌 지역으로 가려고 하니까 상황은 판이하게 달라진다.
이른바 불령선인이라고 하는 사람들이 빈번히 출몰하기 때문에 오랫동안
잊고 있었던 자신이 조선인이라는 사실에 대해서 생각하지 않을 수 없다.
그 동안은 일본 국민으로서 아무런 장애물 없이 살 수 있었다. 하지만 이
지역에 오게 되면서부터 자신이 조선인인가 아니면 일본인인가 하는 문
제에 대해 생각하지 않을 수 없게 되었다. 이러한 고민을 어렴풋하게 하
기 시작하는 그에게 조선인이 될 것인가 일본인으로 남을 것인가 하는
선택을 강요하는 결정적인 일이 벌어진다. 조선인들이 많이 살고 있는

---

13) 김장선의 연변대 박사논문 『위만주국시기 조선인문학과 중국인 문학의 비교연
   구』에 의함.

지역에 농장을 갖고 있는 일본인이 중간에서 겪을 수 있는 항일세력과의 마찰을 우려하여 조선인 동행자를 찾게 되었고 신중흠은 동행인이 된다. 항일 운동 세력이 접근해오자 일본인은 침묵만을 지키고 있던 신중흠에게 의심의 눈초리로 총을 들이대는 위기가 발생하고 그는 최종적인 선택을 하지 않을 수 없다. 일본인에게서 총을 빼앗아 항일운동가들에게 들이댐으로써 자신이 조선인이 아니라 일본국민임을 분명하게 하게 된다. 결국 신중흠은 그 동안 자신이 일본인인가 조선인인가에 대해 별다른 생각 없이 살아오다가 드디어 일본인임을 선언하게 되는 셈이다.

장환기의 이전 소설인 「미완원고」에서는 조선인이라는 자의식 자체가 들어설 여지가 없었다. 거기에는 근대 자본주의화되고 있는 만주에서 겪는 지식인의 분열이 드러날 뿐이었다. 그런데 중일전쟁 이후 중국과의 전쟁이 시작되고 일본 제국이 전쟁동원의 일환으로써 동아의 질서를 강조하면서 만주국 내의 조선인들이 만주국 내 오족의 일 구성원으로서보다는 일본 신민으로서의 지위를 강요받게 되는 상황이 벌어진다. 만주에 건너가서 만선일보에 근무하던 염상섭이 처음에는 조선에서보다 만주에서 상대적으로 나은 발언의 자유를 가지고 있다고 생각했지만 점차 이것이 힘들어지자 신문사를 그만두고 안동으로 가서 그곳에서 생계를 유지하면서 일련의 문자행위에 대해 거리를 두었던 것 역시 당시 이러한 정황과 떼놓고 생각할 수 없는 것이다. 그렇기 때문에 장환기는 자신이 어디에 속하는가 하는 것을 선택해야 하는 상황에 이른 것이다. 이 작품에서 주인공 신중흠이 일본어를 잘 하는 조선인으로 아무 문제없이 살아오다가 갑자기 정체성에 대해 고민하는 것은 단지 대련이라는 도시에서 농촌으로 이주하는 공간적 문제만은 아닌 것이다. 작품의 배경이 만주사변 전후로 되어 있지만 실제로 이것은 중일전쟁 이후 변화한 환경을 반영한다.

작중인물 신중흠이 일본의 국민임을 선택하는 순간 항일운동가들은

'비적'이 된다. 그리하여 그들에게 총부리를 들이대게 되고 이로써 식민
주의에 협력하는 길에 나서게 된다. 이 작품에서 드러나기 시작한 '비적'
에 대한 공포와 공격은 장환기의 문학이 식민주의 협력으로 전환했음을
말해주는 징표이며, 이후 작품에서 반복적으로 드러난다.

1939년 4월『선문월보』에 발표된 단막 희곡「비바람이 지나간 후」는
작가의 비적에 대한 분명한 인식을 보여주고 있다. 조선인 이태준은 만
주에서 한때 항일운동을 하던 이로써 일본의 박해를 피해 러시아로 갔다
가 그곳에서 사회주의에 실망하고 이전과는 달리 살기 좋아졌다는 소문
을 듣고 벙어리가 된 아내를 두고 혼자 만주국으로 돌아왔다. 그런데 여
자 벙어리가 외지에서 들어와 현재 근처 만주인 집에 들어와 있다는 소
문을 듣고 혹시 자기 아내가 아닌가 하여 찾다가 결국 버려두고 온 아내
임을 확인한다. 이 작품에서는 만주국 성립 이전에 불령선인으로 일본의
주목을 받았던 사람이 만주국 성립 이후에 정착하여 이전에 가졌던 생각
을 버리고 착실하게 살아가는 과정을 통하여 항일운동을 하는 조선인들
에게 과거를 청산하고 새롭게 출발하라는 강한 메시지를 남기고 있는 작
품이다. 희곡의 앞 부분에서 과거 만주국에서 관의 수탈 때문에 농사를
열심히 짓지 않는 버릇이 몸에 밴 만주인 고진원이 만주국 성립 이후 이
전의 습관에서 벗어나 새롭게 출발하는 대목 역시 만주국의 선전에 해당
한다. 이처럼 만주국을 반대하여 싸우거나 혹은 협조하지 않는 사람들을
'비적'을 몰면서 이들을 귀순시키려고 하는 공작에 작가 장환기는 적극적
으로 복무하게 됨으로써 식민주의에의 협력은 이전에 비해 한층 깊어진
다.

「동행자」와「비바람이 지나간 후」에서 공통적으로 드러나는 '비적'은
단순한 토비가 아니다. 그런 점에서 토비들로부터 자신의 재산을 보호하
기 위하여 벌이는 피나는 투쟁과는 차원이 다른 것이다. 이 작품에서의
'비적'에 대한 공격은 만주국을 옹호하고 나아가 일본의 제국을 지키는

것이다. 그렇기 때문에 '비적'에 관한 이야기가 나온다 하더라도 안수길의 작품에 등장하는 것과는 구별해 보아야 한다.

만주국에 저항하는 '비적'들을 공격하면서 동시에 만주국과 일본제국을 옹호하는 작가의 지향이 극에 도달한 것이 1939년 12월 『선무월보』에 발표한 「출세」이다. 이 작품의 주인공 원씨는 친구들과 마을의 외딴 집에서 노름을 하다가 이들을 반만주국 저항세력으로 오인하여 토벌하러 나온 만주국 군인들에게 붙잡혀 철창 생활을 하였다. 이전에 자기 집 하인으로 있다가 현재 만주국 군인이 된 류의 도움으로 감옥생활을 모면하고 나아가 그의 적극적인 주선으로 만주국의 군인으로 출세한다는 이야기이다. 그리하여 한때 '비적'으로 오인받을 정도로 할 일 없이 소일하던 원씨는 이제 '비적'들을 소탕하는 만주국 군인이 된 것이다. 그리고는 '비적'들을 소탕하는 일만 하는 것이 아니라 노름을 하던 옛 동료들을 설득하여 군인으로 만들기까지 할 정도로 만주국에 충성하는 인물이 된다. 한때 '비적'이었다가 이를 청산하고 일반 농민으로만 살아가는 인물 이태준을 그린 『비바람이 지나간 후』나 노름꾼이었던 사람이 개과천선하여 만주국의 군인이 되는 원씨를 그린 「출세」나 모두 만주국의 위업을 선전하는 작품들로서 이 작품들이 발표되었던 잡지의 성격인 선무공작에 그대로 이어지는 작품이다.

장환기의 이러한 입장은 태평양 전쟁이 일어나고 만주국에서도 조선인들의 징병이 논의되던 시기에 이르면 한층 강화된다. 1943년에 발표된 「현지의 지도자」는 합작사의 관할 하에 있는 영흥농촌을 답사하고 쓴 글이다. 이 마을은 반산에 있는 홍농 합작사의 관할로서 여기에는 주지 미즈타니씨가 머물고 있다. 농산지도와 증산독력에 힘을 쏟아야 하는 주지가 조선인 징병에 대비하여 청년 훈련을 시키고 있는 것을 보면서 처음에는 의아해 하지만 나중에서 이러한 노력이 갖는 의미를 이해하게 된다. 만주국에서의 생산 증산이 만주국민만을 위한 것이 아니라 일본 제국 전체의 운명을 좌우하는 것이기 때문에 이러한 조선계 청년들의 훈련까지 관여하게 되는 것이다. 조선계 청년들에게 일본어를 가르치면서 징병에 대비하는 이러한 작중묘사는 당시 만주국에서 이루어졌던 '특별연성'과 맥을 같이 한다. 조선총독부는 1942년 10월 1일에 '조선청년특별연성령'을 공포하여 동월 3일부터 시행하였는데, 징병대상 청년 중 4할 6푼에 달하는 미취학자를 1년 내지 6개월간 '청년특별연성소'를 거치게 하여 일본어를 공부시켜 징병에 대비하는 것이었다. 이와 유사한 것이 만주국에도 이루어졌는데 미취학 재만조선인 청년들을 대상으로 하는 '특별연성소'가 문교부의 관할하에 만들어졌다.[14] 이러한 당시의 상황에 맞닿아 있는 것이 바로 이 작품에서 합작사 주지가 조선계 청년들을 훈련시키는 대목이다.

그 동안 장환기는 만주국을 옹호하고 선양하기 위해 만주국 이전과 만주국 이후를 대비시키는 작업을 한다든가 혹은 만주국에 저항하는 세력들을 '비적'으로 몰아 공격하는 작업을 하였다. 만주국에 저항하는 이들이 항일운동 세력이라는 것을 간접적으로 이야기함으로써 만주국과 일본 제국이 동일한 운명에 놓여 있다는 것을 강조하였다. 그런데 이 글에서는 만주국이 일본 제국과 한 몸이기 때문에 만주국을 지키는 것이 곧 일본 제국을 방어하는 것이고, 일본 제국을 지키는 것이 곧바로 만주국을 방어하는 것이라는 사실을 조선계 청년 훈련에 나선 합작사 주지의 활약을 통해 보여주고 있는 것이다. 그런 점에서 장환기의 식민주의에 대한 협력은 극에 달한다.

장환기가 이렇게 협력의 길에 나서게 된 데에는 제3의 길로서의 만주국에 대한 기대가 크게 작용한 것으로 보인다. 친일 협력에 들어서기 이전에 발표된 「미완원고」를 보면 자본주의 근대에서 지식인이 느끼는 피로감이 강하게 배여 있다. 당시 만주국의 일본인 문학계에 속해 있던 구

---

14) 廣岡淨進,「在滿朝鮮人の '皇國臣民' 言說」,『조선사연구회논문집』41집.

프롤레타리아 문학 출신의 작가들처럼 그도 자본주의 근대에 대해 비판적인 사고를 가졌던 것으로 보인다. 근대 자본주의의 자유주의에 대한 이러한 비판과 더불어 이루어지는 것이 사회주의 및 공산주의에 대한 비판이다. 작품『비바람이 지나간 후』에서 드러나는 것처럼 한때 사회주의를 동경하여 소련으로 넘어 갔다고 모두가 다 잘 살지 못하는 것을 보면서 다시 만주국으로 돌아오는 인물을 설정한 것으로 보아 이렇게 짐작할 수 있다. 김동한과 같은 인물이 한때 소련에서 적군으로 활약하다가 만주국에 돌아와 '공비'들에 대한 선무공작에 나섰던 것을 생각하면 이러한 설정은 당시 현실의 한 대목을 보여준다. 근대 자본주의의 자유주의가 갖는 무정부성과 사회주의의 빈곤함에 환멸을 가질 때 제3의 길로서 생각할 수 있는 것이 바로 국가주의이다. 장환기는 만주국에서의 '왕도'를 이렇게 이해했을 것이다.

3) 식민주의에의 비협력

(1) 생존 근거지에 대한 애착 : 안수길

안수길은 흔히 만주국에서 식민주의에 협력한 인물로 평가되곤 한다. 그의 작품 중 「토성」은 그 대표적인 작품으로 평가되며, 특히 '비적'들을 비판하고 이들과 맞서 싸우는 자위대와 토벌대를 옹호하는 것으로 하여 이러한 비판의 대상이 되고 있다. 그런데 필자가 보기에 이러한 평가는 작품에 대한 치밀한 분석을 결한 데서 온 것이 아닌가 하는 생각이 든다.

「토성」은 잘 알려져 있는 것처럼 '비적'들에 맞서 싸우는 토성의 농민들 이야기이다. 만주 사변 직후 '비적'에 의해 목숨을 잃은 자기 형 치수의 경험을 잘 알고 있음에도 불구하고 농촌을 지켜야 한다는 일념으로 자위단원이 되어 마을을 지킨다. 마지막에는 일확천금의 꿈을 꾸면서 도문과 목단강의 건설지를 떠돌아다니던 그의 이복형 학수마저도 '비적'들의 습격에 맞서 싸운다. 이처럼 평소에는 서로 원수처럼 쳐다보던 가족들이 '비적'의 습격에 맞서서는 일치단결된 모습을 보여주고 있다. 물론 형 학수는 처음부터 이 마을을 지키려는 마음을 갖고 있던 사람은 아니다. 동생의 결혼비용을 가로채 한탕 사업을 해보려고 했던 것이지만 막상 '비적'의 습격을 보면서는 일단 마을을 지켜내야 한다고 생각하였던 것이다.

> 어떻게든 이 소식을 알리어 비적이 부락을 침범하기 전에 물리쳐야겠다. 그리하여 돈을 우선 비적의 손에서 막아야겠다. 내 손에 들어오는 건 그 후의 일이야. 그러나 이것은 맨처음 생각, 그 다음엔 무슨 생각이 났는지, 그것은 정녕 타산을 초월한 큰 힘인 것이 분명하였다.

'타산을 초월한 큰 힘'이란 바로 '비적'들의 약탈로부터 재산을 보호하여야 한다는 것이다. 이처럼 자위대원인 명수는 말할 것도 없고 일확천금에 눈이 멀어 동생을 협박하면서까지 돈을 빼앗아 사업 밑천을 하겠다고 했던 학수가 이렇게 '비적'으로부터 마을 재산을 지켜야 한다고 생각할 정도로 '비적'의 횡포란 것은 대단하다.

이 대목에서 우리가 유심히 살펴보아야 할 것은 '비적'의 정체이다. 당시 일제 관헌에서 이야기하던 '비적'에는 세 가지가 있었다. 하나는 '공비'로서 항일 운동을 하던 사회주의자들이다. 여기에는 중국 공산당에 적을 갖고 있는 조선인들과 중국인 모두를 가리킨다. 이들은 단순히 도적질을 하는 것이 아니고 일제에 맞서 싸우는 이들이다. 그렇기 때문에 이들은 일반 민중들에게는 절대로 해악을 끼치지 않을 뿐만 아니라 그들을 보호한다. 물론 일제 당국은 이들 공비들이 민중들을 괴롭히고 약탈을 한다고 선전하였지만 실제로 이들은 철저하게 민중들을 보호하였다. 오히려 이들은 자신들의 기반이 바로 농촌의 민중들에게 있다고 간주하였기 때문에 절대로 민폐를 끼치지는 않는 규율을 갖고 있었다. 이것은 이들의 생명선이기도 하였던 것이다.

당시 발표된 강경애의 「소금」은 이 점을 아주 잘 보여준다. 자신의 남편을 죽이고 심지어 자신의 아들까지 납치해 간 것이 공비라고 생각하였던 어머니가 혼자서 생활을 꾸려 가기 위해서 소금을 사와서 파는 일을 하다가 산중에서 '공비'를 만난다. 평소 일제 관헌의 선전을 그대로 믿고 있었던 어머니는 이제 죽었다고 생각한다. 그런데 오히려 이들은 자기의 것을 약탈하기보다는 오히려 보호해주는 것을 보면서 '공비'들이야말로 진정 인간적인 사람이라고 생각하고 일제 관헌의 선전을 더 이상 믿지 않게 되는 것이다. 이 작품은 당시 일제 관헌이 얼마나 '공비'에 대해서 악선전을 하였으며 또한 '비적'이란 이름을 이들을 모함했는가 하는 것을 알 수 있다.

'비적'에는 '공비' 이외에 '토비'가 있다. 이들의 성격은 매우 복잡하기 때문에 한마니로 규정할 수 없는 복삽한 성격을 띠고 있다. 군벌의 휘하에서 훈련받기도 하였지만 특정한 이상도 없이 그냥 노략질을 하면서 살아가는 무리들이 그 중 가장 많은 부분을 차지한다. 그 외에도 여러 가지 경로로 통하여 도적이 되어버린 무리들이 있다.

'비적'에는 '공비'와 '토비' 이외에 '반만항일비'도 있다. 이들은 '토비'들처럼 아무런 명분도 없이 그냥 노략질을 하는 패들이 결코 아니다. 이들은 민중들에게 해방과 행복을 약속하면서 이를 실행할 수 있는 강령도 가지고 있었다. 하지만 이들 중에는 여전히 '토비'적 성격을 강하게 가지고 있어 그 구분이 무색해지는 경우가 있을 정도로 안정적인 규율이 없었다. 이들 중에는 분명 '반만항일'을 내걸고 싸우는 이들이 있기도 하지만 이들조차도 패배 이후에는 인민에 대한 정확한 인식이 없이 그냥 약탈을 하면서 살아가는 이들이 많았다. 그런 점에서 이들은 분명 '공비'와 다른 것이다.

이처럼 '비적'의 경우 그 속에는 '공비', '토비' 그리고 '반만항일비'라는 성격이 매우 다른 세 가지의 집단이 있는데 일제 관헌은 항상 이들을 '비적'이란 이름으로 같이 묶어서 파악하고 악선전을 하였던 것이다.[15]

「토성」에서 명수와 학수가 일치하여 맞서 싸웠던 '비적'은 결코 '공비'가 아니다. 앞서 박영준이 「밀림의 여인」에서 귀순시키려고 하였던 이가 '공비'인 것과는 명백한 차이가 있는 것이다. 그리고 박영준이 미화하였던 김동한이 귀순공작을 할 때 대상이었던 '공비'와도 현저한 차이가 있는 것이다. 「토성」에서의 '비적'은 이러한 '사상비'가 아니라 그냥 약탈을 일삼는 '반만항일비'일 뿐이다. '반만항일비' 중에서도 초지를 잃고 거의 도적화한 무리이다.

> 반만항일의 완매한 꿈을 채 못 깨이고 처처에 준동하던 패잔비도, 황군 장병과 경관대와 자위단의 주야 겸행의 토벌과 아울러 협화회 특별공작대의 선무공작으로 일편 섬멸되고 일편 귀순하여 거의 그 자취를 감추었으나 최후까지 벌인 것이 왕덕림 일파였다. 그들이라 하여도 오지 밀림 중에 패주하여 준엄한 토벌대의 공격에 자멸의 날을 기다리고 있을 따름이었으나 여름 곡초가 무성한 때를 이용하여 식량 약탈의 최후의 발악으로 간도성 일대의 벽촌을 번거롭게 하였다.

위의 인용문에서 분명하게 드러나고 있는 것처럼 이들은 처음에는 '반만항일'의 기치를 내걸었으나 현재는 주민들의 식량을 약탈하는 일을 일삼는 '토비'에 가까운 이들이다. 그런 점을 고려할 때 작가 안수길은 일

---

15) 일제는 일반 민중들에게 선전할 때는 '비적' 내부의 구분을 두지 않고 묶어서 하나로 불렀으나, 내부적으로 이러한 구분을 하고 있었던 것으로 보인다. 필자의 분류와는 다르지만 당시 비적 내부의 이러한 차이에 대해서 논한 것 중에 주목할 것으로는 윤휘탁의 『일제하 '만주국' 연구』(일조각, 1996)를 참조할 수 있다.

제에 맞서 싸우는 '공비'들을 비방하거나 혹은 이들과 맞서 싸우는 것을 정당화한 것은 아니다. 농민들의 식량을 약탈하면서 도적과 큰 차이가 없는 타락한 '반만항일'패들을 비난하고 이들에 맞서 자신들의 식량을 지키려고 하는 농민들의 자구적 행위를 정당화하고 있는 것이다.

고국을 떠나 만주에서 생활의 근거지를 마련하는 과정에서 겪는 갖은 고초를 이겨내려고 하는 조선 농민들의 피나는 노력 그것이 바로 작가 안수길의 지향이었던 것이다. 물론 이 작품에 나오는 부분적인 표현들 예를 들어 '자작농 창정' 등이 마음에 걸리지 않는 것은 아니다. 그러나 그것들이 식민주의에의 협력의 징표라고 말할 수는 없을 것이다. 안수길은 저항을 하지는 않았지만 그렇다고 협력하였다고 할 수는 없다. 그런 점에서 그는 넓은 의미에서 비협력의 범주에 들어간다고 할 수 있다. 공식적 식민지인 조선에서는 이런 성격의 비협력이 존재할 수 없지만 비공식적 식민지인 만주국에서는 이런 형태의 수동적 비협력이 존재할 수가 있었다.

안수길의 이러한 지향은 일제말인 1944년에 만선일보에 연재한 『북향보』에서도 분명하게 드러난다. 만주국 성립 이전에 간도에 들어와 수전을 개척하면서 만주인들로부터 환영을 받았던 조선 농민들이 만주국 이후에도 계속하여 이런 자세를 가지면서 자신의 생활 근거지를 마련하는 모습을 그린 이 작품에서 정작 작가가 비판의 대상으로 삼는 것은 만주국 성립 이후에 만주에 한탕하기 위해 들어오는 조선 사람들과 이들과 부화뇌동하는 인물들이다. 만주국 성립 이후에 들어온 사람들 중 일부는 '일본의 국민'으로서의 자신의 위치를 과시하면서 만주에서 한탕 하려고 하기 때문에 만주인들로부터 환영을 받지 못하고 있는 것이며 또한 그들을 억압하기조차 하는 것이다. 작가 안수길은 만주국 성립 이전에 만주인들로부터 환영을 받으면서 들어왔던 이들의 '북향' 정신을 이어받으면서 삶의 터전을 마련하기를 원하는 것이다. 그렇기 때문에 이들에게는 과거에는 '반만항일'운동을 하였지만 현재에는 농민들을 무차별하게 약탈하는 패잔병들에게 대해서도 비판하고 있는 것이다.

> 명식이의 촌에는 왕덕림의 휘하라 자칭하는 무기를 가진 도적의 일당이 침입해들어온 것이었다. 당시 일만군경의 토비행(討匪行)과 각 농촌 부락에 조직된 자위단의 불철주야의 추격으로 도적의 무리는 산간림중에 쫓겨 겨우 여명을 지탱해나간 것이었으나 그들도 식량이 끊어졌을 때에는 전멸될 것을 각오하고 무리를 지어 촌락을 습격해 들어오는 것이었다.

왕덕림 일파에 대한 비판은 여기에서도 반복된다. 반만항일을 외치던 왕덕림을 비판하는 것이 아니라, 패잔병으로 농민들의 식량을 약탈하는 도적에 대해 비판하고 있는 것이다. 수전을 개발하여 생활의 터전을 개발하고 있는 조선 농민들에게 이들의 위협은 어떤 수를 써서라도 막아야 하는 재앙인 것이다. 앞서 보았던 「토성」에서 왕덕림 일파에 대한 비판과 그 궤를 같이 하는 것이다.

이런 점들을 고려할 때 안수길의 만주국 시절의 문학은 식민주의에의 협력이라고 볼 수 없고 오히려 비협력이라고 보아야 옳을 듯 하다.

(2) 조선의 연장으로서의 만주 : 현경준

1937년 고국이 가까이 보이는 만주국 도문으로 건너가 그곳에서 교사 생활을 한 현경준은 앞서 보았던 박영준은 물론이고 비협력의 길을 걸었던 안수길과도 다른 독특한 길을 걸은 작가이다. 일본 식민주의 정책의 이면을 통하여 지배 이데올로기의 허구성을 드러내는 방식을 취하고 있는 그의 작품적 특질이 잘 드러난 것 중의 하나가 만주로 건너간 직후에 쓴 것으로 짐작되는 「밀수」이다.

이 작품은 한 교육자의 참회를 그린 것으로 읽을 수 있다. 당시 만주 국의 법에 저촉되는 것으로 되어 있는 밀수를 하지 말라고 연설을 하였 던 K선생이 밀수를 하던 영순이의 집사정을 알면서 자신이 그 동안 학생 들 앞에서 떠들던 것의 자체 모순을 느끼면서 학교를 그만두는 것으로 되어 있어 그렇게 읽는 것이 큰 무리가 없어 보인다.

그런데 중요한 것은 영순이 일가가 겪는 삶의 이야기이다. 영순의 아 버지는 "큰 일을 위해 몸을 바친다고 하면서" 집을 떠나간 지 열 두 해이 다. 물론 여기서 말하는 큰 일이란 아마 독립운동을 비롯한 사회운동일 것이다. 남편이 없는 가정을 이끌면서 하나 있는 딸을 키웠던 어머니가 병석에 눕게 되자 공부를 잘하는 딸의 학비를 대기 위하여 딸에게 밀수 를 시켰던 것이다. 국가가 먹고 사는 것을 보장하지 않는 환경에서 자신 과 딸의 생계를 꾸려나가기 위하여 이러한 밀수를 하는 것이 어느 정도 자연스럽다고 보고 있는 것이다. 그런 점에서 당시 '왕도낙토'를 선전하 던 만주국의 선전을 전복시키는 효과를 발하는 것으로 읽을 수 있다. 이 작품은 여기에 그치지 않는다. 작품의 마지막에서 K선생이 영순이의 아 버지를 과거 자신이 만났던 사람들과 겹쳐 떠올리는 장면에서 잃어버렸 던 과거가 다시 살아나게 된다. K 역시 과거에는 '큰 일'을 위해 살았고 주변에서 그러한 인물들을 만나곤 하였다. 그런데 그 동안 교직에 있으 면서 까맣게 잊고 일상의 생활에 젖어 있었는데 영순의 아버지에 대한 이야기를 통하여 다시 과거의 꿈을 떠올리는 것이다. 그가 학교를 그만 두려고 하는 것 역시 이와 무관하지 않다. 현경준은 만주국의 선전을 전 복할 뿐만 아니라 이에 맞서 싸우는 것의 중요성을 강하게 암시하고 있 는 셈이다.

현경준의 이러한 작가적 지향은 「사생첩 – 제3화」에서도 뚜렷하게 드 러난다. 조선을 떠나 만주국 도문에 발을 디디는 이민 풍경을 스케치하 듯이 가볍게 건드리고 있지만 그 이상의 것을 담고 있는 작품이다. 당시 조선 총독부와 만주국은 조선 농민들의 만주 이민을 강력하게 추진하기 위하여 꿈같은 만주 이민 생활을 선전하였다. 만주라는 '처녀지'에 이주하여 개척하게 되면 조선서는 꿈도 꾸지 못하였던 생활을 할 수 있는 것처럼 선전하였던 것이다. 만주라는 곳은 자기만 열심히 일하면 모든 것을 얻을 수 있는 그런 곳으로 선전하였다.

그런데 이 작품에서는 이러한 선전이 얼마나 현실과 동떨어진 것인가 하는 것을 비록 짧은 사생이기는 하나 극명하게 보여주고 있다. 대구에서 떠날 때에도 사기를 당하여 자신이 가고자 하는 밀산에 훨씬 못 미치는 도문까지의 차표만을 얻을 수 있었고, 도문 도착 후에 이끌려간 사람으로부터는 예쁜 딸 금선이를 팔아넘겨서야 겨우 밀산으로 떠날 수 있는 차비를 마련할 수 있었던 것이다. 먹고 살기 위하여 고향을 등지고 만주로 떠난 이들의 이러한 삶의 고달픔을 통하여 당시 일본의 국책 이민과 이를 위한 선전이 얼마나 허구에 찬 것인가 하는 것을 생생하게 보여주고 있다. 이 작품이 발표될 1941년 초가 만주로의 국책이민이 적극적으로 선전될 때임을 감안하면 이 작품 역시 앞의 「밀수」와 마찬가지로 일본 식민주의 정책의 허구성을 보여주고 있는 것으로 볼 수 있다.

이상의 두 작품에서 드러나고 있는 것처럼 현경준은 만주를 항상 조선과 관련하여 다루고 있다는 점이다. 물론 이들 작품이 배경으로 하고 있는 곳이 도문이고 도문이 국경도시임을 감안하면 이러한 설정이 특별한 것이 아니라고 할 수도 있지만 도문을 배경으로 하여도 조선을 염두에 두지 않고 얼마든지 작품을 써내려 갈 수 있는 것을 감안하면 이러한 구성은 분명 '조선의 연장으로서의 만주'를 염두에 둘 때 가능한 것임을 알 수 있다. 조선총독부와 만주국 정부를 일본 식민주의의 큰 틀에서 보고 있음을 알 수 있다.

이러한 그의 시각이 잘 드러나고 있는 것으로 들 수 있는 것이 중편소설 「인생좌」이다. 이 작품은 1943년에 서울에서 발간된 소설집『마음의 금선』에 미발표의 형태로 수록된 작품이다. 미발표였다는 것은 이 작품 집 발간 시점이 이 작품의 발표시점인 것을 의미한다. 만주의 유랑극단 을 다루고 있는 이 작품 역시 조선과 만주를 동일한 선상에서 보면서 접 근하고 있다. 이 극단은 두 가지의 유혹을 받는다. 하나는 상업적 유혹이 다. 진지한 순수극을 하고자 하지만 수준이 이에 미치지 못하는 대중들 은 이런 것에 신경을 쓰지 않고 상업적인 통속극만을 상대하려고 한다. 그렇기 때문에 이들의 요구를 완전히 무시하여서는 극단을 꾸려나가지 못하기 때문에 결국 막 사이에 막간극을 집어넣어 대중들의 호기심을 일 정정도 충족시켜주는 방식으로 타협한다. 다른 유혹은 시국적인 것이다. 동료 연극인 중에서 이미 국책 연극을 하고 있는 이들은 이들에게 하루 바삐 과거의 틀에서 벗어나 새로운 시대를 호흡하라고 유혹한다. 그렇게 되면 여러 가지로 보장받기 때문에 극단을 꾸려나가는 것이 훨씬 수월한 것이다. 같은 연극인의 인연으로 알고 있던 협동극단의 한인이란 이가 이들에게 건네는 다음의 말은 당시 국책연극의 유혹이 만만치 않았음을 알 수 있다.

> 모든 것은 시국의 변천에 따라 급격히 변동되어 가는 형편이다. 극계를 놓고 보더라도 전날의 그 완만한 무기력한 상태로 지내서 는 안된다. 아니 지낼 수가 없다. 국가의 모든 것이 전체적으로 통 일되어 가고 국민의 생활이 강인한 투쟁을 요구하게 될 때 이전처 럼 예술에 있어서도 순수니 지상이니 하고 헛풍만 칠 수는 도저히 없는 일이다. 무대인은 전장에 나가서 싸우듯이 무대를 전장으로 피투성이가 되어서 싸워야 한다. 이렇다고 요즘 괜히 시국바람에 불려서 저로서도 이해치 못하는 엉터리의 망론을 내걸고 국민극이 니 무어니 하고 떠드는 패거리들의 그 애매모호한 수작을 본받자 는 것은 아니다. 단 하나이라도 좋고 털끝만치 되는 적은 것이라도 좋다. 참다운 자아를 발견하고 진실한 생활의 향기를 받을 수가 있 다면 그것이 우리들의 연극이며 예술인 것이다. 위정 당국에서도 이 때문에 얼마나 골머리를 앓는지 너는 짐작할 것이다. 처음 국민

연극에 관한 문제가 문화부면에 제공되었을 때 덮어놓고 지원병이
나오고 국방헌금이 나오고 스파이가 나오면 그것이 훌륭한 국민극
이 되는 것이라고 야단들을 쳤던 것이니 그에서 더 한심한 일이 어
디 있느냐? 진실로 교양이 있고 굳센 국가와 국민은 예술에 있어서
도 훌륭한 투쟁을 적과 하는 것이다. 이런 의미에서 지금 우리는
우리들의 건실한 무대를 조직해야 하며 국가총동원의 위대한 그
싸움을 규율있게 분담해 가지고 최후의 승리를 목표하고 나가야
한다. 우리는 벌써 새로운 단체를 조직하려고 운동한 지가 오래다.
관계당국과도 얼마쯤은 타협이 있었고 양해도 얻었다. 이번에 돌아
가면 곧 출산시키게끔 준비가 되어 있다. 어떠냐? 의향이 있느냐?16)

국책 연극에 발을 이미 디딘 한인이 유랑극단을 실질적으로 이끌고 있
는 철에게 권하는 대목이다. 1940년 말에 일제는 연극계를 통제하려고
하였으며 이를 위해 새로운 극단을 만들기도 하였다. 처음에는 국민극이
라 하여 시국적인 색채를 가미하기만 하면 되는 것으로 여겼으나 그런
정도로 가지고는 국민을 내면으로부터 설득시킬 수 없다는 판단하에 한
층 세련된 국민극을 요구하게 되었다. 그리하여 1942년 말부터는 국민연
극경연대회를 열어 경쟁을 통하여 이러한 연극을 생산해내려고 할 정도
였다. 이런 당시의 사정을 감안하면 인용된 한인의 대화는 당시 실정을
동시대적으로 반영한 것으로 매우 생생하게 다가온다. 경제적 기반이 없
어 극단을 해체해야 할 위기에 놓여 있는 철에게 이러한 유혹은 쉽게 넘
기기 어려운 것임에 틀림없다. 그런데 이 극단의 형식상 단장인 민우가
마지막까지 열연을 하다가 결국 무대에서 죽고 마는 대목에서 잘 드러나
는 것처럼 이들은 결코 국책 연극으로 넘어가지 않는 것이다. 죽기전 민
우는 자기 애인 마리를 데리고 협동극단으로 가라고 하지만 이는 죽어가
는 자의 미안함의 표시일 뿐이지 그 이상은 아닌 것이다.
이 작품의 주인공은 한편으로는 상업적 통속극의 유혹을 다른 한편에

---

16) 현경준, 『마음의 금선』, 홍문서관, 1943, 283-284쪽.

서는 국책 연극의 유혹을 동시에 받기에 한 동안 고민하지만 결국 그 어디에도 가지 않고 그 동안 자신이 걸어왔던 길을 걷는 것으로 마무리되고 있는 것으로 보아 작가 현경준이 당시 식민주의의 정책과는 다른 지향을 갖고 있었음을 알 수 있다. 1943년의 시점에서 이렇게 우회적으로나마 이런 작품을 내놓을 수 있었다는 것 자체가 놀라운 것이다.

현경준이 만주로 건너간 직후부터 1943년까지의 문학적 활동을 보건대 만주국의 정책 이면을 통하여 지배 이데올로기에 포섭되지 않는 삶의 현실을 재현하고 있음을 알 수 있다. 그럼에도 불구하고 현경준의 문학이 친일 협력의 시비에 오르는 것은 「유맹」과 『마음의 금선』 때문이다. 그렇기 때문에 이 두 작품에 대해서는 친일이라는 평가를 염두에 두면서 작품을 꼼꼼하게 분석할 필요가 있다.

「유맹」은 토성을 쌓고 집단부락과 자위대를 꾸몄다는 것으로 하여 우선 친일 협력의 혐의를 받는다. 이점은 앞서 안수길의 「토성」에서 보았던 것처럼 당시 만주국의 농촌에서 식량 약탈을 하는 '토비'들로부터 자신들을 방어하기 위하여 부분적으로 필요한 부분도 있었기 때문에 이것만으로 협력하였다고 말할 수는 없다. 문제는 박영준의 작품에서 보듯이 만주국에 조직적으로 저항하면서 인민들을 구하려고 하는 '공비'에 대해서 부정적으로 보는 태도와는 다르다.

이 작품에서 친일 협력의 징후를 읽어내는 논자들이 주목하는 대목은 만주국에서 정책적으로 펼치는 보도소 운영에 대해 작가가 호응하는 듯한 분위기를 보이는 점이다. 만주국의 정책이라고 해서 모두 식민주의적이라고 단정해서는 안 된다. 사람들을 분류하여 밀수업자와 아편 중독자들을 이런 감옥 속에 단절시켜 훈육시키는 것은 근대 자체의 문제이기 때문에 그 차원에서 논의해 볼 수는 있지만 그것이 식민주의 자체의 문제로는 될 수 없는 것이다.

이런 점들을 감안하여 보면 「유맹」이 친일이라고 하는 평가는 그렇게 탄탄한 근거 위에서 이루어진 것이라고 보기 어렵다. 오히려 만주국에 대한 감성적 부정에서 이루어진 것이라고 보아야 할 것이다. 조선이 식민지이고 일본의 한 부분이라고 해서 거기에서 일어나는 모든 삶의 내용이 식민주의에 협력한 것이라고 보는 것이 옳지 않은 것과 마찬가지이다.

 필자는 이 작품에서 현실과의 긴장을 잃지 않으려고 애쓰는 지식인의 자세를 확인하게 된다. 주인공 명우는 과거 그림을 공부하는 화가였다. 무사시노에 있는 일본미술학교를 다니면서 입선을 하는 등 전도가 창창한 인물이었다. 그런데 애인에 대한 오해 등으로 하여 그림을 그만두고 주변의 만류에도 불구하고 돈을 벌러 만주로 왔다가 결국 아편에 빠지고 만다. 하지만 그는 한편으로는 과거 그림을 그리면서 자신의 세계를 개척해나가려고 하였던 시절의 꿈을 버리지 못하고 있고 다른 한편으로는 과거와 단절하여 현재의 자족적 세계 속에서 살아나가는 안온함의 유혹에 이끌리기도 하면서 괴로워하고 있다. 결국 그는 현재의 유혹을 떨치고 과거의 꿈을 살려 앞으로 나아간다. 현실과의 대결에서 오는 긴장을 결코 버리지 않고 유지하려고 결심하였다. 현실과의 불화가 주는 긴장감이 부담스러워 그곳에서 벗어나 도피하고자 하는 태도와 결별한 것이다. 작가 현경준이 정작 이 작품에서 그리고자 하였던 것은 당시의 정황에서 지식인이 가져야 할 이러한 모습이 아니었던가 한다.

 이러한 작가적 지향이 한층 구체적으로 드러난 작품이 『마음의 금선』이다. 이 작품은 흔히 현경준의 친일을 더욱 잘 드러내는 작품이라고 평가되곤 한다. 이 작품이 단행본으로 발표될 무렵 작품 앞에 있는 서언을 그 근거로 들고 있다.

> 신흥국가 만주국에서는 그들의 그 과거에 착안하고 단 한사람이라도 좋다 한 사람이라도 완전히 소생시켜서 국가의 구성분자로 만들 수가 있다면 이 얼마나 뜻 깊은 일이랴? 하고 이를 악물고 달려 들었다. 왕도낙토를 건설하려는 만주국이 아니고는 생각도 할

수 없는 일이다. 정부에서는 전만에 걸쳐 검거한 중독자들에 오개 소 나누어 집단부락을 조직하고 온갖 고난을 겪어오면서 그들의 소생에 전력을 기울였다. 그 결과 현재는 모두 다 훌륭히 소생하여 서 국가의 구성분자의 의무를 충분히 다하고 있는 것이다.[17]

  실제로 이 언설대로 한다면 「유맹」을 개작하면서 이전 작품에서는 끝내 교정되지 않았던 규선이 마저 교정되는 것으로 설정하여야 했을 것이다. 그런데 이 작품에서는 오히려 새로운 인규라는 인물을 추가하면서도 명우와는 달리 끝까지 교정되지 않는 것으로 그리고 있다. 오히려 교정되지 않은 인물들의 숫자가 더 많아진 것이다. 그렇다면 이는 만주국이 벌이고 있는 이 보도사업의 문제점을 더욱 드러내는 것이지 결코 그것에 호응한다고 할 수 없는 것으로 우회적 글쓰기의 한 방법이라 할 수 있다. 그렇기 때문에 그의 작품의 서두에서 쓴 위의 인용 대목은 오히려 작가 자신의 이러한 설정이 가질 수도 있는 위험성을 분산시키기 위한 것에 불과하다고 밖에 볼 수 없는 것이다.

  정작 그의 관심은 딴 곳에 가 있다. 「유맹」에서 그러했던 것처럼 현실과의 불화에서 빚어지는 긴장을 감수하려고 하는 지식인의 자세를 강조하려고 이 작품을 개작한 것이다. 그리고 「유맹」에서 보여준 명우의 자세가 한층 더 설득력을 갖기 위해서는 이와 대조되는 삶의 자세를 배치할 필요가 있었던 것이다. 「유맹」에 등장하는 규선만으로는 명우의 이러한 선택이 갖는 의미를 돋보이게 하기 힘들었다고 판단했을 것이다. 그렇기 때문에 규선보다 한층 자의식이 강한 인규를 새로 등장시켜 그로 하여금 현실과의 불화에서 빚어지는 긴장감을 감내한다는 것이 얼마나 힘든 일인가를 강하게 드러내고 있다.

  아니다. 비뚜루 나가는 것이 아니다. 나는 바른 데로 나의 철학

---

17) 위의 책, 1-2쪽.

을 논한다. 일체를 망각한 나에게는 지위도 명예도 지식도 아무런
욕망도 없다. 그저 혼돈된 세계에 침천되려는 그 욕망밖에는 없다.
즉 균등으로 지속되는 만성의 쾌락에서 얻는 무상의 질서와 조화
를 바라는 그것밖에는 없다. 얼마나 순화된 최대한의 정신적 자애
냐? 그 속에는 무한한 자기 통제가 있다. 영원의 정서가 있다. 그리
고 근원적으로 환원된 인간의 본성이 있고 고난에서의 해탈이 있
다. 한포 먹으면 아득히 숨어드는 신비의 아지랑이 세상을 준들 바
꿀 수가 있느냐? 그러한 신비의 경역을 모르고 이러니 저러니 하고
시비하는 속세의 추잡물들을 생각할 때 나는 새삼스레 이를 부드
득 갈지 않을 수가 없다.18)

   인규의 이러한 발언은 규선의 그것과는 비교가 되지 않을 정도로 자의
식이 강한 것이다. 현경준은 이러한 인물과 명우를 병치시키고 대화하게
만듦으로써 한층 명우의 성격이 갖고 있는 의미를 온전히 드러내 보여줄
수 있었던 것으로 보인다.
   이런 점으로 하여 현경준의 「유맹」과『마음의 금선』은 친일협력이라
고 할 수 없고 오히려 당시의 정황 속에서 현실과의 긴장을 잃지 않으려
고 하는 지식인의 태도를 강조하려고 했던 우회적 글쓰기로 읽을 수 있
다.
   한편에서는 만주국 조선인 문학하면 무조건 망명지에서의 저항문학으
로 보려고 하는 경향이 존재하는가 하면, 다른 한편에서는 만주국은 일
본제국주의의 괴뢰정권이기 때문에 거기서의 문학을 모두 협력문학으로
보려고 하는 경향이 존재한다. 필자는 만주국 조선인문학의 복합성을 주
목하고자 한다. 그 속에서 일본의 식민주의에 대한 협력과 비협력(수동적
비협력과 능동적 비협력으로서의 저항)의 문제를 보려고 하였다.

---

18) 위의 책, 205-206쪽.

재만주 친일문학

‘야만’적 저항과 ‘문명’적 협력
‘협화미담’과 ‘금연문예’에 나타난 내적 갈등과 친일의 길
친일문학 논의와 ‘재만조선인문학’의 특수성

'야만'적 저항과 '문명'적 협력

— 박영준 「밀림의 여인」의 친일 논리 —

이상경(한국과학기술원)

1. '비공식적 식민지' 만주국의 특수성과 검열의 문제

만주 체험을 가지고 그곳에서 작품 활동을 했거나, 그곳의 경험을 소재로 작품 활동을 한 작가들을 대상으로 재만주 조선인 (친일) 문학을 논의할 때 중요하게 거론되는 대상 텍스트는 『만선일보』 소재 작품과 작품집 『싹트는 대지 – 재만 조선인 작품집』(신경 만선일보사 출판부, 1941)에 실린 작품이다. 거기에 수록된 작품과 작가들이 드러내고 있는 현실 인식이 친일적인가, 그렇지 않은가를 물을 때는 우선 '만주국'에 대해 긍정적인가, 부정적인가를 물어야 한다. 그리고 만주국에 대한 긍정적 동의가 당시의 검열과 관련하여 어쩔 수 없이 이루어진 부분인지, 아니면 작가가 스스로 믿는 바의 논리에 의해 이루어진 것인지를 가리는 것이 논의의 관건이 된다.

물론 이런 점은 일제 지배하 식민지에서 간행된 모든 출판물에서도 마찬가지이다. 그러면서도 당시의 '만주국'이란 일제의 식민 통치가 직접적으로 행해지는 한반도와는 달리, 형식적으로는 '오족협화'를 내세운 신생 독립국가였기에 일정하게 차이가 있을 수밖에 없다. 즉 형식적으로는 독립국이되 실제에 있어서는 일본의 지배가 관철되고 있었다는 점에서 만주국은 '비공식적 식민지'라고 할 수 있을 것이다. 따라서 당시에 만주국에 대한 기대도 공식적으로 식민지가 아닌 독립국가라는 측면에 초점을 맞춰 '오족협화'를 강조하면서 각 민족간의 자율성과 협화를 추구하는 경향과 실제로는 식민지라는 측면에 초점을 맞춰 만주국에서 일본 민족의 우위를 강조하는 경향으로 나뉘어 있었다. 또한 만주국이 수행한 국가 정책 중에는 만주 지역의 봉건적 군벌에 맞서 근대적 국가 제도를 수립하는 것도 있고 일본의 식민지로서 동원 정책도 있었다. 물론 양 측면이 언제나 명징하게 나뉘는 것은 아니고 시기에 따라 강조점이 달라지기도 하지만 대체적인 경향이 그러했다. 따라서 만주국에서 시행된 근대적 제도 확립에 동의하는 모든 행위를 '친일'이라고 부르기에는 무리가 있다. 만주국에서 '친일'이란 '만주국'의 정책 일반에 대한 동의 여부보다는 '오족협화'를 내세우고도 실질적으로는 일본의 지배, 만주국 내에서 일본인의 우위를 강제했던 일본의 정책에 대한 동의 여부에 의해서 가려져야 하는 것이 아닌가 한다.

또한 일제의 검열은 상시적인 것이어서 신문이나 잡지에 발표할 때 검열을 당하고, 연재 후 단행본으로 묶을 때 또 검열을 받았다. 그래서 해방 후 자유로운 상태에서 작품집을 출간하게 되었을 때 많은 작가들이 일제 시대에 발표되었던 작품을 고쳐서 실었다. 검열에서 삭제당한 부분을 복원한다든지, 검열에서 삭제당할까봐 아예 쓰지 않았던 부분을 첨가한다는 방식이었다. 시간이 오래 되고 원 자료가 없어서 뜻대로 안 된 경우도 있었다. 특히 일제 말기 총동원 체제가 강화되면서는 검열은 어떤 것을 못 쓰게 할 뿐만 아니라 나아가 어떤 것을 쓰게 하는 식으로까지 작동하게 되었다. 따라서 일제의 내선일체론과 대동아공영권론에 장단을 맞춘 작품이 친일 작품을 내놓았던 작가들 중 일부는 해방 후 본의가 아니었다고 하면서 특정 부분을 삭제하거나 고쳐서 내놓기도 했다. 따라서 일제 말기의 작품을 읽을 때는 그것이 자발적인 것이었는지 어쩔 수 없는 것이었는지를 가려볼 필요가 있다. 이를 위해서는 한 작가의 작품 상호간에 친일의 내적 논리가 존재하는가를 보아야 할 것이며, 해방 후의 개작이 존재하는 경우라면 원작과의 비교를 통해 작품에서 외적으로 덧붙여진 것과 그렇지 않고 본질적인 것을 가려 그것의 내적 논리를 드러내 보일 수 있을 것이다. 본 연구에서 논의하고자 하는 재만 조선인 문학의 경우 대부분 만주국의 국책에 적극적으로 따를 것을 요구받던 1939~1945년의 시기에 이루어졌기에 작품에서 나타나는 만주국에 대한 동의는 검열을 고려하면서 그 자발성 여부를 따져 보는 것이 필요하다.

일찍이 비공식적 식민지로서의 만주국의 특수성에 대한 인식이 부각되기 이전, 일제 말기 만주국의 조선인 문학에 주목했던 연구들은 만주국의 일면만을 보고서 거기서 산출된 문학에 대해 긍정 혹은 부정의 상반되는 입장을 취했다. 『싹트는 대지』와 『만선일보』 소재 작품에 대해 오양호는 그 형식이 '한글'이라는 데에 집중하여 망명문학 또는 이민문학으로서 '암흑기'를 밝히는 문학이란 평가를 내렸다.[1] 반면 안수길 문학을 연구하면서 『싹트는 대지』에 주목했던 김윤식은 경제적 생활난을 타개하기 위해 만주 개척에 나섰고 거기에 뿌리를 내려야 하는 조선인들로서는 중국인 지주나 비적에 맞서 치안을 유지해 주고 근대적 소유 관계를 확립하고자 하는 만주국에 대해 긍정적인 것이 당연하며 그런 한도 내에서 재만 조선인 문학이란 친일문학이라는 견해를 밝혔다.[2] 채훈 역시 '만주

---

[1] 오양호, 『한국문학과 간도』, 문예출판사, 1988; 『일제강점기 만주 조선인 문학 연구』, 문예출판사, 1996.

국의 국책을 홍보하는 신문'으로서 『만선일보』의 성격을 강조하고 『싹트
는 대지』의 작품 역시 그런 측면이 있다고 했다.[3] 남한의 연구자들이 안
수길에 초점을 두고 재만 조선인 문학을 연구했던 반면 중국의 조선족
연구자들은 일찍부터 김창걸의 만주국 시기 작품들에 대해 항일의식이
높은 작품이라고 고평을 했다. 그러다가 『싹트는 대지』와 『만선일보』의
존재가 알려지면서 거기에 실린 김창걸의 원작과 해방 후 김창걸이 기억
에 의존해 복원했다고 하는 작품 사이의 차이에 주목하고 텍스트 비평을
비롯하여 새롭게 이 시기의 문학을 연구하기 시작했다.[4]

　이렇게 간략한 연구사 검토에서도 일제 말기 재만 조선인문학 연구의
문제성이 그대로 드러난다. 이 논문에서는 이러한 문제성을 염두에 두고
『싹트는 대지』에 실린 박영준의 「밀림의 여인」을 중심으로 만주국에서의
저항과 협력 문제 그리고 검열의 문제를 분석하여 만주국 시절의 조선인
문학을 바라보는 하나의 가늠자를 설정하고자 하는 것을 목표로 한다.

　특별히 박영준의 「밀림의 여인」을 중심 대상으로 하는 이유는, 우선
이 작품이 만주국의 시책 중에서도 만주국에서 가장 적극적으로 항일운
동을 했던 '공산비'를 귀순시키는 소재를 다루었기에 만주국을 지배하는
일본에 대한 동의의 논리를 가장 선명하게 드러낼 수 있을 것으로 기대
되기 때문이다. 다음으로 이 작품은 일제 말의 원작과 해방 후의 개작이
존재함으로 해서 검열의 문제를 가늠할 수 있게 할 뿐만 아니라 개작임
을 드러내지 않고 신작 발표의 형식을 취하면서 1970년대의 남한 사회를
향해 무언가를 발언하고 있기 때문이다.

　이상의 목표를 위해서 우선 만주 소재의 작품 중 일제 말기의 원작과
해방 후의 개작이 존재하는 작품을 대상으로 검열과 개작의 관련성을 분

---

2) 김윤식, 『안수길 연구』, 정음사, 1985.
3) 채훈, 『재만한국문학연구』, 깊은 샘, 1990.
4) 권철, 『광복전 중국조선민족문학 연구』, 한국문화사, 1999.

석한다. 그런 다음 「밀림의 여인」에서 역설하는 친일 협력의 논리를 분석하고 1970년대에 이루어진 개작의 독특성과 의미를 분석하여 그것이 박영준에게 체화된 논리였음을 밝힌다. 마지막으로 이러한 논의를 뒷받침하기 위해 만주국에서 문학 활동을 했으면서도 전혀 시국색이 없고 만주국에 대해 부정적 전망을 비치는 강경애나 황건의 작품을 살펴봄으로써 박영준 작품의 친일 논리를 좀더 선명하게 드러낸다.

2. 일제의 검열과 해방 후의 개작

1) 친일적 색채 벗겨 내기 : 박계주

만주에서 성장기를 보내고 돌아와 1938년 『매일신보』로 등단한 박계주[5]는 만주의 생활을 소재로 한 작품을 많이 썼는데 해방 후에 그 전에 발표한 만주 소재 작품들을 묶은 작품집 『처녀지』(박문출판사, 1948)를 내면서 검열의 폭압성에 대해 다음과 같이 얘기했다.

> 자랑이 아니다. 변명도 아니다. 투쟁했다는 것은 더군다나 아니다. 나같이 유약한 사람이 징용, 전쟁, 공출, 일본 국체 등을 구가하는 소설을 쓰지 않았던 것은 다행한 일이거니와, 그리고 그것은 민족의 당연한 본분이요 의무니 자긍할 바는 못 되지만, 나는 내 작

---

5) 박계주의 만주 소재 작품이 '재만 조선인문학'의 범주에 들어갈 수 있을지에 대해서는 좀더 논의가 필요할 것이다. 그러나 1913년 간도 용정에서 태어나 1934년까지 거기에서 생활했고 그 체험을 소재로 작품을 썼다는 점에서 연변대학 조선언어문학연구소 편, 『중국조선민족문학대계 11 소설집』, 흑룡강 조선민족출판사, 2002에 수록하고 있기에 여기서 참고 작품으로 다루는 것이다.

품이 일정시대 검열관의 손에 들어갈 때마다 저것이 불통과되지나
않을까고 조바심을 하지 않아본 것이 없다.

[…]

그러나 이 적고 보잘 것 없는 섬광마저 검열관의 손에 도려 내
이는 때는 슬프지 않을 수 없었다. 심지어 이 소설집에 수록한 「육
표」의 맨 끝에 '조선인 강달규지묘'의 위 석 자 '조선인'까지도 민
족의식을 고취하는 것이라 하여 거기까지 검열관 (적어도 조선인
검열관)은 히스테리를 부려가며 삭제해 버렸으니 다른 것은 말해
무엇 하랴.

그리하여 이번 이 작품들을 활자화시킴에 있어 삭제 당한 곳 혹
은 써 넣고 싶으면서도 써 넣지 못한 곳에 모두 가필 정정했다.6)

이렇게 박계주는 자신이 원작을 해방 후에 '가필 정정'했다고 밝히고
있다. 원작과 개작을 확인할 수 있는 작품 「오랑캐」(『삼천리』 1940. 10 →
「사형수」로 개제, 『처녀지』), 「육표(肉票)」(『춘추』 1942. 11 → 『처녀지』), 「유
방(乳房)」(『조광』 1943. 2 → 「어머니」로 개제, 『신문학』 1946. 6 → 「유방」으로
다시 개제, 『처녀지』), 「딸따리족」(『조광』 1943. 2 → 「무명지사의 최후」로 개
제, 『처녀지』) 중에서 친일 문제와 관련하여 주목할 만한 정정과 가필이
이루어진 것은 「유방」과 「딸따리족」이다.

「유방」은 일본군 장교가 낭자관 전투에서 있었던 일을 들려준 것을 기
록한다는 형식을 취했다.

남원 공략전을 비롯하여 태원성 함락에 이르기까지 혁혁한 무훈
을 세운 김석원(金錫源) 부대장은 북지전선에서 첫번 돌아왔었을 때
이러한 이야기를 들려준 것을 여기에 옮겨 쓰기로 한다.7)

여기서 김석원이란 일본군 장교로 이름을 떨치던 인물이며8) 이야기의

---

6) 박계주, 「『처녀지』 후기」, 연변대학 조선언어문학연구소 편, 『중국조선민족문학대
계 11 소설집』, 흑룡강 조선민족출판사, 2002, 563쪽.
7) 위의 책, 480쪽.

주인공은 일본군으로 나간 조선 청년 모자이다.9) 전쟁에서 부상을 입어 눈멀고 귀 먹은 조선 청년이 어머니를 그리워한다. 보지도 듣지도 못하니까 처음에는 간호원 손을 붙들고 어머니라고 부르다가 실망하기를 거듭 한다. 그러다 보니 정작 전보를 받고 진짜 어머니가 왔지만 어머니라고 생각하지를 않고 그에게 알려 줄 도리도 없다. 그러자 어머니는 가슴을 헤치고 젖을 꺼내 아들의 입에 물려주어 모자는 상봉의 눈물을 흘렸다는 것이다.

이런 작품을 박계주는 해방 뒤에 개작하여 다시 발표했다. 개작은 어머니의 젖을 물고서야 어머니를 알아본다는 핵심은 두고 그 이야기를 들려주는 주체를 일본군 장교 김석원에서 학도병 출신으로 연안으로 탈출했다가 해방 후에 귀환한 인물 정태호로 바꾸었다. 그리고 부상을 당한 병사도 징병을 당해 끌려왔다가 학도병을 만나 조선의용군으로 탈주를 꿈꾸던 민족의식의 소유자로 바꾸고 탈주를 미처 감행하기 전 태항산 전투에서 부상당하여 일본군 야전 병원에 누워 있게 되었다는 상황이 덧붙여졌다. 개작본의 서두는 다음과 같다.

　　제정 일본 학정자의 채찍에 못이겨 지원병이라는 미명 밑에서

---

8) 김석원(金錫源, 창씨명 金山錫源, 1893~1978)은 1893년 서울에서 태어나 일본 육군 사관학교를 마친 뒤 보병 소위로 임관한다. 1931년 일제가 만주를 침략하던 때에는 기관총 부대 중대장으로 참전하여 진두 지휘관으로서 엄청난 전승을 기록한다. 1937년 7월 7일 일제가 중국침략을 감행하면서 11일에 동원령을 내리자 그는 서슴없이 출정하였다. 가네야마 대대장은 7월 28일 산시(山西)성 동원(東苑) 공격전으로 다시 한 번 세상을 놀래게 했다. 그는 일본군 2개 중대를 지휘하여 중국군 1개 사단과 7시간에 걸친 육박전을 벌인 끝에 승리하여, 일본 훈3등 공3급 욱3등에 금사(金賜) 훈장을 받아 영웅적 명성을 얻기에 이르렀다. 김석원은 얼마 후 중좌로 진급하여 일본군 제20사단 보병 39여단 예하 78연대 소속으로 용산에 눌러 앉아서 황군의 모범으로 복무하였다. 반민족문제연구소 엮음, 『친일파 99인 2』, 돌베개, 1993 참고.

9) 작품 말미에 '조선헌병대점검제(點檢濟)'라고 씌어 있다. 검열을 감안하며 읽어야 하는 작품이다.

이를 갈며 화북 전투지구에 출정했던 학도병 정태호 군은 이번 중
국 연안에서 귀환하여 이러한 이야기를 들려준 것을 여기에 옮겨
쓰기로 한다.10)

그리고 작품 중간에 일본군이 부상병의 어머니를 전선에까지 올 수 있
도록 배려한 점에 대해 "그것은 김인철 군이나 김인철 군의 어머니를 위
해서가 아니고 단지 전지에 있는 조선 군인들이 잘 싸워 주기를 바라는
욕심에서 사탕 바른 그 소위 '일시동인'으로 부하를 차별 없이 사랑한다
는 것을 보여주기 위한 정책일 것"이라고 덧붙이고 있다.

이런 것으로 보아 군인과 어머니의 이야기는 실화였고 작가는 그것을
'흥미로운 이야기거리'로 여겼으며 특별하게 일본 군인의 용맹성을 선전
하는 의도는 없었다고 봐도 좋을 것 같다. 박계주 스스로 해방 후에 이
작품의 소재가 '대중적인 것이 부끄러움을 갖는다'고 쓰면서도11) 개작해
서 다시 발표한 것을 보면 그 소재에 끌렸음을 알 수 있다. 그 소재 때문
에 해방 후에도 버리지 않고 개작을 하면서까지, 혹시나 친일 작품이라
고 지목받을까 우려해 해명까지 해 가며 일본군 장교 김석원을 조선의용
군 정태호로, 별 의식 없는 조선 청년을 민족 의식을 가진 조선 청년으로
바꾸어서 발표한 것이다.

「딸따리족」의 개작 방식 역시 「유방」과 유사하다. 강동 영감이 딸따리
족에게 감자를 주고 황금덩어리를 얻어 잘 지내다가 감자 심는 법을 제
대로 못 가르쳐주는 바람에 더 이상 황금을 못 얻게 되었다는 '흥미로운
소재'가 핵심이다. 그런데 해방 전의 「딸따리족」에서는 강동 영감이 시베
리아로 유랑한 경험을 이야기하면서 공산당에 대해 적개심을 드러낸다.

---

10) 연변대학 조선언어문학연구소 편, 『중국조선민족문학대계 11 소설집』, 흑룡강 조
    선민족출판사, 2002, 486쪽.
11) 박계주, 「'처녀지' 후기」, 위의 책, 564쪽.

"아아니, 그게 어떻게 번 돈이관데 그놈들이 그저 넌쭉 빼앗아 먹는 게야. 몇번이나 죽을 고비르 넘어서 모은 재물으 넙적 집어 삼키는 놈들이 강도지 그래 머이란 말이오."

그는 공산당원을 마주 대하기나 한 듯이 앞을 노려보며 이를 갈 기까지 했었다.12)

"[…] 그러던 삼림이 글쎄 그 망할 놈의 공산당인지 불한당인지 한 놈들에게 모주리 빼앗기구 지금은 요 꼴이 앙이오?"13)

그런데 해방 후의 개작 「무명지사의 최후」에서는 한량이었던 강동 영감을 의식 있는 민족주의자로 바꾸고 강동 영감의 입을 통해 공산당에 대한 오해를 해명하는 식으로 작품을 뜯어 고쳤다.

"법이야 그 눔의 법이 좋지, 양반 쌍놈의 구별이 없이, 그리구 못 먹는 놈 더 잘 먹는 놈이 없이 꼭 같이 일하고 꼭 같이 잘 살자 는 게니까."
"그런데 왜 남의 재산으 그렇게 탕뒤(도적)질으 함둥?"
"탕뒤질인가, 머. 있는 놈외 해르 없는 놈에게 노니 주능 게지."
[…]
"그럼 아방이는 공산주의자구만."
"다 찬성하는 건 아니지."
"거기서는 네 에미내(여편네) 내 에미내 없다지비?"
"그건 다 괜한 소리지. 에펀네 공산이야 할 수 있을라구. 우리 있을 때두 내외간 싫으면 곧 이혼하구 남의 부인이라두 서루 마음 맞으면 살구 했으니까 그걸 말하는 게지. 즉, 맘에 없다느 거르 강제루 데리고 사는 인권 침해는 안 되지."14)

---

12) 박계주, 「딸따리족」, 위의 책, 496쪽.
13) 박계주, 「딸따리족」, 위의 책, 501쪽.
14) 박계주, 「무명지사의 최후」, 위의 책, 503-504쪽.

이런 식으로 개작을 하게 된 것은 해방 후에 박계주가 『민성』지의 편집을 맡는 등 좌파 작가 쪽으로 기울어 있던 것과 관련이 있을 것이다. '흥미로운 소재'를 가지고 해방 전에는 일제의 '반공' 정책에 영합하는 것으로, 해방 후에는 민족주의와 좌익이 우세한 시류에 영합하는 것으로 고쳐서 발표하는 박계주의 작품에서 어떤 내적 논리를 찾기는 어렵다.

2) 항일의 색채를 덧씌우기 : 김창걸

김창걸(1911~1991)은 일제 말기 한두 편의 친일적인 글을 쓰고 난 뒤 위기를 느끼고 1943년 절필에 들어갔다고 한다. 그리고 해방 후 여러 우여곡절을 거쳐 1982년 최초의 작품집[15]을 낼 때 해방 전에 썼던 작품을 고쳐서 - 김창걸 자신의 말로는 기억에 의지해 되살려서 - 실었다. 거기에 실은 글 중에서 절필 당시의 심경을 회고한 「절필사」는 만주국에서의 검열과 작가의 상황을 보여주는 글로서 의미가 있다.

> 1943년 가을 어느 날이었다. 신문사에서 지정 제목에 지정 내용을 붙여 400자 정도의 글을 쓰라는 것이다. 그 제목이란 「대동아전쟁과 문인들의 각오」란 것이고 그 내용이란 "대동아전쟁에서의 승리를 위하여 사상상 동요함이 없이 물질상 곤난을 극복하도록 문필을 통하여 고무해야 한다"는 것이었다.
> 나는 이 주문에 대하여 매우 망설였다. [⋯] 그래서 내심 상 격투하다 끝내 이기지 못하였다. 신문사 주문의 내용요지에 약간의 살을 붙여서 그대로 쓰고 말았다. 왜냐하면 모처럼 얻은 '작가'라는 영예를 그대로 보존하기 위하여, 만일 이런 주문에도 응치 않는다면 내 존재는 문단에서 아주 없어지고 마는 것이 아닌가! 이렇게 생각되어서였다.

---

15) 김창걸, 『김창걸 단편소설 선집 - 해방 전 편』, 중국 심양; 료녕 인민출판사, 1982.

> 그 뒤 며칠 후에 나의 그 글이 내 이름까지 박혀 발표되었다. 비
> 록 장편 대론은 아니고 또 여럿이 함께 그런 글을 쓰는데 꺼묻어
> 쓴 것이라고 처음에는 자기 위안과 변명을 가지었다. 그러나 다시
> 곰곰이 생각하니 나는 범죄자라고 느껴졌다.16)

이 글은 일제 말기 작품 창작을 포기하게 되는 과정을 회고한 것이다. 일제가 문인들로 하여금 집단 속의 한 사람으로 친일 글을 쓰게 하는 교묘한 방법과, 문단에서 존재가 없어지는 것이 두려워 자의 반 타의 반으로 친일 문인의 길로 들어서게 되는 사람들의 내면 풍경을 보여주는 드문 글이다.17) 당시에는 이렇게 한두 편을 쓰고 나서 위기를 느끼고 절필로 들어가는 문인이 있는가 하면 문단의 각광을 받으면서 자발적으로 친일 문학을 양산해 낸 문인들도 있었다.

김창걸의 「암야」(『싹트는 대지』→「지새는 밤」, 『김창걸 단편소설 선집-해방 전 편-』)는 빚을 갚기 위해 딸을 팔아야 하는 농민의 기막힌 사정을 통해 빈부 대립을 보여주면서 거기에 맞서 사랑하는 총각 처녀가 밤도망을 치는 이야기이다. 『싹트는 대지』에 수록되어 김창걸의 대표작으로 꼽히는 이 작품은 해방 전의 작품과 해방 후의 작품이 제목만 '암야'에서 '지새는 밤'으로 좀더 희망적인 어구로 바뀌었지만 내용상의 차이는 없다.

> 이 어두운 밤이 밝으면 빛나는 대낮이 되듯이 나와 고분이와의
> 앞길에도 이 어두운 밤이 지나가고 밝은 해발이 비쳐주기를 마음

---

16) 김창걸, 「절필사」, 연변대학 조선언어문학연구소 편, 『중국조선민족문학대계(제11권) 소설집 김창걸 등』, 흑룡강 조선민족출판사, 2002, 280쪽.

17) 이 글의 의의에 대한 자세한 논의는 채훈의 논문(「'붓을 꺾으며'에 대하여」, 『재만한국문학연구』, 깊은 샘, 1990)을 참고. 다만 채훈은 이 글이 '수필'이므로 허구가 거의 없는 것으로 보고 이 수필에 근거하여 김창걸의 『김창걸 단편소설 선집 – 해방 전 편』에 실린 작품들을 해방 전의 것으로 간주하고 고평하고 있는데 이에 대해서는 원작들이 발굴되면서 새로운 논의들이 이루어지고 있다.

속으로 빌면서 나는 어두운 이 밤길을 빨리 하였다.[18]

해방 후의 개작 문제와 관련하여 의미 있는 작품은 「낙제」(『만선일보』 1940. 5. 6 ~ 5. 7. →『김창걸 단편소설 선집 – 해방 전 편 – 』)이다. 만주에서 조선인 노동자가 승진을 하려면 일본인 조장에게 뇌물을 바쳐야 한다는 이야기를 듣고 그렇게 하려다가 결국 양심을 지키고 승진에서 '낙제'한다는 이야기가 핵심이다. 그런데 해방 전의 작품에는 조선인 두 사람 중 한 사람은 조장에게 뇌물을 주고 다른 한 사람은 안 주는 것으로 대비되어 있는 데 반해, 해방 후에 개작한 작품에는 일본인은 실력이 부족해도 당연히 월급도 더 많고 승진도 먼저 된다고 하는 내용을 덧붙였다. 즉 원작에서는 '야마시'가 통하는 세태에 대한 비판이던 것이 개작에서는 민족차별을 하는 일본에 대한 비판으로 바뀌었다. 직장에서 살아남기 위해 어떻게 해야 하는가 하는 고민을 담은 세태 묘사 소설에서 일본의 민족차별을 비판하는 의식을 담은 소설로 개작을 한 것이다. 이러한 개작 사례가 밝혀지면서, 당연한 것이지만, 김창걸이 해방 전에 썼다고 하면서 『김창걸 단편소설 선집 – 해방 전 편 – 』에 실은 소설들에서 선명하게 드러나는 항일적 색채를 그대로 해방 전의 것으로 간주하기는 곤란하다는 것이 분명해졌다.[19]

현재 확인할 수 있는 해방 전 김창걸의 소설 「청공」(『만선일보』 1940. 2. 11 ~ 28), 「거울」(『만선일보』 1940. 7. 14 ~ 16), 「천사와 요술」(『만선일보』

18) 김창걸, 「암야」, 연변대학 조선언어문학연구소 편, 앞의 책, 143쪽.
19) 권철의 다음과 같은 서술이 이 사정을 잘 보여준다. "원작 「낙제」가 발표된 지 40년이나 지난 1980년에 와서 적어두었던 스토리에 의거하여 원래의 것대로 회복시킨다는 것은 거의 불가능한 일이다. 그리고 이렇게 (…) 회상으로 재정리하여 내놓은 경우도 또한 수난에 허덕였던 우리 조선민족과 같은 피압박 민족들에게서만이 볼 수 있는 특이한 문학 현상이다. 이에 우리들은 지난날의 역사, 문화적 환경과 당시의 작가의 실제로부터 출발하여 심입 연구함으로써 그 진상을 밝혀야 한다." 권철, 『광복전 중국 조선민족문학 연구』, 한국문화사, 1999, 296쪽.

1940. 7. 19 ~ 20), 「소고기」(『만선일보』 7. 21 ~ 23), 「마리아」(『만선일보』1940. 8.
6 ~ 7)는 전반적으로 이렇게 세태를 묘사하는 씁쓸한 느낌의 작품들이 주
를 이룬다. 그런 점에서 원작이 확인되지 않은 채 김창걸이 해방 후에 기
억에 의존해 복원했다고 하는 대부분의 작품들에서 드러나는 강한 항일
적 색채는 해방 후에 덧붙여진 것으로 보아도 좋을 듯하다.[20]

이상에서 살펴본 두 작가의 작품과는 확연하게 다르게 박영준의 「밀림
의 여인」은 원작과 개작에 일관해서 '야만'적 저항자를 '문명'적 협력자
로 귀순시키는 친일의 '내적 논리'를 보여주고 있다는 점에서 문제적이다.

3. '야만'적 저항과 '문명'적 협력

1) '야만적 공비'에 대한 귀순 공작 : 「밀림의 여인」(1941)

박영준은 「밀림의 여인」을 1941년 9월 『만선일보』에 발표한 뒤 곧바로
『싹트는 대지』에 실었다. 지금 우리가 볼 수 있는 것은 『싹트는 대지』에
실린 것이다. 그리고 난 뒤 30년이나 지나서 1974년 6월 『현대문학』에 박

---

20) 김창걸의 「낙제」의 개작 문제를 다룬 표언복은 이러한 개작을 통해 작가가 해방
전 쓰고 싶던 것을 못 쓴 것을 해방 후에 되살려 놓은 것으로 해석했다(표언복, 「해방
을 전후한 창작 환경의 차이가 작품에 미친 영향 - 김창걸의 「낙제」와 박영준의
「밀림의 여인」을 중심으로 -」, 한국어문학회, 『어문학』 69, 2000), 권철 역시 "그런
문화적 환경하에서 원래의 구상을 포기하고 작가는 당시 발표할 가능성을 감안
하여 두루 고쳐 발표한 것이 해방 전 「낙제」가 아닌가라고도 생각해 본다."고 하
여 쓰고 싶었던 것을 해방 후에 되살려 놓은 것으로 해석했다. 그러나 필자는 이
들과는 다르게 김창걸이 해방 전에는 민족 차별 문제에 대해 그렇게 중점을 둔
것이 아니었다는 쪽으로 해석한다. 해방 전 김창걸의 작품에는 이를 우회적으로
라도 고민한 흔적이 보이지 않기 때문이다.

영준은 이 작품을 개작하여 다시 「밀림의 여인」을 발표했다. 그런데 이 작품이 해방 전의 작품을 개작한 것이라는 점을 아무데서도 밝히지 않고 신작인 것처럼 발표했다는 점에서 앞서 살펴 본 박계주나 김창걸의 개작 과는 다른 의미를 가진다.

「밀림의 여인」(1941)은 10년간이나 산 속에서 무장 투쟁 활동을 하다가 토벌대에 붙잡힌 '공산비' 김순이를 집에 데려 와서 돌보면서 일상적인 생활인으로 돌아오도록 '정신적 귀화'를 시키는 과정을 담고 있다. 순이 는 부상을 입고 잡혀서 할 수 없이 귀순을 했기 때문에 예전 생활에서 쉽게 벗어나지 못하고 걸핏하면 민족의식과 계급의식을 드러낸다. 그런 데 명색이 '공산비'인 순이의 그런 의식은 매우 단순하고 조야한 것이다. 조선 사람 중에도 도둑질을 하는 사람이 있을 수 있다는 것을 이해하지 못하고, 남의 집에 가서 돈 받고 일해 주는 것은 하녀의 생활이라고 생각 하며, 일은 가난한 사람 집에 가서 해주고 밥은 여유가 있는 집에 와서 먹는다는 수준이다. 또 산 생활을 너무 오래 하고 문명사회의 혜택을 받 지 못해 우스꽝스런 행동을 한다. 산에서는 그렇게 귀한 소금이 싸고 흔 하다는 것을 믿을 수 없어 하며, 돈의 교환 가치를 알지 못해서 헌 돈은 '터덜터덜' 하다고 내버리고 만다. 심지어는 양복과 일본 옷도 구별하지 못한다. 그런 순이가 나의 지속적인 배려로 예쁜 옷에 눈 뜨고 인간에 대 한 사랑과 질투의 감정을 알게 되고, 결국은 눈물을 흘리며 자기를 버렸 던 부모를 찾아간다.

이런 이야기를 통해 작가가 강조하는 것은 조야한 공산비 순이의 행태 를 근거로 민족주의와 공산주의 사상의 조야함을 비판하고 인도주의에 입각해서 그를 문명사회로 되돌리는 '귀순 공작'이 정당하고 더 인간적인 행위라는 것이다. 그래서 제목도 '밀림'의 여인이다.

일제(日帝)관헌이나 만주국 당국은 만주국 수립 이후 만주국과 일본의 통치에 대항하는 세력을 모두 '비적'이라고 부르며 비하하고 무자비한 토벌에 나섰다. 이 비적은 실제 그 내부 구성에서는 그 이전부터 있던 마적 계열의 토비(土匪), 중국 동북 군벌에서 떨어져 나온 항일구국비 혹은 병비(兵匪), 중국공산당계 유격대인 공비(共匪) 등으로 구별되며 이들은 그 행태나 지향하는 바가 전혀 달랐다. 토비와 병비는 잘 구별되지 않는 경우도 많은데 9·18 만주사변 직후 만주의 비적들은 조선인들을 일제(日帝)의 앞잡이, 주구(走狗)라 하여 습격, 살상이나 약탈행위를 자행한 경우가 많았다. '만주 개척민 소설'로 분류되는 많은 작품들은 만주 사변과 만주국 수립 전후 시기 일본군의 도움을 받아 비적의 습격을 물리치고 조선인 공동체를 지키는 소재를 다루고 있다. 만주 땅에 이주하여 뿌리를 내리고자 하는 조선인들에게 비적은 가장 큰 방해 요소였던 것이다. 반면 만주 사변 이후 본격화된 공산주의 무장 단체인 '공산비'는 조선 농민에 대한 살상이나 약탈 같은 것을 하지 않고 항일무장투쟁을 전개해 나갔다.

이런 상황에서 만주국과 일제가 악선전하는 '비적'의 만행이란 토비나 병비의 것이며 '공비'는 그들과 전혀 다르게 일제에 저항하고 가난한 사람들을 보호하는 존재라는 것을 우회적으로 드러낸 것이 강경애의 「소금」 (1934)이다. 강경애는 봉염 어머니의 동선과 인식 수준을 따라가며 '공비' 들이 약탈과 살인을 자행하는 못된 집단이라는 소문을 계속 들려준다. 그러다가 소설 제일 마지막에 봉염 어머니가 밀수한 소금을 이고 오다가 그들과 마주쳤을 때 소금을 빼앗기기는 커녕 위로까지 듣고서 자기가 들었던 공비에 대한 소문이 틀린 것이고 그들이야말로 자기를 구해줄 사람들이라고 깨닫는 장면을 배치하여 만주국과 일제에 대한 비판을 감행한 바 있다.

그런데 만주국과 일본군의 가혹한 토벌로 1930년대 후반이면 만주국의 '비적' 가운데서 토비나 병비는 거의 궤멸되었고 '공산비'들만이 항일 무장 투쟁을 집요하게 전개하고 있었다. 일제와 만주국은 이들을 상대로 무자비한 토벌작전과 교묘한 귀순 공작을 펼쳤다. 「밀림의 여인」은 바로 그러한 공비에 대한 귀순 공작의 정당성을 역설하는 소설이다.

　그러면 1941년에 박영준은 왜 이런 소설을 쓰게 되었을까. 그리고 그
것은 작가의 본뜻인가 아니면 강요에 의한 일시적인 것인가. 사실 만주
국 시절의 박영준의 작품을 현재로는 더 확인할 수 없기 때문에[21] 하나
의 작품만을 가지고 이 점에 대해 판단을 내리는 것은 매우 조심스러운
일이다. 그런 만큼 주변 자료의 경향성과 또한 개작에까지 이르는 내적
논리를 추적해 보는 것이 필요하다.

　우선 「밀림의 여인」 창작 동기와 관련하여 박영준이 이 작품을 쓰던
시기에 '협화회'에 근무하였다는 점에 주목할 필요가 있다. 박영준은 1938
년 만주로 가서 해방될 때까지 협화회와 흥농합작사 같은 만주국 관변
단체에서 일을 했다. 수필에서는 "먹기 위해 갔던 길"이라고 간단하게 말
했고[22] 만주 체험을 다룬 자전적 소설 「전사(前史) 시대」에서는 좀더 자
세하게 쓰고 있다.

　　유치장을 나온 뒤 삼년 동안 영수는 취직 운동을 했지만 끝내
　취직을 못했다. 그때 만주의 친일 단체인 H회에서 조선인을 쓴다
　는 말을 듣고 만주로 왔다. 오직 목숨을 살리기 위해서였다. 특히
　불온분자로 블랙 리스트에 올라 있는 그로서는 어찌 할 수 없는 일
　이었다. 할아버지와 아버지를 생각할 여유가 없었다. 그래서 영수
　는 이름까지 일본식으로 기노시다(木下)라고 고쳤고 직장에서 집으
　로 돌아오면 유까다(일본 여름옷)나 단젱(일본 겨울옷)을 입고 게다
　를 신는 생활을 하지 않을 수 없었다.[23]

────────────

21) 현재 『만선일보』는 1939. 12.~1942. 10까지 그것도 듬성듬성 발굴 영인되어 있다.
　그 나머지 『만선일보』를 더 찾을 수 있다면 전체적인 경향성을 보기가 쉬울 것
　이다.
22) 박영준, 「만주체류 8년기 - 굴욕과 개간 -」, 『신세대』 1946. 3.
23) 박영준, 「전사시대」, 『현대문학』 1966. 3. 목사였던 아버지가 독립운동으로 평양
　형무소에서 옥사한 것, 선교사 자녀 기금으로 공부를 한 것, 전문학교를 졸업한
　뒤 '독서회' 사건으로 5개월간 감옥살이를 한 것 등 생애 연보에서 확인할 수 있
　는 사실이 그대로 주인공 영수의 행적으로 들어와 있다는 점에서 자전적 소설로

한때 사회주의적 생각을 가지고 있었으나 경찰에 고문 위협을 당하고, 취직도 안 되고 하는 상황에서 일자리를 찾아서 만주로 간 박영준. 식민지의 차별에 괴로워하던 그에게 조선인을 차별하지 않고 채용한다는 만주국의 이념은 한반도의 상황에서 도피하는 하나의 출구였다. 그런데 박영준이 일하게 된 '만주국 협화회'는 민간 조직의 모습을 띠었지만 이른바 '민족협화'의 이데올로기를 내걸고 만주국 지배의 정당성을 주입시키는 한편 항일민중운동에 대해 계급적, 민족적 분리, 분열 정책을 추구한 '사상전'의 주도체였다.[24] 그리고 이 조직을 통해서 귀순 공작을 전개했다. 이러한 박영준의 전력에서 「밀림의 여인」에서 공산비가 내세우는 이념적 지향은 좋은 것이지만 그것이 현실에서는 아무런 의미를 가지지 못하는 무력한 것이기에 거기서 벗어나서 달라진 현실 사회에 적응하는 것이 인간다운 삶이라고 이상과 현실의 괴리를 역설하며 현실에 순응할 것을 권하는 '나'의 논리가 나왔을 것이다. 이 점을 좀더 구체적으로 살펴보자.

우선 순이가 공산비가 된 것은 거창한 사상이 있어서가 아니고 어쩌다 보니 그렇게 된 것이다.

> 순이가 공산비로 들어가게 된 동기도 그 부모에게 있다. 땅마지기나 가졌다고 첩을 얻은 아버지가 첩과 같이 계집애라고 자기를 구박했다. 뿐만 아니라 열세 살 때는 시집보낸다는 말로 그를 집에서 내쫓았다. 남편이라는 사람을 따라 깊은 산골로 들어갔으나 일년도 못 되어 공산비에게 잡히여 산 속으로 들어갔던 것이다. 산에 들어가자 남편은 병에 걸려 죽어버렸고 자기는 그들과 같이 이때까지 산 생활을 했다.[25]

본다.
24) 임성모, 「만주국 협화회의 대민지배정책과 그 실태 – '동변도치본공작'과 관련하여–」, 동양사학회 편, 『동양사학연구』 42(1993), 102쪽.
25) 박영준, 「밀림의 여인」, 『20세기중국조선족 문학사료전집』 제5집, 연변인민출판사, 2001, 506쪽.

그래서 순이가 가진 계급의식이나 민족의식이란 매우 투박하고 조야한 것이다.

어떤 조선 사람이 자신의 금반지를 가지고 도망가 버리자 순이는, "조선 사람 가운데두 그런 나쁜 사람이 있어요?"라고 반문하고 "산에서 그런 놈을 만났으면 그 자리에서 닦아 주는 걸."이라고 마구 말한다. 또한 혼자 사는 사람이 불쌍하다고 그의 집에 가서 일해 주면서도 밥은 나의 집에 와서 먹으면서 내세우는 논리가 "없는 사람의 밥은 먹어서 안 된다."고 하는 것이다. 또 그렇게 남의 집 일을 해 줄 바에야 다른 사람 집에 식모로 가라는 말에는 화를 낸다. 결혼을 하면 여자는 남자의 종이 되고 만다고 결혼도 하지 않겠다고 한다.

순이는 산에 오래 살아서 물정을 전혀 모른다. 산 생활에서 가장 귀한 것이 소금이었는데 그것이 한 근에 십전밖에 안 한다는 사실을 알고 깜작 놀란다. 돈의 가치도 몰라서 "상점에서 거스름돈을 주는데 두 장은 아주 못 쓰겠어요. 그래 찢어버렸지요."라고 한다. 양복과 일본 여자들이 입고 다니는 옷도 구별하지 못하고 무조건 싫다고 하다가 원피스를 사다주니 좋아서 어쩔 줄 모른다.

이런 순이를 '정신적 귀화' 시키려고 애쓰는 나는 "순이를 인간의 한 사람이란 것을 잊지 않았고 또 인간으로 살면서 사회와 너무나 큰 간격을 가지고 사는 것이 그이 개인으로 보아서 불행이라는 것을 느꼈기 때문에 참마음으로 돌아오기를 바라마지 않"[26]으며 여러 가지로 애를 쓰는 내면을 가진 인물이다. 총으로 사태를 해결하고 싶어하는 순이에게 "나쁜 사람을 하나도 없이 하게 하기 위하여 조그만 그릇된 일을 한다고 없애 버리려는 사람은 죽음에 억눌리어 아무 것도 못하게 되고 또 인간의 발전이란 전혀 없을 것입니다."라고 인도주의를 내세우며 순이의 계급사상이 잘못되었음을 타이른다. 다음과 같은 말도 들려준다.

---

26) 위의 책, 496쪽.

그들의 사상이란 세계 인류를 행복하게 하기 위하여 노력하는
것이라 하지만 그것은 국가와 세계의 대부분이 부정당하다고 위협
하지 않습니까? 계급을 없이 한다는 것은 결국 한 계급만 만든다는
것이요 따라서 나머지 계급의 행복을 뺏는다는 것이 되니까요. 그
렇다면 인류 전체의 행복을 위한 사상은 못될 것입니다. 진리가 절
대적인 것이 못 된다면 그 사상만이 절대성을 가진 것이라 말할 수
없고 따라서 인류를 행복되게 하기 위한 수단에도 여러 가지 방법
이 있을 것입니다.27)

나는 순이가 사회로 돌아오기를 바라면서 돈을 써 보게 하고 원피스도
맞추어 준다. 요리도 가르친다. 또 단란한 '나'의 가정의 삶을 보면서 순
이가 남녀간의 정도 느낄 수 있기를 바란다. 이런 나의 노력으로 순이는
점점 보통 사람으로 돌아와서 내가 아내의 입원으로 며칠 순이를 소홀히
대하자 드디어 순이는 눈물을 보이기에 이르렀고, 나는 순이를 집으로
돌려 보낸다.

이렇게 '공산비'인 순이를 사회로 귀순시키는 과정을 그린 소설을 박
영준이 우연히 쓴 것이 아니다. 사상을 가진 존재인 공산비를 귀순시키
는 일이 그렇게 단순한 일이 아니라는 것을 보여주기 위해 쓴 것이다. 「밀
림의 여인」을 쓰기 전 박영준은 「'김동한' 독후감」(『만선일보』 1940년 2월
22일, 24일)이라는 평문을 썼다. 간도협조회28) 회장으로 공비에 대한 귀순
공작을 적극적으로 벌이다가 1937년 12월 '공비'에게 살해당한 인물 김동
한(金東漢)29)을 추도하는 분위기 속에서 『만선일보』 1940년도 현상문예에

---

27) 위의 책, 509쪽.
28) 간도협조회는 1934년 연길 헌병대장(일본인)의 주선으로 조선인을 주체로 해서
   조직되었다. 조선인 친일분자를 주체로 삼아 아세아 민족의 대동 단결, 일만일체
   사상의 선전·배양, 그리고 소위 대동 단결을 저해하는 공산당 및 반만 항일군의
   소멸에 있었다. 윤휘탁, 『일제하 '만주국' 연구-항일무장투쟁과 치안숙정공작-』,
   일조각, 1996, 167쪽.
29) 김동한은 1937년 12월 치안공작반을 거느리고 동북항일연군 제11군의 활동 구역
   에 들어가 귀순 공작을 벌였다. 그런데 김동한은 동년 12월 7일 제11군 정치부 주

김우석(金寓石)의 희곡 「김동한」이 희곡 부문 1등으로 당선되었다. 이 희곡은 곧바로 연극으로 상연되기까지 할 정도로 당시 사람들의 주목을 받았는데 이런 작품에 대해 박영준은 사태를 너무 단순화시켰다고, 한 인간의 마음을 돌려 세우는 일이 그렇게 간단하지가 않다고 비판했다.

박영준은 만주국에서 문학은 "방공적 또는 계몽적 정치성을 예술 안에 내포시켜야 할 것"이라고 규정했다. 그리고 김동한이 "만주국에서 잊을 수 없는 투사"이기에 "존경할 만한 사람을 내세우고 또 대중 앞에 소개하여야 할 것은 후배에게 지워진 한 책임이며 따라서 그가 남기고 간 발자취로써 이 세대의 서광을 만든다는 것이 마땅히 남은 사람들의 할 일"이고 따라서 희곡 「김동한」은 시의적절한 작품으로서 "선전하고 누구에게나 읽혀야 할 것"이라고 의미를 부여했다. 그런데 문제는 이 작품이 공비에 대한 귀순 공작을 벌이는 김동한이나, 그 공작의 대상이 되는 공비의 '인간적 면모'를 제대로 그리고 못하고 있다는 것이다.

> 가장 중요한 것은 「김동한」 전 3막을 통하여 고 김동한 씨의 인간적 면모를 찾을 수 없다는 것이다. 전부가 대화뿐이다. 제 2막에 행동이 있으되 그것은 너무나 추상적이다. 그렇게 간단한 행동으로써 비수(匪首)를 귀순시켰으리라고는 상식으로 판단지을 수가 없다. 비수를 대하기 전에 공작을 한 것은 사실이지만 1050명이나 거느리고 있는 비수가 그리 쉽게 귀순할 리가 없다. 이런 장면에서는 좀더 김동한 씨의 수완이 나타나야 할 것이며 보통 사람이 모르는 비책이 있어야 할 것이다.
> [···] 그리고 비수가 귀순하는 장면이다. 신념을 가지고 오랫동안 공산 운동을 하던 그가 아무리 객관적 사정이 그렇다 할지라도 마무 고민이 없을 리 없다. 혼자서 고민을 하고 갈팡질팡 하는 때 김

임 김정국을 귀순시키려다 오히려 통하현 경찰대장, 경무국장 등 13명의 수행 인원과 함께 김정국 부대에 의해 유인 사살되었다. 리창역, 「간도협조회의 죄행」, 윤휘탁, 『일제하 '만주국' 연구 – 항일무장투쟁과 치안숙정공작–』, 일조각, 1996, 175쪽에서 재인용.

동한 씨의 열 있고 진실한 이야기가 나와 마음을 결정해야만 그것
이 진실할 것이다. 비적도 인간이다. 인간적인 고민이 있어야 할 것
이고 그 고민을 참으로 동정하는 데 또한 그들을 귀화시키는 길이
생길 것이다.
　작가가 어떻게 생각하는지 모르지만 좀더 심리의 변천을 연구하
고 묘사해 주었으면 한다.30)

　이러한 비판 위에서 박영준은 귀순자와 귀순 공작자 양쪽의 인간적 면
모를 보여주는 작품으로 「밀림의 여인」을 썼을 것이다. 희곡 「김동한」에
서 '비수(匪首)'가 김동한의 말 한 마디에 넘어가는 것에 비해 「밀림의 여
인」에서 나와 순이는 근 반년에 걸쳐 같이 생활하면서 서로 내적 번민을
해가면서 귀순 공작을 완성시키는 것으로 되었다.

　당시 만주 조선인 문단의 이런 행태에 대해 그 시대를 살았던 김창걸
은, "당시 여기서 소위 글 쓴다는 사람들이 협조회 우두머리를 영웅으로
묘사하거나 귀순자를 아주 합법화한 작품들이 범람하는 판"31)이었다고
회고했다. '김동한'을 영웅시했던 김우석의 희곡 「김동한」이라든지 그것
을 비판하면서 제대로 된 귀순 공작 과정을 그려야 한다는 박영준의 「밀
림의 여인」같은 작품을 염두에 둔 발언으로 읽힌다.

　이상에서 살펴 본 것처럼 박영준의 「밀림의 여인」은 만주국에서 가장
적극적으로 항일운동을 펼친 '공산비'를 비판하고 그를 귀순시키는 공작
과정을, '야만' 상태의 '공비'에게 '문명' 사회의 맛을 보여주어 그를 '인
간적 면모'를 가진 여성으로 순화시키는 과정으로 미화한 작품이다. 「밀
림의 여인」에서 보이는 박영준의 이러한 친일 논리는 30년 후에 그가 발
표한 개작 소설에서 그대로 유지되고 있다는 점에서 검열에 의해 덧붙여
진 것이 아닌 그에게 체화된 내적 논리인 것이 분명히 드러난다.

30) 박영준, 「'김동한' 독후감」, 『만선일보』1940. 2. 22~24.
31) 김창걸, 「절필사」, 연변대학 조선언어문학연구소 편, 『중국조선민족문학대계(제11
　권) 소설집 김창걸 등』, 흑룡강 조선민족출판사, 2002, 279쪽.

2) '야만적 조선독립군'에 대한 귀순 공작 : 「밀림의 여인」(1974)

박영준은 1974년 다시 「밀림의 여인」을 발표한다. 개작에서는 순이의
신분을 '공산비'에서 '조선독립군'으로 바꾸고, '나'의 신분을 협화회 산
하 홍농합작사(興農合作社) 이사라고 구체적으로 밝히고 있다. 순이의 신분
을 '조선독립군'이라고 함으로써 민족에 대한 사랑으로 일본인들의 눈치
를 보며 행한 그러한 귀순 공작을 통해 순이의 생명을 구했다고 나의 친
일 행위에 대해 해명을 하고 있다. 그러면서도 '밀림'의 여인으로서의 순
이의 성격은 그대로 두어 인간과 문명 이전의 상태의 '산 사람'을 예쁜
옷을 좋아하고 이성에게 사랑의 감정을 느끼는 '인간'으로 돌아오게 하는
만주국의 귀순 공작의 정당성은 그대로 유지되고 있다. 또한 해방 전 작
품의 개작이라는 사실도 밝히지 않았다. 이 점을 구체적으로 살펴보자.

개작은 "내가 만주국 길림성 교하현 홍농합작사 이사로 있을 때였으니
까 1940년 봄이었다. 하루는 같은 시내에 있는 일본 헌병대의 조선인 통
역관이 찾아와 명함을 내놓았다."라고 시작하면서 내가 순이를 맡게 된
경위를 설명한다. 통역관은 비적 토벌 중에 생포한 조선 독립군 여자를
헌병대에서 죽이려는 것을 말려 놓은 뒤 일본인의 신임을 받고 있는 나
더러 맡아 달라고 한다. 헌병 대장과 직장 상사인 일본인 이사장도 순이
를 '황국 신민'으로 교화시켜 줄 것을 당부하여 나는 순이를 데리고 있기
로 했다. 그러면서 "일본 헌병의 앞잡이 노릇을 하면서도 동족 관념만은
가지고" 있는 통역관과 일본 사람의 신임을 받고 있"지만 "피의 존재"를
무시할 수 없는 나의 "민족적인 자극"이 순이를 헌병대로부터 빼내 보통
의 인간으로 돌아오게 하는 데 어떤 역할을 했다고 강조하는 것이 개작
에서 덧붙여진 부분의 주된 내용이다.

일본에 항거 투쟁하고 있는 만주 안의 수많은 빨치산을 비적이

라고 일컬으며 토벌 작전을 벌이고 있는 사실을 나도 알고 있었다. 그러나 조선 독립군이 무참히 토벌 당하고 있다는 말에 독립군과 거리가 먼 생활을 하고 있으면서도 나로서 민족적인 자극을 받지 않을 수 없었던 것이다.[32]

이후 작품에는 내가 겉으로는 일본인과 잘 지내고 있지만 그것은 어쩔 수 없어서 그러는 것이고, 속으로는 일본에 대한 반항심을 가지고 있었으며 다른 사람들도 다 그렇다고 하는 식으로 자신의 친일 행위를 호도하는 말이 계속 나온다.

> "[…] 일본 사람에게 땅두 자유두 모든 걸 뺏긴 조선 사람들이 그래두 살겠다구 만주까지 온 것은 무엇 때문입니까? 죽을 수가 없어서 살려는 거지요. 순이 씨는 나를 경멸하구 있겠지? 그렇지만 누군 좋아서 일본인에게 아첨하며 사는 줄 알우? 어쩔 수 없으니까 그러며 사는 거 아니겠소?"
>
> […]
>
> "사람이란 남들이 입는 옷을 입구 남들이 먹는 것을 먹으며 사는 거야. 남들이 다 머리를 깎았는데 혼자만 상투를 틀ㅓ 살 수 있어?"[33]

그런데 이렇게 개작에서 순이가 우리 집의 오게 된 과정과 나의 '피' 의식을 설명하는 부분은 만주국 협화회가 '반공비 치본공작(反共匪 治本工作)'의 일익을 담당하여 벌인 귀순 공작을 원작보다 더 구체적으로 보여준다. 김동한이 회장으로 있던 간도협조회가 1936년 말 협화회로 합병되면서 간도협조회가 수행했던 특수공작 – 귀순 공작 – 도 협화회로 넘어 왔다. 1937년 후반기 이후 일제의 치안숙정공작은 항일유격대 중에서 공산유격대에로 집중되었다. 경제적 불평등과 불안정한 생활이 공산주의 운

---

32) 박영준, 「밀림의 여인」, 『만우 박영준 전집』 6, 도서출판 동연, 531쪽.
33) 위의 책, 536-537쪽.

동의 투쟁 조건이므로 협화회 분회는 엄격한 규율과 통제 아래서 귀순자에게 직업을 알선하는 것과 아울러 생활의 기반을 부여하는 데 힘썼다. 다시 '공비'가 되는 것을 막기 위해 조직적으로 연대 책임을 지우고 직업을 알선하고 나쁜 사상을 도려내고 온건한 사상을 부여하는 사상 훈련을 실시하는 등의 일을 했던 것이다.[34] 「밀림의 여인」에서 내가 순이에게 말하고 시키는 일들은 모두 이에 관련된 것이다. 그리고 개작을 발표하던 시점에서도 박영준은 그러한 귀순 공작을 특별히 은폐하거나 수정할 필요를 느끼기는커녕 더 자세하게 쓰고 있는 것이다.

내가 '조선 독립군' 순이를 보면서 하는 생각은 '공비'인 순이에 대한 생각과 다르지 않다.

> 나는 그미가 남자들의 공유물이 되지나 않았을까 걱정했다. 그러나 그런 말을 물을 수는 없었다. 사상적으로 뭉친 사람들이니 그런 일을 했을 리 만무하다는 생각을 하고 있을 때,
> "나는 그새 월경두 없었어요. 남자와 다를 것이 하나두 없었죠. 덜되게 집적거리는 남자가 있으면 후려갈겼구요."
> 듣는 내 얼굴이 후끈해지는 말을 아무렇지도 않게 말했다. 부끄럼을 모르는 남자 같은 여자란 생각이 새삼 들었다.[35]

즉 '공산비'이든 '조선 독립군'이든 그들이 '산 생활'은 인간으로서의 생활이라 할 수 없는 상태이고 그들을 그 생활에서 구원해 내는 것이 '인간적'인 훌륭한 행위라는 것이다. '공산비'의 이념이나, '조선독립군'의 이념은 순이의 행태 속에서 매우 우스꽝스러운 것이 된다.[36] 이렇게 보

---

34) 임성모, 앞의 논문, 154-155쪽.
35) 박영준, 「밀림의 여인」, 『만우 박영준 전집』6, 도서출판 동연, 2002, 538쪽.
36) 공산비이든 조선 독립군이든 똑같은 순이를 개작에서 굳이 조선독립군으로 바꾼 것에 대해 김윤식은 '공비'에게 호의를 베푸는 것으로 읽힐 것을 두려워한 것이라고 냉전 체제에 그 이유를 돌리면서 이 개작의 참 주제는 민족 의식 드러내기라고 말하고 있다. 김윤식, 『안수길연구』, 참고

면 귀순 공작이란 '야만'의 밀림에서 '문명'의 인간 사회로 돌려보낸다는 박영준의 친일의 논리는 강압에 의해 덧씌워진 장식이 아니라 그에게는 하나의 신념이었음을 알 수 있다.

그리고 '인간적 생활'을 맛보게 하고 '인간적 애정'을 느끼게 함으로써 '공산비' 순이를 돌려세운다는 기조를 유지하는 한편 순이를 전향시키고자 하는 나의 내적 동기와 그 과정에서 내가 일본인의 오해를 사지 않기 위해 고심하는 대목을 대폭 보강해 넣음으로써, 내가 협화회에서 벌였던 귀순 공작이 겉으로는 친일이지만 이면으로는 조선 동포를 생각하는 위장된 친일, 은밀한 저항행위였다고 역설한다. 그가 독립군이어도 '야만'적 산 생활에서 '문명'적 일상으로 돌아오게 만드는 과정은 여전히 정당하며, 그 정당성에 기대어 협화회 활동은 '조선독립군'을 도와준 것이 된다. 그리고 '조선 독립군'을 도와주는 일이기에 협화회의 귀순 공작조차 일본 사람의 눈치를 보면서 해야 했던 뭔가 항일적 요소를 가진 일로 정당화된다. 박영준이 일제 말에 썼던 친일적 성향이 농후한 글을 묻어두었다가 30년 후에 새삼스럽게 꺼내어 개작 사실을 밝히지 않고 다시 발표한 이유는 여기에 있을 것이다.

원작과 개작을 비교 분석한 기존의 연구에서는 원래 만주국 시절 박영준이 쓰고 싶었으나 검열 때문에 못 썼던 것을 되살린 것이라고 추측했지만[37] 이는 작품의 실상과는 동떨어진 해석이다. 해방 직후에 다른 작가들이 검열 때문에 못 썼던 것을 되살리거나 없던 것을 덧붙이고 있을

---

37) 김윤식은 원작과 개작을 비교하고, 개작에서 원래의 창작 의도가 드러난다면서, "그가 겨냥하고자 한 것은 이 작품으로 민족의식을 일깨우는 방식이었지만 그는 당시 그렇게 할 수 없었다. [...] 작가 박영준이 이 작품에서 내세운 것은 일제의 압제 아래 놓여 있는 만주국 속에서 몸을 다치지 않고 현실적으로 최대한의 민족 의식을 일깨우는 방식이었던 것이다."라고 평가했다(김윤식, 『안수길 연구』, 정음사, 1986). 표언복도 「해방을 전후한 창작 환경의 차이가 작품에 미친 영향 – 김창걸의 「낙제」와 박영준의 「밀림의 여인」을 중심으로–」(한국어문학회, 『어문학』 69, 2000)에서 유사한 견해를 피력했다.

때 박영준은 소설이나 수필을 통해 자신의 친일 행위를 인정하며 보복을
당할까봐 두려워하고 부끄러워하고 있다.

> H회라고 하면 오족협화를 표면에 내세우면서 일본 정책을 실천
> 한 정신적인 강력한 조직체였다. 그런 만큼 만주사람 전체가 H회
> 에 대한 원한 같은 것을 품고 있었다.
> [⋯] 그때의 동모들은 어데로 갔을까? [⋯] 설사 그대로 있다한
> 들 어떻게 찾아갈 것인가? 근 십년 동안 일본 사람의 비위를 마치
> 랴고 애써 가면서 살아온 자기다. 십년 동안 일본 사람이 인정하는
> 정의를 옳다고 하며 산 자기다. 비굴과 [굴] 종을 남들에게도 가리
> 키며 살던 자기가 아무리 때가 때라 할지라도 큰 얼굴을 하고 그들
> 을 찾아갈 수가 있는가?
> ⋅ [⋯] 누구든 그 밑에서 살지 않은 이가 있으련만 그렇다고 해서
> 민수가 머리를 뻐젓이 들 주제는 없었다.[38]

해방 전후를 그린 작품 「전사시대」(1966)는 좀더 자전적이고 「죽음의
장소」(1973)는 좀더 허구화된 작품인데 모두 만주 협화회에서 일하다가
해방을 맞자 인민재판을 두려워하며 서둘러 서울로 돌아올 수밖에 없었
다는 내용을 담고 있다. 이런 것들로 미루어 보더라도 「밀림의 여인」
(1974)에서 숨길 수밖에 없었던 민족의식의 자극이란 상황에 따라 덧붙여
진 어떤 것이며, 핵심은 순이를 귀순시키는 과정이라고 보는 것이 타당
할 것이다.

이상에서 본 것처럼 박영준은 「밀림의 여인」에서 '공산비'를 '야만'으
로 비판을 했고 이것은 그러한 '야만'을 '문명'으로 돌려세운다는 명분을
내세운 일제의 귀순 공작을 정당화했다. 이러한 논리가 가지는 친일적
성격은 당시 만주국의 정책에 대해 비판적 입장을 취한 다른 작가의 작
품과 비교해 봄으로써 더 분명히 드러날 수 있을 것이다.

---

38) 박영준, 「피난기」, 『예술』 제2호.(1945. 12)

4. 만주국의 검열을 우회하는 저항적 글쓰기

만주국은 '민족 협화'와 '왕토낙토'를 내세우며 밝고 건강한 문예를 국책으로 강조했다. 중국인 비적과 싸우면서 농토를 개척해 나가는 과정을 담은 생산소설 계열의 많은 작품들도 이러한 분위기에 부응하는 것이었으며 금연(아편 중독에서 벗어나기) 성공담이나 협화 미담도 그러한 시국에 부응하는 국책문학인 셈이다. 『싹트는 대지』에 실린 작품 중 현경준의 「유맹」은 금연문예이며 한찬숙의 「초원」은 협화미담이다. 그런데 이런 국책은 그 내세우는 명분 자체를 비판하기는 어렵다. 국가 관리 체계를 통해서라도 아편 중독에서 벗어나기, 조선적과 몽고족 사이의 민족협화 같은 것은 그 자체로서는 매우 명분 있고 필요한 일이기 때문이다. 그런 만큼 만주국과 일제에 대해 비판적 인식을 가지고 있더라도 만주국의 아편 관리 제도가 실제에 있어서는 '금연'의 효과보다는 오히려 아편 판매 수입을 올려주는 것이었다든지, '민족협화'나 '왕도낙토'라는 구호가 일본인 역시 만주에서는 중국 군벌의 피억압자라고 하는 허구에 의해 만주 침략을 정당화하고 일본을 지도 민족으로 하여 다른 민족을 지배하는 명분에 지나지 않는다는 것을 드러내놓고 쓰기는 어려웠을 것이다.

이런 만주국의 사정을 염두에 두고 보면 시기적으로 약간 앞서지만 강경애의 「마약」(『여성』 1937. 11)이 무엇을 겨냥하고 있는지 분명해진다. 「마약」은 아편 중독자인 남편이 자기 아내 보득이 어머니를 중국인에게 팔아 넘기자, 보득이 어머니는 젖먹이 아기 생각에 몰래 담을 넘어 탈출해 나오다가 상처를 입고 결국 죽고 말고 보득이 아버지는 살인죄로 잡혀간다는 이야기인데 이 소설의 처음과 끝에 강경애는 다음과 같은 의미 심장한 두 대목을 배치해 놓았다.

"나는 등록하였수!."
보득 아버지는 벌떡 일어나며 외쳤다.
"무슨 딴 수작야 계집을 죽인 놈이. 가자 너 같은 놈은 법이 용
서를 못해."
순사는 달려 들어 보득 아버지의 먹살을 쥐어 내몰았다.[39)]

아가 아가 어쪽 일어나 봐…… 홍, 제 남편은 어찌 될 줄 알고
이제 등록한 아편장이가 될지 어떨지…… 고요히 숨이 끊어지고
만다.[40)]

'등록한 아편장이'가 아편을 먹기 위해 아내를 중국인에게 팔아먹는
비극을 통해 만주국의 아편관리제도의 허구성을 고발하고 있다는 점에서
강경애의 「마약」은 『만선일보』가 내세운 '금연문예'와는 다르게 만주국과
일제에 대한 비판적 입장을 분명히 하고 있는 작품이다.
일제 말기 만주지방의 항일무장유격대, 즉 '공산비'와 관련해서 강경애
는 「소금」말고도 「모자」(1935)에서 산으로 들어간 항일유격대의 남겨진
가족 이야기를 다루었다. 거기서는 용정의 인심이 야박해지면서 살 길이
막막해진 어머니가 아들을 업고 남편을 찾아 산으로 가다가 눈 속에 파
묻히면서도 산으로 가겠다고 부르짖고 있었다.
1940년에 황건이 발표한 「숨결」(『만선일보』 1940. 8. 3 ~ 4)에도 유사한
상황의 모자가 등장한다. 남편이 "또 하나 하늘이 있다는 것을…." "짧아
도 먼 길을, 멀어도 짧은 길을 보담 떨어진 곳에서 생각합시다." 라는 편
지를 남겨 놓고 떠난 지 2년이 지난 상태에서 아내인 숙이는 "검은 것과
흰 것이 얽혀 짓는 형용"에 서러워하며 "어둠! 실로 이 막을 수 없는 어
둠을 채울 수 없는 어둠"[41)]에 짓눌리고 있다. 1940년의 만주국에서 발표

---

39) 강경애, 「어둠」, 이상경 편, 『강경애 전집』, 소명출판, 1999, 681쪽.
40) 위의 책, 690쪽.
41) 황건, 「숨결」, 연변대학 조선언어문학연구소 편, 『중국조선민족문학대계(제11권)
   소설집 김창걸 등』, 흑룡강 조선민족출판사, 2002, 612-613면 여기저기.

된 작품인지라 「모자」처럼 분명하고 강하게 행동으로 남편의 뒤를 따르겠다고 하지는 못하고 다만 남편이 떠난 뒤의 현실을 어둠 그 자체로 느끼고 거기에 짓눌려 고통스러워하는 숙이의 절망적인 내면을 보여줌으로써 '왕도낙토'라는 만주국 선전의 허구성을 폭로한다.

> 칼날같이 찬 물결이 볼을 몇 번이고 와 때리고는 넘어진다. 양심, 이성, 우정…. 왼갖 것이 어수선히 흩어져 가는 속을 입술 목청은 갈기갈기 찢어져 핏발이 온몸 군데마다 줄줄이 흘러 내린다. 과거와 현재와 미래의 모든 것이 그 곳에 얽혀 있는 생명… 땅 위 온갖 형태의 애정으로부터 차단되고야 말았음을 자신에게 타일러야 하는 믿을 수 없는 순간을 … 모두가 제마다의 숨구멍을 찾아 헤매이는 속을 그이는 무거운 입을 움직일 줄도 없이 영영 가버리고 말았던 것이다.42)

> 오히려 더 남처럼 살고 싶었던 것인지도… 하고 홀로 생각하여 본다. 패배! 패배! 이제 숙이도 몇 달이 아니 되어 삼십이 된다. 가버린 청춘을 설워함이 아니다. 보다 강하게 살리라 한 것이 아니었던가? 그러나 모두 가 버려 쓸쓸한 주위엔 이느 구석에 손길을 내려도 남은 길 먼 어둠이 목 밑까지 설렁이며 다가온다.43)

이러한 「숨결」의 어둠과 절망은 『싹트는 대지』에 수록된 「제화(祭火)」(1940년 11월 중 집필)에서는 더 깊어진다. 뚜렷한 서사가 없고 무엇 때문에 내가 괴로워하는지, 내 주변의 여성들, 엄마, 누이, 기주와의 관계도 분명하지 않지만 지식인의 내면 고백을 매우 비관적인 분위기로 전하고 있다는 점에서 밝고 건전하고 낙관적인 색채를 띠고 있는 많은 만주 배경 작품들과 확연히 구별된다. 이 작품에는 '나'의 우울한 상태와 그 우

---

42) 황건, 「숨결」, 연변대학 조선언어문학연구소 편, 『중국조선민족문학대계(제11권) 소설집 김창걸 등』, 흑룡강 조선민족출판사, 2002, 610쪽.
43) 위의 책, 611-612쪽.

울의 이유를 보여주는 대목들이 맥락 없이 드문드문 드러난다.

　　남처럼 호탕하게 웃고 떠들고 뛰놀 줄은 모르고 너는 무슨 까닭
에 그 그늘에 피어 져 가는 것의 이야기만 귀 여겨 왔다더냐?
　　모두 새로운 하늘을 우러러 환희에 뛰놀고 있으며 훤한 평야를
향하여 무한한 질주와 조약과 희망을 말할 제, 모두 살아 즐거울
것을 이야기할 제 너는 혼자 문녘에 턱을 고이고 앉아 머리를 흐트
린 채 해 가는 줄도 모르고 무슨 그 몹쓸 살지 못할 것의 이야기만
생각하고 있다느냐?[44]

　　한때는 나도 영웅시대를 가졌었다. 미래만을 알았었다. 현재라는
것도 미래에 통하여 있었기 때문에 모든 것은 힘과 보람에 차 밝았
었다. 허나 나는 그로부터 십년 가까운 세월을 보내었다. 그 사이에
나는 이제껏 몰랐던 너무나 많은 경악과 회의를 포태하게 되었던
것이니 아름다웁고 진실하려던 성곽은 모두 아찔하여 갔다.[45]

이런 진술로 미루어 '나'는 1930년대 전반 이상을 가진 청년으로 활동
하다가 여의치 않게 되어 "삼년 전 다른 벗들이 혹은 현해탄을 건너고
혹은 촌으로 가고 하여 대부분 흩어져 버린 뒤 서울서 방황하다" 만주로
오게 된 인물이다. 그리고 필수, 태규 등과 함께 "다시 이곳에서 문화며
생활이며 그 이상 더 넓기도 하고 진실도 한 것에의 정열을 가지려 문화
청년회[46]를 중심하여" 모인 지 3년만에 필수가 결별을 선언한다.

---

44) 황건, 「제화」, 『20세기중국조선족 문학사료전집』 제5집, 연변인민출판사, 2001, 688-
　　689쪽.
45) 위의 책, 691쪽.
46) '문화청년회'는 협화회의 하부 조직으로 황건은 1940. 1. 12, 13, 16일에 『만선일
　　보』에 발표한 평론 「만주조선문학건설 신제의」에서 만주 조선인 문학의 발전책
　　의 하나로 모든 문인들이 협화회 문화부 문예반에 가입하여 활동할 것을 제안한
　　바 있다. 이 평론에서 황건은 만주 조선인 문학은 조선문학의 전통을 이어받으면
　　서도 지방문학이 아니라 '민족협화'를 추구하는 독자적인 만주문학이어야 하며
　　이민문학, 농민문학, 대륙문학 하는 식으로 만주조선인문학을 규정지어서는 안
　　된다는 주장을 폈다.

> 한 마디로 말해 우리는 모두 무대가 그리웠던 것인 줄 아네. 수
> 많은 관중과 관중의 박수가 그리웠더라고 하는 편이 더 옳겠지 (…)
> 드디어 흑백을 가려야 할 때가 당도하고 (…) 관중마저 멀어지자
> 이제껏 뛰놀던 무대는 어느새 발길로 차고 오금을 허트린 채 모두
> 제 구녕을 찾아 헤매는 꼴이란 참 볼 수 없었던 것인줄 아네 (…)
> 나는 이제 이 자리에서 자네들과 아주 헤어지려네. 다시 조선에 나
> 가지도 않겠지만 만주에 있지도 않을 것이네.[47]

필수들은 공식적으로는 식민지가 아닌 만주국에서 새로운 가능성을 보
고 만주로 온 정치적 망명자인 셈인데 어느 시점에서 그 허구성이 드러
나면서 절망하게 되었음을 알 수 있다. 이런 필수를 태규가 건방지고 아
니꼽다고 하면서 주먹다짐을 벌였고 나는 필수의 편을 들었다. "교제가
비교적 많고 술 먹을 기회도 많"다는 것으로 보아 태규는 식민지 만주국
의 현실을 인정하고 거기에 순응하면서 살아가게 된 인물이라고 짐작된
다.

그리고 이날의 파국 이후 '나'는 "믿음을 잊은 날의 슬픔"에 잠겨 무기
력해졌다.

> 앞을 지향함도 아니요 뒤를 돌아봄도 아니요 그러한 애매한 지
> 점이 즉 나의 선 곳이었다. [⋯]
> 바다의 이쪽 쪽에서 떠들고 고함치고 하는 모든 것, 주위를 무수
> 히 배회하며 근심하고 목메어 하는 어머니, 누이의 애정이며 온갖
> 것이 한 가지 한 색으로 칠해진 멍한 눈과 찢어진 깃발과 흩어진
> 노래와 종이쪽의 정지된 풍경화로 응결되어 있었다.[48]

이런 심리 상태의 나는 조선에서 유명한 단체가 와서 하는 승무 공연

---

47) 황건, 「제화」, 『20세기중국조선족 문학사료전집』 제5집, 연변인민출판사, 2001, 694-
696쪽 여기저기.
48) 위의 책, 692쪽.

을 보고 다른 사람들은 그것을 "막을 길 없는 동경과 애욕의 표현"이라 하지만 나는 "구슬픈 노래 하며 애달픈 몸짓 하며 모두가 일종의 제화를 쌓아올리는 말없는 형용과도 같이 생각" 한다. 이 대목에서 「제화」의 주제가 드러나는데, 동경과 애욕이 미래를 향한 것인 반면 제화는 과거를 향한 것이다. 만주국이 내세운 '민족협화'와 '왕도낙토'가 약속하는 미래에 대한 아무런 동경과 욕망이 없다는 것, 오히려 과거를 기리고 싶다고 자기 시대와 불화하는 우울을 묘사한 이 작품은 만주국의 검열을 우회하면서 그것의 허구성을 드러내는 작품으로 읽힌다.[49]

이러한 황건의 우울한 주조의 작품은 일제는 승승장구하고 항일무장유격대는 토벌되거나 토벌을 피해 깊은 산속으로 혹은 국경을 넘어 가버리는 상황에서 절망한 사람들의 내면 풍경을 보여주고 있다. 이렇게 절망한 사람들은 강경애처럼 병들어 죽거나 혹은 황건처럼 절필했던 것이다.

5. 맺음말

이상에서 일제하 식민지 한반도와는 상황이 다른 비공식적 식민지 만주국에서의 친일문학의 문제를 분석해 보았다. 해방 전의 원작과 해방 후의 개작이 존재하는 작품을 통해서 검열의 강제성과 친일의 자발성 문제를 따져, 박계주나 김창걸의 경우는 원작과 개작에 존재하는 친일과 항일의 요소가 시대 상황에 따라 작품 외부에 덧씌워진 것임을 드러내었

---

49) 황건의 수필, 「나의 지상(地上)」 상, 하 (『만선일보』 1940. 2. 11~12) 역시 유사한 분위기로서 이 시기의 작품으로 확인할 수 있는 것 모두가 우울하고 비탄의 분위기를 가지고 있다. 이것은 황건의 개성일 뿐만 아니라 시선이라고 보아야 할 것이다.

다. 반면에 박영준의 경우는 「밀림의 여인」 원작과 개작에 일관해서 일제의 귀순 공작의 정당성을 역설하고 있으며 그 근거는 '야만'적인 공비나 조선독립군에 대한 귀순 공작이란 그들에게 '문명'을 경험하게 하는 인간적 도리를 다하는 일이라는 것이었다. 만주국의 정책에 대한 이런 식의 긍정과 협력은 만주국이 내세운 그럴듯한 명분과 정책의 허구성을 드러내는 강경애의 작품이나 명랑과 미래지향을 강요받는 분위기에서 두드러지게 비관과 절망을 토로하는 황건의 작품이 존재함으로 해서 그 근거 없음이 더 분명히 드러남을 알 수 있었다.

'협화미담'과 '금연문예'에 나타난 내적 갈등과 친일의 길

이선옥(원광대학교)

1. 머리말

이 논문은 1940년대를 전후하여 만주에서 발표된 협화미담과 금연문예를 분석하여 친일문학의 한 양상을 살피려는 글이다. 만주국에서 발표된 '협화미담'(오족협화의 이념을 다룬 작품)과 '금연문예'(아편금단 정책을 다루는 작품)는 만주국의 국책을 계몽하는 작품들로 주로 공모작의 형태로 모집되는 작품들이다. 하지만 이 작품들이 친일소설인가를 따져보기 위해서는 조선과는 다른 만주국의 특수한 상황1)에 대한 이해가 필요하다.

---

1) 만주국은 잘 알려진 것처럼 일본의 대륙진출을 위한 기반으로 만들어진 국가이다. 만주는 19세기 말부터 1945년까지 일본인, 만주족, 몽골인, 한족, 러시아인, 조선인들이 섞여 거주한 인종전시장이라 할 만한 지역이었다. 일본은 1931년 만주사변을 도발하고, 1932년(大同元=소화7) 3월 이곳에 만주국을 설립한다. 형식적으로는 독립국의 형태를 취하고 있는 만주국에서 중국인, 조선인, 일본인 사이의 민족간 화합과 위계질서를 어떻게 만들어낼 것인가는 대동아 공영권을 꿈꾸는 제국주의 일본의 주요한 화두였다. 게다가 중국인 사이의 종족 간의 차이나 소수 종족을 차지하고 있는 비아시아인들의 문제까지 겹치면 만주국 내에서의 인종문제 또한 복잡

만주국은 일본의 대륙진출 기지로 만들어진 국가였지만 '오족협화'와 '왕
도낙토'를 표방하는 다민족국가의 형태를 띠고 있었기 때문에 직접 식민
지였던 조선과는 다른 복잡한 상황을 띠고 있었다. 이러한 만주국에서의
헤게모니를 장악하기 위해서 일본은 급속하게 권력구조를 마련했을 뿐만
아니라 국민 계몽을 위한 활동에도 공을 들인 것으로 보인다.

특히 생활기 공모는 국가의 대대적인 지원 하에서 진행된 국민계몽 프
로그램의 하나였다. 전국남녀청소년 「생활기」(1941년에 시작, 제1회 응모
총수는 미상이나 제2회에는 총수 8000편, 제3회에는 7000편의 응모가 있었
다.)의 모집이나 전국적 규모의 어린이 작문집 편찬 등 작문 붐2)이라 할
만한 분위기를 형성한다. 협화미담이나 금연문예 공모도 이러한 계몽 담
론 붐의 하나로 생각된다. 협화미담이나 금연문예가 국책의 계몽이라는
목적성을 띠고 있다는 점에서도 또 상당한 상금을 걸고 진행된 점에서도
국가적으로 지원된 사업임은 분명하다. 만주국이 비공식적 식민지라는
점을 지나치게 확대해석할 경우 만주국의 국책과 관련된 작품 모두를 친
일문학이라 단정하기 쉽다. 그러나 이 작품들은 곧바로 친일문학이라 하
기는 어렵다. 자칫 만주국의 근대적인 계몽담론과 친일 작품을 동일하게
이해할 수 있기 때문이다. 이 글에는 명백하게 일본의 특권적 위계를 강
조하면서 또한 식민지민을 열등화하는 논리를 보이는 작품들을 우선 대

해진다.

2) 만주국에서는 어린이들의 작문집이 전국적 규모로 편찬되었다. 尾崎秀樹의 「아동
의 눈에 비친 『만주』상」(『전망』 1977, 3-4월호)에 의하면, 1937년에 봉천(현 심양)
에 있었던 高千穗尋常소학교 편으로 『만주사변 아동문집』이 나왔던 것을 효시로
하여, 일본의 기원 2600년(소화 15 = 1940)을 기념하여 재만교육회가 『全滿아동문
집』 전3권을 편찬했다. 그후 新居格 편인 『支那在留 일본인 소학생 綴方(작문)현지
보고』(1939년 제일서방)의 「만주편」 등이 출판되었다. 그 외에도, 石森延男을 중심
으로 하여 대련에서 『帆』과 같은 작품잡지가 나오면서, 만주는 말하자면 일본의
글쓰기, 작문 교육의 메카와 같은 역할을 1930년대의 말엽부터 40년대 초에 걸쳐
다하고 있었다고 말할 수 있다. 또한 1941년부터 시작된 전국 규모의 청소년 「생
활기」 모집은 작문 붐이라 할 만한 분위기를 만들었다.(川村湊, 『文學から見る「滿
洲」-五族協和の夢と現實』, 吉川弘文官, 1998, 12-13쪽)

상으로 삼아서 각각을 비교하고자 한다. 그 중에서도 재만문학의 경우 대동아공영권의 이상이나 전쟁 동원의 논리를 위해 만들어진 특수한 논리들이 어떻게 이루어지는가를 염두에 두고 읽어낼 때 친일문학의 특성을 밝힐 수 있을 것이다.

일본이 어떻게 만주국에서 중국인, 조선인, 일본인 사이의 민족간 위계를 만들어내고, 이념적으로 헤게모니를 장악해 나가는가를 분석하는 방법은 젠더 정치가 개입하는 방식과 세대간 분리가 작동하는 방식을 중심으로 보고자 한다. 남녀간의 위계는 가장 오래되고 익숙한 이분법이어서, 제국주의가 민족간의 위계를 자연스럽게 만드는 한 방법이 되어 왔다. 여성적인 인도남성과 성숙한 남성으로서의 영국인이라는 이분법처럼 제국주의의 식민지 지배는 남성적 지배와 여성적 종속으로 치환될 때 가장 자연스러운 설득력을 지니게 된다. 제국주의의 담론이 여성성의 재구성 담론에서 치열하게 경합을 벌이는 이유도 이 때문이라 볼 수 있다.

여성성과 남성성을 대립시키는 장치가 식민지민을 열등화하고 배제하는 논리의 한 방식이라면 노소의 갈등과 대립은 반대로 동화의 논리를 만들어내는 장치라고 볼 수 있다. 중국을 상징하는 '늙은 아비'를 비판하고, 대신에 국가가부장을 선택하는 젊은 아들은 미래의 국민으로서 일본의 신민으로 동화될 수 있는 성장세력이다. 아동이나 청소년에 대한 계몽과 관심은 조선에서도 '小國民' '第二世國民'으로 불리면서 완전한 황국식민이 될 수 있는 교육이 필요함을 강조한 바 있다.[3] 만주국에서도 1938년부터 실시된 '청소년 의용군'의 양성을 실시하며, "理想的 開拓者로서 國策의 제1선에서 나아가는" 청소년이 "만주이민 국책의 성공의 기반"[4]이 됨을 인식하고 있다. 이들을 동화의 대상으로 삼는 일은 식민지 동화 정책이면서 또한 기성세대와의 대립을 통해 식민지 민족의 열등화 논리를

---

3) 김화선, 「일제 말 전시기의 아동문학 및 아동담론 연구」, 『친일문학의 내적 논리』, 역락, 2003, 182쪽.
4) 「殖産調査月報」 제23호, 1940.4, '第三部 滿洲移民の現狀と其の將來', 70쪽.

마련하는 전략이 된다. 이 글에서는 이 두 방식을 '協和美談'과 '禁煙文藝' 작품들을 통해서 분석해보려 한다. 협화미담에서는 전자의 방식으로 민족간 위계만들기의 논리가 금연문예에서는 후자의 방식으로 동화의 논리가 주로 작동하고 있다고 볼 수 있다.

일본의 인종 혹은 종족 담론은 제국주의 서구와 식민지 아시아 사이에서 이루어진 인종 담론과는 다른 특성을 지니고 있다. 식민지민들과의 인종 차이가 외형적으로도 분명한 서구제국주의와 달리 일본제국주의는 인종적으로는 차이가 없는 민족들간의 위계를 만들어야 하기 때문이다. 따라서 일본제국주의의 경우 표면적으로는 동화(동질성)를 강조하면서 담론적인 헤게모니 장악에 더욱 공을 들인 것으로 보인다. 대동아공영권이라는 아시아 인종의 대단결을 호소하면서, 그 안에서 조선인과 중국인, 일본인 사이의 민족간 위계를 만들어가는 복잡한 과정이 이러한 일본제국주의의 어려움을 말해준다.

분석 대상은 만주국에서 발간된 조선어 신문 『만선일보』에 실린 논설들과 작품들, 그리고 작품집 『싹트는 대지』에 실린 작품들이다. 『싹트는 대지』는 만주 신경 소재의 만선일보사 출판부에서 1941년 11월 15일에 발행된 소설집으로 염상섭의 서문과 편집자인 신영철의 발문, 그리고 7편의 소설이 실려 있다.[5] 그 중에서 한찬숙의 「초원」이 친일적 국책을 다루는 협화미담으로 보이며, 현경준의 「유맹」은 친일작품이라 하기는 어려우나 이후 개작된 『마음의 금선』(만선일보에 연재 후 단행본 발간, 홍문서관, 1943. 12)은 지식인의 내적 갈등이 드러나는 과도적 작품으로 금연문예에 해당한다. 그 외 협화미담은 『滿鮮日報』[6]에 실린 당선작들을 대상으로 삼았다.

---

5) 이 글에서는 『20세기중국조선족 문학사료 전집 제5권』(연변인민출판사, 2001)에 실린 작품집을 사용하였다.

6) 『만선일보』는 滿洲國에서 발간된 조선어 신문으로 기존의 조선어 신문인 『間道日報』와 『滿蒙日報』을 통합하여 1937년 10월 21일 창간되었으며, 만선일보는 1945년 해방까지 발간된 조선어 신문이었다. 만선일보에 대해서는 평가가 엇갈리고 있다. 일제말기의 유일한 조선어 신문이라는 점을 주목하여 민족문학을 유지계승하는

2. 지식인의 내적 갈등 - 금연문예『마음의 금선』

아편의 금지를 소재로 다루는 금연문예는 만주국의 아편금단정책을 다루는 작품이다. 아편금단정책은 푸코의 지적처럼 질병에 대한 관리 대상과 관리자간의 권력관계를 만들어, 국민의 규율화를 급속하게 진행할 수 있는 방법이었다. 관리소의 설치와 정상인과의 분리 등 만주국에서의 아편중독자에 대한 관리는 국가 권력을 빠르게 형성할 수 있는 방편이 되었다.[7] 뿐만 아니라 아편이 전쟁기 재원 확보에 절대적으로 필요해지면서 아편금단정책은 담론적으로는 금지를 실질적으로는 허용을 하는 기묘한 형국이었다. 어쨌든 아편금지는 일본제국주의로서는 만주국의 지배를 위해서도 경제적 재원의 확보를 위해서도 절대적으로 필요한 것이었다.[8]

긍정적 측면으로 해석하는 경우(오양호)와 조선어로 발간될 수 있었던 이유를 조선의 자주성 유지라는 측면보다는 만주국의 계몽적 요구에서 이해해야 한다는 주장이다.(채훈) 전자는 만선일보에 실린 모더니즘 시를 중심으로 이를 분석하고 있으며, 후자는 다양한 민족의 협화정신을 계몽하고, 재만조선인의 국민적 자각을 강화하기 위해서 각 민족의 언어가 오히려 계몽적 효과를 극대화할 수 있었기 때문임을 강조하고 있다.

필자 역시 만선일보가 조선어로 발간되었다는 사실은 만주국의 계몽적 요구로 해석하는 편이 타당하다고 생각한다. 30년대 말부터 45년까지 만주국에서는 「오족협화」를 주제로 하는 「생활기」 콩쿨이 대대적으로 시행되었는데, 일어, 만어, 몽고어, 러시아어 등 각 민족의 언어가 사용어로 지정되었다. 이것은 오족협화의 이상을 계몽하기 위해 각 언어의 사용이 필요했기 때문이다. 물론 식민지 조선인의 경우 일본어 사용이 장려되고 있었으므로 조선어가 공식적으로 지정되지는 않았지만 만주국의 경우 표면적으로는 오족협화의 이상이 유지되고 있었으므로 일본어로의 단일화가 강제된 것은 아니었다.(川村湊, 앞의 책, 11쪽)

7) 한석정, 「식민국가의 관료제화에 관한 연구-초기 만주국의 경우」, 한국사회학 제30집, 1996 가을호, 인민들의 신체는 개인의 차원을 넘어 국가의 이른바 신체통치(biopolitics)의 영역에 속하게 되는데 만주국의 위생 사업은 그 좋은 예라고 설명하고 있다.(683쪽) 특히 만주국 신민들은 '위생국가'에 의해 어린이들 같은 대우를 받았다(685쪽)는 지적도 흥미롭다.

8) 朴橿, 「만주국 아편금단정책의 재검토」, 부산사학 26집, 1999 참조.
1931년 11월에 만주국 정부는 아편전매공서의 설치와 아편법을 공포하고, 아편을 현경준의 「유맹」과 『마음의 금선』은 이러한 만주국의 아편금단정책을 다룬 금연문예이다. 1936년 11월 아편중독자들의 집단 부락의 설치를 배경으로 하고 있는데 이 글에서는 「류맹」과 『마음의 금선』의 개작관계를 살피고, 국책에 적극적으로 부응하는 내용으로 개작한 『마음의 금선』을 중심으로 지식인의 내적 갈등을 분석하려 한다. 이 작품에서 '아편 중독'과 '아편밀매'라는 소재가 어떻게 열등한 민족을 만들어내고, 다시 이들을 동화 흡수하는가를 살펴보면, 금연문예가 단순한 국민건강이나 위생의 문제가 아님을 알 수 있을 것이다.

禁煙文藝작품대현상모집 광고 문안을 보면, 조선계 국민이 아편밀매나 아편밀수를 하는 경우가 많아 이런 금연문예를 모집한다고 밝히고 있다.

> 오랫동안 민생을 좀먹고 있는 국내의 아편은 바야흐로 건국이래 관민일치의 노력에 鑑하야 그 해독을 撲滅하고 있는 바이나 아직도 그 완전한 금연까지는 시일을 요하는 것이 있으므로 (중략) 이 사정에 감하야 본사에서도 국책노력의 목적으로 금연소설과 금연실화 금연체험기를 모집하기로 되었읍니다. 종래 선계국민 사이에는 혹은 아편밀매, 혹은 아편밀수 등 명예롭지 못한 행위를 하는 자가 있어 이 때문에 선계국민의 생활을 부패로 이끌어 도처에 비극을 현출하고 또 그 대회적 명예에까지 不少한 타격을 주어 다수 民族이 雜居한 이곳에서 우리 생활을 이로 말미암아 곤란에 빠뜨리고 있습니다.
>
> ▶▶ 『만선일보』, 1941. 3. 20[9])

전매화하여 국가통제하에 두었다. 만주국 정부는 아편의 단금정책을 발표하여 아편중독자의 근절을 표명했으나, 아시아태평양 전쟁 후에는 대외지불에 아편이 사용되기 시작하고, 앵속의 재배는 확대되고 있었다. 아편전매에 의한 세수액을 확정하는 것은 어렵지만, 1938년까지 소금·아편 등의 전매이익금과 관세의 합계는 세입의 50% 이상을 차지하는 주요재원이었다.(塚瀬進, 앞의 책, 52쪽)

9) 채훈, 『재만한국문학연구』, 깊은샘, 1990, 161쪽 재인용. 금연문예모집 외에도 협화미담광고, 군가모집광고, 개척가사모집 광고 등에 대한 연구 참조.

선계국민의 생활을 부패시키고 비극상을 빚고 있는 아편중독의 문제가 민족성의 정신적 박약의 문제로 다루어지는가 아니면 사회적 현상으로 다루어지는가는 금예문예의 친일적 성격을 가름하는 기준이라 생각되는데, 「유맹」과 『마음의 금선』은 아편중독의 문제를 바라보는 시각의 차이를 지니고 있다.

1) 「류맹」의 개작 『마음의 금선』

『마음의 금선』은 「류맹」의 개작 장편이다. 7장으로 구성된 「류맹」을 9장으로 개작하여 홍문서관에서 1943년 12월에 출간하였다. 두 작품의 장별 내용을 비교해 보면 다음과 같다.

● 『마음의 금선』

1장 최초의 탈주 : 아편 중독자를 수용하는 집단 부락 5개소 중한 부락. 성룡과 문삼의 탈주로 수용소 주민들과 수용소장의 갈등이 제시된다.(집단부락이 건설된 것은 8개월 전 소화 11년(1936년) 만주국 년호로 강덕 4년 11월로 되어 있다. 따라서 이 작품의 현재는 1937년 7월 여름이 된다.)

2장 부락 점묘 : 보도소장의 보고서를 통해 마을의 수용자 실태와 성과를 보여주고, 자위단인 아들 순동과 아편중독자인 아비 명보가 싸움을 벌인다.

3장 천국도 : 아편밀수꾼인 득수는 명보와 성오를 꾀어 아편을 먹는다. 득수는 성오의 아내와 간통을 하지만 아편에 취한 성오는 몽롱한 상태에서 이를 말릴 마음조차 흐릿해진다.

4장 량심의 잔편(殘片) : 아편중독자인 명우는 득수의 집에서 곁방살이를 하는 인물이다. 아내를 만주인에게 팔아먹은 명보가 이번에는 득수와 함께 돈 삼백원에 딸 순녀마저 팔려 하는 것을 명우가 구해내게 된다. 이로인해 득수, 명우, 이들과 내통한 이웃마을 왕가네는 체포되고, 명우는 아직 한 조각 양심이 남아 있음을 알게 된다.

5장 마음의 금선 : 화가였던 명우, 정치운동가였던 규선, 교원이었던 인규 세 사람과 마을의 유일한 인텔리 여성인 득수의 처 네 사람이 과거를 회상하며, 현재 자신들의 상황에 절망한다. 부락 학교의 교원이 되어달라는 보도소장의 청을 우습게 거절해버렸다는 인규의 태도에 명우는 벌컥 화를 낸다. 명우는 과연 자신들의 녹슨 마음의 줄이 다시 울릴 수 있을 것인지 고뇌하는 상태이다.(개작 부분) 순녀는 자신을 구해준 명우를 따뜻하게 보살펴주고, 명우의 얼어붙은 마음이 흔들리기 시작한다.

6장 잃어버린 세월 : 보도소장은 새로이 각오를 다지고 어린이 교육사업을 시작한다. 명우와 인규에게 교사가 되어 줄 것을 청하지만 인규는 거절한다. 명우는 역사에 대한 피동적 태도가 자신들을 비역사적이고 비현실적인 몽상가로 만들었다고 비판하면서, 적극적 태도만이 우리에게 꿈을 돌려줄 것이라며 인규를 설득한다.(개작 부분)

7장 지옥으로 가는 길 : 규선, 성오, 병철의 탈출 사건. 성오는 죽고 규선과 병철만 끌려온다. 그 사이 마을에서는 규선의 처가 자살소동을 벌인다.

8장 향수의 노래 : 고향의 어머니, 순녀의 따뜻한 마음을 생각하며 명우는 갱생의 길을 가기로 결심한다.(개작 부분)

9장 빛과 어둠 : 명우는 소장의 양딸이 된 순녀와 결혼을 약속하고, 고향의 어머니를 모시고 오기로 한다. 그러나 옛꿈에 사로잡혀 여전히 아편쟁이의 삶을 반복하는 규선은 병철이들과 잡혀 다시 구류소로 들어간다.(개작 부분: 규선의 처가 자살하는 내용 삭제)

● 「류맹」

1장 최초의 탈주 : 동일
2장 부락 점묘 : 동일
3장 천국도 : 동일

4장 량심의 잔편(殘片) : 동일

5장 마음의 금선 : 명우는 한 때 정치운동가였던 규선과 만나 어
    머니의 초상화로 입선했던 시절을 회상. 규선은 '마음의 녹
    슨 줄' 즉 양심을 탄식하는 「심금」이라는 시를 읊는다. 순동
    과 순녀는 양심마저 사라져가는 자신을 한탄하는 명우를 새
    길로 인도하기 위해 애를 쓴다.

6장 지옥으로 가는 길 : 동일

7장 빛과 어둠 : 명우는 소장의 양딸이 된 순녀와 결혼을 약속하
    고, 고향의 어머니를 모시고 오기로 한다. 그러나 옛꿈에 사
    로잡혀 여전히 아편쟁이의 삶을 반복하는 규선은 병철이들
    과 잡혀 다시 구류소로 들어가고 규선의 처는 자살한다.

　위의 줄거리 요약에서 볼 수 있듯이 『마음의 금선』은 5장부터 수정 개
작되어 장편화되었다. 개작의 주요한 부분은 지식인들 사이의 명암이 갈
리는 내용과 규선의 처가 자살하는 비극적 결말 부분이다. 『마음의 금선』
은 정신적으로 허약한 지식인들의 몰락과 이를 이겨내고 적극적인 삶의
태도를 갖게 된 지식인 명우의 이야기를 구체적으로 그려내고 있으며,
그의 새출발로 결말을 맺고 있다. 「류맹」의 비극적 결말 대신 이 작품은
낙관적 미래를 제시하는 결말로 변화한 것이다. 이는 작품집 서문의 내
용에서도 확인되는 변화이다.

　　신흥국가만주국에서는 그들의 그 과거에 착안하고 단 한 사람이
라도 좋다. 한 사람이라도 완전히 소생식혀서 國家의 構成分子로 맨
들 수가 있다면 이 얼마나 뜻 깊은 일이랴? 하고 이를 악물고 달려
들엇다. 王道樂土를 건설하려는 만주국이 아니고는 생각도 할 수 없
는 일이다. (1쪽)
　　작자는 다년 그들의 생활에 관심을 가지고 기회만 있으면 한 번
붓을 들어보려고 하던 중 맛침 재작년 滿洲國政府 禁煙總局의 위촉
을 받고 오랫동안 이 숙원이든 원을 비로소 滿鮮日報紙上을 통하야
풀게 된 것이다. (2쪽)

아편총국의 위촉을 받고 이 작품을 쓰게 되었으며, 한 사람이라도 소생시켜 국가의 구성분자로 만드는 일이 이 작품을 쓰게 된 목적임을 밝히고 있다. 이 서문의 내용은 작품에서 보도소장의 연설을 통해 그대로 재연되고 있다.

> 여러분의 두뇌 속에는 아직두 일확천금의 그 꿈이 그냥 남어 있구 마약 긔운이 남어 있읍니다. 그 비현실적이구 내 몸을 망치구 국가와 사회를 망치는 악몽에서 깨어나기를 (24쪽)
> 왕도락토(王道樂土)를 건설하려는 도의(道義)국가가 아니고는 꿈에두 상상할 수 없는 이런 고마운 혜택을 몰으고 여전히 빗두루만 나가려는 여러분을 대할 때 나는 참말 세상사가 슯어져서 견딜 수가 없단 말이오. (23쪽)

왕도낙토를 건설하려는 도의국가이므로 만주국만이 이러한 사회의 낙오자들에게 새 길을 열어 줄 수 있다는 보도소장의 연설은 국책의 내용 그대로이다.[10) 이러한 국책에 대해 여전히 회의하던 「유맹」과는 달리 이 작품은 이에 동조하는 입장을 분명히 보여준다. 낙관적 결말로의 전환은 그러한 관점의 변화를 반영하는 것이다.

조진기는 이 작품에 대해 지식인, 기술자 등의 노동력 필요에서 이러한 집단 부락이 설치되었던 당시 만주국의 상황을 제시하고 이 작품이 현실을 왜곡하[11)고 있다고 분석하였다. 물론 이러한 현실적 요구들도 분명 있었겠지만, 금연문예는 민족성에·대한 규정이나 국민으로의 동화 논리가 좀더 중요하게 분석되어야 할 것 같다.

먼저 수용소 실태보고서에 나타나는 수용자들의 유형이 매우 흥미롭다. '밀수업자, 아편중독자, 도박상습범, 사기횡령범, 기타'로 분류하고 있

으며(28쪽) 이들은 "극도로 낙오된 폐인들과 극단의 리긔주의의 전형인 부정업자들과 량심과 의리는 벌써 하옛날에 매장하여 버린 사긔, 도박, 횡령범"(35쪽)이라고 서술된다. 이 대상자들은 일본이 내세웠던 인종개선학의 배제 대상 즉 우생학적 열등자들이라 볼 수 있다. 단종법의 대상으로 고려되었던 이러한 열등자들은 갈톤의 인위선택설을 국가 정책으로 받아들였던 일본제국주의 우생학 논리를 반영하고 있다.

이 작품의 수용 대상들도 정신적 허약성에 기인하는 중독자, 범죄자들로 다루어지고 있어서 – 적극적 태도를 갖는 명우만이 갱생된다 – 조선인이나 만주인의 아편중독, 상습범죄, 그에 의한 빈궁 등은 근본적으로 열등한 민족성을 구성하게 된다. 가난이나 매춘 같은 사회현상도 유전적 요인으로 취급하는 우생학적 논리는 식민지의 사회현실이 그대로 유전적 요인, 즉 민족성으로 환원될 가능성이 크다. 게으름, 무책임함, 무질서함, 중독성 등등 식민지의 상황 전체가 유전적인 민족성으로 취급되기 때문이다.

그렇다고 이 민족 모두가 배제되는 것은 아니다. 이 작품에서 잘 드러나는 것처럼 소년(청년)과 노년의 대립쌍이 동화의 논리로 동원된다. 타락한 애비늘(열등한 민족성)을 부정하고 건강한 아들들은 새로운 국가의 아들로 성장할 세력으로 흡수된다. 이 작품에서는 중독자들을 관리하는 주체로 당국의 기관인 보도소와 젊은이들을 중심으로 구성된 자위단을 두고 있는데, 주목할 만한 대목은 자위단의 구성이다. 이들은 "아버지나 형들의 타락으로 인하여 쓰라린 맛"을 본 젊은이들이며, 그러므로 "아버지나 형들의 죄가 적발될 때에는 속으로는 눈물을 먹음어가면서도 절대 용서가 없다"는 것이다. "이러한 색다른 륜리(倫理)와 도덕(道德)과 조직(組織)"(38-39쪽)이 싸움의 근간이 될 수 있다고 강조한다. 자위단인 순동이 아편중독자인 아비에게 하는 말은 단순한 아편중독자와 아들의 갈등으로 보이지만 혈연적 아비를 부정하고 이들이 국가를 새로운 아비로 받아들인다는 점에서 단순하지는 않아 보인다. 순동의 동생 순녀는 보도소장의

양녀가 되고 갱생의 삶을 살게 된 명우는 그의 사위가 되기로 하는 결말
부분은 이들의 '신윤리와 도덕'이 국가의 아들이 되는 것임을 보여준다.
　이처럼 『마음의 금선』은 우생학을 동원한 식민화 논리와 혈연적 민족
과의 분리 등이 표면 서사를 지배한다. 하지만 이 작품은 이 논리를 받아
들일 것인지 여전히 고민하는 지식인의 갈등이 남아 있다. 인규, 규선이
등의 존재가 그러한데 아직은 친일의 논리로 선뜻 나아가지 못하는 작가
의 내적 갈등을 읽어낼 수 있다. 지식인적인 고뇌와 갈등이 완전 사라진
무갈등의 서사가 생산되는 '협화미담'과 비교해 보면, 그 차이가 좀더 명
확해질 것이다.

3. 친일문학의 한 양상 - 협화미담 당선작과 한찬숙의 「초원」

1) 협화미담의 공모와 당선 작품

　'五族協和'라는 슬로건은 본래 손문에 의해 중화민국 성립 시 사용된
건국이념이었다. 이 경우의 오족은 漢民族, 몽고족, 티벳족, 위그르족, 회
족(이슬람족)을 지칭하며, 다민족국가로서의 중국을 표현하는 슬로건이었
다고 한다. 만주국은 오족협화의 공화제(공화국) 이미지인 '공화'를 '협화'
로 바꾸어[12] 한족(중국인), 일본족(일본인), 만주족(여진족), 조선족(조선인),
몽고족(몽골인) 등 만주 거주 민족들의 화합을 강조하는 이념으로 만들었
다. '日滿—德—心, 民族協和, 王道樂土'를 이념으로 하고, 각 민족은 "민족
적 생명을 더 잘 발전시키고 그 협화에 의한 종합력의 발휘에 의하야 도

---

12) 川村湊, 『文學から見る「滿洲」 - 五族協和の夢と現實』, 吉川弘文官, 1998, 8-9쪽.

의세계를 실현하려는 것"이 협화의 목적이라고 밝히고 있다.13) 따라서 만주국은 서구제국주의의 지배와는 다르며, "領治하는 것이 아니고 알게 하는 것"14)이라 강조한다. 이 '오족협화'의 이념은 초기에는 이상국가적인 실험의 측면이 있었다는 주장도 있지만, 40년대 이후 급속히 일본의 대동아공영권 이념을 강조하고 「八紘一宇」(『日本書紀』 안에 있는 神武天皇의 조칙의 하나에서, 천하를 하나로 한다는 의미)의 일본중심주의로 변모해간다. 塚瀬進의 연구에서는 이 과정을 다음과 같이 설명하고 있다.

왕도주의가 내재적으로 가지는 위험성, 외재적인 유효성의 감퇴에 의해 새롭게 발포되었던 것은 「짐(만주국 황제), 일본천왕폐하와 정신일체이다.」하고 선언한 「회란훈민조서(回鑾訓民詔書)」이었다. 부의는 1935년 4월에 처음 일본을 방문한 후, 「회란훈민조서」를 발표하여 천왕과의 정신적 일체, 일본과 만주국의 일체성을 강조했다. 「회란훈민조서」에는 仁愛·충성, 「민심이 군을 제사지내는 것과 하늘을 제사지내는 것은 같다」 따위의 유교적인 표현도 사용하고 있고, 그 내용은 유교적 이념에 日滿일체화를 가미했던 것이라고도 말할 수 있다. - 중략 - 부의는 두 번째 일본 방문 후(1940년 7월)에 「國本奠定詔書」를 발포했다. 이것에는 「建國神廟를 세워 天照大神을 奉祀하고 厥의 崇敬을 다하고」라는 표현이 있다. 부의는 청조의 祖宗에 대신하여 천황의 祖神, 천조대신을 제사지내는 건국신묘의 창건을 결정했던 것이다.(69~70쪽)15)

위의 예문에서는 만주국의 변화를 엿볼 수 있는데, 만선일보의 협화미담 현상공모는 부의의 두 번째 일본 방문을 전후한 천황제로의 전환 시기에 모집된 친일문학이라고 볼 수 있다. 1940년 3월 28일부터 광고하기 시작한 이 현상모집은 1등에 백원의 상금을 걸고 민족간 화합을 다룬

<hr>
13) 만선일보, 1940. 1. 28.
14) 만선일보, 1939. 12. 13.
15) 塚瀬進, 『滿洲國-民族協和の實像』, 吉川弘文館, 1998.

'협화미담'을 공모했다. 그 외에 禁煙文藝作品(아편을 끊은 사례), 군가, 개
척가사(만주 개척과 생산 독려) 등 국가 시책을 독려하는 글들을 현상 모
집하기도 했다. 모집광고의 내용을 보면 민족간 협화를 보여주는 좋은
예를 모집한다고 되어 있다.

> 만주국내에 거주하는 조선국민과 內, 滿, 蒙, 漢, 露 등 선계 이외
> 의 국민과의 간에 전개된 사건 중 民族協和의 정신을 유감없시 발
> 휘하야 누가 듯드래도 감격할 만한 실화를 널리 모집함. 그리고 미
> 담의 내용은 鮮系를 위하야 他系국민이 희생적으로 협력 또는 희생
> 적으로 봉사한 이야기도 조코, 타계가 선계를 위하야 한 일도 가함.
> 요컨대 民族協和의 道義國家에 조흔 모범이 될 만한 숨은 실화미담
> 을 널리 세상에 알리려는 것을 목적으로 함.
>
> ▶▶『만선일보』, 1940. 3. 28

　협화미담 당선자는 만선일보 1940년 6월 30일자 신문에 발표되었다. 1
등 박붕해, 2등 김현숙, 이형록(당선자 발표란에는 이경동이라 되어 있는데
오기인듯), 3등 이홍주, 한찬숙, 박창징인데, 이홍주의 작품은 영인본에 실
려 있지 않아서 아쉽게도 읽을 수가 없었다. 잘 알려지지 않은 작품들이
므로 먼저 줄거리를 소개하고 특성을 살펴보기로 하겠다.

朴鵬海, 「農村의 追憶」(만선일보 1940. 7. 17 ~ 7 .28, 11회 연재, 협화미담 1등 당선작)

　연길서 서북쪽으로 약5십리 떨어진 농촌부락 八道溝. 이곳에 사
는 '나'의 아버지는 농촌에서 상점과 정미소를 경영하는 개척민이
다. 만인 상점인 祥發源支店長 吳씨는 동생 소옥을 귀여워하는 마음
씨 좋은 아저씨다. 처음에는 무서워했던 소옥도 그와 가까워지고
두 집은 명절을 맞아 서로 떡도 나누어 먹으면서 협화의 정신을 느
낀다. 형의 결혼식 때는 가난한 생활 속에서도 두부를 만들어 축하
선물로 수줍게 내어놓던 만주족부인의 순수한 마음에 감격하기도
한다. 내가 용정의 중학에 다니던 시절 마을은 비적의 습격으로 불

안한 나날을 보낸다. 특히 여름이면 밤에 편한 잠을 잘 수 없는 지경이다. 만주인과 조선인은 힘을 합해 토성을 쌓기로 한다. 함께 일하는 작업장에서 두 민족은 "평화건설과 민족협화 기치 하에 촌민의 마음을 융합하고 통일식히고 협화식히는"(7.24) 분위기를 느낀다. 이서방은 만주의 노래를 어설프게 불러 웃음을 자아내기도 하고, 함께 점심을 나누어 먹기도 한다. 토성쌓기가 끝난 후 나는 본격적으로 상달원 점원들과 만어를 배우고 그들에게 일본어를 가르친다. 아버지가 갑자기 병이 났을 때도 점원 왕씨가 성심으로 도와준 일은 잊을 수가 없다. 신경의 학교로 진학이 결정된 후 고향을 떠나던 나에게 지점장은 어디서든 협화의 마음을 잊지 않기를 당부한다.

金賢淑 「懺悔」(만선일보 1940. 7. 29 ～ 8. 5, 7회 연재, 협화미담 2등 당선작)

　30세의 독신 여성인 유미에는 願鄕屯 국민우급학교(소학교) 교사이다. 그녀가 이 학교로 온 지 두어 달 된 어느날 복녀가 결석을 하자 학생의 집으로 찾아간다. 복녀의 아버지는 열 세 살 먹은 그녀를 민며느리로 보낸다고 했지만 기실은 하얼빈의 술집에 딸을 돈 2백원에 딸을 팔기로 했다는 것이다. 조선에서 보통학교 선생을 한 경력이 있어서 조선말도 잘 하는 유미에는 복녀 아버지 창수를 말려보지만 이미 돈은 빚을 갚느라 모두 써버린 후였다. 그녀는 교무주임 최선생에게 돈을 빌려보려 하지만 비웃음만 산다. 겨우 둔장인 왕노인에게 돈을 빌려 복녀를 찾으러 가지만 이 번에는 돈을 더 받으려는 술집 주인과 부딪힌다. 유미에선생은 그래도 포기하지 않고 만선일보를 찾아가 기사화하고, 협화회회장을 만나 도움을 청하는 등 백방으로 노력한다. 협화회회장의 주선으로 술집주인인 최무행은 유미에의 헌신적 노력에 감복하고 자신을 참회하게 된다. 돈 이백원은 복녀의 교육비로 쓰기로 하고 유미에는 복녀와 함께 마을로 돌아온다.

李亨祿 「不滅의 傷痕」(만선일보 1940. 8. 6 ~ 8, 3회 연재, 협화미담 2등 당선작)

자신의 이야기를 사실대로 기록한다는 머리말이 붙어 있는 소설보다는 수기에 가까운 작품이다. '열렬한 친일가'인 중국인 마강산과 '열렬한 친중가'인 나의 아버지는 "같은 이상 아래의 두 가정인만치 상당히 친밀이 지내오는 터이었다."(1940. 8. 6) 옆집에서 어물상점(나의 집)과 잡화상(마씨네)을 하고 있는 두 집은 조선인과 중국인이라는 민족을 넘어서 우정을 쌓게 된다. 그러나 나는 중국인과 친하다고 조선인 아이들에게 따돌림당하고 도끼로 발등을 찍는 사고를 당했을 때도 조선인 청년들은 모르는 체 지나가 버린다. 그때 마씨아저씨가 나를 구해준다. 이 사건으로 마씨네와 또 그 집딸 연옥과 더욱 돈독한 인연을 맺게 된다. 5년 후 나는 경성 T중학에 재학 중이고 파산한 후 사라진 마씨 아저씨를 친구네 목장에서 우연히 다시 만난다. 고생하는 아저씨와 연옥을 부친의 상점으로 모셔오고, 졸업 후에 연옥과 결혼하게 된다. 그러나 결혼 2년만에 아내가 죽고 그리운 마음으로 이 글을 쓴다.

韓贊淑(만선일보 1940. 8. 10 ~ 15, 6회 연재, 협화미담 3등 당선작)

여자편, 남자편, 노인편 3편으로 구성된 작품이다.
「廢墟의 草原」(여자편)영안촌에 사는 입분이와 중국인 친구 淑芳이는 미모가 뛰어난 인물이다. 한 때 그녀들에게 흑심을 품었던 불량청년이 비적이 되어 이들을 납치하게 된다. 비적에게 끌려가던 중 서로 지혜를 합해서 도망나온다. 둘의 우정이 서로를 살린 것이다. 필자의 처사촌 언니의 실화임을 밝히고 있다.
「脫走의 價値」(남자편) 비적에게 잡혀갔다 탈출하는 마을 남자들 조선인 최성달과 만주인영감 朱硯田의 이야기이다.(영인본에 1회만 실려 있어서 내용 파악이 어렵다.)
「老婆의 智慧」(노인편) 조선인 許노파와 만주인 于노파는 비적들의 피해로 거의 폐허가 된 마을에서 서로 의지하고 살아가는 노인들이다. 어느날 허노파의 집에 비적이 들이닥친다. 두 노파는 이들을 잘 대접해서 재우고는 펄펄 끓는 물을 부어 모두 소탕한다.

朴蒼澄 「異鄕의 樂園」(만선일보 1940. 8. 16 ~ 9. 4, 13회 연재, 협화미담 3등 당선작)

　　신경에서 약 30킬로 떨어진 K마을. 마을의 촌장격이고 최대 지주인 K천가장의 집에 불이 난다. 중국인 지주인 K지주의 일이지만 발벗고 나서 도와준 조선 사람들(소작인)에게 감동하여 잔치를 벌이고, '두 민족 사이의 친밀에 대한 소원'(8.17)을 확인하게 된다. "해외에서 이국 민족의 눈치만 보며 살아가는" 조선인은 "퍽 눈치적이면서 유순하였다."(8.19) 처음에는 희망과 열정을 가졌던 이들이 실망과 좌절로 세월을 보내게 된 이유는 도적떼로 인해 피해 때문이었다. "말하지만 그 시대 이 나라는 도적굴과도 마찬가지엿다. 그러함으로 이러한 곳에서 엇지 마음 노코 일을 할 수 잇게스랴. 또 그뿐 안이라 이러한 치안이 업는 위험지대를 오히려 활무대로 삼고 돌아 다니는 소위 XX당이니 XX파이니 하는 자칭주의자라는 알지 못 할 무뢰들이 횡행하며 인심을 불안소동케하므로 도모지 마음 노코 한 곳에 머물러 잇슬 수 업는 것도 큰 원인이엿다."(8. 21)
　　게다가 그들이 조선인 동포라는 게 문제이다. 좀 살만하면 무슨 사업이니 하고 돈을 뜯어가는 등쌀에 개척민들은 떠돌이 삶을 살게 되었다. 중국인 지주는 지금까지의 조선민족에 대한 오해를 풀게 되었다면서 중국민족과 조선민족의 화합을 강조한다. 그러나 K씨가 조선인의 떠돌이 삶을 비판하는 태도를 보이자, 조선인들의 신망을 받는 B씨는 만주의 치안 부재 사태를 비판한다. K씨는 그들 역시 국권이 있는 것이 자랑일 뿐 문명국에게 아직 야만인이라는 소리를 듣는 중국인의 실상을 솔직히 고백하며, 두 사람은 진정으로 선만 두 민족이 서로 도와야 함을 역설한다. 어느날 갑자기 지나 병정이 조선인 수색을 나오자 K씨는 미리 알려주어 애매한 피해를 입지 않도록 도와준다. 조선인들도 XX단이나 XX파가 지주의 돈을 빼앗자고 할 때 K지주를 옹호한다. 그러나 만보산사건이 일어난 며칠 후 조선인과 일본인이 재선중국인을 죽였다는 포스터가 붙고 조선인은 중국인의 표적이 된다. 불안한 나날을 보내던 중 중일전쟁이 일어나고 1932년 3월 1일 만주국이 수립된다. 왕도낙토가 이 땅을 차지하고 조선인은 평화를 얻는다. 일년 후 비적의 무고로 K가 잡혀가는 사건이 벌어지고 조선인들은 그를 구하기로 결심한다.

줄거리에서 볼 수 있듯이 이 작품들은 조선인과 만주인, 일본인과 조
선인의 협화를 주로 다루고 있으며, 이 작품들에서 민족간 관계는 우열
이 분명하게 위치지워 있다. 일본인과 조선인의 관계를 다룬 김현숙의
「참회」는 일본인이 조선인들의 무지와 이기심을 깨우치는 계몽자이고,
악의 소굴로 떨어질 뻔한 조선 소녀의 운명을 구원하는 구원자로 등장한
다. 조선인은 딸을 팔아먹는 부모, 자신의 안일만 생각하는 교무주임, 복
녀를 소개하면서 그나마 거간비를 가로챈 삼녀어머니, 돈밖에 모르는 술
집 주인 등으로 무지와 가난, 이기심만을 지닌 인물들이다. 조선인과 만
주인이 서로 풍속의 차이를 넘어 친구가 된다는 이야기로는 「농촌의 추
억」, 「불멸의 상흔」, 「폐허의 초원」, 「이국의 낙원」 등이 있다.

이 작품들 중에서 주목되는 「이국의 낙원」은 조선인이 신흥 일본의 신
민이라는 점에서 야만으로 규정되는 만주인에 비해 문명적 우월성을 드
러내는 독특한 작품이다. 조선인이 일본인을 대리하는 매개민족이 된다
는 것은 어떤 의미인가. 식민지 조선인 대신 일본제국의 신민으로서의
위치를 택한다는 의미로 볼 수 있으며, 그러한 정체성의 변화는 반만 항
일 운동 세력이 적대적 대상으로 설정되는 변화와 맞물려 있다. 「이국의
낙원」에 등장하는 "XX당이니 XX파니 하는 자칭주의자"들인 조선인들이
만주국의 적으로 그려지는 부분은 일본의 헤게모니와 항일세력에 대한
적대성을 보여준다는 점에서 만주의 친일문학 성격을 분명히 보여준다.
일본인을 대리하는 '매개 민족'으로서의 조선인의 위치는 한찬숙의 「초
원」에서 좀더 뚜렷하게 드러난다.

2) 한찬숙의 「초원」(『싹트는 대지』)

한찬숙은 협화미담 3등으로 당선된 작가인데, 『싹트는 대지』에 실린

작가 연보에 의하면 간도일본총사령관에 근무하다 만주국 관리가 된 인물이다. 현재 간도성 왕청현실업과장으로 되어 있으며, 작품집 후기에는 그가 『싹트는 대지』의 출판에 경비도 주선해 주고 편의를 보아주었다고 감사의 말을 쓰고 있다. 만주국의 관리로서 그의 작품은 왕도낙토, 도의 정신을 실현하는 협화미담의 성격을 분명히 보여주고 있으며, 「초원」도 몽골인과 조선인간의 선몽화합의 정신을 그리는 작품이다.

평남 안주 태생인 림봉익은 축산학교를 졸업하고 만주로 온 사람이다. "몽골땅의 미개한 민족을 지도하기 위하여 자청"(584쪽)하고 들어온 그는 기공서 축산주임으로 열성을 다한다. 가축들의 전염병을 예방하고 마을 사람에게 약을 주는 등 의학과 과학의 힘으로 가난과 질병에 시달리는 마을을 구해내, 사람들도 그를 '구주(救主)요 선생님'이라고 믿고 따르게 된다. 그는 파잉콜 구장의 딸 마루도와 사랑하게 되지만 개인의 사랑보다는 몽골 계몽이 더 시급하다는 생각으로 머뭇거린다. "언제나 나 하나만으로 해석하면 안 된다. 만주국내 홍안사성에 있어서 원시적 생활을 계속하고 있는 몽골 민족을 위하여 내 한 몸을 아낌없이 던질 마음엔 이러한 련애의 감정에 붙늘린다는 것처럼 맹랑한 것이 없다"(587쪽)고 자신의 마음을 다잡는 것이었다. 그러던 어느날 파잉콜 마을에 활불(라마교 승려)이 들어와 마루도는 활불에게 정조를 바쳐야 하는 위기에 처한다. 이들이 몽골 마을에 입히는 폐해가 심각한데도 활불이 몽골에서 지니는 세력은 절대적이며, 활불에게 정조를 바치는 것도 명예로 여기는 풍속이 있었기 때문이다. 그러나 이미 봉익을 사랑하는 마루도는 마을에서 도망쳐 나와 그를 찾아 나선다. 죽음을 각오하고 벌판을 헤매던 그녀는 우연히 봉익이 타고 다니던 기공서자동차를 만나게 되고, 운전수의 도움으로 봉익에게로 달려간다.

이 작품의 흥미로운 점은 조선인 림봉익이라는 인물이다. 그는 예방주사와 과학적 지식의 전파자이며 자동차, 서양옷, 캬라멜 등 서양 문물의 매개자이다. 몽골의 원시적 생활을 문명화하는 그를 이 작품에서는 '동리의 구원자'로 표현하고 있다. 그는 식민지 조선인이 아니라 반도 출신의 황국신민이라 볼 수 있다. 조선 민족의 고뇌 대신에 황국 신민의 의무를 다하는 성격으로 드러나기 때문이다. 일본인이 문명의 전파자이자 계몽자로 등장하는 친일소설의 서사 방식이 그대로 적용된 예이다. 그와 몽골 처녀의 사랑 역시도 남성적 제국주의와 여성적 식민지의 결합이라는 전형적인 비유의 형태를 취하고 있다. '만주국민'이면서 '황국신민'이라는 조선인의 독특한 위치16)에서 조선인이 일본인의 대리자로 등장한 것이다. "일한 민족융합의 중개자"로서 "내지인 자신이 일본정신 국체 운운을 설명하는 것보담도 조선인을 통하야 대륙병참기지로써 손색없는 약진 조선의 현실을 실례의 근거로 대변적 입장으로써 설명하는 것이 대륙인 그들의 심정을 감동시키기 용이하다"17)는 일본의 입장을 반영하는 작품이라 볼 수 있다. 조선인이 황국신민의 위치가 될 때 만주인 - 한인이든 몽골인이든 - 보다 상대적으로 우월한 민족의 위치에 서게 된다. 조선인 주인공이 남성적 계몽자로 설정되었다는 것은 일본의 대리자로서 만주인과의 관계가 설정되고 있음을 말해준다.

이처럼 협화미담은 화합의 명분 뒤에서 민족간 위계만들기를 진행하는 서사의 한 형태이다. 실제 만주국 이민의 3원칙 ① 일본이민의 적극 유치 ② 반도이민의 통제지도 ③ 지나이민의 조정18)에서 드러나는 민족차별 정책이나 만주국 관리의 구성를 보아도 담론적 경쟁과 함께 일본의 지배가 40년을 지나면서 훨씬 강화되고 있음을 알 수 있다. 만주국 중앙관리의 경우 1934년에서는 전체의 53%를 일본인이 점하고 있었으나, 1940년이 되면 일본인의 비율은 증가하여 69%가 되고 있다. 일본인 이외의 관

---

16) 金榮秀, 「血緣的 一體 完成코 國家와 興亡을 가치하라」, 만선일보, 1940. 1. 1.

17) 陸軍少將 金子定一, 「재만조선인에 寄함 - 재만조선계의 입장(下)」, 만선일보, 1940. 1. 3.

18) 「殖産調査月報」 제23호, 1940. 4, '第三部 滿洲移民의 現狀と其の將來', 66쪽.

료는 686인으로, 1934년 752인보다 감소하였으며 특히 실질적인 지배기관인 총무청은 일본인 비율이 가장 높았다고 한다.[19]

협화미담이 『마음의 금선』과 달라지는 지점은 열등화된 자민족과의 철저한 분리, 그리고 그러한 분리에 대한 내적 갈등이 사라진 점이다. 예들들어 XX당이니 XX파니 하는 조선족 비적들이 만주국의 적으로 설정되거나(「농촌의 추억」, 「폐허의 초원」, 「이국의 낙원」 등), 활불이 몽골 피폐의 원인으로(「초원」) 부정되는 부분이 그러하다.[20] 이는 혈연적 민족을 부정하는 것만이 아니라 이를 바탕으로 반일저항세력의 가능성을 봉쇄하는 인식적 특성을 만드는 서사 전략이라 볼 수 있다. 민족간 위계만들기 위에서 40년대 재만친일문학은 각 민족의 반일저항세력들과의 분리를 담론적 전선으로 하고 있음을 알 수 있다.

4. 맺음말

만주국에서 발표된 '협화미담'과 '금연문예'는 얼핏 생각하기에는 친일 작품과 거리가 있어 보인다. 민족간의 화합을 주장하는 내용이나 아편을 금지하는 내용이 다민족 국가인 '만주국'이 표방하는 건강하고 평등한 국가를 만든다는 이상을 표방하고 있기 때문이다. 그러나 실제 작품을 분석해 본 결과 이 작품들은 민족간의 위계만들기와 반일저항세력과의 분리, 일본민족으로의 동화의 논리가 구성되는 서사임을 알 수 있었다. 특히 이 작품들이 1940년대에 접어들면서 생산된다는 점도 주목해야 하는

---

19) 塚瀬進, 앞의 책, 중앙관청의 인적 구성을 「만주국 관리록」을 자료로 검증, 45쪽.
20) 김재용, 「중일전쟁 이후 재일본 및 재만주 조선인 문학의 분화와 식민주의 협력」, 앞의 글 참조.

데, 이 시기는 전쟁 동원을 위한 총력전 시기라는 점이다. 조선처럼 직접
적인 인적, 경제적 징발을 할 수 없던 만주국에서 일본과 만주의 혈연적
일체성을 확보(황민화)하고 일본의 지배를 강화하기 위해서는 국책 선전
문학이 강화될 수밖에 없었다고 생각된다. 조선의 작품과 재만문학의 경
우를 비교해 보면 좀더 분명해지겠지만, 지금까지의 연구 결과로 미루어
짐작해 보아도, 만주의 친일문학은 직접적인 전쟁동원 이념의 선전보다
는 다양한 민족간의 위계만들기와 일본의 헤게모니 장악이 더 중요하게
다루어졌다고 생각된다.

  그 중에서도 협화미담과 금연문예는 대동아공영권의 이상(동질성의 창
조)을 실현하면서 식민지의 열등화와 제국주의의 배타적 우월성을 형성
하기 위한 논리를 보여주는 작품이다. 서사적 특징으로는 남성적 제국주
의와 여성적 식민지의 대립적 구성이나 늙고 타락한 부모와 젊고 성장하
는 소년이라는 대립적 구성으로 배제와 동화의 논리를 구성하는 것으로
나타났다.

  특히 이 작품들이 식민지 열등한 민족성을 규정하는 사상적 기반으로
는 일본의 제국주의 우생학인 인종개조론에 기반을 두고 있어서 앞으로
사상적인 기반에 대한 연구가 더 필요하리라 생각한다. 인간혈통도 가축
이 개량되는 것처럼 인위적인 선택에 의하여 개선될 수 있다는 입장에
근간을 둔 일본의 인종개선학이 식민지적 상황을 유전적 민족성으로 치
환하는 논리는 친일문학의 한 방식이 된다. 우생학의 사회, 국가적 의미
를 강조했던 이케다 시게노리의 열등자 분류를 보면, ① 유전에 의한 정
신허약자 ② 유전성의 정신병자 ③ 간질 ④ 선천성의 생리적허약자 ⑤
선천성 기형자 ⑥ 무도병의 병적 이유가 유전적 질병소인을 가지는 자
⑦ 생래의 맹인, 농아 같은 특수 감관의 장애자 ⑧ 만성취벽자, 상습적
범죄자, 매음부, 빈궁자와 같은 나태계급[21]이 이에 해당한다. 특히 8항의

---

21) 池田林儀, 『遺傳と優生學』, 家庭科學大系 제13집, 家庭科學大系刊行會, 1929, 95쪽.

경우가 식민지의 열등성을 만들어내는 논리와 맞물려 있는데, 상대적으로 문명화 정도가 낮은 식민지의 상황을 생래적인 것으로 만들어내는 근거가 된다. 환경적 요인 즉 의료 지식, 청결의식, 게으름, 가난함까지 열등인자로 규정하여 상대적으로 문명화가 늦은 조선이나 중국을 열등인자로 규정하게 되는 것이다. 문제는 일반적인 근대화의 논리와 어떻게 구분할 것인가인데, 자칫 근대적 계몽의 논리 전체를 친일로 몰아갈 우려가 있다. 하지만 친일의 논리가 서사화되는 방식들에 대해 꼼꼼히 살펴보면 환경적 요인까지 유전적 결정론으로 만들어, 열등화된 자민족과의 분리를 명확하게 만들어냄을 볼 수 있다. 이를 통해 저항담론의 가능성 자체가 봉쇄된 서사가 재만주 친일문학의 주요한 특징이라 볼 수 있다.

 재만문학 연구목록

▪ 작품 목록

『20세기중국조선족 문학사료전집 제5집』, 연변인민출판사, 2001. 5.
  - 박영준의 『쌍영』(만선일보 1939. 12 ~ 1940. 8 연재)
  - 신영철편, 『싹트는 대지』(만선일보사 출판부, 1941. 11) 수록
박영희, 『전선기행』, 박문서관, 1939. 10.
현경준, 『마음의 금선』, 홍문서관, 1943. 12.

▪ 이론서

하루오 시라네, 스즈키 토미 엮음, 왕숙영 옮김, 『창조된 고전』, 소명출판, 2002.
미야카와 토루, 아라카와 이쿠오 엮음, 『일본근대철학사』, 생각의나무, 2001.
가라타니 코오진 외, 송태욱 옮김, 『근대 일본의 비평』, 소명출판, 2002.
香川幹一, 『滿洲國』, 東京古今書院, 1938.
川村湊, 『異鄕の昭和文學-滿洲』, 岩波書店, 1998.

尾崎秀樹, 『近代文學の傷痕』, 岩波書店, 1991.

▪ 단 행 본

권   철, 『광복전 중국 조선민족 문학 연구』, 한국문화사, 1999.
오양호, 『일제강점기 만주 조선인 문학 연구』, 문예출판사, 1996.
_____, 『한국문학과 간도, 문예출판사』, 1988.
이정숙, 『실향소설연구』, 한샘, 1990.
채   훈, 『일제강점기 재만 한국문학 연구』, 깊은샘, 1990.

▪ 석박사 논문

김태국, 『만주지역 '조선인 민회' 연구』, 국민대박사논문, 2001.
김종호, 『일제강점기 만주 유이민소설 연구』, 경북대박사논문, 1996.
박은숙, 『안수길 소설 연구 : 만주 체험 소설을 중심으로』, 성균관대박사논
      문, 2002.
변정옥, 「일제 강점기 만주 유이민 소설 연구 : 『만선일보』수록 소설을 중
      심으로」, 영남대석사논문, 1997.
임성모, 『만주국협화회의 총력전체제 구상 연구』, 연세대박사논문, 1997.
장춘식, 「현경준 소설연구」, 전북대석사논문, 2001.
홍연실, 「間島小說研究 : 崔曙海, 姜敬愛, 安壽吉의 作品을 中心으로」, 건국대석
      사논문, 1993.

친일문학 논의와 '재만조선인문학'의 특수성

— 안수길의 소설과 '이주자 - 내부 - 농민의 시선'을 중심으로 —

한수영(동아대학교)

1. '동북공정'에 대한 반응과 '이주자' 문제에 관한 '주관적 동일화'의 오류

지난해인 2003년 하반기부터 중국의 '동북공정(東北工程)'을 둘러싸고 한국의 고대사 관련 학자들과 학술단체, 그리고 언론을 중심으로 뜨거운 반대여론이 일고 있다. 반대여론의 중심 내용은 "중국의 '동북공정'은 고구려사를 중국사에 편입시키려는 명백한 역사 왜곡이며, 이러한 역사 왜곡의 배후에는 통일 이후 고구려 영토였던 북한에 대해 영향력을 행사하려는 정치적 의도가 숨어있다"는 것으로 요약된다. 고구려사 관련 전공자들과 역사관련 학술단체들이 '동북공정'의 역사 왜곡과 정치적 의도를 문제삼는 것과 동시에, 중요 일간지들도 '고구려'를 재조명하는 기획 기사를 잇달아 내보냄으로써 '동북공정'에 대한 한국인의 반대 의사와 우려를 분명하게 표시했다. 정부도 이러한 여론에 편승해 연구센터 건립 등 고구려사 연구를 북돋기 위해 적극적으로 지원하겠다고 나섰다. 반대 여론이 물 끓듯 일어나는 동안, '동북공정'의 전체 내용이 무엇이고, 무엇을 위한 학술 프로젝트인지를 객관적 사실에 기초하여 차분히 돌아다보자는 목소리는 좀처럼 듣기 어려웠다.

그러나 '동북공정'의 내용을 들여다보면 그렇게 흥분만 할 일이 아님을 곧 알게 된다. 중국이 고구려사 전체를 중국사에 편입시키고자 하는 것도 아니며, 고구려사를 중국사의 일부로 간주하는 관점도 최근에 갑자기 제기된 것이 아니라 이미 1930년대부터 그러한 시각이 중국 역사학계 내부에서 있어 왔다는 점을 고려할 때 더욱 그렇다. 무엇보다도, '동북공정'이 새로운 중국의 '팽창주의'의 일환이 아닌가 하는 우려에 대해, 그것이 공세적이기보다는 오히려 방어적 성격의 프로젝트임을 이해할 필요가 있다는 주장은 우리의 흥미를 끈다.

사실 한국 언론과 관련 연구자들은 거의 소개하지 않았지만, '동북공정'을 시급하게 실시하는 이유 중에는 위에 든 내부적 요인 외에 통일 이후 등장할 수도 있는 한반도의 '팽창주의적 민족주의'에 대한 대비의 필요성도 크게 작용했다. 특히 한국의 '만주열풍'에 대한 경계가 주요 요인이었다. 중국은 현재 한국에서 일고 있는 만주열풍이 학문적으로는 식민지시대 일본의 동양사론에서 시작되어 일부 관련 학회를 거치면서 확산되어왔고, 실천적으로는 박정희 군사정권시절의 만주수복론이 지금 재야의 고토수복론으로 이어지고 있다고 보고 있다. 특히 통일은 그것을 가열시킬 것이라고 판단하고 있는데, 이는 남북간 이념 차이에도 불구하고 만주를 고토로 생각하는 공통의 민족주의가 존재한다고 보기 때문이다.[1]

한국측 관련자들은 '동북공정'이 중국의 '팽창주의'의 일환이라고 보는

1) 「책머리에 - 중국의 '동북공정'과 한국 민족주의의 진로」, 『역사비평』, 2004년 봄호, 15쪽.

데 반해, 윗글의 필자는 거꾸로 한국(또는 한민족)의 '팽창주의적 민족주의'에 대한 방어기제로 '동북공정'이 등장한 것이라는 상반된 시각을 보여준다. 중국의 동북지역(즉 만주), 특히 조선족[2]들의 거주밀집 지역은 실제로 "한국 자본의 유입과 탈북자 등의 문제로 대단히 불안정한 지역으로 변해 가고 있어 중국 당국이 긴장하고 있다"는 지적은 과장된 것으로 보이지는 않는다.

원인이 어디에 있든 간에, 중국의 '동북공정'이나 그에 대한 한국 내의 민감한 대응양상이 주고받기 식으로 팽팽한 긴장을 연출하는 동안, 가장 중요하면서도 관심의 사각지대에 놓이는 것은 바로 이 지역에 살고 있는 이백 만 중국조선족들의 운명이다. 이들은 오랜 이주의 역사를 지니고 있으며, 엄연한 중국 국민으로서 '연변 조선족 자치주'를 중심으로 언어와 교육, 문화와 관습 등에서 민족공동체로서의 고유성을 인정받으며 살아오고 있다. 이주민의 후손으로서 이들이 감당해야 할 '경계인'으로서의 부담은 역사적으로 형성된 것이므로 어쩔 수 없는 부분이 있다고 하더라도, 같은 혈통을 지닌 '민족'임을 내세워 '본토'라고 할 수 있는 한국의 이해관계와 '이주민'인 이들의 이해관계를 수관적으로 동일시하는 것은 대단히 위험한 일이 아닐 수 없다. 최근 한 시민단체가 주도하고 있는 '조선족 국적회복 운동'을 비롯하여, 재중동포(중국조선족)을 '위하여' 벌이고 있는 일련의 사업들이 "진정으로 그 지역에 살고 있는 조선족을 포함한 다수 민중의 생존권과 삶의 질을 고려한 것인지 묻고 싶다"는 윗글 필자의 우려와 경계는 그런 점에서 충분한 근거를 지니고 있다.

이른바 중국의 동북삼성(지린성, 랴오닝성, 헤이룽쟝성)에 살고 있는 우리 동포의 이주의 역사는 길고 오래다. 그 이주의 역사적 배경과 정치적

2) 이하의 논의에서 '만주'는 해방 전 중국의 동북지방을 가리킨다. 해방 이후에는 중국의 지명으로 '동북삼성' 또는 '동북지역'을 쓴다. '재만조선인'은 해방 전 이 지역에 거주한 조선인 이주자를 가리키며, 해방 이후를 언급할 때는 '중국조선족'이라고 쓰기로 한다.

동인(動因) 또한 다양하다. 그러므로 이주민인 그들을 올바르게 이해하기 위해서는 '이주'와 관련된 다양한 사회·경제적 이유와 '정착'을 둘러싼 중층적인 정치·문화적 환경 요인들을 겹눈으로 보지 않으면 안된다. 그러나, '본토인'인 우리의 시선은 여전히 그들의 삶을 '일시적이고 유동적인 것'으로 간주하는 외눈박이의 시선에 머무르고 있다. 그들의 삶을 '일시적이고 유동적인 것'으로 본다는 것은, 이주를 강제한 원인만 제거되면 그들은 언제라도 '본토'로 귀환할 것이라는 주관적 편견을 지니고 있다는 말과 같다. 예컨대 식민지 시대에 이주를 강제한 그 '원인'은 일본 제국주의의 억압과 수탈에 귀결되는데, '유동적 삶으로서의 이주'를 둘러싼 역사적 사실이 이와 같다면, 해방 직전 230만 명을 헤아리던 재만조선인 중, "해방 이후 귀환한 사람이 100만 명이고 130만 명이 만주에 그대로 남았다는 사실"[3]을 충분히 설명해 내기가 어렵다.

우리는 여전히 이주민인 중국조선족들을 '본토인'인 '우리'의 시선으로 보고 있다. 그들이 처한 정치·경제적 조건과 사회·문화적 환경이 '본토인'인 우리들과 다를 수 있다는 사실을 깊이 고려하지 않는다. '동북공정'을 둘러싼 일련의 사태들에서도 이 점이 분명히 확인되거니와, 이 '주관적 동일시'의 문제는 일제하 '재만조선인문학'의 성격을 규명하는 데에도 중요한 요소로 등장한다.

이 글이 중점을 두고 검토하고자 하는 것은 '재만조선인문학', 특히 그 중에서도 안수길 소설의 친일적 성격에 관한 것이다. '재만조선인문학'을 둘러싼 '친일성 여부'는 '재만조선인문학' 연구에서도 중요한 주제의 하나가 되어 왔다. 이 글이 좀더 관심을 기울이고 싶은 대목은, '재만조선인문학'의 특정 작품들이 친일문학에 해당하는가의 여부보다는, 그러한 논의를 진행할 때 좀더 고려해야 할 '재만조선인문학'의 '특수성'이다. 그

---

3) 김춘선, 「광복 후 중국 동북지역 한인들의 귀환과 정착」, 국민대학 한국학연구소 편, 『해방 후 중국지역 한인의 귀환문제 연구』, 2003, 4쪽.

리고, 이 '특수성'은 일제하 재만조선인들을 하나의 '이주자 집단'으로 상
정할 때에 발견될 수 있으며, '이주자 집단'으로서의 '재만조선인'들의 이
해관계가 '본토인'의 이해관계와 반드시 일치하지 않을 수도 있음을 전제
할 때 비로소 보이기 시작한다.

안수길이 해방 전 재만조선인문학을 대표할 만한 작가라는 점에는 이
견이 없다. 그러나, 그의 이러한 대표성 때문에 그의 소설이 지닌 '친일
성 시비'도 언제나 뜨거운 쟁점으로 대두되곤 했다.4) 이 글에서 안수길에
주목하는 이유는, 그러한 '친일성 시비'가 안수길이 지닌 특정한 관점에
서·비롯된다는 점을 밝히고, 그 '특정한 관점'을 '이주자 – 내부의 시선'
으로 분류하기 위해서이다. 지금까지 재만조선인문학의 친일성 여부에
관한 논의가 주로 '본토인'의 '민족주의적' 시각에 뿌리를 두고 진행되어
왔다면, 그것은 앞서 말한 바 있는 '동북공정'에 대한 대응과정에서 야기
된 '주관적 동일화'의 오류, 즉 '이주자'와 '본토인'의 이해관계가 항상
일치하리라는 믿음을 투사한 것과 같은 자리에 놓인다. '본토인'의 '민족
주의'에 기반한 '주관적 동일화'의 오류를 벗어나기 위해서는, 무엇보다
도 '이주자'의 삶을 '이주자'의 시선으로 들여다 보는 일이 필요하다. 안
수길은 해방 전 재만조선인문학의 대표적인 작가이기도 했지만, 동시에
'이주자-내부의 시선'으로 만주에서의 조선인의 삶을 그리고자 한 대표
적인 작가이기도 했다. 그러므로, 안수길을 위시한 재만조선인문학에서의
'친일성' 문제는, 이러한 프리즘을 투과시켜 검토하는 일이 무엇보다도
필요한 일이라 판단된다.

---

4) 한국근대문학에서의 '만주'인식과 안수길의 평가에 관해서는 졸고, 「만주의 문학
사적 표상과 『북간도』에 나타난 '이산'의 문제」(상허학회 편, 『상허학보』 11집,
2003. 8)를 참조.

2. 재만조선인문학의 특수성과 '이주자 – 내부 – 농민의 시선'

안수길의 해방전 작품에 관해서는, '친일문학'이라고 분명하게 못박는 평가가 있는가 하면, 친일적 경향은 비판받아야 하지만 조선인의 개척과 수난을 빼어나게 형상화한 점은 인정받아야 한다는 절충적인 태도도 있으며, 모든 시비에도 불구하고 안수길을 암흑기 망명문학의 대부로서 '민족문학'으로 인정해야 한다는 평가도 있다. 그러나 평가의 내용과 성격에 관계없이, 안수길 소설에는 움직일 수 없이 다음과 같은 두 가지 혐의가 내재해 있다는 점은 공통적으로 인정한다. 첫째는 재만조선인의 이주와 정착 과정을 형상화하면서 일본 제국주의 세력에 대해 호의적으로 묘사하거나 긍정적으로 그리고 있다는 점이며, 둘째는 만주국 건국 이후의 삶을 그릴 때는 만주국의 정책과 건국이념에 동조하는 체제순응적인 작품을 창작한다는 점이다. 전자에 해당하는 대표적인 작품이 「벼」(1940)라고 한다면, 후자에 해당하는 대표적인 작품은 「목축기」(1943)와 「토성」(1943), 그리고 장편인 『북향보』(1944) 등이라고 할 수 있다.

그런데, 안수길을 비롯하여 재만조선인문학을 '친일'문제와 결부지어 검토할 때, 단순히 텍스트의 표면에 나타난 일본에 대한 호오(好惡)의 태도 여부나 국책에의 호응 여부로 판별하는 것은 논의의 내용을 단순화시킬 우려가 있다. 안수길의 소설을 논의할 때도, 단순히 문면에 부각되어 있는 그러한 몇 개의 단서들로 '친일 여부'를 판가름하게 되면, 그의 문학을 적극적으로 '민족문학'으로 평가하든, '친일문학'으로 부정하든 상관없이, 안수길이 견지하고자 했던 당대 역사적 상황과의 내적 긴장을 읽어 내기 어렵게 되며, 동시에 재만조선인문학의 중층적 의미를 찾아내기 어렵다.

재만조선인문학에서의 친일성 논의에서 이러한 단순성을 넘어서기 위해서는 다음과 같은 구체적인 역사적 배경과 조건을 고려하지 않으면 안 된다. 먼저, 만주국 건국 이전과 이후의 재만조선인의 사회적 위상과 삶의 내용이 매우 달라진다는 점이다. 따라서 소설이 만주국 건국 이전을 다루고 있는가 이후를 다루고 있는가는 재만조선인의 삶을 형상화할 때 대단히 중요한 의미를 지니게 된다. 또다른 고려 사항은, 만주국의 이념에의 동조 여부나 체제순응 여부를 검토할 때도, 본토라고 할 수 있는 '조선'에서의 그것과 '만주'에서의 그것을 국책 협력이라는 시각에서 동일하게 보아서는 안된다는 것이다. 이를테면, '만주국'의 건국이념인 '오족협화'를 수용하는 것과, 조선에서 강요되던 '내선일체'를 수용하는 것 사이에는 커다란 차이가 있음을 이해하지 않으면 안된다. 그리고, 조선으로부터의 '이주'와 '만주'에서의 '정착', 그리고 새로운 삶의 근거지로서 '만주'에서의 '생활'에 이르는 전체 과정을 '이주자-내부'의 시선으로 그리는가, '방외자'의 시선으로 그리는가에 따라 형상화의 결과는 커다란 차이가 나타난다는 점을 알아야 한다.

'이주자-내부-농민의 시선'이란 재만조선인의 특수성을 이해하기 위해 필사가 고안한 일종의 노구석 개념으로, 그에 대해 약간의 설명이 필요하다. 우선 '이주자-내부의 시선'이란 '이주자의 삶'을 '이주자'의 주체적 시선으로 파악한다는 것을 뜻한다. 일반론의 차원에서도 '이주자'는 어떤 이유에서였든 '본토'를 떠나는 순간 '이주자로서의 특수한 삶'과 직면하지 않으면 안된다. 이주자는 새로운 이주지에서 하나의 '에스닉(ethnic)'으로 존재해야 하며, 에스닉으로서 부닥치는 새로운 조건과 환경에 적응해야 한다. 그런 점에서 해방 전 재만조선인은 명백한 '에스닉 그룹'이었다.

그런데, 이러한 이주자의 삶은 반드시 '이주자-내부'의 시선으로만 그릴 수 있는 것은 아니다. 이주자가 아니더라도 이주자의 삶은 얼마든지 문학적 형상화의 소재 및 주제가 될 수 있다. 다시 말하면 '이주자-

외부'의 시선이 얼마든지 가능하다는 말이다. 해방 전 '재만조선인의 삶'을 다룬 문학은 '재만조선인 사회' 내에서만 있었던 것은 아니다. 재만조선인에게는 '본토'였던, 조선의 문학계에서도 이주자로서의 '재만조선인의 삶'을 다룬 문학 작품이 여러 편 창작되었다. 가장 대표적인 것이 이태준의 「농군」(1939)과 이기영의 『대지의 아들』(1941)이라고 할 수 있다. 이들 작품은 서사의 표층 차원에서는 '이주자 - 내부 시선'의 작품과 언뜻 구분이 되지 않지만, 섬세하게 읽으면 '이주자 - 내부'의 시선과 '외부'의 시선이 이주자의 삶을 다루는 데 있어 커다란 차이를 보여준다는 점을 확인하게 된다.

그런데, 이주자 사회라고 하더라도, 그 구성원이 모두 동질의 조건 아래 놓이는 것은 아니다. 이주자 그룹 안에서도 계급과 계층, 학력과 재산 유무, 그리고 이주지에서의 거주구역과 형태 등에 따라 천차만별의 차이를 보일 수 있다. 우선 '재만조선인' 중에는 신경이나 장춘, 하얼빈 등의 대도시 거주자들과, 조선인 집중거주지인 '간도'를 비롯한 농촌거주자들로 나누어진다. 물론 숫자상으로는 농촌 거주자가 압도적으로 많았다. 또한, 농촌거주자라고 하더라도, 항상 농업에 종사하는 것만은 아니어서, 교원이나 관리, 신문기자 같은 지식인 계층이 있는가 하면, 상업과 무역, 자유업 등에 종사하는 사람들도 있었다. 이주자라고는 해도, 그가 어떤 처지와 입장에 놓이는가에 따라, 이주자 사회의 문제를 바라보는 시각은 사뭇 달라질 수밖에 없다. '이주자 - 내부의 시선'이라는 조건 외에 다시 '농민의 시선'이라는 조건을 덧붙이는 까닭이 여기에 있다. '재만조선인'의 농촌 사회를 다루는 경우라 하더라도, 그것을 '농민'의 시각에서 다루는가 아닌가에 따라 역시 커다란 차이를 나타내기 때문이다.

이러한 몇 가지 전제들은 안수길의 소설을 둘러싸고 제기되었던 '친일성' 여부를 새로운 관점에서 이해하도록 해준다.

3. 이주민 농촌공동체를 향한 이상과 좌절

안수길은, 엄밀한 의미에서 말하자면 '이주민 – 내부 – 농민의 시선'을 견지하는 데 일정한 결격 사유가 있었다. 그 자신 '농민'이 아니기 때문이다. 연보에 의하면, 안수길이 간도에 처음 건너간 것은 1924년이었는데, 완전히 이주자로서 간도에 정착하게 되는 1932년까지 약 8년 간은 학업 등을 이유로 고향인 함흥과 서울, 일본 등지를 떠돌았다. 1932년, 간도 용정의 소학교에서 교사 생활로 본격적인 만주 생활을 시작한 이후에도 용정과 신경을 오가면서 그가 종사했던 일은 『간도일보』, 『만선일보』 등의 신문기자 생활이었다.

이주자인 재만조선인이 주류사회인 '만주국'에 어떤 과정과 형태를 거쳐 '통합'되는가를 살핀 한 연구에 의거하자면, 안수길은 오히려 '개인 – 정착'의 유형에 더 적합한 경우라고 할 수 있다.

> 재만조선인은 조선을 떠나게 되는 이민의 논리와 만주에 정착하게 되는 정착의 논리에 따라 다양한 집단을 이루었다. 이민의 논리를 개인지향적인가 또는 개인 수준에서 이민이 이루어졌는가, 집단지향적인가 또는 집단수준에서 이민이 이루어졌는가에 따라서, 그리고 정착의 논리를 정착지향적인가 유동(궁극적으로는 귀환)지향적인가에 따라서 나누면 개인-정착, 개인 – 유동, 집단 – 정착, 집단 –유동의 4가지 유형을 설정할 수 있다. 개인 – 정착 유형은 개인 단위로 주류사회로 통합을 지향하는 것이고, 개인 – 유동은 개인 단위로 주류사회로부터 분리를 지향하는(또는 배제당하는) 것이고, 집단 – 정착은 집단 단위로 주류사회로의 통합을 지향하는 것이고, 집단 –유동은 집단 단위로 주류사회에서 분리되는 것이다.5)

---

5) 김경일·윤휘탁·이동진·임성모, 『동아시아의 민족이산과 도시 – 20세기 전반 만주의 조선인』, 역사비평사, 2004, 214-215쪽.

위 연구에 따르면 개인 - 정착의 유형은 민족 내부통합의 과정을 거치지 않고 곧장 민족 외부통합을 이루는 것(즉 개인 차원에서 만주국 주류사회로의 통합이 가능한 경우)으로, 도시거주자들 중에서 많으며, 재만조선인 사회 내에서도 지식인엘리트 집단이 주로 이에 해당한다고 한다. 위의 유형에 의거하자면, 재만조선인 농민은 대부분 집단-통합의 유형에 해당한다고 볼 수 있다. 결국, 그 자신 '농민'이 아니면서 '이주자 - 내부 - 농민의 시선'을 끝까지 유지하고자 애썼던 안수길은, 고등교육의 수혜자이자 도시거주자로서 개인 - 통합의 가능성이 열려 있음에도 불구하고, 끝까지 민족통합을 거쳐 '집단 - 정착'의 유형이라 할 농민의 입장을 의지적으로 견지했던 것이다.

안수길의 이러한 태도는 장편 『북향보』에서 작가 자신을 모델로 삼은 것으로 추정되는 소설가 '현암'을 통해 뚜렷이 표명된다.

현암은 문단에서 일러 가로되, 개척민 작가라고 하였다. 또 만주의 농민 작가라고도 일컬었다. 그가 주로 취재하여온 것이 선구 개척민의 고난사였으므로 그리고 개척민의 이야기를 써왔음으로써 농촌이 배경이 되고 농민의 생활을 그리지 않을 수 없었다. 하므로 이러한 칭호를 받은 것이었겠으나 사실 그는 삼십이 가까운 오늘까지 보리단 한번 쥐어보지 못하고 볏모 하나 바로 꽂아보지 못한 사람이었다. 문학적인 높은 교양과 세련된 지성과 섬세한 정서와 훈련을 쌓은 그는 어느 면이냐 하면 문장에 극히 신경질이요 표현에 심한 세련을 고집하는 이를테면 순예술파에 속한 작가의 소질을 가졌다. 그리고 그가 건강이 여의하여 동경에 눌러 있었던들, 또는 서울에서 지탱할 수 있었던들 그는 그러한 작가로서 혹 그러한 작품을 썼을지 모르는 일이었다. 그리고 어떤 작가의 아류가 되었을는지 모르는 일이었다.

그러나 현암은 부조가 이룩하여 놓은 이 땅 만주의 어버이의 집에 돌아와서 몸을 휴양하고 있는 동안에 고로(古老)들에게서 귀로 듣고 문헌으로 상고하고 그리고 어릴 때(그는 열세 살에 만주에 들

어와 소년 시절을 지냈다.)에 그 자신이 경험한 바를 증언하며 얻은
상념 즉, 부조 개척민의 고투사(苦鬪史)를 쓰기로 하자, 그들의 고난
을 후배인 우리가 회고추상(回顧追想)하여 글자로 남겨둔다는 것은
첫째로 그들의 고난에 대한 후진으로서 응당 있어야만 할 감사의
표시도 되는 것이요, 이곳에 살고 있고 또 뿌리를 파고 발전하려는
동포에게 선진자의 고난을 알리는 역할도 되는 것이라 생각하고(…
후략…)6)

　안수길 자신은 비록 농민이 아니었고 집단이주의 유형에 속하는 이주
자도 아니었지만, 작가로서 출발하던 당시에 그러한 각오를 다진 바 있
고, 또한 가까이에서 이주 농민의 처지를 누구보다도 정확히 이해할 수
있었기 때문에, '이주자 – 내부 – 농민의 시선'을 비교적 일관성 있게 유
지할 수 있었던 것으로 보인다.

1) 중편 「벽」와 만주국 건국 이전의 토지상조권 문제

　'이주자 – 내부 – 농민'의 시선으로 만주 이농민의 개척사를 기록하겠
다는 애초의 의지가 가장 집약적으로 표현된 것은 그의 대표작 중의 하

---

6) 안수길, 『북향보』, 문학출판공사, 1987, 192-193쪽. 『북향보』는 『만선일보』연재본
　을 제외하면 현재 두 개의 판본이 있다. 하나는 문학출판공사본(1987)이며, 다른
　하나는 흑룡강조선민족출판사에서 간행한 『안수길소설집』(연변대 조선언어문학연
　구소 편, 2001)에 실린 『북향보』이다. 두 판본 모두 『만선일보』 연재본을 저본으로
　하여 간행되었으며, 비교 대조해 본 결과 약간의 차이를 제외하고는 크게 다르지
　않았다. 문학출판공사 판에는 맞춤법을 현대어법에 맞도록 고치고, 『만선일보』의
　일본어 대화문에 한국어를 병기한 부분에서 일본어를 빼버린 데 반해, 『안수길소
　설집』에서는 원본 그대로 살려 두었다. 그러나 문학출판공사본은 『안수길소설집』
　에서 판독불가로 처리한 구절이 대부분 살려져 있으며, 누락된 부분도 적어 좀더
　선본(善本)에 가깝다. 오양호에 의하면 『만선일보』 스크랩본에 작가 자신이 직접
　가필하여 개작한 것이 있다고 하며, 약 200여 군데 고친 흔적이 있다고 하나, 아직
　공간되지는 않아 확인하지 못했다. 『북향보』를 언급할 경우, 이 글에서는 '문학출
　판공사 판'을 텍스트로 삼는다.

나이자, 자주 친일 시비의 대상으로 오르는 중편작 「벼」에서였다. 만주국 건국 2년 전인 1930년을 현재의 시간 배경으로 하고 있는 이 소설은, 길림성 매봉둔에 집단거주하는 조선이주민의 개척담을 주된 내용으로 하고 있다. 이 소설이 '친일 시비'의 대상이 된 가장 큰 이유는, 중국 당국과 조선인 이주농민 사이의 갈등을 다루면서 그 문제를 일본인 및 일본영사관의 힘을 빌려 해결하려 한다는 점 때문이었다.

일본의 식민지 상태에서 일본영사관의 힘을 빌린다는 것이 일제에 협력하고 식민주의에 순응하는 것으로 보이는 것은 어쩌면 당연한 일일는지도 모른다. 그러나, 「벼」가 세부적으로 그리고자 하는 1930년 전후한 중·일의 외교적 분쟁상황과 그 사이에 끼인 조선이주 농민의 처지를 역사적 맥락에서 고려한다면, 이 문제는 그리 단순한 것이 아님을 이해하게 된다.

흔히 이 소설은 이태준의 「농군」(1939)과 더불어 이른바 '만보산사건'을 소재로 한 것으로 널리 알려져 있다. 그러나 소설의 현재 시점인 1930년을 전후한 시점에서 '만보산사건'과 같은, 중국 당국과 만주원주민 대 조선이주농민 사이의 크고 작은 분쟁과 갈등은 매우 빈번히 발생하고 있었다.[7] '만보산사건'이 대표적인 사건이 된 것은, 이것이 국내에 왜곡보도되면서 조선사람들의 민족주의를 감정적으로 고양시켜, 평양과 서울을 비롯한 대도시에서 대대적인 '화교배척운동'이 일어나고 폭력사태로까지 번져 수천 명의 사상자를 내고 화교들이 급거귀국하는 소동이 벌어졌기 때문이다.

「벼」는 이러한 충돌 상황이 빚어지기까지의 십여 년에 걸친 과정을 자세히 서술하고 있다. 매봉둔의 초기 이주자인 홍덕호가 이 마을에 들어올 때만 하더라도 중국인 한현장은 조선 이주농민들에게 대단히 호의적

---

7) '만보산사건' 외에 대표적인 분쟁은 '봉천농장사건'(1931)과 '신원농장사건(1930) 등이다. 손춘일, 『해방전 동북조선족 토지관계사 연구』(길림인민출판사, 2001), 178-180쪽 참조.

이었다. 십여 년 세월이 흐르는 동안 한현장 이후에 두 사람이나 새로운
현장으로 갈려 왔지만, 그들 역시 한현장과 마찬가지로 조선 이주농민과
원주민들 사이의 갈등을 중간에서 잘 무마하고 조선인들에게 호의를 베
푸는 편이었다. 그러나, 네 번째로 갈려 온 소현장이란 중국인은 지금까
지의 중국인 관리와는 전혀 달랐다. 그는 조선 이주농민들에게 대단히
적의에 찬 태도를 드러내는데, 그것은 이전의 현장과는 달리 그가 철저
한 반일사상을 지녔기 때문이다.

> 민국 십칠 년(소화 삼 년) 장개석의 북벌(北伐)이 성공하여 동년
> 시월 십일부터 동삼성(東三省)에도 청천백일기가 나부낀지 불과 반
> 년이 남짓한 때라 그들은 종래의 매관매직의 부패한 정치를 쇄신
> 하고 삼민주의에 의거한 새롭고 힘센 정치를 펴야 된다고 지방에
> 는 소위 정예분자를 발탁하여 파견하였다.
> 거기에 발탁되어 온 것이 소현장이었다.
> 그는 북경의 대학을 졸업하자 동경에 가서도 모대학에서 정치를
> 배운 일이 있어 지식으로나 패기에 있어서나 또는 정치적 의식에
> 있어서나 가위 진보적인 인물이었다.
> 한현장이나 양현장 같은 돈으로 현장의 자리를 사고 돈만 주면
> 죽일 놈이라도 살리고 친분만 있으면 아무리 어려운 일이라도 그
> 래야지 하고 허락하는 정치가에 비긴다면 국책에 충실하고 의식적
> 인 정치를 행하는 데 있어는 소현장은 발탁될 만한 자격이 충분히
> 있었으나 그것은 중국이란 국가로 보아 그런 것이고 매봉둔 주민
> 에게는 정예분자가 아닌 물렁물렁한 한현장이나 양현장 편이 더
> 무난하였다.
> 소현장의 정치적 목표는 배일에 있었다. 그는 배일사상으로 무
> 장을 하였다. 소현장은 부임하는 날부터 전 현의 관리명부를 조사
> 한다. 현직관리의 인물고사를 한다. 맨 먼저 인적 전용의 정비에 힘
> 을 썼다. 능률이 없는 관리는 사정없이 파면시키고 뇌물먹은 관리
> 도 조사하여 처벌하였다. 반면에 인재는 착착 등용하는 등 그의 급
> 진성을 여지없이 발휘하였다.[8]

중화민국이 수립되고 나서도 동북삼성은 이른바 봉천군벌인 장작림의
통치 하에 있었고, 장작림은 일본과 정치적 밀월관계를 유지하고 있었던
까닭에, 노골적인 반일정책을 펴지는 않고 있었다. 그러나, 장개석이 이
끄는 국민당 정부 주도하에 본격적인 북벌이 시작되면서 양상이 달라지
게 된다. 무엇보다도 북벌의 진행 과정에서 봉천군벌인 장작림이 일본군
의 소행이라고 짐작되는 폭살사건으로 죽게 되고, 그 아들이자 봉천군벌
의 후계자인 장학량이 급거 국민당 정부에 투항하면서 만주지역의 중·
일 관계는 이전과는 사뭇 다른 양상으로 악화되었다. 국민당 정부의 훈
령에 의해 장학량은 이 지역에서의 일본 세력을 강력하게 견제하기 시작
했기 때문이다. 무엇보다도 조선 이주농민들은 만주에서의 일본 세력의
첨병이라는 인식이 중국의 관·민 사이에 널리 퍼지게 되면서 이주농민
들의 처지가 매우 곤혹스러운 지경에 빠지게 되었다.

「벼」의 후반에 등장하는 소현장은 바로 이 시점에서 철저한 반일의 기
치를 내세우고 나타난 젊은 정치인이었던 것이다. 그런데, 소현장에 대한
작가의 묘사는 매우 객관적이다. 더구나 과거에 조선 농민들에게 호의적
이었던 한현장이나 양현장 등은, 조선농민에게 호의적이었다는 사실을
제외하고 나면 결국은 부패하고 무능한 군벌계 관리에 지나지 않았다는
것을 인용문을 통해 확인할 수 있다. 즉, 작가는 소현장을 비롯한 중국인
들의 반일감정과, 그로 인해 조선 이주 농민들에게 닥친 상황을 대단히
객관적으로 그리고 있는 것이다.

만일 안수길이 일본의 만주침탈의 의도를 적극적으로 소설에 반영하려
했다면, 소현장을 비롯한 중국인의 반응과 북벌 이후에 전개된 국민당

---

8) 안수길, 「벼」, 『북원』, 예문당, 1944, 여기서는 『북원』을 원형 그대로 복원한 연변
대학 조선언어문학연구소 편, 『중국조선민족문학대계 10 - 안수길 소설집』(흑룡강
조선민족출판사, 2001), 259-260쪽을 인용함. 맞춤법과 띄어쓰기는 인용자가 현대
어법에 맞도록 고친 것임. 원문에 문맥이 다소 맞지 않는 부분이 있으며, 이것을
나중에 작가가 매끄럽게 고쳤으나, 여기서는 원문 그대로 인용한다.

정권의 대일(對日)정책을 이렇게 객관적으로 서술하지는 않았을 것이다. 즉, 안수길은 이주자－농민의 입장에 서있으면서도, 그것을 위해 사태를 주관적으로 왜곡하지 않고, 1930년 전후의 정치적 정황과 변화 과정을 객관적인 시각에서 묘사하고 있는 것이다.

소현장과 중국인 관리로서의 그의 입장을 객관적으로 묘사하는 것에 비하면, 오히려 소현장의 대척지점에 서 있는 송화양행의 나까모도의 형상이야말로 소략하고 불투명한 편에 해당한다. 나까모도는 소설이 끝날 때까지 여전히 베일에 가려진 인물로 남아 있다. 그가 왜 만주에 거주하는지, 왜 청복을 입고 중국인처럼 행세하는지, 그리고 조선 농민들에게 왜 호의적인지는 분명하게 제시되어 있지 않다.

결국 이 소설을 둘러싼 친일 시비는 중국 관헌의 탄압을 넘어서기 위해 찬수가 일본 영사관의 힘을 빌린다는 데서 비롯되고 있다. 찬수는 이 문제가 종국에는 '정치적 타협'을 거치지 않고서는 해결이 불가능하다는 것을 일찍이 간파했다. 여기서 말하는 '정치적 타협'이란 곧 '치외법권'(이에 대해서는 뒤에 상술하기로 한다)을 말한다. 이 부분이 재만조선인, 특히 농민들의 곤혹스런 처지를 현실적 차원에서 반영하는 이 소설의 핵심이다. 결코 내키거나 원하는 바가 아니지만, 현실적으로 일본 영사관의 보호막이 아니면 중국 관헌의 탄압과 배척을 견디낼 수 있는 현실적 대안이 없었던 것이다. 그 점에서 재만조선 농민은 피식민인이면서도 식민주의의 영향력의 그늘 아래에서 생존을 도모해야 하는, 대단히 모순적인 위치에 놓여 있었다.

> 피치 못할 경우라면 학교는 없어져도 괜찮다. 그러나 십여년간 이룩한 이 고장에서 떠나지 않아서는 안된다는 것은 학교문제보다 더 큰 것이었다. 그럼으로 학교를 폐쇄하라면 시키는 대로 하고 시일을 천연하며 **나까모도를 중간에 넣어 길림영사관에 매봉둔사정을 진정하여 문제를 정치적으로 해결짓는 것이 순서라 생각하였다.**

이백여호나 모여 살면서 지금까지 영사관과 연락이 없은 것은 여기에 그럴듯한 지도자가 없은 까닭이었다. 찬수 자신이 우선 그것에 생각이 미치지 못한 것은 결국 본다면 적은 문제인 학교에 열중하기 때문이었다.

그는 스스로 뉘우쳤다. 그러므로 지금이라도 무저항주의를 써서 그사람들(중국 군인을 가리킴 - 인용자)이 총을 쏘면 몇사람 맞아죽을 요량하고 뻗치고 있어 길림영사관하고만 연락이 되는 날이면 매봉둔에도 서광이 비칠 것이 아닌가 그는 나까모도한테 보낸 사람이 돌아오기만 기다렸다.

그러나 격분한 군중에게 이러한 조리있는 이야기를 타일러 들을리 만무하였다.9) (밑줄 강조는 인용자)

비슷한 정황과 소재를 다루고 있는 이태준의 「농군」은, '이주자 - 내부'의 시선에서 이 문제를 바라볼 수 없었던 까닭에, 미묘하고 복잡한 정치적 정황과 중·일 사이에 끼인 조선 농민의 곤혹스런 처지가 상세하게 그려지지 못하고, 그 대신 '개척'과 '수난'이라는 추상적인 가치가 전경화(前景化)되어 있다. 「농군」에는 일본 영사관의 존재는 전혀 표면에 드러나지 않고, 대립축은 중국 원주민과 관헌 대 조선이주농민으로만 설정되어 있다. 조선이주농민을 괴롭히는 만주 원주민(소설에는 '토인'으로 부르고 있다.)들은 '수전'을 이해하지 못하는 몽매한 인물들로 묘사되어 있으며,

---

9) 안수길, 「벼」, 앞의 책, 269-270쪽. 이 부분은 해방 이후 작가에 의해 다음과 같이 개작되었다.
"피치 못할 경우라면 학교는 문을 닫아도 좋다. 그러나 십여 년 간 이룩한 이 고장에서 떠나지 않아서는 안된다는 것은 학교보다 더 큰 문제였다. 학교를 폐쇄하라면 시키는 대로 하는 체 일을 천연했다가 나까모도를 중간에 넣어 길림 영사관에 매봉둔의 사정을 진정하여 정치적으로 해결지을 수 있다면 그것이 순서라 생각했다.
그러나 일본 영사관에 정식으로 진정한다는 것은 싫은 일이었다 더구나 나까모도와의 개인 친분을 다리로 그렇게 하고 싶지 않았다. 만약 일본 경관이 출동된다면 중극측이 생각하는 대로 조선사람이 일경을 끌어들이는 것이 되고 만다. 어쩌면 좋을 것인가, 찬수는 갈피를 잡을 수 없었다. 그의 복잡한 마음은 모르고 군중들은 격분하고만 있었다." (『안수길선집』, 어문각, 1981, 508-509쪽.)

중국관헌들 역시 '반일사상'과 같은 민족문제보다는 부정부패와 뇌물 때문에 조선이주농들을 괴롭히는 것으로 묘사되고 있다. 결국 「농군」은 '조선이주농민'의 '수난'과 '개척'에 대해 같은 민족으로서 연민과 찬사를 느끼고, 그러한 개척 과정을 통해 불굴의 의지와 정신을 기리고자 하는 의도가 들어 있음은 분명하지만, '조선이주농민'들이 처해 있는 미묘한 정치적 위치를 '내부의 입장'에서 그려내지는 못하고 있는 것이다. 그런 점에서 「농군」은 '본토인'의 민족주의에 기반한 '주관적 동일화'를 크게 넘어서지 못했다.

요컨대, 「벼」는 표상의 차원에서는 이주 조선농민의 '개척'과 '수난'에 관한 서사임이 분명하지만, 이 문제를 치밀하게 정치적 관점에서 그리고 있으며, 단순히 '민족'이라는 집단주체의 '개척'과 '수난'에 관한 이야기에 머물지 않는다. 종국에는 그 '정치'의 차원마저도, '만주에 뿌리내리기'라고 하는 정착과 생존의 의지 앞에서 무망한 것이 되고 만다.

2) '만주국 건국 이후의 재만조선농민'을 다룬 소설과 국책 협력의 문제

중편 「벼」가 만주국 건국 이전, 특히 9·18 사변 직전의 정황을 배경으로 한 작품이라면, 「목축기」나 「토성」, 『북향보』 등은 모두 만주국 건국 이후를 배경으로 삼고 있는 작품들이다. 이 작품들이 친일 시비의 도마에 오르는 이유는, 작품 안에 일본 제국주의의 괴뢰국가인 만주국의 농촌 정책 및 건국 이념에 동조하는 내용이 상당수 포함되어 있다는 지적 때문이다.

다음과 같은 경우가 대표적인 비판의 논리에 해당한다.

만주국 이전의 이민생활을 다룬 작품은 력사의 진실을 정확하게

반영하고 있으나 일단 만주국 건국 후의 이민생활사를 다룬 작품
은 일제를 "질서의 수호자로 긍정"하면서 만주국의 시책을 따른 구
상을 펴고 있다. (……) 이 작품(「토성」을 가리킴 - 인용자)에는 일
제의 식민지정책을 무비판적으로 받아들이거나 옹호하는 구절들이
많다. (……) 위만주국 통치리념과 체제에 대한 순응, 그 시책에 따
른 구상을 편 작품이 바로 「목축기」이다.[10]

실제로 「목축기」나 『북향보』에는 만주국의 자작농창정 정책과 축산진
흥정책, 그리고 오족협화와 관련된 내용들이 상당수 포함되어 있으며, 「토
성」은 자작농창정 정책과 집단부락문제가 집중적으로 다루어지고 있다.
그러나, 만주국 정책에의 협력이나 동조 문제도 그것만을 따로 떼내어
보지 않고 텍스트를 둘러싼 전체적인 정황과, 텍스트 내부의 상응관계를
촘촘히 고려하여 읽으면, 이러한 비판에 다소의 수정이 불가피해진다.

예컨대 비판을 받는 부분은 작품 전체라기보다는 군데군데 섞여 있는
구절들인데, 「목축기」의 주인공인 찬호가 학생들을 향해, "지금은 암흑시
대가 아니다. 만주에는 아침이 왔다. 백오십만 동포의 팔할을 점령한 농
촌은 배운 자를 목마르게 기다린다. 농촌으로 돌아갈지어다. 제구운."[11]
이라고 말하는 대목이라든가, 역시 같은 작품에서 "현당국은 와우산목장
을 목축부락으로 인가하였고 목축자작농으로서의 자급자족경제를 세워나
감에 가지가지로 편의를 주었다."[12]는 대목들이다. 「토성」에도 비슷한 구
절이 있는 바, "이제는 어두운 정치가 아니었다."든지, "정부에서는 다시
금 농촌의 갱생을 위하여 한 가지 특전을 베풀었다. 그것은 경작지의 일
부에 따 - 옌(아편)을 재배하라는 것이었다."[13] 같은 대목들이다.

---

10) 김호웅, 「안수길과 그의 소설 세계」, 연변대학 조선언어문학 연구소 편, 앞의 책,
   20-23쪽.
11) 안수길, 「목축기」, 앞의 책, 15쪽.
12) 안수길, 「목축기」, 앞의 책, 17쪽.
13) 안수길, 「토성」, 앞의 책, 54-55쪽.

우선 만주국 건국 이전의 이민생활을 다룬 작품은 역사의 진실을 정확히 반영하고 있으나, 만주국 건국 후의 이민생활사를 다룬 작품은 전혀 그렇지 않다는 평가부터 검토해 보기로 하자. 만주국 건국 이전에 조선 이주농민에게 있어 가장 중요하고 큰 문제는 '토지상조권'에 관한 문제였다. 즉, 토지소유 및 안정된 토지 점유(즉 소작권의 확보)를 통한 농업활동이 가장 시급하고도 중요한 문제였던 것이다. 주지하다시피 조선인 이주농민이 만주에서 토지를 소유하는 문제에 관해서는, 이미 청말부터 강도 높은 제약이 있어 왔으며, 시기에 따라 다소 차이는 있을지언정, 그러한 제약과 통제는 중화민국 수립 이후와 군벌통치 기간을 거치면서 일관되었던 중국측의 정책이었다. 청말의 '치발역복'과 '강제입적' 문제를 비롯하여, 민국정부와 군벌 통치 기간에는 「벼」의 소현장이 공공연히 적의를 드러내며 공표하듯이, "조선인은 일본의 앞잡이이며 침략의 첨병"이라는 관·민의 공통된 인식 때문에 조선 이주농민은 유형무형의 탄압과 배척에 시달리지 않으면 안되었다.

그런데 만주국 건국 이후, 역설적이지만 토지상조권을 둘러싼 이런 차별과 배척은 깨끗이 해결되어 버렸다. 누구든지 경제적 능력만 있으면 국적과 상관없이 토지상조권을 확보하게 되었던 것이다. 이제 남은 문제는 토지를 소유하는 데 필요한 경제적 능력을 확보하는 것뿐이었다. 안수길의 소설이 만주국 건국 이후를 다룰 때, '개척담'을 중심으로 한 서사에서 '경제적 안정'을 추구하는 서사로 전환하게 된 데에는 이러한 배경이 작용하고 있었다.

만주국 건국 이후 재만조선인들은 오히려 적극적으로 만주국 정부에 토지상조권을 둘러싼 제반 권익을 보호해줄 것을 관계요로를 통해 활발히 상신할 정도14)였으므로, 만주국 국책을 수용하는 문제를 곧바로 '친

14) 1932년 7월 25일 만주국협화회가 창설되고 이른바 '협화운동'이 시작되자 재만조선인들은 정치와 경제분야에서 요구사항을 제출하고 이의 적극적인 실행을 촉구하였다. 그 내용을 보면 우선 정치적으로는 1) 조선인을 참의로 임명할 것 2) 정

일'로 규정하는 것은, '만주국'을 제대로 이해하지 못한 것일 뿐만 아니라, '만주국'의 국민으로 살아나가야 할 이주자들의 이해관계를 전혀 헤아리지 못한 해석에 지나지 않는다. 그러므로, 협화회 참여나 자작농 창정 정책에의 부분적 협조만을 가지고 곧장 '친일'이라고 간주하는 것은, '이주자 – 내부'의 시선으로 이 문제를 바라보지 못한다는 것을 의미한다.

'오족협화'의 문제도 같은 맥락에서 재검토할 필요가 있다. 흔히 '오족협화'는 만주국 건국 이념이기 때문에, 여기에 동조하는 것은 곧 일본제국주의의 기만적인 정책에 포섭되는 것이며 결국 이것은 '친일'로 이어진다는 것이 대개의 논리적 수순인데, '오족협화'의 문제 역시 재만조선인들에게 있어선 그렇게 단순한 것이 아니었다.

무엇보다도, '오족협화'를 이해하기 위해선 1936년에 실시된 '치외법권 철폐'와 '상조권정리' 같은 만주국의 시책이 재만조선인들에게 어떤 영향을 미쳤던가를 자세히 이해할 필요가 있다.

일본은 이미 19세기 말, 청조와 외교 관계를 수립할 당시부터 일본인에 대한 치외법권을 확보하고 있었으며, 이러한 치외법권의 적용범위는 1909년의 '간도협약'과 1915년의 '만몽조약'을 통해 더욱 확대·강화되었다. 재만조선인도 1910년 강제합병 이후에는 좋든 싫든 일본국 신민이됨으로써 저절로 일본인과 동등하게 '치외법권'의 적용 대상이 되었다. 형식논리상으로는 일본국민이면서, 내용과 실질에 있어서는 피식민자라는 이중성이 당시 재만조선인들의 딜레마였다. 그럼에도 중국 관·민의

부내에서 고급관리로 임명할 것 3) 조선인민회지방에 조선관리를 임명할 것 4) 자치권을 부여할 것 5) 국적문제를 해결할 것 6) 협화회간부에 조선인을 임명할 것 등이며, 경제적으로는 1) 토지소유권을 확보할 것 2) 소작권을 확립할 것 3) 자작농창정과 집단이민을 실시할 것 4) 금융기관을 확대할 것 5) 산업자금을 저리로 융통하고 조성금을 급여할 것 6) 농업창고를 설치할 것 7) 선민관세를 인상할 것 등이고, 이외에도 교육기관의 증설, 주택문제의 해결, 만철 및 기타 일만합작회사에 조선인사무원과 노동자를 대량 채용할 것 등이 있었다. 손춘일, 앞의 책, 260쪽.

탄압과 배척에 대항할 때는, 「벼」의 찬수와 같이 어쩔 수 없이 '치외법권'의 그늘 속으로 들어가지 않으면 안되었다.

한 중국조선족 연구자의 다음과 같은 솔직한 진술은 이러한 딜레마를 현실 차원에서 인정하는 것이라 할 수 있다.

> 위만주국 건립 전후 동북에서 이른바 조선인들의 보호세력으로
> 되어 있는 기관은 일본령사관, 령사관경찰서, 거류민단(조선인민회
> 를 포함)등이다. 따라서 재만조선인도 "일본국신민"이란 신분 때문
> 에 상술한 여러 면에서 치외법권의 혜택을 누린 것도 부인할 수 없
> 는 사실이다. 즉 재만조선인에 대한 치외법권 적용은 1909년 '간도
> 협약'에 의해 룡정에 일본총령사관을 세우고 국자가(지금의 연길),
> 두도구, 배초구, 훈춘에 령사분관을 세우면서 령사재판권이 시작된
> 다. 그러다가 1910년 한일합방 이후 '일본신민'이란 신분을 구실로
> 동북지역에 널리 분포되어 있는 일본령사관은 중국정부의 반대에
> 도 무릅쓰고 재만조선인을 지배하면서 사실상 그들에게 치외법권
> 을 적용하였다.
> 물론 동북사회에서 조선인들의 실제 생활실태를 살펴 보면 치외
> 법귀을 어느 정도로 향유하였는지 너무 뻐한 일이지만 정치, 경제
> 등 여러 면에서 연약한 위치에 있는 그들에게 이런 보호막마저 없
> 어진다는 것(치외법권 철폐를 가리킴 – 인용자)은 매우 충격적이 아
> 닐 수 없었다.[15]

만주국은 건국 이념으로 '오족협화'를 내건 이상, 일본인을 위한 '치외법권'을 그대로 둔다는 것은 일종의 특혜조치를 온존시키는 것이고, 이는 중국인이나 만주인, 그리고 몽골인과 같은 다른 만주국민들과 불필요한 마찰과 위화를 불러일으키는 것이라고 판단하여 전격적으로 이를 철폐한다.[16] 치외법권 철폐는 일본인들에게는 특혜의 폐지를 의미하는 것이었

---

15) 손춘일, 앞의 책, 281쪽.
16) '치외법권 철폐' 이후에도 일본은 일본인의 교육행정권, 병사행정권, 신사행정권
    등은 그대로 온존시켰다. 다나카 류이치, 「일제의 만주국 통치와 '재만한인'문제

지만, 그러한 특혜와는 사실상 관계없고 다만 그것이 최소한의 보호막의 구실에 불과했던 재만조선인들에게는 그마저 사라짐으로써 이전보다 훨씬 불안한 위치에 내던져지게 되었음을 뜻하는 것이었다. 따라서, 실질적인 '오족협화' 즉, 한·만·일·조·몽의 다섯 민족이 진정한 만주국민으로서의 평등한 지위와 권리 및 의무를 향유하는 것은 재만조선인들에게는 절실한 문제가 아닐 수 없었다. 더구나 '오족협화'를 추구하는 만주국 당국과 '내선일체'를 강조하는 조선총독부와의 알력과 갈등의 틈바구니에서, 재만조선인들은 민족단위의 존속을 위해서라도 '내선일체'보다는 '오족협화'에 더 무게중심을 둘 수밖에 없었다.

그런 점에서, '오족협화'에의 동조나 협력과 조선에서 이루어지던 '내선일체'에의 협력을 국책협력이란 관점에서 동질적으로 파악하는 것은 피상적인 이해가 아닐 수 없다. 더욱이 안수길 소설에서의 '오족협화' 문제는 이주농민의 삶을 다루는 전체 부분에 비하면 그 비중이 대단히 미미하다. 안수길 소설에서 '오족협화'의 이념을 반영한 흔적은 「목축기」의 중국인 인부 로우숭(老宋)과 『북향보』에 등장하는 만주인 반성괴에 관한 묘사 정도일 것이다. 『북향보』의 만주인 반성괴를 통해 '오족협화'를 암시하는 대목을 보자.

>사실 반성괴는 마가둔에 4호밖에 없는 만주인 중의 하나였다. 원래 순직한 그이지만 많은 조선사람 농가에 끼어살자니 자연히 조선말을 유창하게 하지 않을 수 없었고 생활뿐 아니라 감정까지도 속속들이 이해하는 사람이었다. 강서방과는 형님 동생으로 친하게 지내는 터이었다.
>"그럼, 동생, 날 동생네 노래 가르쳐주오. 그러면 난 또 우리 노래 동생 가르쳐 주께, 서로 엇바꾸잔 말이야."
>강서방의 이 제안을 재미있게 여기는 듯 성괴는 대뜸 찬성하였다.

- '오족협화'와 '내선일체'의 상극」, 만주학회 편, 2003년 국제학술대회 발표자료집 참조.

"그거 좋소. 나는 조선 소리 하구, 성괴는 만주 노래 부르고, 그 아주 좋소."17)

안수길이 만주국 건국 이후를 그 전보다 살기 좋은 것처럼 묘사하고 있는 것은 분명한 사실이지만, "이제는 어두운 정치가 아니었다"거나 "지금은 암흑시대가 아니다"라는 것은, 만주국이 마치 유토피아라도 된 것처럼 찬양하거나 미화하기 위한 것이 아니라, 맥락상 재만조선인들을 가장 괴롭히던 국적 문제와 토지상조권 문제 같은 것이 만주국의 건국으로 인하여 근원적으로 해결되었다는 것을 의미하는 것 이상도 이하도 아니라고 할 수 있다. 왜냐하면, 만주국에서도 여전히 조선 농민은 굶주리고 가난한 상황을 벗어나지 못함을 안타까워하고 있기 때문이다.

> 사변(만주사변을 가리킴 - 인용자) 전에도 이곳 주민들은 풍족한 살림을 한 것은 아니었으나 사변 당시의 패잔병들의 북새, 그 후의 비적의 내습이 항시로 있어 마음을 가라앉히어 농사를 지을 수 없는 형편이었었다.
> 농사래야 순소작들이었으니 기지기지로 모든 곤란을 몇 차례이고 겪은 그들은 치안이 확보된 오늘에 와서도 생활의 근거가 말이 못되는 것이었다. 적빈여세(赤貧如洗)란 오히려 사치한 표현이요 겨우 산둥을 의지하여 풍우를 피할 수 있는 움집 같은 집을 짓고 사는 것이 고작이랄까. 여자들은 옷이 없어 마대를 치마 대신으로 두르는 것이 보통이요, 남자는 옷 한 벌을 가지고 겨울이면 솜을 놓아 입고 봄이면 솜을 빼고, 여름이면 거죽을 홋옷으로 이렇게……
> 입는 형편이었으니 다른 생활이야 더 말할 것도 없는 일이었다.18)

만주국 건국 이후에도 조선 이주농민들의 삶은 여전히 궁핍에서 헤어나지 못하고 있음을 묘사한 대목이다. 자작농 창정 문제에 있어서도 안

---

17) 안수길, 『북향보』, 259쪽.
18) 안수길, 『북향보』, 앞의 책, 279쪽.

수길은 대부금 상환과 같은 금융문제를 빼놓지 않고 중요하게 언급한다.

'집단부락' 문제를 다룬 「토성」은 친일적 성격이 가장 뚜렷하다고 비판받고 있는 작품이다. 앞서 밝힌 것처럼 '만주국' 건국 이후를 '이제 어두운 시대가 지나갔다'고 묘사하는 부분이 몇 군데에 걸쳐 반복 등장할 뿐만 아니라, 만주국이 항일유격대와 조선농민을 격리하기 위해서 실시한 집단부락 정책을 긍정적으로 묘사하며, '비적(匪賊)'을 부정적으로 그리고 있다는 점 등이 비판의 주된 이유들이다.

이 소설에 등장하는 '비적'은 항일유격대가 아니라 과거 장작림 휘하에 있던 군벌의 패잔병들을 가리킴으로, '비적'의 부정적 묘사가 곧바로 '친일'의 이유가 될 수 없다[19]는 주장은 그 나름으로 일리가 있지만, 무엇보다도 중요한 것은 이야기를 가로지르는 갈등과 대립의 핵심이 어디에 있는가를 파악하는 일이다. 「토성」은 '집단부락' 정책을 옹호하고 '집단부락'의 안전성을 강조하는 작품이 아니다. 만일 '집단부락'의 안전성을 강조하는 것이 원래의 목적이라면 서사원리상 조선인 부락이 비적의 습격을 물리치게 된 일등공신에 주인공 '학수'의 우행(愚行)을 설정해 두었을 리가 없다. 이 소설이 정작 문제삼고자 하는 것은 '집단부락'의 안전을 위협하는 '비적'이 아니라, 만주국 건국 이후 조선 이주자들 사이에 불어닥친 '만주열풍'이다. 그리고 이 '만주열풍'에 휩쓸려 일확천금의 어리석은 꿈에 사로잡힌 문제의 인물이 바로 주인공 '학수'다.

> 도문의 건설도 끝나고 건설경기는 목단강(牧丹江)으로 옮기었다.
> 도문건설에 집칸이나 지어 재미보았던 사람도 앞을 다투어 목단강이었고 우물쭈물하다가 기회를 노친 사람도 이번에는 하고 목단강이었다. 더욱 목단강은 도문보다 규모가 크고 더 어수룩하다는 것이 사람들의 호기심과 사업욕을 충동시켰다.

---

19) 김재용,「중일전쟁 이후 재일본 및 재만주 조선인 문학의 분화와 식민주의 협력」, 『재일본 및 재만주 친일문학 연구』 중간발표 자료집, 2003(본책 72~73쪽) 참조.

젊은이도 목단강이었고 지긋한 사람도 목단강이었다.

학수는 도문건설에 착안 안한 것이 아니었으나 맨처음의 좋은 시기는 '트럭'운반업에 재미를 붙여 지나쳐버리고 아는 몇 사람이 얼중얼중하는 사이에 돈량 듬뿍히 쥔 것을 보고 마음이 불같이 움직였을 때는 운수사납게도 '트럭'이 화물운반 도중에 비적의 습격을 당하여 차가 팔삭 불에 타버리었고 그 자신은 중상을 당하여 그 치료 요양에 좋은 시기와 돈냥을 모두 부어넣었다.(중략)

일종의 열병이요 유행성의 열병이었다. 만주 십 년의 고초생활은 오늘을 바라고 있음이다. 도문의 기회를 놓친 것도 분하거든 이번 기회야 놓쳐서야 될거냐. 사십 반생의 운명을 여기에 걸고 왼 힘과 열을 다하여 물고 늘어지고 죽은 후에야 머무를 각오를 그는 다지고 다져 눈알은 벌거니 상기되었다.[20]

만주국 건국 이후 만주에 불어닥친 개발 열풍은 현지뿐만 아니라 조선과 일본에도 일종의 '만주신드롬'을 일으킬 정도로 큰 영향을 미쳤다. 많은 사람들이 일확천금의 망상을 좇아 만주로 달려 갔고, 현지의 이주농민 사회에서도 폐농하고 상업이나 무역, 심지어는 밀수와 범죄에 가담하고서라도 큰 돈을 만져보겠다는 투기심리가 만연했다. 소설 속에서 '학수'와 대립하는 '명수'조차도 한때는 도문건설공사의 호경기에 자극받아 농촌을 떠나 '밀수짐지기'로 한몫을 보려했던 때가 있었다.

주인공 '학수'는 호경기를 틈타 도문에 '여관'을 지어 큰 돈을 벌 궁리에 혈안이 된 인물이다. 그는 아편장사를 해서 돈을 벌려던 계획이 수포로 돌아가자, 어떻게든 아버지와 식구들을 설득해 '여관' 건축자금을 확보하려고 궁리에 궁리를 거듭한다. 그러던 중, 비적이 자기의 마을을 공격하기 위해 밤을 틈타 이동하는 장면을 우연히 목격하게 된다. 그는 '비적'이 마을을 습격하면 자신이 목적한 사업 자금 역시 물거품이 되는지라 비적의 습격을 알리기 위해 전전긍긍한다. 그는 마침내 장작더미에

---

20) 안수길, 「토성」, 앞의 책, 56~61쪽.

불을 질러 비적의 사격을 유도하고, 이 와중에 비적의 위치를 파악한 '집
단부락'의 자위대가 '비적'을 물리치게 된다. 이튿날 아침, 마을 사람들은
총구멍으로 벌집이 된 '학수'의 시체를 발견하지만, '학수'의 이 행위는
소설 속에서 '영웅'적 행위로 묘사되지 않는다. '비적'으로부터 마을을 보
호해야 한다는 그의 '신념'은 한결같이 '한탕주의'에 사로잡힌 허황한 꿈
에서 비롯되었던 까닭이다.

　결국 「토성」에서 대립되고 있는 두 개의 세계는 농업을 통한 '정착' 지
향과 일확천금을 좇는 '유동'적 삶의 세계라고 할 수 있다. 물론, 안수길
이 옹호하고자 하는 이 '정착' 지향의 세계는 만주국의 농업정책 및 재만
조선인 관련 정책의 울타리 안에서 가능한 것이고, 이 점에서 체제순응
적이고 국책협력이라는 평가에서는 벗어나기 어렵다. 그러나, 당시 재만
조선인의 팔 할이 넘는 절대다수가 농촌 거주자들이며, 이들이 만주국의
농업정책의 범위 안에서 삶을 도모하지 않는다면 달리 어떤 방편이 있었
겠는가를 반문해 본다면, 국책 협력이 곧 '친일행위'로 규정되고 비난받
는 것은 온당한 평가라 보기 어렵다.

4. 친일문학 논의와 역사적 콘텍스트의 중층성
- 맺음말을 대신하여

　이 글이 밝히고자 한 것은, 안수길의 소설을 포함해 재만조선인문학의
성격과 위상을 제대로 이해하기 위해서는 '이주민'으로서의 그들의 처지
와 입장을 역사적 맥락에 비추어 객관적으로 이해하는 것이 필요하다는
점이었다. 특히, 중국의 동북지역은 지금도 200만 조선족이 거주하고 있

는 지역이어서, 아무리 고대사 해석의 문제가 중요하고, 중국의 '신팽창주의'에 대한 경계가 긴급한 사안이라 하더라도, 그들의 생존보다 우선하여 고려될 사항은 없을 것이다. 그러나, 중국의 '동북공정'에 대한 한국의 반응에서도 잘 나타나듯이, 우리의 이해관계를 '이주자'인 중국조선족의 이해관계에 그대로 투사하는 논리가 '민족주의'의 이름으로 여전히 횡행하는 것을 목도하게 된다.

'이주자-내부'의 시선으로 '이주자'의 문제를 검토할 필요가 있다는 이 글의 주장은, '이주자'의 문제를 이주자의 이해관계에서만 해석해야 한다는 뜻이 결코 아니다. 그것은 '이주자'가 당면할 수밖에 없었고, '이주자'를 둘러싸고 전개되었던 역사적 맥락의 세부와 중층적인 의미를 정확히 읽어야 '이주자'의 문제를 객관적이고 균형있는 시각으로 볼 수 있다는 뜻이다. '재만조선인문학'과 '친일성' 여부를 문제삼을 때는 이러한 태도가 더욱 절실해진다. '재만조선인'의 처지는 본토이자 피식민지인이었던 '조선인'의 처지와 겹치면서도 다른 점이 많았기 때문이다. '만주국'은 실질적으로 일본 제국주의의 '괴뢰국가'였지만, 그것이 국가의 '외연'을 지닌 이상 그 나름의 국가적 자율성에 의해 작동되는 부분이 분명히 존재했으며, 이 '만주국'의 상대적 자율성이 제국주의 본국인 '일본'의 이해관계와 종종 충돌하거나 길항했었음이 최근의 '만주국' 연구에서 속속 밝혀지고 있는 것도 같은 맥락에서 이해할 필요가 있다.

안수길은 해방전 '재만조선인'의 삶을 형상화하는 데 누구보다도 '이주자-내부'의 시선을 농민의 관점에서 일관성 있게 유지하고자 했던 작가였다. 해방 이후에 그는 해방 전 유지하고 있었던 '이주자-내부'의 시선을 상당 부분 철회하고, 오히려 '이주자-외부'의 시선을 선택하는 쪽으로 선회하게 된다. '친일 논의'나 '민족주의'의 확장된 외연을 민감하게 의식한 결과였을 것이다. 어떤 텍스트는 개작을 통해, 또는 어떤 텍스트는 아예 재공간(再公刊)을 포기하면서, 그는 자신이 유지했던 해방전의 '이

주자 – 내부' 시선을 거두어들였다. 그리고, 『북간도』를 쓰면서, 이러한
자의식의 균열을 봉합하고자 애썼다. 결과적으로 『북간도』는 그의 이러
한 노력에도 불구하고, 여전히 '이주자 – 내부'의 시선과 '이주자 – 외부'
의 시선이 어지러이 착종된 채로 남게되지만, 바로 그러한 착종과 길항
이야말로, 우리 근대문학이 밟아 온 역사적 시간의 곤핍함과, 그 시간대
를 살아온 근대작가의 의식을 보여주는 것이어서, 하나의 문학사적 장면
이 아닐 수 없다.

3

재일본 친일문학

대동아공영과 전쟁의 생철학

박수연(원광대학교)

1. 현실 추수와 과거 부정

김용제(1909~1994)는 8권 분량의 시를 썼고 이 중에 4권을 출판하였
다.[1] 마지막으로 출판한 시집은 『산무정』인데, 이 시집의 출판년도는
1954년이다. 그가 일본 문단에 이름을 올린 것이 1930년 5월의 『신흥시인
(新興詩人)』이었고 이로부터 1954년까지의 25년 동안 8권 분량의 시를 썼
다는 사실은 그의 창작력이 그만큼 왕성했었음을 의미한다. 그런데 이 왕
성함은 현실에 대한 적극적 개입이라는 그의 시적 좌우명에서 비롯된 것
이었다. 역설적인 의미이기는 하지만 그는 그가 살았던 시대의 흐름을 계속
쫓아 다녔다. 그의 문학적 이력이 프롤레타리아 문학에서 친일문학으로 다

---

1) 참고를 위해 시집의 제목을 밝혀둔다. 1시집 『대륙시집』(1936, 김용제가 네 번째
검거되고 강제 귀국됨으로써 유산), 2시집 『아세아시집』(1942), 3시집 『서사시 어
동정』(1943), 4시집 『보도시첩』(1944), 5시집 『아름다운 조선』(해방으로 폐기), 6시
집 『고백의 노래』(한국전쟁 중 원고 소지자 사망), 7시집 『춘향전』(원고 소지자 납
북), 8시집 『산무정』.

시 반공문학으로 옮겨 다닌 것은 그가 살아온 현실에 묻힌 채 현실에 대한 반성적 객관화에 이르지 못한 행동의 귀결이었다. 오오무라 마스오(大村益夫)의 지적처럼 그에게 "시는 곧 행동"이었으며 그것은 프롤레타리아 시의 시대에도 그 이후에도 일관된 것이었다.2) 그는 행동하는 시인이기는 했지만 현실 속에서 그 행동을 돌아보는 반성적 주체는 아니었다. 다시, 역설적인 의미에서, 그의 시집이 절반밖에 출판되지 않은 것도 그가 맹목적으로 몸을 던졌던 현실의 결과였다. 이것은 사후적인 상징이기는 하지만, 그 스스로 반성적으로 객관화할 수 없었던 역사의 상징이기도 했다.

　그런데 그는 그의 극단적인 문학적 변신을 충분히 인식하고 있는 경우에 속했다. 그는 첫 번째 친일 시집『아세아시집』의 서시에서 자신의 변신을 이렇게 썼다.

> 　　　내 제일시집은
> 　　　불행한『대륙시집』이었다
> 　　　그것은 슬픈 사상 속에서
> 　　　햇빛을 보지 못하고
> 　　　추억의 동경에서 죽게 되었다
>
> 　　　나는 십여년 문학 생활의
> 　　　모든 공죄를 아낌없이
> 　　　그 오랜 시대의 운명과 함께
> 　　　저 아라카와 물결에 흘려보냈다
> 　　　이제 나는
> 　　　그 자식의 나이를 세지 않으련다
>
> 　　　　　　　　　　　　　　　▶▶「서시」(『아세아시집』) 부분

『대륙시집』은 김용제가 일본에서 프롤레타리아문학 시대에 쓴 시들을 모은 시집이다.「압록강」이란 시로 1930년 5월『신흥시인』신인상에 당

---

2) 大村益夫,『愛する大陸よ- 詩人 金龍濟 硏究』, 大和書房, 1992, 139쪽 참조.

선되어 등단한 김용제는 이후 식민지 조선 출신의 프롤레타리아 시인으로 주목받으며 활동하다가 1932년 6월 일본프롤레타리아 작가동맹과 일본프롤레타리아 연맹의 일제 검거시에 투옥된다. 그가 출옥한 것은 1936년 3월이다. 이때는 1933년 사노 마나부(佐野學)와 나베야마 사다치카(鍋山貞親)의 전향 선언 후 일본의 좌파 지식인들이 대대적으로 전향을 감행했던 시기이다. 그러나 김용제는 출옥 후 과거 동지들의 전향을 비판하는 것으로 일종의 비전향선언을 함으로써 전향파 문인들을 공격했다. 그리고 그는 <조선예술좌>의 문예 고문으로 자리 잡고 기시 야마지(貴司山治)의 도움으로 문학안내사에 출근하기 시작했다. 『대륙시집』은 이때 준비되고 인쇄소에서 조판까지 진행되는 중이었다. 그러나 김용제는 다시 <조선예술좌> 일제 검거시에 체포된다. 명목상의 고문 자리였지만, 그 자리는 귀국하지 않으면 다시 투옥하겠다는 경찰의 위협을 받아들일 수밖에 없도록 한 자리이기도 했다. 『대륙시집』은 이 과정에서 유산되었다. 「서시」에서 아라카와 물결에 흘려보냈다고 감상적으로 진술되는 시집은 이런 연유 때문에 햇빛을 보지 못하였다.

그런데, 1954년에 간행된 『산무정(山無情)』 머리말에는 이런 고백이 있다.

> 다시 회상하면 해방 전에 낸 다섯 권의 시집은 자연 폐판(廢版)되었다. 그리고 그것들의 영원한 소멸은 나도 원하고 있다. 그러나 그리고 보면 나의 26년간의 시야방황(詩野彷徨) 끝에 겨우 남은 것은 이번 『산무정』 단 한 권 밖에 없게 된 셈이다. 생각하면 너무도 싱거워서 슬프기 짝없는 노릇이다.
> 그러나 과거의 나의 문학의 죄는 두 차례의 옥고보다도 더 아픈 이런 벌을 마땅히 받아서 쌌다. 그 죄업은 '내 문학'을 하지 않고 두 시대나 주책없이 '남의 문학'을 하였다는 데 있다.

『아세아시집』에서 친일문학 이전의 과거를 모두 부정했던 김용제는 이 시집에 이르러 그의 일제 시대 문학에 대한 전면적 부정에 도달한다. 한

번은 프롤레타리아 문학이 또 한 번은 프롤레타리아 문학과 친일 문학이 부정되는 것이지만, 태도상으로 보면, 『아세아시집』에서 이루어지는 과거 부정이나 『산무정』에서 이루어지는 과거 부정은 거의 동일하다고 할 수 있다. 이것은 그의 반성적 선택이라기보다는 그가 살아왔던 현실을 맹목적으로 추수한 결과였다. 지나간 시간에 대한 부정 형식의 동일함은 과거의 내적 차이를 무시하고 현재를 위해 과거 전체를 무화시키려는 태도와 통한다. 이를테면 현재의 그를 형성시킨 것은 그가 살아온 시간 전체가 아니라 그가 처해 있는 현재 자체일 뿐이었다. 그는 선택의 주체가 아니었다. 그가 '남의 문학'을 따라갔다고 말할 때의 심회가 바로 그것이었을 터이다. 그러나 '남의 문학'을 하는 것 자체가 문제는 아닐 것이다. 최근의 포스트 식민주의 담론을 통해 더 날카롭게 논의되고 있듯이, 따지고 보면 한국근대문학 전체가 근대 자본주의 세계체제에 긴박되면서 '남의 문학'에 대해 대응한 행위의 산물이겠기 때문이다. 더구나 문학에서의 '나'와 '남'을 따지는 행위가 근대적 사유에서의 부정적 측면을 부각시키는 요인이라는 점을 고려한다면, 김용제에게 문학은 근대주의가 심어놓은 식민성을 고스란히 반복하는 것이기도 하다.

그러므로 중요한 것은 그 행위의 산물로서의 한국 근대문학이 어떤 문학 내외적 결과를 가져왔는가 하는 점이다. 두 층위에서의 결과를 살펴보는 일이 필요한 셈인데, 그 하나는 문학 자체의 임계점을 돌파하는 방식으로서 문학의 내재적 형식이 형성되고 극복되는 과정에 대한 고찰(표현론)이며, 그 둘은 문학이 자신의 의미를 획득하는 외적 영역에 대한 고찰(의미론)이다. 그 두 영역이 분리될 수 없다는 것은 주지의 사실이며, 그 둘에 대한 분별적 통합을 통해서만 문학의 소통에 대한 인식다운 인식에 도달하리라는 것 또한 사실이다. 그렇지만, 친일문학을 분석하는 작업에서 지배적인 규정 요인은 의미론이다. 친일문학의 경우에도 일어로 씌어진 작품이 있고 한글로 씌어진 작품이 있으며 저항문학의 경우도 마찬가지이다. 그것들을 구별하는 일은 최종적으로는 의미론의 차원에서 가능하다. 가령, 한국 근대시의 형식 미학을 거의 최초로 논리화했던 김억에게 일본정신을 표현하는 시형식으로서 조선심을 대표한다고 여겨졌던 시조가 선택되는 것은 하나의 문학형식을 새로운 내용으로 규정해주는 일이 된다.[3] 요컨대 친일문학은 문학의 임계점을 일제말의 시대적 규정성을 통해 돌파해 나간 경우였다. 김용제가 자신이 살아온 과거의 시간을 축적이 아니라 부정의 방식으로 처리해버린 것도 그런 문학의 존재형식을 의미론으로 감싸안은 경우였다. 그 의미론을 규정하는 내용으로서의 당대 사회를 살펴보는 일은 그러므로 표현과 의미를 중첩시키는 문학의 무의식을 살펴보는 일이기도 하다.

2. 전향과 동아연맹론

1) 백철과 김용제

프롤레타리아 시인 김용제가 어떤 직접적인 계기에 의해 친일의 길로 들어섰는지는 불분명하다. 그가 맨 처음 발표한 친일 작품은 1939년 3월 『동양지광』에 발표된 「아세아의 시」이다. 그는 1942년의 『아세아시집』으로 국어문예총독상을 수상했고 이외에 『서사시 어동정』(1943)과 『보도시첩』(1944)을 출판했다. 그의 마지막 친일시집 『아름다운 조선』은 1945년 8월 15일 인쇄소에서 그에 의해 폐기처분되었다. 그는 또 제2회 대동아문

---

3) 이에 대해서는 졸고, 「국민문학, 시조와 민요시, 친일」, 『친일문학의 내적 논리』, 역락, 2003, 108-110쪽 참조.

학자대회에 일본의 조선지방 대표로 참석하고 그것의 귀국보고회에서 「신성문학에의 비원」을 발표했으며, 조선문인협회 총무부 상무를 지냈고 조선문인보국회 상무 간사 및 시부 간사장을 맡기도 했다.

그가 처음으로 발표한 친일작품은 「아세아의 시」이지만 최초로 쓴 작품은 연작시 '아세아시집'의 「서시」이다. 「서시」는 1939년 7월 『동양지광』에 발표되었는데, 『아세아시집』은 이 작품을 재수록하면서 창작 날자를 1939년 1월 1일로 기록하고 있다. 그리고 그는 『아세아시집』의 후기에 1939년 1월 1일 이 시집의 내용과 표제를 계획하면서 새로운 문학과 사상의 생활을 결의 실천한다고 썼다. 이로 본다면, 김용제의 친일문학은 1938년 말이나 하순에 시작된 것으로 추측될 수 있겠다. 그런데 1938년 하순이면, 일본이 중국의 무한 삼진을 함락하고 동아시아의 힘의 균형이 일본 쪽으로 급속히 기울던 때이다. 전향한 사회주의자 인정식은 당시의 상황에 대해 "이로써 전쟁은 지나 측으로 보아서나 제국의 편으로 보아서나 확실히 새로운 단계에로 전입하고 있다"[4]고 쓰고 있거니와 그 바로 직전인 1938년 12월에 백철은 「시대적 우연의 수리 – 사실에 대한 정신의 태도」(『조선일보』)를 작성하고 중일전쟁의 경과에 대한 심회를 다음과 같이 드러냈다.

> 지금 동양의 현실을 두고 볼 때에도 이번 사실이 문학자나 지식인 앞에 결코 무의미한 것만이 될 수는 없는 일이다. 우선 그런 의미에서 한편으로는 이번 사변을 크게 평가하야 동양사가 비상히 비약한다는 일가견을 가지고 있다. 사실 나는 이번 사변에 의하야 북경, 상해, 남경, 서주, 한구 등이 연차 함락되는 보도와 접하고 또는 사실 등을 통하야 지나의 모든 봉건적 성문이 함락되는 광경을 눈앞에 볼 때에 우리들의 시야가 훤하게 뚫려지는 이상한 홍분이 내 일신을 전율케 하는 순간이 있다. 여기서 지식인이 눈앞에 보는 사실에 머저서 부정적인 요소만을 보는 것은 한 개의 사실주의에

---

4) 인정식, 「동아의 재편성과 조선인」, 『삼천리』, 1939. 1, 54쪽.

떨어진 근시안적인 판단인 줄 안다. 다른 것은 고사하고 오직 그
봉건적인 성문들이 함락한다는 사실 그것만을 가지고도 이번 정치
에 하나의 사적인 의미를 붙여보는 데 족한 것이다.[5]

당시의 지식인들이 중일전쟁의 전황 전개에 따른 시국 변화에 대해 어
떤 인식을 가지고 있었는지를 알게 해주는 대목이다. 백철은 북지전선에
서의 일본의 승리가 시대적 우연이라고 해도 그것을 하나의 사실로서 인
정하고 거기에 동양의 운명이라는 의미를 부여해야 한다고 주장한다. 그
운명이란 그의 관점 속에서는 "봉건적 성문이 함락되는" 방식으로 전개
되는 역사적 발전의 필연성일 터인데, 요컨대 중일전쟁에서의 일본의 승
리는 봉건적 구체제가 근대 자본주의로 불가피하게 진보하는 것을 표현
하는 셈이다. 그에게 우연적인 '사실'은 이와 같은 역사적인 진리를 의미
하는 것이었고, 이것은 다시 혼란과 무질서를 뜻하는 '사실'을 넘어서서
질서를 가능케 하는 것으로서의 '통제'를 긍정하는 논리로 이어진다.

백철은 위와 같은 '사실수리론'에서의 '사실'이라는 개념이 발레리의
글에서 가져온 것임을 「'事實'과 '神話' 뒤에 오는 理想主義의 新文學」(동아
일보, 1939. 1. 15 ~ 21)에서 밝혀 놓았다. '사실의 세기'란 발레리에 따르
면 '질서, 과학, 법칙의 세기로서의 19세기에 대립되어 혼란과 사실로 현
상되는 20세기'를 가리킨다. 이 글에서 백철은 발레리의 「시의 필요」라는
글의 한 구절을 인용하여 놓았다. "나는 예술과 시가 그들(19세기의 청년
들 : 인용자)에게 없어서는 지날 수 없는 일종의 본질적인 양식이던 청년
들의 환경에 살었다"는 말이 그것인데, 이때 그 청년들의 환경이란 "정신
이 충만하던 시대"를 의미했다. 이 정신시대에 대비되는 것이 바로 사실
의 시대로서의 20세기이며 사실의 시대의 인간은 부르주아라고 발레리는
말한다. 그런데, 백철은 예술정신으로 충만한 청년의 시대이든 혼란한 사
실의 지배하에 있는 부르주아의 시대이든 그 시대는 통시대적인 것으로

5) 백철, 「시대적 우연의 수리 – 사실에 대한 정신의 태도(4)」, 『조선일보』, 1938. 12. 5.

서의 역사적인 의미를 지니고 있으며 다만 어떤 시대적 내용이 부각되는
가의 차이만 있다고 이어 적은 후, 현재의 동양은 그 사실의 시대를 종식
시키고 새시대를 열어 놓을 역사적 운명을 갖게 되었다고 말한다. "이번
'사실'을 통하야 동양의 지식인은 하나의 정신적인 것과 봉착했다"는 지
적이 그것인데, 그 지적의 근거로 백철이 내세우는 것은 '사실'이 '사실'
로서 인식될 때에는 이미 그 '사실'이 변모할 때라는 점이다. "20세기의
정체는 사실이다! 이 진리가 발견되어 설교되고 공포되고 전세계의 인간
들에게 상식화될 때에 그 사실은 벌써 그와 질적으로 다른 것으로 나가
기 시작한 확증이라고" 그는 말하는 것이다. 그 변모의 내용은 두 가지인
데, 하나는 문화부문에서의 "정신적인 요구"가 나타나는 것이며 다른 하
나는 "통제적 통일적인 경향"이 형성되는 것이다. 그래서, 현재의 동양은
하나의 커다란 '사실'이지만 그 '사실'을 통해 새로운 정신적 의미가 탄
생하고 있다고 백철은 말한다. 이것이 파시즘을 긍정하고 신체제의 수락
으로 나아가게 된 그의 이론적 토대이다.

　당시 조선문단에서 고독감을 느끼던 김용제[6]가 백철과 함께 일본 나
프에서 활동한 경험을 가지고 있었다는 사실을 고려하는 것은 백철의 글

---

6) 그런데 그 고독감은 일종의 선구자적 우월감을 가지고 있는 것이었다. 김용제의
　말을 참조하면 다음과 같다. "내가 이 시집을 통해서 새로운 문학과 사상의 생활
　을 결의, 실천했을 때 나는 당시의 문학계에서도 문학적 친구에게서도 이단시 당
　했으며 매우 고독할 수밖에 없었다. 함께 하는 자가 없는 것은 고독 이상의 독단
　을 두려워하는 길이었다. 나의 작품만이 나의 교편이 되고 빛이 되었던 것이다.
　어쨌든 나는 나의 처녀지를 열심히 계속 달려온 것이다. 그러나 지금은 이미 우리
　의 새로운 동지가 많이 나타난 것이다."『아세아시집』후기 참조. 이런 우월감은
　전향하기 이전의 김용제에게도 해당될 수 있는데, 일종의 영웅주의적 치기랄 수
　있는 이러한 심리를 볼 수 있는 시로『비판』1937년 8월에 발표된「문단풍자시」
　를 들 수 있다. 그는 이 시에서 이기영, 백철, 임화, 장혁주, 박영희, 한설야, 엄흥
　섭, 유진오, 이북명 등을 대상으로 거의 희롱에 가까운 말들을 쏟아 놓고 있다. 예
　를 들어, 이북명을 대상으로 한 마지막 시의 한 구절을 보면, "당신이 'イロハ' 문
　학에 진출함은 찬성이다. / 그러나 아직도 말솜씨가 서투르니 / 보통학교 독본을
　꾸준히 공부하라."와 같은 식이다.

에 대해 김용제가 가졌을 느낌을 짐작하게 해주는 요인이 될 수 있을 것
이다. 더구나 1938년 11월에는 프랑스의 인민전선이 무너짐으로써 인민
전선을 이끌던 소련에 대한 사회주의자들의 기대가 한풀 꺾이고 파시즘
의 공세가 높아지고 있었다. 조선에서의 사회주의자들의 전향이 세계적
정세와 관련한 자포자기적 패배감과 함께 하는 것이었다면, 그것은 김용
제 또한 마찬가지였다. 여기에 북지전선에서의 일본의 승리를 기정사실
화하는 백철의 글이 그에게 전향의 명분을 세워주었을 개연성은 충분히
있다.

이를 사후적으로 증명하는 글은 김용제의 「전쟁문학의 전망(戰爭文學の
展望)」(『동양지광』 1939. 3)과 「조선문화운동의 당면 임무(朝鮮文化運動の當面
の任務)」(『동양지광』 1939. 6), 「현실의 언어(現實の言葉)」(『동양지광』 1942. 6)
이다. 김용제는 「전쟁문학의 전망」에서 "현재는 적을지라도 위대한 문학
의 공상보다 위대한 현실에 대한 문학자의 몸가짐과 마음가짐을 갖추는
일이 문학자의 명예로운 이름에 요구되는 시대"(72면)라고 말한다. 이때
그가 말하는 현실이란 중일전쟁으로 압축되는 동북아 정세로서의 그것인
데, 전쟁은 "역사를 개혁하는 위대한 모멘트"(70면)이며 따라서 "현실을
반영하고 그 소리를 전달하는 것으로서의 문학이 그 내용과 형태를 전쟁
으로 삼는 것은 자연스럽고 필연적인 것이다"(70면). 그는 이 전쟁문학을
통해 문학의 '국가적 역할'을 도모하는 동시에 '예술적 가치'를 높이는
일을 통일시킬 것을 요구한다. 문학의 국가적 역할이라는 문제 설정과
함께 그가 논의하는 작품은 히노 아시헤이(火野葦平)의 『보리와 병정(麥と
兵隊)』이다. 당시에 천황제 파시즘의 이른바 성전의식을 리얼하게 묘사한
작품으로 평가받은 바 있는 이 작품[7]을 모범적 전쟁문학으로 예증하는
김용제의 의식구조를 조명하기 위해 주목해 보아야 할 것은 '국가적 역

---

7) 『보리와 병정』에 대한 자세한 논의는 본 연구영역의 장영순, 「전쟁과 종군 작가의
'진실'」.

할'이라는 말이 함의하는 바의 파시즘에 대한 긍정이다.

「조선 문화운동의 당면 임무」는 문화와 정치의 상호적 협력을 통해 "강력한 국가적 문화"를 건설할 필요성을 제기하는 글이다. 국가적 이념과 애국적인 목적은 정치와 문화 사이에 차이가 있을 수 없으며 그로써 형성되는 것이 국민문화의 운동과 실천인데 그를 위해 국가적으로 올바른 정치 이념과 문화 사상의 확립이 필요하다고 그는 말한다. 그런데 그 과정에서 제기되는 것이 문화통제의 필요성이다.

> 오늘날에는 모든 부분에서 국가적인 '통제'가 행해지고 있다. 우리는 그 '통제'라는 관념의 진의를 해명한 다음 '문화통제'라는 말을 고찰해보지 않으면 안 된다. 나의 생각으로는 '통제'는 기본적으로 '강제'는 아니며, 그것은 일종의 새로운 국가 이념의 구성이며 조직이라고 믿고 있는데, 그것이 없는 한 참된 의미의 '통제'는 이루어지지 않는다고 생각한다.
> 모든 '통제' 정신은 보다 나은 '창조'를 향한 전제이다. 그것은 정치적인 요구와 주관적인 자발성이 완전히 통일되는 국가적인 높은 정신을 의미하는 것이며, 그렇게 되지 않으면 안 된다. 그것은 하나의 강력한 행위의 세계이고, 또는 이상과 희망의 길이지만 그래서 고난의 길이기도 하다는 것을 나는 알고 있다.[8]

국가적 통제가 새로운 사회와 역사의 건설로 이어지게 된다는 이 믿음의 배경에 내선일체의 주장이 있다는 사실을 알 필요가 있다. 김용제는 내선일체 운동에 소극적인 조선의 문화인들을 비판하면서 보다 적극적인 통제적 문화운동을 통한 국가 사상의 전파에 힘쓸 것을 요구하고 있다. 그것의 실례로 김용제가 제시하는 것은 원고 검열과 언론 검열에의 적극적 동참인데, 이런 통제론이 앞에서 살펴본 백철의 "통제적 통일적인 경향"론과 긴밀한 관계에 있음을 아는 일은 어렵지 않다. 더구나 백철은 김

---

8) 金龍濟, 「朝鮮文化運動の當面の任務 - その理論・構成・實踐に關すろ覺書」, 『東洋之光』, 1939. 6, 78쪽.

용제가 편집한 잡지『동양지광』의 1939년의 4월호에「시국과 문화문제의 행방(時局と文化問題の行き方)」⁹⁾을 발표하고 통제를 위주로 하는 정치에 문화가 보다 긴밀히 연결되어야 함을 주장하고 있다. 글의 선후관계로 본다면 김용제는 백철의 논의를 충실히 이어받아서 그것의 구체적 실례를 제시하고 있는 셈이다.

한편 김용제는「현실의 언어」에서 백철이 정리한 발레리론을 다음과 같은 진술로 되살린다.

> 위대한 사실의 세기라는 말에는 꿈이 많은 시의 세계다라는 말이 이면에 덧붙여져 있다. 필연성의 수학도 원시체의 목석도 시와 음악의 생명으로 연결되는 자유로운 노래를 내보내는 것이다. 이것이 아름다운 오늘날의 '사실'이다. 이것이 우리들의 현실이다.
>
> 우리가 오늘날의 현실을 사랑한다는 말은 원리나 진리라는 것이 이 현실의 중심에 반드시 내재한다는 것을 확신하는데 기인한다.¹⁰⁾

앞에서 살펴보았듯이 발레리는 19세기적 지성의 한 모습으로 시와 음악에 열광한 정신을 묘사하고 20세기에는 그것이 부르주아의 기치관에 의해 몰락한 것으로 그리고 있지만, 백철은 그 예술적 정신의 가치가 통시대적으로 면면히 지속되는 것임을 주목했다. 이른바 생명의 기운으로 약동하는 힘이 거기에 있을 터인데, 동양의 운명이 새 시대를 향해 나아간다고 보는 논리적 근거가 그것과 관련된다. "이번 '사실'을 통하야 동양의 지식인은 하나의 정신적인 것과 봉착했다"는 그의 말은 바로 그 논리의 출발점이자 귀결점이다. 그것이 출발점인 것은 질서 있는 생명의 정신이 먼 과거로부터 시작해서 현재에 다시 힘을 얻고 있기 때문이며 그것이 귀결점인 것은 모든 진리의 행로가 변모에 있듯이 '사실'의 시대

---

9) 이 글은 앞에서 살펴본 백철의 두 편의 글을 합해서 축약해 놓은 성격의 것이다.
10) 金村龍濟,「現實の言葉」,『東洋之光』, 1942. 6, 100쪽.

또한 자신의 종말에 이르러 모종의 정신을 생성하는 것으로 환원되고 있기 때문이다. 김용제는 그것을 좀더 압축해서 '사실의 세기=시의 세계'라는 말로 표현한다. 이 말은 그대로 '발레리 → 백철'의 논점을 따온 것인데, 여기에도 현실 자체의 있는 그대로에 대한 인정이 필요하다는 주장이 개입되어 있다. 1942년 6월에 발표된 이 글이 더욱 가혹해진 전시 상황을 반영하고 있다는 사실 또한 주목되어야 할 것이다. 김용제는 그 현실을 원리나 진리가 관통하는 장소로 이해하고 있는데, 이때 그 진리란 곧 서양의 패배와 동양의 부흥이라는 사실로서 이는 전도된 오리엔탈리즘의 시각에 의해 만들어진 대동아공영과 팔굉일우라는 천황제 파시즘의 이데올로기로 통하는 것이었다. 이것은 미래를 향한 이상주의의 공상으로부터 탈피하여 현실의 객관적 행정을 있는 그대로 수용해야 한다는 「전쟁문학론」에서의 김용제의 주장이 일제 파시즘의 중국 정벌을 역사적 현실로 인정해야 한다는 백철의 사실 수리론으로부터 직접 영향 받고 있음을 알게 해주는 대목이다.

그런데, 김용제는 일본에서 검거되고 일본의 지식인들이 속속 전향하는 와중에서도 전향하지 않은 의지의 소유자였다. 감옥에서 나온 그가 전향한 동료들에게 비판의 목소리를 높일 수 있었던 것은 그에 기인하는 것이었다. 그렇지만, 1938년 12월에 발표된 백철의 글은 김용제가 전향한 이후이기 때문에 그 전향의 사후적인 명분과 논리를 형성시키기는 했겠지만, 원인은 아니었다고 할 수 있다. 김용제는 자신의 전향 시기를 1938년 10월이나 11월로 잡고 있다.[11] 그에게 전향은 또다른 이유를 필요로 하는 것인데, 그것은 무엇이었을까?

김용제는 1943년 2월 『국민문학』지의 좌담 「시단의 근본문제」에서 1938년 여름 '어떤 사정이 개입해 왔음을 밝힌다. 1938년 3월 17, 18일 양일간 그는 김남천의 고발문학론을 비판하는 「고민의 성격과 창작의 정신

---

11) 金龍濟, 「고백적 친일문학론」, 『한국문학』, 1978. 8.

- 자기 고발의 문학적 허약성을 분석함」을 쓰는데, 애초에 5회 예정으로 준비된 글은 2회로 중단된다. '우연한 일로 급히 생각한 바가 있었'기 때문이었다는 것이다. 그 우연한 일이란 1938년 7월 이후부터 시작된 '경성소년갱생단' 건설과 관련하여 경성보호관찰소로부터 예방구금의 위협을 받았던 사실을 가리킨다. 그는 「고백적 친일문학론」(『한국문학』 1978. 8)에서 그런 정황 아래 "공포를 느끼지 않을 수 없었다"고 썼다. "아무런 반일운동도 하지 않고 예비 구금으로 그 진저리나는 옥살이를 또 할 수는 없었다"는 것이다. 그래서 그는 "민족 실리주의를 위한 친일관에 의한 위장 전향"(같은 글)을 선택했다고 말한다. 이 회상을 문면대로 믿는다면 그는 일제의 압력을 회피하기 위해 어쩔 수 없이 전향한 것이 된다. 그렇다면 여기에는 고통받는 현실 앞에서 두려움 때문에 저항하지 못했다는 부끄러움의 감정만이 남게 될 것이다.[12]

그런데 김용제의 회상에는 사실과 다른 점이 있다. 그는 「고백적 친일문학론」에서 「고민의 성격과 창작의 정신」이 씌어진 때를 1938년 9월경으로 진술한다. 그러니까 '경성소년갱생단'의 건설이 7월부터 시작되고 그후 '계급적 민속주의 사상을 고취시키려는 것이 아니냐'는 보호관찰소 측의 위협이 있었으며, 그래서 비전향자의 리얼리즘론으로 김남천을 비판하던 글을 중단한 후 위장전향했다는 것이 김용제의 주장이다. 그러나 실제로 「고민의 성격과 창작의 정신」이 발표된 시기는 1938년 3월 17, 18일이다. 그리고 그는 그 후에도 리얼리스트로서의 관점을 노출하는 글을

---

12) 물론 이 부끄러움은 역사적 실착에 대한 속죄의 감정일 수 있다는 점에서 의미 있는 것이기는 하다. 그러나 그것은 개인적 감정에 지나지 않는다는 한계를 갖는 동시에 그 부끄러운 행위를 있게 한 원인을 일제의 강요에서만 찾음으로써 친일 주체의 내적 요인을 망각하거나 부정하도록 결과를 가져오게 된다. 이러한 '강요 → 순응 → 부끄러움'의 논리가 친일 행위에 대한 저간의 변명의 수사학을 만들어 내었음은 주지하는 바인데, 이것이 갖는 가장 큰 문제점은 그 친일을 개인적이고 관념적인 양심의 차원에서만 이해하도록 함으로써 당시에 하나의 역사철학으로 성립되었던 근대초극론 및 그것의 전도된 오리엔탈리즘적 성격을 그 전후 맥락 속에서 객관적으로 평가하는 일을 어렵게 만든다는 사실이다.

쓴다. 1938년 4월 『비판』지에 발표된 「문예시평」이 그것이다. 이 글은 김 승구의 희곡 「유민(流民)」을 평하면서 불쾌감을 드러내는데, 그 이유는 동경 근처 조선인 노동자의 삶에 대한 추악한 묘사 때문이었다. 오오무라도 지적하고 있듯이[13] 실제로 동경에서 유사한 삶을 살면서 계급의식으로 투쟁하는 노동자를 노래해 온 김용제가 볼 때 「유민」은 현실을 제대로 묘사하지 못한 작품이었다. 또 그가 '경성소년갱생단'을 인가받은 때는 1938년 5월이다. 이런 정황으로 판단한다면, 김용제의 전향과 「고민의 성격과 창작의 정신」의 중단 사이에는 아무런 매개도 없는 것이 된다. 그가 이 글을 굳이 그의 전향과 관련시키는 것은 자신의 전향을 관헌의 압력에 따른 불가피했던 행위로 합리화하기 위해 엉뚱한 에피소드를 끌어온 기억의 왜곡인 셈이다. 이 왜곡된 합리화에는 무엇이 작용하고 있을까. 그의 전향은 역사적 패배감과 공포를 내면화한 데서 비롯된다고 해야 할 것이다.

그런데, 김용제가 38년 중반까지 사회주의자의 시각을 표면화했다고 해도 그가 맑스주의에 대해 가지고 있던 좌절감은 보다 일찍 시작된 것이었다. 그것을 보여주는 시는 「태양찬」(『동아일보』 1937. 11. 9)이다. 이 시의 주제는 암흑을 타파하는 광명의 희구이지만, 보다 중요한 것은 맑스주의에 대한 회의와 어두운 현실을 변혁할 수 없는 좌절감이라는 오오무라의 지적[14]은 타당하다고 여겨진다. "전등 끈 어둠의 거리에는 개 한 마리 안 짖고 / 산소 잃은 밤공기가 옻칠한 관속과 같다 / 맑스의 몽상에 발 앞이 캄캄하다 / 빛 없는 세계에는 만물이 넋을 잃고 / 形影相弔할 고독한 그림자조차 찾을 곳 없네"라고 김용제는 읊고 있는 것이다. 이렇게 본다면, 그는 이미 명시적 전향 이전에도 이미 그의 활동에 대한 적지 않은 회의가 있었다고 해야 한다. 그의 시와 평론은 오히려 그 회의에 대한

---

13) 大村益夫, 앞의 책, 109쪽.
14) 大村益夫, 위의 책, 112쪽.

자기 방어적 성격이 강했던 것이라고 할 수 있는데, 그는 시의 끝에서 "아 정치와 문학과 연애의 운명이여"라고 신음한다. "정치와 문학과 연애"는 그 다음 구절에서 그대로 "암흑의 현실"로 이어지는 것이었다.[15] 김용제는 이후 『아세아시집』 연작을 시작할 때까지 시와 평론을 쓰지 않는다.

2) 동아연맹 조선 지부의 항일 논리

김용제가 자신의 전향을 위장이었던 것으로 정당화하는 유력한 근거는 그와 동아연맹과의 관련이다. 그는 '동아연맹 조선지부'가 박희도 경영의 『동양지광』사에 은폐되어 있었다고 주장했다. 그의 말을 빌리면 "그것은 실로 한국민족 독립투쟁사에 있어서 공전절후한 기적적 사실"[16]이다. 이때 '동아연맹 조선지부'란, 2차 코노에(近衛文麿) 성명이 대중국 유화책으로 채택한 민족협화의 논리를 뒷받침해 준 조선 내 '동아연맹론' 지지 그룹을 의미할 것이다. 문제는 그 지지를 김용제의 주장처럼 실제로 조선

---

15) 이 무력감과 좌절감이 비롯되는 정치와 문학 이외에 그는 연애의 항목을 하나 더 들고 있는 데, 그 연애란 나카노 시게하루(中野重治)의 여동생이며 시게하루의 전향 소설 「시골집」에서 오빠의 전향에 비판적이었던 것으로 그려진 나카노 스즈코(中野鈴子)와의 사랑을 가리킨다. 그는 일본 체류 시절 감옥에서 출감한 후 그녀와 결혼을 약속하고 동거를 하다가 조선으로 강제 귀국한 경험을 가지고 있었다. 그 스즈코는 김용제가 경성소년갱생단을 건설한다는 연락을 받고 자금을 부쳐주는 한편 1938년 5월에 서울로 김용제를 찾아와 보름정도를 머물다 돌아갔다. 결혼의 의도를 가지고 온 것이지만, 김용제에게는 이미 도일 이전에 결혼한 아내가 있었다. 비전향자였던 식민지 청년을 사랑한 여인과의 실연의 상처는 김용제를 더 큰 좌절감에 빠트렸음이 분명하다. 나카노 스즈코는 독신으로 살다가 1958년에 죽었다. 김용제는 그 소식을 1960년에 알았고, 1981년 2월 스즈코의 시비를 찾아가서 슬픔에 우는 시 「돌이 된 꿈」을 썼다.

16) 김용제, 「고백적 친일문학론」, 262면. 김용제가 주장하는 동아연맹조선지부의 조직표 및 인물들에 대해서는 같은 글, 266쪽 참조.

독립운동의 일환으로 이해할 수 있는가 하는 것이다.

　그러므로 그것의 사실 여부를 살펴보기 위해 '동아연맹론'에 대해 검토할 필요가 있겠다. '동아연맹론'은 1931년 9·18 만주사변의 주도자였던 이시하라 간지(石原莞爾)가 일본의 총력전체제를 구상하면서 일본의 특수성을 반영하여 만든 동북아 국가 구상론이다. 그것은 한편으로는 독일이나 이태리의 파시즘이 보여준 것과 같은 정당지배체제를 불식시키면서, 다른 한편으로는 관료에 의한 국가동원 방식에 대응하여 밑으로부터의 동의에 기초한 국민운동노선을 이론화하여 제기한 것이었다. 주지하다시피 일본의 총력전 체제는 당시 파시즘 추축국으로서의 일본이 군부와 행정국가의 정치적 헤게모니를 관철시켜 나간 기초였다. 만주국에서의 협화회란 그것의 외피로서 만주국 구성원의 자발적 동의라는 이데올로기를 만들어내기 위한 장치였다.[17] 이와 관련된 '동아연맹'의 구상이 처음 거론된 것은 이시하라 그룹에 의해 작성되어 1933년 3월 9일에 발표된 「만주국협화회 회무요강」이지만,[18] 그것이 본격화된 것은 중일전쟁이 침체 상태로 빠져들기 시작하면서부터이다. 1938년 10월 무한 광동의 함락 이후 대중국전선의 답보상태와 함께 강력한 민족주의적 저항에 부딪친 일본은 중국 민중의 민심을 진정시키기 위한 화평책을 필요로 하게 되었다. 이때 나타난 것이 바로 코노에 성명이다. 그것의 기본적 골자는

　　　코노에1차성명 : 중국 국민당 정부와 상대하지 않는다(1938년 1
　　　　　　　　　　월 16일)
　　　코노에2차성명 : 전쟁은 동아시아 신질서의 수립에 있다(1938년
　　　　　　　　　　11월 3일)
　　　코노에3차성명 : 코노에 3원칙 – 선린우호, 공동방공, 경제제휴
　　　　　　　　　　(1938년 12월 22일)

---

17) 임성모, 「만주국 협화회의 총력전체제 구상 연구 – '국민운동' 노선의 모색과 그
　　성격」, 연세대학원 사학과 박사학위논문, 4쪽 참조.
18) 임성모, 위의 글, 129쪽 참조.

이다.[19] 특히 2차성명에서 표면화된 동아신질서론은 두 가지 상호 연결
되면서도 분리되는 이론적 배경을 가지고 있는데, 그 하나는 전향한 좌
파 지식인이 포함된 소화연구회(미키 키요시, 오자키 호스미 등)의 동아협
동체론이며 다른 하나는 위에서 말한 이시하라 간지 등의 동아연맹론이
다. 1940년 7월에 성립한 2차 코노에 내각이 '기본국책요강'에서 공식화
한 '대동아공영권'의 구상은 이 두 이론의 실질적 뒷받침을 받는 것이었
다. 그런데, 두 이론이 공통적으로 관심을 기울인 사항 중 하나가 민족
문제이다.

　동아연맹론의 이시하라 간지가 중국 민족주의에 대해 관심을 갖기 시
작한 것은 1936년경이다. 그는 1936년 말 화북지역을 시찰한 후 중국과
만주의 상호 승인을 조건으로 중국독립을 원조하는 방안을 검토하게 된
다. 이와 함께 서안사변을 전후한 중국 민족주의의 발흥을 보면서 그는
전쟁불확대론을 주장하게 되는데, 이는 국민당 중심의 청년 세력이 향후
신중국건설의 주축이되면서 일본과의 관계 개선에 일익을 담당하리라고
생각했기 때문이다.[20] 동아연맹론에 나타난 민족관은 이렇게 민족적 자
율성을 보장하면서 국가 연합을 보색하는 기초로서의 그것이었다. 일민
족 일국가의 소영역적 국가 수립 시대에서 민족의 문화적 정체성을 유지
하면서 다민족 일국가 내지 국가 연합의 시대로 이행하는 것이 당대의
역사적 필연이라는 동아연맹론의 주장은 바로 이 점과 관련되어 있다.

　그런데 동아연맹론의 이 논리는 조선의 사회주의자들에게 전향의 명분
을 주기에 충분했다. 특히 동아연맹을 결성하기 위한 조건으로서 '첫째,
구미 제국주의를 물리칠 수 있는 일본의 능력과 둘째, 동아에서의 구미
제국주의 세력의 쇠퇴, 셋째, 자유주의 사상의 몰락 또는 왕도에 기초한
동아의 새로운 세계관의 발양'[21]이라는 세 가지 사항 중에서 마지막 세

---

19) 홍종욱, 「중일전쟁기(1937~1941) 사회주의자들의 전향과 그 논리」, 서울대학교
　　대학원 국사학과 석사학위논문, 2000, 34쪽.
20) 임성모, 앞의 글, 132쪽 참조.

번째의 조건은 부르주아적 자유주의에 적대적이었던 사회주의자들에게는 사노 마나부·나베야마 사다치카의 전향과 관련하여 강한 설득력을 발휘한 것으로 여겨진다. 자유주의의 쇠퇴와 동아 신세계관의 발양이라는 조건에 대해 『동아연맹건설요강』은 다음과 같이 설명했다.[22]

> 제일차 구주(歐洲) 대전 이래 소련·이태리·독일에서는 전체주의적 질서가 수립되었다. 특히 제이차 세계대전에서 독이 양군의 압도적 승리는 전체주의적 세계관의 승리이다. 동아에서도 점차 자유주의 사상이 청산되고 정신문화의 전통에 입각하여 이 왕도에 기초한 동아 신세계관 아래 동아의 신질서가 건설되어 가는 대세에 있다.

동양의 오래된 정치 이념으로서의 왕도주의가 강조되고 이것이 동양 제민족을 반서구 항쟁의 전체주의적 세계관으로 결집시키는 데 기초를 이룬다는 내용이다. 그런데 그 결집의 최종적 형태를 전체주의라고 이해하는 것은 위에서 살펴본 반자본주의적 통제론과 관련하여 새삼 주목될 필요가 있다. 왜냐하면 조선사회주의자들의 전향조직인 대동민우회에서 강조한 것은 '자본주의를 대신할 새로운 사회 체제로서 제민족의 결합으로 구성될 대국가주의'이기 때문이다.[23] 이런 전향 논리가 있기 이전에 일본 사회주의 진영의 대대적 전향이 있고 이를 사후적으로 뒷받침한 것이 위의 '동아연맹론'의 국가연합론이다. 이 국가연합론을 보충해주는 것이 동아연맹의 기본 요건 중 하나인 '정치의 독립'이라는 항목이다. 『동아연맹건설요강』에 따르면 "정치의 독립이란 연맹 헌장 또는 연맹 국가 간의 협정이 규정하는 범위 내에서 각 연맹 구성 국가가 독립적으로 자

---

21) 東亞聯盟協會 編, 앞의 책, 3-6쪽 참조.
22) 東亞聯盟協會 編, 위의 책, 6쪽.
23) 朝鮮總督府 高等法院 檢事局 思想部, 『思想彙報』13호, 1937, 37쪽 ; 지승준, 「1930년대 사회주의 진영의 '전향'과 대동민우회」, 중앙대학교 대학원 사학과 석사학위 논문, 1996, 61-67쪽 참조.

국의 주권을 행사하는 것을 가리킨다."[24] 이것을 문면대로 믿는다면 조
선 또한 국가연합 내의 주권 국가로 기능할 것임이 분명한데, 조선의 사
회주의자들이 기대했던 미래상이 바로 그것이었다.[25] 김용제가 말하는
'동아연맹 조선지부'의 독립운동이란 바로 이것을 의미함이 분명하다.

   '동아협동체론' 또한 민족 문제에 대해 각별한 관심을 기울였다. 오자
키 호츠미(尾崎秀實)는 '동아협동체론'이 "'동아연맹'의 사상과 함께 '대아
시아'론의 흐름을 따르는 것"[26]임을 분명히 했다. 그는 그 흐름이 다시
제출된 근본 원인을 중국의 민족문제에서 찾고, 동아협동체가 확대·발
전되기 위해서는 중국의 독립을 지원함으로써 중국민족의 자발적 참여를
유도해야 한다고 주장했다. 또한 미키 기요시(三木淸)는 민족의 독자성이
보장되되 협동체의 구조 속에서 그 민족주의에 일정한 제한이 가해질 필
요가 있다고 말한다.[27] 특히 그는 민족주의의 제한이 가해져야 하는 대
상으로 일본을 꼽고 있는데, 이는 협동체의 지도원리를 제공하는 일본이
먼저 솔선함으로써 중국 민족을 이끌어야 한다는 논리에 근거했다. '일본
은 이번의 전쟁을 통해 중국의 해방을 위해 전력해야 하며, 무엇보다도
일본이 구미 세국을 내신하여 스스로 제국주의적 짐략을 행하는 것이어

---

24) 東亞聯盟協會 編, 『東亞聯盟建設要綱』, 立命館出版部, 1940, 26쪽 참조.
25) 조선공산당원 출신의 서인식이 보여준 다음과 같은 진술을 참고할 수 있다. "사
    람들은 오늘날의 일본이 당면한 정치적 문화적 과제를 일종의 세계사적 견지에
    서 제기한다. 그 하나는 세계신질서에의 일계단으로서 爲先 日滿支를 일체로 한
    동아협동체를 건설하는 것이며 다른 하나는 거게 필요한 槓桿으로서 대내적으로
    는 국내의 정치경제질서를 새로운 통제원리 우에서 재편성한다는 것이다. 그리
    고 이들 정치적 문화적 과제를 수행하는 데 필요한 향도원리로서 일국의 정론은
    전체주의의 등장을 요구한다." 서인식, 「문화에 있어서의 전체와 개인」, 『인문평
    론』, 1939. 10, 5쪽 참조. 동아신질서론을 적극적으로 긍정하는 조선 사회주의자
    들의 전향에 대해서는 홍종욱, 앞의 글, 33~45쪽 참조.
26) 오자키 호츠미, 「동아협동체의 이념과 그 성립의 객관적 기초」, 최원식·백영서
    편, 『동아시아인의 '동양' 인식 : 19~20세기』, 문학과지성사, 1997, 37쪽.
27) 미키 기요시, 「신일본의 사상 원리」, 최원식·백영서 편, 『동아시아인의 '동양'
    인식 : 19~20세기』, 문학과지성사, 1997, 59쪽 참조.

서는 안된다.'는 것이다. 그런데 미키 기요시에게 민족주의는 추상적인
근대적 세계주의를 극복하는 계기를 주는 것이기는 하지만 궁극적으로는
협동체의 정신에 의해 넘어서야 할 것으로 인식되고 있었다.

> 중국의 민족주의에 대해서는 세계 각국이 봉건사회로부터 근대
> 국가로의 이행과정에서 거쳐온 민족주의와 똑같은 의미에서의 민
> 족주의를 오늘의 중국이 거치고 있다는 것을 생각하여 그 민족주
> 의의 역사적 필요성을 인식하는 것이 마지막 요체이다. 일본은 중
> 국의 민족적 통일을 방해해서는 안 되며 오히려 중국이 그 민족적
> 통일에 의해 독자성을 획득하는 것이야말로 동아협동체가 진정으
> 로 성립하기 위해 필요하다. 그렇지만 동시에 중국은 이 신체제에
> 들어가기 위해 역시 단순한 민족주의를 초월할 필요가 있다.[28]

   요컨대, 민족주의는 근대국가의 완성 과정에 필요하고 민족적 통일에
의한 독자성 획득이 협동체 건설의 요건이기는 하지만 배외적 감정으로
무장한 민족주의에 머물러서는 안 된다는 주장이다. 이 말은 오자키 호
츠미가 협동체 대두의 이유를 중국의 항일 민족주의에 의해 촉발된 민족
문제의 심도 있는 해결에서 찾는 것과 같은 근거를 갖는다. 오자키도 민
족의 특수한 독자성만을 강조하는 태도를 지양하면서 열국 협력체제를
강조하고 있기 때문이다. 그렇지만 근대국가 형성의 과정적 요건으로 민
족주의의 필요성을 인정하고 있기 때문에 반식민지 중국과 식민지 조선
의 지식인들이 일본의 제국주의적 침략을 벗어나서 민족의 정체성을 찾
고 수평적 국가 연합을 이룬다는 미래 역사의 환상에 빠지는 일은 충분
히 가능했다.[29]
   대아시아주의의 형태로서 제기된 두 이론이 갖는 차이점을 꼽는다면,

---

28) 위의 글, 59-60쪽.
29) 이에 대한 중국측의 실례에 대해서는 왕징웨이(汪精衛), 「중일전쟁과 아시아주
    의」, 최원식, 백영서 편, 『동아시아인의 '동양' 인식 : 19~20세기』, 문학과지성
    사, 1997을 참조.

동아연맹론의 강령에 민족의 '정치적 독립'이 포함되어 있었던 반면에30) 동아협동체론은 정치적 독립체를 강조하지 않는다는 점이다. 오히려 동아협동체론은 중국문제를 해결하고 진정한 협화체제를 구축하기 위해 일본의 민족주의도 일정하게 제한되어야 한다는 논리를 펼쳤다.

동시에 동아연맹론과 협동체론의 공통점도 있으니, 그것은 동아신질서를 구성하는 데 있어서 일본 지도의 원리를 인정한 것이다. 엄밀히 말하면 바로 이 점이야말로 동아신질서론이 일본을 아시아의 맹주로 기획하려 했던 의도의 예가 될 것이다.

동아신질서 구상에 이런 내용이 있었다고 해도 김용제에게 그것은 깊이 인식되지는 않았던 듯 싶다. 위에서 살펴보았듯이, 조선의 사회주의자들에게 동아신질서론은 서구제국주의로부터의 해방 및 자본주의적 경제질서의 지양을 의미했다. 잡지 『동양지광』은 김용제의 말대로라면 동아연맹론의 관점을 지지 실천한 사람들의 본거지였고, 『녹기』는 동아협동체론을 지지했다. 1938년 7월경에 동아연맹과 관계를 맺기 시작한 김용제가 『녹기』에 글을 발표하고 『녹기』의 편집에도 관여했다는 사실은 그에게 그 둘의 차이가 인식되지 않았거나 별로 중요하지 않았음을 뜻할 것이다. 그렇다면 그는 동북아 국가 연합이라는 구상에서 일본의 지도라는 원리를 내면적으로 수용하고 있었다는 의미가 된다. 김용제에게도 조선 사회주의자들이 범했던 것과 같은 오류, 즉 민족자결에 기초하여 자본주의 질서를 지양한 동아신질서를 건설한다는 미신적 오판이 있는 셈이다.

김용제는 이시하라 간지의 동아연맹론이 조선의 완전한 정치적 독립을 비밀 조항으로 채택했으며 그 예로 동양지광사에 동아연맹조선본부의 비밀 사무실이 있었다고 주장한다. 이 지부에 참여한 일본인들은 그것의

30) 동아연맹의 기초조건으로 제시된 것은 '국방의 공동, 경제의 일체화, 정치의 독립'이다.

가장 확실한 증거라는 것이다. 그러나 동아연맹 조직표에 조선본부는 아예 존재하지 않았고 또 동아연맹조선본부에 참여한 일본인은 이시하라 간지가 정세파악을 위해 활용한 스파이에 지나지 않았다.[31] 결국 동아연맹조선지부는 조선독립을 위해 조직된 실체로 존재한 것이 아니라 동아연맹론을 지지한 조선인들의 모임에 지나지 않는 셈이다. 또 동아신질서를 궁극적 목표로 삼는 동아연맹을 지지하는 행위가 비밀에 붙여져야 할 만큼 위험한 것이었고, 그를 감추기 위해 이른바 '민족 실리적 친일'의 길을 택하는 식의 위장술을 사용해야 했던 정황이라면 동아신질서에 대해서는 아예 언급을 회피해야 했을 터이다. 그러나 김용제는 그 위험을 무릅쓰고 '동아협동체론'을 긍정하는 글을 쓰고 있으니 「싸우는 문화이념(戰へる文化理念)」(『녹기』 1937. 7)이 그것이다. '지금은 동아협동과 협화적 내선일체라는 지도원리가 확립되어 있는 시대이며, 따라서 그것을 기술적으로 풀어가는 과제가 긴급하다'고 주장하는 이 글은 이를테면 김용제가 몸담고 있는 지하조직의 이념을 누설하고 있는 셈이다.

그러나 동아협동체는 물론이고 동아연맹론이 조선의 정치적 독립을 주장한 것은 아니다. 동아협동체에는 정치적 독립에 대한 논의가 없을 뿐더러 동아연맹론의 경우도 그 대상국가에는 일본, 만주, 중국만이 포함되어 있을 뿐 조선은 일본 국내 민족문제로서 다루어지고 있다.[32] 또한 이들이 사용한 '정치의 독립'이라는 개념의 내포는 '광의의 행정'이었지 완전한 독립국가로서의 의미를 갖는 것은 아니었다.[33] 동아연맹론이 만주

---

31) 大村益夫, 앞의 책, 162쪽.
32) 東亞聯盟協會 編, 앞의 책, 61-70쪽 참조.
33) 임성모, 앞의 글, 133면 참조. 또한 이때 독립적으로 자국의 주권을 행사한다는 것은 입법, 사법, 외교, 재정을 운영하고 농업, 상공업, 교통, 교육, 국민보건, 노동보건, 사회보건 등 국정 전반을 관리하는 것을 뜻했다. 그러나 여기에 단서가 붙어 있으니, 연맹 전체의 이익을 위해 그 권리를 필요한 범위에서 국한해야 하는데, 이때 필요한 범위란 '국방의 공동'과 '경제의 일체'에 관한 사항을 가리킨다. "국가 연합의 시대에는 국가 대립의 시대와는 달리 일국 정치의 독립이라는 내용에 있어서 국가 연합의 성질로부터 당연히 제한을 받게 된다"는 것이다. 東

국 건설시의 왕도(王道)론을 황도(皇道)론의 실제 내용으로 바꾸면서 드러
났듯이 그 동아신질서는 일본 천황제를 기점으로 한 팔굉일우의 신체제
를 뜻하는 것이었다.

동아연맹 조선지부가 독립운동 단체였다는 김용제의 논리가 파탄에 이
르는 곳은 동아신질서론이 일본정부에 의해 부정되고 나 이후이다. 1940
년 코노에 2차 내각은 2년 전의 동아신질서론을 포기하고 대동아공영권
구상을 발표하였다. 코노에 1차 내각의 브레인 역할을 했던 소화연구회가
해체되고 이시하라 그룹은 도조 히데키(東條英機) 등의 군부에 의해 공공
연한 비판의 대상이 되었다. 동아신질서론이 중국을 주 대상으로 상정한
동북아 국가구상이었다면 대동아공영권 구상은 일본제국주의의 남방에
대한 관심을 표면화하는 것이었는데, 이로써 일본제국주의의 동아신질서
론은 대동아신질서론으로 확장되면서 아시아의 맹주를 향한 욕망을 노골
적으로 드러내기 시작했다. 일본정부의 혁신정책을 주도했던 기획원 간
부들은 코민테른 지지혐의로 검거되었으며 국가연합이론이 금지되었고,
대동아공영권내에서의 국가 관계는 일본을 중심으로 한 위계적 질서로
재편되었다. 동아협동체론이 부정되었고 농아연맹본도 조선의 녹립 요구
를 자극할 우려가 있다는 이유로 비판되었다. 이에 따라 민족협화적 내선
일체론을 주장하며 전향했던 조선의 사회주의자들은 1941년 태평양전쟁
이 일어난 이후 다시 일제에 대한 저항을 조직화하기 시작했다.[34]

김용제의 『아세아시집』은 이와 같이 동아신질서론이 전반적으로 부정
되는 경향의 와중에 출판되었다. 뿐만 아니라 『보도시첩』과 『서사시 어
동정』 등에 이르러 그는 전쟁을 찬양하고 천황귀일과 팔굉일우의 아시아
주의 미화 이데올로기로 나아가게 된다. 이를테면 김용제는 당시의 사회
주의자까지 포함하여 민족자치론자들이 일본의 대동아 정책에 대해 보여

亞聯盟協會 編, 앞의 책, 26쪽 참조.
34) 그 움직임에 대해서는 홍종욱, 앞의 글, 61쪽 참조.

준 실망과 저항에 전혀 아랑곳하지 않는 경우였다. 오히려 그는 그가 독립운동의 길을 찾았다고 하는 동아연맹 등의 동아신질서론으로부터 지식인들이 등을 돌릴 때에도 일제에 대한 협력의 논리를 더욱 강화하고 있는 것인데, 여기에 논리적 일관성이 없는 것은 아니다. 이 글의 서두에서 말했듯이 김용제는 강한 현실 추수의 길을 걸은 시인이었다. 그는 현실의 주류에서 벗어난 적이 없었다. 이런 그가 현실을 객관화하기보다 그 현실에 자신의 모든 주관을 투사하는 삶을 살았다는 것은 거꾸로 말하면 자신의 내면을 결여한 사람의 대상애와도 같은 것이었다. 일종의 파시즘적 내면이라 할 수 있는 이것이 현실을 객관화하지 못하고 현실 자체에 빠져들도록 했다고 해야 할 것이다. 그의 시가 주로 강한 영탄과 대상에 대한 직접 진술로 이루어지고 있기 때문에 대상에 대한 주관적 투사의 농도는 일층 더한 감이 있는데, 그런 시형식은 현실 앞에서 주체성을 상실한 시인이 자신의 임계점을 돌파하기 위해 이루어 놓은 내면의 형식화라고 할 수 있다. 주체의 텅 빈 내면이 깊이 없는 직설의 언어 표현을 만들어 낸 셈이다. 이것이 김용제 시의 표현론이라면 의미론의 차원에서 그의 시는 민족적 구체성을 갖지 못한 프롤레타리아 국제주의에서 시작하여 국가 연합론으로서의 동아신질서론과 대아시아주의의 제국주의적 변용인 대동아공영론으로 구성되었다. 그의 문학적 출발기의 시를 보자.

> 오오 친애하는 일본 노동자들이여!
> 이 백골의 차가운 슬픔은
> 살아 있는 노동자의 철의 의지와 같다
> 동일한 적을 향한 격렬한 증오와 분노를 담아
> 피압박 계급의 반역의 맹서를 아름답게 새겨 붙이자
> ─ 프롤레타리아에게 국경은 없다!
> ─ 민족의 장벽을 묻어버리자!
> ▶▶「震災의 추억─9월1일을 위해(震災の思ひ出─九月一日ために)」 부분

관동 대진재가 일어났을 때 희생된 조선인들의 넋을 위로하는 시이다. 그런데 그 위로의 방향이 프롤레타리아 국제주의의 관념적 급진성 속에서 오히려 그 국제주의가 출발해야 할 실제 지점을 상실한 채 잡히고 있으니, "민족의 장벽을 묻어버리자"는 선동적 요구는 "백골의 차가운 슬픔"이 갖추어야 할 현실적 구체성을 망각할 때 나올 수 있는 말이다. 여기에는 식민지 지식인으로서 식민 본국에서 살아가는 자의 묘한 비애가 잠재되어 있다. 「진재의 추억」은 그 비애를 민족적 구체성 속에서 해결하지 못하고 식민 본국인의 태도를 내면화하면서 당당함으로 위장하는 목소리를 통해 그 비애를 해소하는 시이다. 역설적인 말이지만 그는 일찍이 민족을 초월해 버린 경우였다. 그러나 피식민지 지식인에게 그 내면은 식민 본국을 모방했을 때에만 가능한 것이기도 하다.

김용제는 자신의 친일을 민족의 실리를 위한 위장 전향으로 합리화했다. '민족을 위한다'는 그 명분은 프롤레타리아문학 시대에도 한국전쟁 이후의 반공문학시대도 마찬가지였다고 그는 주장했다. 친일문학이 서구적 근대에 대비되는 동양적 인종주의를 표방하고, 그 인종주의가 일본식 민족주의로 전화된 것이고 보면, 김용제의 주장은, 역설적이지만, 민족 지상주의로서의 자신의 배타적 세계관을 드러낸 것이 된다. 그것은 반공주의 문학시대에도 동일하게 적용될 수 있을 것이다. 그리고 프롤레타리아문학시대에 그는 민족주의자라기보다는 국제주의자였다. 물론 모든 국제주의가 문제의 근원일 수는 없다. 그러나 김용제처럼 현실 앞의 비주체로 존재할 경우 국제주의가 귀결되는 문제적 종착지를 이상에서 볼 수 있음도 물론이라고 해야 한다. 현실 앞의 비주체는 그 현실을 지배하는 힘의 논리를 따라갈 수밖에 없기 때문이다. 용어는 '국제주의'지만 그 속에는 제국주의적 민족 배외주의가 깔려 있다고 보아야 한다는 것이다. 민족을 위해서는 모든 것이 용인될 수 있다는 논리가 바로 그것일 것이다.

3. 반서구, 전쟁, 신성의 생철학

동아신질서의 경로와 관련하여 오자키 호츠미는 진정한 민족 협화를 위해서는 일본 민족이 솔선해서 변해야 한다고 썼다.[35] 그는 동아협동체론이 일본 자신의 재조직으로까지 관심을 확장한 것에 바로 그 기획의 겸허한 특이성이 있다고 말한다. 미키 기요시도 마찬가지의 생각이었다.[36] ‘일본 스스로가 중일전쟁을 통해 자본주의 경제의 영리주의를 초월한 새로운 제도로 나아갈 것이 요구되며’ 동아신질서를 구성하는 데서 일본은 단순한 민족주의에 그쳐서는 안 된다는 사실을 그는 분명히 했다. 『동아연맹건설요강』 또한 수사학적인 차원이기는 하지만 동아제민족이 자발적으로 참여하는 국가연합을 위해 침략적 일본의 과거 모습에서 벗어날 필요성이 있음을 제기했다.[37]

그런데, 일본의 변화를 통한 흥아론이 이른바 동양적 윤리인 ‘도의’에 기초한 일본 지도원리로 밑받침 되는 곳에서 일본 중심의 아시아 재편이라는 천황귀일의 사상을 보는 것은 어렵지 않다. 동아연맹론이 비판되고 동아협동체론의 입안자들이 구속되는 상황에서 ‘흥아론’이 ‘흥일론’으로 전환되는 것은 그러므로 필연적인 결과였다고 해야 할 것이다. 이 전환은 이를테면 ‘흥일론’을 위해 ‘흥아론’을 활용하는 형국으로 진행된 것인

---

35) 오자키 호스미, 「동아협동체의 이념과 그 성립의 객관적 기초」, 『동아시아인의 ‘동양’ 인식 : 19~20세기』, 문학과지성사, 1997, 50-51쪽 참조. 오자키 호스미는 이렇게 말했다. “대륙에서의 부흥 건설의 대업을 수행하려면 …(중략)… 일본의 정치·경제를 그러한 목적에 조응시켜서 다시 편성한다는 것이 절대로 필요하다고 우리는 생각한다. 더구나 이것이 ‘동아협동체’적 방식에 준거하는 것이라 한다면 그와 같은 각도에서 일본 국민을 재편성할 필요가 있을 것이다.”
36) 미키 기요시, 「신일본의 사상원리」, 최원식·백영서 편, 『동아시아인의 ‘동양’ 인식 : 19~20세기』, 문학과지성사, 1997 참조.
37) 東亞聯盟協會 編, 앞의 책, 34쪽 참조.

데, 여기에 동아신질서론에서 '일본 체제 변화의 필요성'이라는 한 요소를 '국민신질서론'으로 전도시키는 논리가 있음을 알 수 있다. 이로써 "중국의 그림자는 서서히 엷어지게 되고 오히려 초극해야 할 근대 원리와 그것의 상징인 서구의 존재"가 부상하게 된다.[38] 소위 '탈아입구(脫亞入歐)'론이 '탈구입아'론으로 전환되고 이것이 반서구 일본 중심주의로 나아간 결과의 논리화된 표현이 '근대의 초극'론임은 주지하는 바이다.

김용제의 친일문학에서 그 첫 자리에 놓이는 것은 반서구의 내용이다. 『아세아시집』은 중일전쟁을 기본 축으로 놓고 그 전쟁의 기본 원리를 동아신질서로부터 대동아공영권의 구성에까지 연결시키고 있다. 「서시」는 이 시집이 "호국 영혼"과 "성전의 용사"에게 "위문문"으로 작성된 것임을 밝히고 있는데, 이는 전쟁은 "역사를 개혁하는 위대한 모멘트"라는 당시 김용제의 생각과 유비시켜 읽을 수 있는 부분이기도 하다.

> 그리고 이것은 너무도 쓰라린 추억이다-
> 유니온 잭의 서방의 기가
> 너의 처녀성을 범하고
> 아편전쟁의 마약을 주사받은 이후
> 너의 순결한 혈액은 오탁(汚濁)해 버렸다
>
> 동양의 가인아 가련한 이름아
> 아편 주사에 중독 되어
> 오탁된 너의 피는 다시 광란해 갔다
> 모든 벽안홍모(碧眼紅毛)의 뭇 방탕아에게
> 속는 줄도 뺏기는 줄도 모르고
> 영토를 주고 염세(鹽稅)를 주고
> 철도를 주고 광산을 주고

38) 伊藤のぞみ,「昭和研究會における東亞協同體の形成」, 岡本幸治 編著,『近代日本のアジア觀』, ミネルヴァ書房, 1998, 233-235쪽 참조. 김경일,「전시기 일본의 대동아공영권 구상과 체제」, 일본사학회,『일본역사연구』10집, 1999. 10, 230쪽에서 재인용.

입술도 유방도 다 바쳐버렸다

오오 만신창이한 양자강아
너는 무어라 할 무서운 매소부(賣笑婦)냐
너의 운명의 말로를 생각해 보아라
스스로 구미의 식민지가 되랴고 한다
四百餘州를 그들에게 할여(割與)하고
사억의 민중을 노예로 팔려고 한다

신경이 부패한 너에게는
양자강에 빠져서 신음하는
무수한 생령의 눈물 맛도 모르느냐
너는 지나사변의 포성에도 잠 깨지 못하느냐
취해서 썩었느냐 귀먹었느냐
그러나 너의 자연과 전통의 흐름은
서방의 고원으로 삭류(溯流)치는 못할 게다
자고 그대로 동방으로 흐르고 있다
그곳에 새로운 아세아사의 코-스가 있고
너의 고향에의 영원한 길이 있는 것이다

지나의 어미인 양자강아
동문동종의 우방은
아세아의 대동단결을 부르짖고 있다
사억의 민중은 그의 악수를 바라고 있다
모성애의 옛노래를 다시 부르라!
지금야 말로 깨어서 끌어 오르라!
지금야 말로 동양의 건설을 부르짖으라!

▶▶「양자강」39) 부분

---

39) 김용제는 「양자강」을 『동양지광』 1939, 5월호에 일어시로 발표했는데, 이 시는
『조선문학』, 1939, 4월호에 이미 한글로 발표한 것을 약간의 변화를 주어 재발표
한 것이다. 『조선문학』 당호와 1939, 5월호에 "전쟁문학 아세아시집"이란 제목으
로 수록된 한글 연작시들은 이후 일어로 재작성되어 『동양지광』에 수록되었다.
그 시들의 목록은 다음과 같다. 「종달새」「꽃」「청춘」「양자강」「소녀의 탄식」

동쪽으로 흐르는 양자강의 흐름을 "새로운 아세아사의 코- 스"이며 "고향에의 영원한 길"이라고 해석하는 것은 재치 있는 감각이기는 하다. 시는 반서구 아시아주의의 필연성을 자연의 형상에 유비함으로써 그 필연성을 거스른 채 동양을 유린하는 서방의 폭력을 강하게 부각시킨다. 그것만이 아니다. '스스로 식민지가 되고' '사억의 민중을 노예로 팔려고' 함으로써 중국은 자신의 힘으로는 거듭날 수 없을 정도로 타락해 있는 상태임을 비판하는 내용이 있다. 이런 침체를 벗어나기 위해 중국이 택할 수 있는 것은 아세아 우방의 악수로 표현되는 민족 협화의 길인데, 시는 그것을 '모성애'의 귀환으로 바꿔 부른다. 이렇게 서구의 폭력을 벗어난 동양 건설의 염을 새로운 사상으로서의 아세아주의라고 명명하는 시는 「아세아의 시」이다. 작품의 초두는 아리스토텔레스가 "아세아인은 본래 노예적이다"라고 말한 것에 기대어 서양의 폭력적 동양 지배를 비판하고 이와 함께 "자유주의"와 "사회주의"가 각각 "노예"와 "독재"의 고통으로 귀결되었음을 진술한다. 그런데 그 고통에 절망하는 것은 "웃지 못할 난센스"이며 "슬픈 노예의 로맨티시즘"이기 때문에, "우리들"은 "어머니"이며 "겨레"인 아세아의 정신과 고향을 되살려 내야 한다고 시는 진술한다. 그 다음을 보자.

> 여기에 장렬한 진군나팔의 울림이 있다
> 조국과 인류의 희망을 건 지나 사변이 타오르고 있다
> 거기에 우리의 삶의 방법의 운명과 역사가 만들어지고 있다
> 그것은 아세아인인 동지의 단순한 전쟁이 아니다
> 아세아의 평화를 위한 비장한 바람이다
>
> 나는 오늘의 전쟁시를 노래하고 싶다
> 나는 내일의 건설시를 노래하고 싶다

(이상 『조선문학』, 1939. 4) 「폭격」 「전차」 「보초의 밤」 「소화(笑話)」(이상 『조선문학』, 1939. 5)

그것은 시가 정치화되는 전철이 아니다
그것은 큰 현실로 시신(詩神)이 몸을 부딪쳐 가는 것이다

나는 아세아의 부흥을 위해 싸우고 싶다
동시에 새로운 아세아정신을 조용히 만들고 싶다
나는 일본국민의 애국자로서 일하고 싶다
동시에 새로운 일본정신을 깊이 배우고 싶다
나는 조선 민중의 참된 행복을 위해 일하고 싶다
동시에 그리운 자장가를 순정하게 부르고 싶다
거기에 나는 감정의 모순을 조금도 느끼지 않는다
거기에는 아름다운 아세아적인 조화가 있을 뿐이다

▶▶「아세아의 시」부분

요컨대, 지나사변은 새로운 아세아정신을 만들고 배우며 노래하게 하는 창조적 건설의 통로이다. 그렇다고 해서 이것을 노래하는 시가 단순한 정치시로 전락하는 것은 아니다. 이것을 노래하는 시는 오히려 시신(詩神)이 현실 속으로 들어감으로써 이른바 '아세아적 조화-협화'를 만들어내는 밑바탕이 된다. '싸우고' '일하고' '배우는 것'은 '순정한 자장가를 부르는 것'과 같다. 이때 자장가란 현실을 노래하는 '시'의 다른 이름일 텐데, "거기에 나는 감정의 모순을 조금도 느끼지 않는다"고 시인은 말한다. 이로써 김용제는 지나사변이 반서구 아세아주의 사상의 한 교두보가 될 수 있음을 분명히 하는 것이다. 그런데 '시신이 현실로 몸 부딪쳐 간다'는 진술에 주목할 필요가 있다. 이 시가 창작되던 때가 1939년이니까, 이 때는 중일전쟁이 교착상태로 빠져들고 코노에 내각의 동아신질서론이 부각되던 시기이다. "아름다운 아세아적인 조화"라는 말은 곧 그 동아신질서의 목적을 미화해서 표현한 것인데, "시신"이 그 현실 재구성의 한가운데로 뛰어든 것이다. 이 글의 서론에서 김용제의 삶을 현실 추수의 그것이라고 지적했던 것을 떠올린다면, 시신이 현실로 들어가는 정황은 다름아닌 김용제 문학의 존재 방식을 알려주는 것임을 알 수 있다. 문제되

는 것은 시와 현실과의 관계가 아니라 당대의 주류의 편승하면서 주어진 현실을 옹호하고 긍정하는 태도일 것이다. 이 태도가 주장되는 것은 당시의 전쟁 현실을 긍정하는 것이다.

『아세아시집』의 또다른 주제인 전쟁 찬양이 이렇게 해서 나타난다. 「아세아의 시」가 아시아 중심주의라는 사상의 저변으로 전쟁을 배치한다면, 전쟁을 그 자체로 노래하는 시는 「전장의 동무에게」「전쟁철학」 등이다.

> 너는 젊은 화가
> 지금도 역시 전쟁의 화가
> 엄연한 총검의 화가
> 웅장한 대륙의 畵布
>
> 아아 감격스러워
> 碧血의 繪具!
> 거기 아세아의 중원에
> 내일의 역사서를 당신은 그린다!
>
> ▶▶「전장의 동무에게」 부분

고향에 병약한 몸으로 누워 죽마고우였으나 지금은 전장에 있는 벗에게 보내는 편지 형식의 시이다. 그 벗은 총검이라는 붓으로 대륙의 화포에 그림을 그린다. 전쟁을 "내일의 역사서"로 표현하는 것은 곧 그 전쟁이 미래 역사의 통로라는 사실을 주장하는 것과 같다. 그런데 그 사실을 알고 있더라도 전쟁 자체는 사유의 여유를 허락하지 않는 것이다. 전쟁은 창조의 설계도이기는 하지만 삶과 죽음 자체로 부딪쳐야 하는 것이기도 하다.

> 병대들은
> 전쟁 철학을 모르고 이야기하지도 않는다
> 그런 것을 생각하는 신경의 틈조차 없는 것이다

철학이라는 오아시스의 흐름은
한 방울의 물통의 물보다도 가치가 없고
철학이라는 진주의 구슬은
참새를 쏘는 공기총에도 도움이 되지 않는다

···(중략)···

전쟁의 철학을 생각하다······
병대들에게
그러한 바보 같은 틈이 있다면
한 개비의 그리운 담배연기를 둥그랗게 토하여
유유히 흐르는 흰구름에 보낼 것이다
참호 구석에 있는 꽃을 사랑하고
운작(雲雀)의 노래를 즐기리라
친애하는 용사들은
그런 전쟁 철학을 모른다

월야의 성벽처럼
묵묵히 지키고
새벽의 포성처럼
은은하게 발언한다
거기에 살아 있는 철학이 있다
병대는 그 가치에 살고 있는 것이다!

▶▶「전쟁철학」부분

   루카치는 파시즘의 한 기초로 생철학을 비판했다. 「전쟁철학」에는 바로 그 생철학의 핵심이 담겨 있다. 그것이란 '오성'을 활용하여 세계를 이해하기 이전에 '체험'과 동일시되는 것으로서의 '생' 개념을 활용하여 '삶의 충만함'이라는 신화를 만들어내는 것이다.[40] 루카치가 삶의 생생함을 강조하는 것 자체를 파시즘의 의식적인 기초라고 말하는 것은 아니다.

---

40) G. 루카치, 한기상·안성권·김경연 역, 『이성의 파괴』 2, 심설당, 1997, 432-447
   쪽 참조.

비과학적이고 조야한 세계관이 지배적인 세계관이 될 수 있기 위해서는 이성에 대한 신뢰가 파괴되고 비합리주의, 신화, 신비를 쉽게 믿어버리는 특정한 철학적 분위기가 필요한데, 그 분위기를 생철학이 만들어 낸다고 그는 말한다. 「전쟁 철학」은 바로 그 '생생한 삶'으로서의 전쟁 체험을 강조하고 그것을 "살아 있는 철학"이라고 격상시킴으로써 전쟁 자체를 미화하는 분위기를 만들어낸다. 이렇게 되기 위해 필요한 것이 삶 자체를, 그 삶이 어떤 현실연관을 가지고 있느냐 하는 것과는 무관하게, 그대로 긍정하는 태도일 것이다. 시는 말한다. "친애하는 용사들은 그런 전쟁 철학을 모른다." 철학은 물보다도 가치가 없고 공기총에도 도움이 되지 않기 때문일 것이다. 오성에 의해 세계를 파악하기 이전에 생생한 체험의 직접적 삶이 더 소중한 것이다. 그런데, "거기에 살아 있는 철학이 있다." 이때 철학은 대상을 인식하는 것이 아니라 그 대상을 비밀스러운 분위기로 감싸는 것이다. 루카치가 파시즘의 선조로 거론하는 클라게스(Ludwig Klages)에 따르면 철학이란 "비밀들을 둘러싼 지식"[41]일 뿐이기 때문이다. '이 비밀에 대한 존중심을 통해서만 생에 대한 생생한 관계가 가능할 것'이라고 루카치는 비꼬아서 말하는데, 이것은 결국 불가지론의 한 변종으로 나타난 것에 지나지 않는다. '우리는 삶을 알 수 없다. 다만 삶을 살 뿐이다.'라는 생각이 여기에 있을 것이다. 이를테면, 그들이 왜 전쟁터에 왔는지, 전쟁은 무엇에 매개되어 있는지 알 수도 없고 알 필요도 없다는 생각이 그것이다.

여기에서 '현실'이라는 개념의 핵심을 버리고, '사실수리론'을 경유하여 사실로서의 현재적 경험을 긍정할 때 시인이 도달하게 되는 곳을 볼 수 있다. 김용제는 제2회 대동아문학자대회에 참석하고 돌아와 서울체신회관에서 「신성문학에의 비원(神聖文學への悲願)」이란 주제로 연설을 했다. 1943년 9월 11일의 일이다. 이때 '신성문학'이란 "사악한 유형무형의 현

---

41) G. 루카치, 위의 책, 568쪽.

실을 격파하는 웅대한 영혼의 엄격한 비판정신과, 그 싸움의 동기에서 목적까지를 커다랗게 끌어안는 화합하는 영혼의 창조정신"[42])에 의해 이루어진 문학이며, 그것이 지향하는 것은 생사귀일(生死歸一) 신인일여(神人一如)의 세계상이다. 김용제가『서사시 어동정』(문성당, 1943)에서 일본건국의 시조 신무(神武)천황이 동벌을 해나가는 과정을 그린 것은 그러므로 그의 내면에서 이미 그 필연성을 획득한 결과라고 해야 할 것이다. 그는 그 시창작의 경험에 대해 시집의 후기에서 "이같이 존엄웅대하고도 소박한 정신미의 극치인 건국 사화(史話)를 감동의 신앙으로 노래하고 찬미할 수 있는 것은 역시 일본 시인의 행복"이라고 썼다. 그런데 이 시집은 기타하라 하쿠슈(北原白秋)가 쓴『海道東征』과 유사한 틀을 갖고 있다. 기타하라 하쿠슈는 자신의 그 시집이 '관통하는 시정신으로는 일본정신이며 운율로는 만엽집 이전의 고조(古調)'라고 밝히고 있는데,『서사시 어동정』에 드러나는 것이 곧 '일본정신'이며 '창고조(蒼古調)'이다.[43]) 이로써 김용제는 사실수리라는 현실추수론과 전쟁 찬양을 거쳐 천황귀일의 팔굉일우라는 신화로 완전한 전향을 이룬다.

이 밑바닥에 있는 것이 생철학의 파시즘화라는 사실을 우리는 지적했다. 물론 삶 자체의 소중함을 강조하는 일이 그것 자체로 그릇된 것일 수는 없다. 오히려 온갖 규율화된 사회적 제도의 흐름 속에서 위계와 소외의 영역으로 내몰리는 삶에 본연적 생명의 충만성을 되돌려 주는 일이야말로 그 삶의 복합적 면모를 활기차게 하는 것임이 분명하다. 그런데, 삶이 본연의 생명으로 충만되어 있는 것과 그것이 외부로 표현되는 것은 다른 문제이다. 삶의 내재성과 그 내재성의 의미화는 동일한 영역에 있지 않기 때문이다. 삶의 충만한 내재성이란 그 삶의 외부에 있는 언어로 표현되기 이전의 상태를 가리키는 것이며 그래서 말할 수 없는 어떤 것

---

42) 大村益夫, 앞의 책, 145쪽에서 재인용.
43) 大村益夫, 위의 책, 136쪽 참조.

이고 또한 그래서 체험과는 구분되는 어떤 것이다. 그것은 차라리 체험을 가능하게 하는 어떤 것이다. 반면에 그 삶을 표현하는 언어란 불가피하게 삶 외부의 무수한 규정들로 삶을 환원하는 것이며 결국은 삶 자체로부터 떠나와서 현실에 매개된 채 존재하는, 외적 규정에 의탁된 삶을 지시하는 것이다. 당연히, 모든 삶은 이 두 가지의 양상을 함께 지닌다. 그러므로 이성에 의해 파악되기 이전의 삶의 생생한 체험을 강조하는 생철학은 바로 외적 규정에 의탁된 삶을, 그것이 이성적 이해의 영역 이전에 있는 삶이라도 된다는 듯이, 본연의 삶이라고 바꿔놓는 것에 지나지 않는다. 생철학은 생생한 체험을 말하지만, 그 체험이란 내재적 삶이 외부의 장소에서 무엇인가에 의해 규정된 것이기 때문이다. 이것은 역설적으로 삶을 텅 비게 만드는 결과를 가져온다. 왜냐하면 삶 자체의 외부에 있는 체험으로 삶을 환원함으로써 그것이 생생한 의미로 가득찬 삶이라고 믿도록 하고 그래서 삶의 내재성을 잊도록 하기 때문이다. 김용제가 전쟁을 찬양하는 파시즘의 길로 나아간 것은 그렇게 비워진 내면을 천황귀일의 절대적 논리로 바꿔놓은 결과라고 할 수 있는 이유이다.

4. 결 론

인간의 실존적 자기 보존 본능이 부정되지 않는 한 패배감과 공포의 내면화에 따른 친일의 선택은 이해될 수 있는 일이기는 하다. 그런데 한번 선택된 길이 잘못된 것으로 인식되었을 때에도 그 길을 버리지 못하는 것, 혹은 잘못된 길에 대한 인식이 없는 것은 그 선택에 대한 적극적 긍정의 행위가 될 것이다. 내적 필연성보다 외적 강제에 의한 친일이었

다고 해도 그것이 반복되면서 긍정되는 일이 이래서 발생한다. 요컨대,
김용제의 경우 역사적 패배감과 공포의 내면화는 일본의 승리를 통한 역
사적 지배자로서의 거듭남을 내면화하는 길로 나아갔고 그것의 반복을
통해 일본 국민으로의 재탄생을 희망하게 되었다고 할 수 있다. 그런데
지나간 시간에 대한 부정, 이를테면 김용제의 경우 프롤레타리아 문학의
부정과 친일문학의 부정은 시간의 흐름 속에서 그 부정의 윤리적 척도마
저 잊도록 만든다. 시인이 앞에 두고 있는 대상에 대한 애착과 감정은 그
것의 좋고 나쁨을 떠나서 그 대상에 대한 수식 없는 느낌의 표현일 것이
다. 시적 진실이 있다면 바로 그 정직성을 뜻하는 것이 될 터이다. 그런
데 그 감정의 솔직성을 김용제는 시간의 망각 속에서 다시 부정하는 경
우였다. 자신의 친일문학이 민족의 독립을 위한 불가피한 선택이었으며
최선은 아닐지라도 차선책은 되었다는 그의 주장은 그런 의미에서 현재
에 와서도 더욱 문제적이다. 그가 과거의 부정을 통한 과거 망각과 왜곡
에 이르기 전까지는 그에게도 모종의 진실이 있었던 듯하다. 『산무정』에
실린 「만세」라는 시는 바로 그 시적 진실을 보여주는 경우였다.

> 8·15 해방의 감격기에도
> 나는 한때 친일한 문학의 죄로
> 대한민국 만세 부를 염치조차 없었다
> 태극기 흔들고 뛰는 내 어린 것들의
> 그 소리가 가슴을 찔러 부끄러웠다

　부끄러움에 대한 고백이야말로 그가 자신의 행위를 시적 진실 속에 남
겨두는 행위일 것이다. 그렇지만, 그것을 망각하는 심리에는 다시 이런
시인의 태도가 있다.

> 철 없던 젊은 날의 꿈들도
> 문학의 죄로 산 두 번의 옥고도

괴상한 이번 전쟁의 불바람으로
모두 시원섭섭하게 사라졌습니다
생각하면 참으로 싱거운 인생이었습니다.

미당이 「종천순일파」라는 시에서 노래하고 있는 바의 삶에 대한 이해로서, 일종의 관념적 득도의 표현이라 할 만한 이것이 친일문학을 다시 이야기해야 하는 이유라고 말하는 것은 어쩌면 지나친 강조일지도 모른다. 실로 시간은 모든 것을 망각하게 해주는데, 이 망각이 한편으로는 망각되지 말아야 할 것까지 휩쓸어가 버리는 경우를 우리는 자주 목격하는 시대를 살고 있다. 엄밀히 말하면 망각되지 않을 때만이 사실 수리로서의 현실 추수를 넘어서서 그 현실에 대한 비판적 거리를 확보할 수 있게 할 것이다. 이것이야말로 현실에 대한 지성적 태도인데, 생철학은 그 지성을 삶에 대한 억압의 근원이라고 말함으로써 파시즘의 길을 예비하였다. 김용제는 이로써, 역설적이게도 자신의 모든 삶을 낭비하면서 그의 시대와 역사까지도 '생생한 체험으로' 낭비해 버린 경우이다.

滿洲 조선인 이민의 한 풍경

— 장혁주의 『개간(開墾)』과 이태준의 『농군(農軍)』 비교 —

유숙자(원광대학교)

1. 머리말

장혁주(1905~1998)는 일본의 식민지 지배시기에 일본어로 일본문단에 정식 데뷔한 최초의 한국인 작가이다. 그러나 그는 일본 제국주의의 식민지 지배정책에 영합하는 작품을 발표했다는 치명적 죄과로 인해, 본격적인 연구의 대상이기보다 비난 혹은 비판의 대상으로 존재해 왔다. 더욱이 장혁주의 친일 성향은 그보다 늦게 일본 문단에서 활약한 김사량의 문학과 대조되어 '식민지 문학자의 두 개의 길 – 굴욕과 반항 – '을 또렷이 드러낸 경우로 평가되고 있다.[1] 그의 문학적 행위에 대해 "'조선인 작가로서의 주체적 의식 형성'이라는 면에서 실패"했으며, "일본 제국주의의 적극적인 변명자의 역할을 자청"[2]하였다는 시각도 이와 동일한 맥락

---

1) 任展慧, 「張赫宙論」, 『文學』, 岩波書店, 1965. 11, 92쪽.

에 놓인다.

반면 가와무라 미나토는 장혁주와 김사량의 경우를 각각 "'굴종'과 '저항', '친일'과 '항일'로 단순히 이분화할 수는 없다"는 입장을 취하면서, 두 사람 모두 "식민지 지배를 당한 망국의 국민으로서 확고한 '민족'이라는 발판을 갖지 못했다. 그러나 이는 그들 자신의 잘못이라고는 할 수 없다. 또한 그것이 정말로 그들 문학의 족쇄가 되었는지는 조국이 해방된 이후의 그들의 문학작품을 다시 검증함으로써 명백해질 것이다"3)라고 결론을 유보하였다.

자료에 의하면 장혁주는 1939년부터 1945년 8월 15일까지 일본에서 발표된 한국인의 일본어 문학 작품 가운데, 압도적으로 가장 많은 작품 수를 발표한 작가로서 전체의 약 30%를 차지한다.4) 그의 문학 행적에 대한 부정적 평가를 내리기에 앞서 해방 전후를 통틀어 방대한 작품 활동에 대한 구체적인 검토가 선행되어야 할 필요가 있다.

1937년에 발발한 중일전쟁 이후, 시국은 급전회하여 장혁주의 활동에 결정적인 영향을 미치게 된다. 그가 수차례 만주 등지를 시찰하고 나서 발표한 대표적인 작품으로『개간(開墾)』(中央公論社, 1943. 4. 30)을 들 수 있다. 장편소설『개간』에는 만주에서 새로운 삶을 개척하려는 굽힐 줄 모르는 조선 농민의 힘겨운 고투가 생생하게 묘사된다. "만주 개척을 다룬 작품 중에서 걸작"5)인지 어떤지는 유보하더라도 작가 장혁주의 노련한 문장과 탁월한 구성력을 인정하지 않을 수 없다.

『개간』과 더불어 만보산(萬寶山)사건을 둘러싼 만주의 조선인 이민 농

2) 서은혜, 「金史良의 '民族我'에 관하여」,『한림일본학연구』제4집, 한림대 일본학연구소, 1999. 11, 94~96쪽 참조.
3) 川村 湊, 「金史良と張赫宙」,『近代日本と植民地 6 - 抵抗と屈從』, 岩波書店, 1993, 231쪽.
4) 布袋敏博, 「일제말기 일본어 소설의 서지학적 연구」,『문학사상』, 1996. 4, 48쪽 참조.
5) 白川 豊, 「張赫宙의 生涯와 文學」, 호테이 토시히로 엮음『장혁주소설선집』, 태학사, 2002, 295쪽.

민의 고투를 묘사한 작품으로 이태준(1904년 출생. 1946년 월북 후 몰년은 미상)의 단편 「농군(農軍)」(『문장』, 1939. 7)이 있다. 尙虛의 「농군」에 대해 "투철한 역사의식이 결여된 어설픈 행위"로 인해 "일제의 정치적 야욕에 부합 또는 협조한 친일적 결과"를 낳게 되었다6)라는 결론은 당시의 엄한 일제 검열에도 불구하고 무사히 발표될 수 있었다는 사실을 두고 지나치게 편협한 해석을 내리고 있는 게 아닌가 생각된다. 실제로 이 점은 이후의 몇몇 국문학 연구자들에 의해 지적되고 있는 사항이기도 하다.7) 일반적으로 「농군」을 보는 시각은 만주로 이주한 조선 농민의 강인한 삶을 리얼하게 묘사한 작품으로서 작가 이태준의 민족주의적인 경향이 엿보이는 점에 공통적으로 초점이 맞추어져 있는 것 같다.

한편 김철은 이러한 기존의 평가를 '오독(誤讀)'이라 주장하면서 「농군」은 "그 선행 텍스트인 「이민부락견문기」와 함께, '왕도낙토'와 '오족협화'를 바탕으로 하는 '만주이데올로기'의 문학적 구현"이며 "이 작품을 한국 민족문학의 성과로 보거나, 이태준의 발전적 변모의 징표로 읽는 해석들은 수정되지 않으면 안 된다"8)는 견해를 밝혔다. 「농군」을 어떻게 읽을 것인가라는 문제를 과감하게 제시한 셈이나.

본고는 비록 장편 단편이라는 차이는 있으나 『개간』과 「농군」 두 작품에 등장하는 다양한 인물 군상과 이들의 갈등 구조를 검토함으로써, 당시 조선 농민의 만주 이주에 대한 작가의 시대적, 현실적 인식을 고찰하고자 한다.

---

6) 閔忠煥, 「農軍」論, 『李泰俊硏究』, 깊은샘, 1988, 156쪽.
7) 서종택, 『한국현대소설사론』(고려대출판부, 1999, 133쪽), 이병렬, 『이태준 소설연구』(평민사, 1998, 326-328쪽), 장영우, 『이태준 소설연구』(태학사, 1996, 170-171쪽) 등 참조.
8) 김철, 「몰락하는 신생(新生) : '만주'의 꿈과 『농군』의 오독(誤讀)」, 『상허학보』 9집, 깊은샘, 2002. 8, 145쪽.

2. 만주 「風土記」와 「滿洲紀行」

작가 연보를 보면, 장혁주는 모두 네 차례에 걸쳐 만주 시찰 여행을 하였다. 첫 번째는 1939년 6월 상순으로 탁무성(拓務省)의 대륙 개척 문예 간담회(大陸開拓文藝懇話會) 파견으로 제2차 펜部隊에 다카미 준(高見順), 오다 미네오(小田嶽夫), 아라키(荒木巍), 이노우에 도모이치로(井上友一郎) 등의 일본 작가들과 석 달 가량 만주 등지를 방문했다. 이 때 처음으로 금강산 등산을 하였고 이후 원산 → 성진 → 회령 → 두만(圖們) → 연길(延吉) → 용정(龍井) → 모란강(牡丹江) → 하얼삔 → 봉천(奉天) → 신경(新京) → 두만 → 청진 → 東京역이라는 경로를 밟고 있다.

두 번째는 1942년 5월 19일부터 6월 8일까지 총독부 척무과(拓務課)의 위촉으로 만주의 개척촌(開拓村)을 시찰하였다. 유치진(柳致眞), 정인택(鄭人澤), 유아사(湯淺克衛) 등의 한국 일본 작가들도 함께 했다.

세 번째는 1943년 9월이며, 네 번째는 1945년 5월 23일, 만선문화사(滿鮮文化社)의 초빙으로 만주의 신경(新京)으로 간도조선인 특설부대(間島朝鮮人特設部隊) 취재차 간도(間島), 열하(熱河), 북지(北支) 등을 여행하였다.9)

장혁주의 『개간』은 1943년 4월에 출간(中央公論社, 4천부)되었으므로 두 번의 만주시찰 여행을 마치고 작품을 완성했음을 알 수 있다. 첫 번째는 시찰 기간이 석 달, 두 번째는 약 20일 남짓으로 상당한 시간을 할애하였다. 소설 집필을 위한 작가의 현지 시찰과 상황 파악이 직접 간접적으로 소설에 반영된 것이라 볼 수 있다. 그렇다면 만주를 둘러본 장혁주의 개인적 감상은 구체적으로 어떠한 것이었을까.

장혁주는 첫 수필집 『나의 풍토기』에서, 자신의 고향인 경상도를 중심

---

9) 白川 豊,「張赫宙關聯年譜(1905~1945年)」,「張赫宙硏究」, 동국대 박사논문, 1989. 12, 147-151쪽 참조.

으로 그 지방의 지리적, 기후적 특색과 사람들의 성격, 주변 풍경 등에 대해 나름대로 정리하면서 자신의 '풍토'에 관한 특별한 관심을 피력하였다. 조선 민족의 성격은 크게 세 가지로 나눌 수 있는데 북부인은 고려적 성격, 중남부는 동서로 나누어 서부인은 백제적 성격, 동부인은 신라적 성격을 지녔고, 작가 자신은 신라적 성격의 동부인에 속한다 하였다. 그리고 「성묘하는 남자」, 「무지개」, 「아귀도」, 「쫓기는 사람들」, 「산령(山靈)」, 「갈보」, 「권(權)이라는 사내」, 「십육야(十六夜)」, 「소년」, 「분기(奮起)하는 사람」 등에 나오는 지역적 특징이나 인물의 개성이 돋보이는 이들 작품의 생성 원인이 자신의 풍토적 흥미에 있음을 지적하였다.[10]

아울러 이 수필집에는 1차 만주 시찰에서 느낀 작가의 개인적 여정과 감상이 적혀 있어, 만주와 만주 이주자들에 대한 장혁주의 관심과 시각을 엿볼 수 있다. 「만주잡관(滿洲雜觀)」(1939. 8)이라는 제목 하에 다시 도문강(圖們江), 아편흡연소, 교두감시소(橋頭監視所), 연길(延吉), 용정가(龍井街), 아이(小孩), 조선인 이민, 발리(勃利), 송화강(松花江) 등의 소제목을 달고 있다. 교두감시소란 조선 만주 국경 철교의 세관 감시소를 말하며, 작가는 조선인 밀수자와 위반자 그리고 밀수자에 대한 처형방법(몰수, 벌금)에 관한 이야기들을 듣는다.

「연길」에서 작가는 M씨의 친절한 안내로 개척청(開拓廳)을 방문하고 여기서 간도성(間島省) 내의 조선 이민의 상황을 자세히 알게 된다. 그리고 구정부 시대 6, 70년간 간도 이민의 슬픈 눈물의 고난사를 생각하면 절로 한숨이 나오는 것을 막을 길 없다고 하면서, 그러나 지금은 반도 이민자에게 참으로 고마운 시대가 되었다고도 썼다. 그런데 작가는 M씨의 권유에도 불구하고 연길 시내에서 전혀 차분한 마음을 가질 수 없어 밤차로 용정을 향해 떠난다. "만주는 내지(內地)에 비해 평상시에도 준전시(準戰時) 상태라는 말을 많이 들었습니다만, 어둠 속에 출구 쪽으로 다가가 여행

---

10) 張赫宙, 「わが風土記」, 『わが風土記』, 赤塚書房, 1942, 9-16쪽 참조.

자들이 한 사람씩 신문을 받고 신체검사를 하는 걸 보니, 어쩐지 뒤숭숭
하고 신경이 바짝 조이는 느낌이 들었습니다. 도문(圖們)에서 상당히 오래
내지와 거의 다름없는 생활을 한 나는, 처음 맞닥뜨리는 이런 특수한 사
실에 왠지 언짢아졌습니다"라는 솔직한 토로는 단순한 방문자, 관찰자로
서의 작가적 입장을 단편적으로 시사해주고 있다.

간도성(間島省) 반도인의 수도라 할 용정에서는 간도 일대의 무인(無人)
토지에 최초로 괭이질을 한 70년간의 고투의 흔적을 발견한다. 그리고
연길과는 달리, 사나흘 더 용정에 머물고 싶다고 하면서 가슴에 떠오른
것들을 죄다 쓰려면 아직 수십 장이나 필요하다고 썼는데, 아마도 여기
서 만난 여류작가 강경애(姜敬愛)와 오랜 지기처럼 문학 이야기에 몰두하
면서 여러 가지 생각에 잠기게 되지 않았나 짐작된다.

장혁주는 간도성 내의 조선인 이민에 관한 통계 등 자세한 정보를 간
도성 개척청에서 알게 된다. 만주의 조선 이민은 만선(滿鮮)척식회사에서
취급하며 이민의 종류는 집합이민(甲種이민, 국책이민으로 자금의 융통에서
지도까지 회사가 맡음)과 분산이민(자유이민, 旣住이민을 포함해 문자 그대
로 자유로운 이주)으로 분류된다. "조선이민의 농작은 논(水田)이 95%를 차
지합니다. 내가 여기에 새삼스레 쓰지 않아도 만주 농민이라고 하면 곧
바로 수전을 연상하리라 생각합니다. 구(舊) 군벌 당시, 조선 농민의 수전
개발에 얽힌 실정을 조금 알아보았습니다만, 눈물 없이는 들을 수 없는
것 뿐이었습니다. 그리고 이러한 중압 아래서도 그들은 황무지를 일구어
수전으로 바꾸었던 것입니다. 간도성 뿐 아니라 만주 도처에 수전이 개
발되고 있습니다만, 거의 전부가 조선 농민의 손으로 만들어진 것들입니
다. 영안(寧安)에서 북쪽 목단강(牡丹江), 그리고 다시 북쪽으로 향해 달리
는 차창으로 만주인 부락이 있는 곳엔 어김없이 흰옷 차림의 조선인이
있는 듯한 인상을 받았는데, 나는 이러한 농민의 모습에서 말없는 고투
의 흔적을 보는 것 같아, 여기에 낱낱이 적을 수 없는 감정을 품었습니

다."[11]

  '눈물 없이는 들을 수 없는' 조선 농민의 개척사 이야기를 듣고 '낱낱이 적을 수 없는 감정'을 품게 되었다고 장혁주는 적고 있다. 그러나 그의 만주 방문은 직접 농민들을 찾아가 그들의 목소리에 귀기울이기보다는 개척청의 호의적인 안내와 설명을 고스란히 받아들이는 소극적인 자세에 머물고 있다. 또한 만주를 바라보는 그의 시선에는 이미 앞선 문명국을 접해본 자신의 우월감이 직접 간접적으로 배어난다. 장혁주의 안이한 만주 방문 태도에 대해 "조선 사람이라면 만주에 온 이상 더구나 그 목적이 만주의 조선인 생활의 실지 답사로 거기에서 산 문학을 창조하려고 한다면 좀더 조선인의 생활을 엿보며 또한 생활해보아야 할 것이 아닌가? 내지인 고등 하숙방 어느 구석에 조선인의 생활이 있었으며 눈물이나 비애가 있었는가?"[12]라고 불만의 심정을 터뜨리는 것도 충분히 수긍하게 된다.

  한편 이태준은 「농군」을 발표하기 전 해인 1938년에 만주지방을 여행하였다. 이때의 방문을 기록한 것이 「만주기행」으로, 이 글은 「농군」을 이해하는 데 중요한 단서를 제공한다. 평양에서 봉천행 기차를 타고가며 그는 먼저 거대한 공간, 땅, 흙, 밭이랑 등에 압도된다. 그리고 이러한 흙에 가장 크게 감격하는 사람들은 "흙을 주지 않는 故鄕을 버린 우리 移民들일 것"이라 하고, 하지만 반기는 이 없는 낯선 곳 임자 있는 밭들이라는 생각에 그들의 "疲困한 머리 속에 메마른 生活의 꿈이 어지러웠을 것"[13]이라고 이민자들의 심중을 깊이 헤아린다.

  신경(新京)에서는 만선일보사를 찾아가 橫步, 麗水, 臺雨 제씨들을 만나 신경 이야기, 이민촌 이야기들을 듣는다. 그리고 이민촌 사정에 밝은 사람들의 소개로 '쟝쟈워후(姜家窩堡)'를 방문하게 된다. 이곳을 택한 이유는

11) 張赫宙, 「滿洲雜觀」, 위의 책, 176쪽.
12) 현경준, 「문학풍토기 – 간도편」, 인문평론, 1940, 6월호, 81-82쪽.
13) 李泰俊, 「滿洲紀行」, 『無序錄』, 博文書館, 1942, 284쪽.

만보산과 관련이 있다. 만보산 일대는 만주에서 가장 오래 되었고 가장
큰 문제가 일어났던 곳이며, 가장 먼저 조선인의 손으로 큰 수로가 황무
지를 관류하게 된 곳이다. 만보산의 여러 부락 중에서도 신경에서 가기
편리한 곳이 쟝쟈워후였기 때문이다. 기왕이면 처녀지에 괭이를 찍기 시
작하는 신입식지(新入植地) 부락을 보고 싶었던 그의 바람은, 그런 부락을
보려면 집단입식(이민)을 하는 데로 가야 하고 이는 만선척식회사의 이름
이나 국책으로 되는 것이어서 명색없이는 찾아가기 힘들고 깊은 오지(奧
地)에다 경비가 매우 엄격하다는 이유에서 단념해야 했다.

   신경에서 마침 쟝쟈워후로 돌아가는 조선 사람들과 동행하게 된 작가
는 그들의 모습을 주의 깊게 관찰한다. 조선의 계절을 묻는 그들의 질문
에서 떠나온 고향산천을 그리는 향수를 절감하고, 보따리에 하나씩 매달
아 유용하게 쓰는 바가지는 고향을 추억하는 유일한 물건이 될 거라고
헤아린다. 일행 가운데 박씨를 따라 그의 집으로 들어가 조촐한 밥상을
대접받고 나서 그곳 농민들의 생활에 대해 질문을 던진다. 대화를 나누
다 조선 농민과 만주인 토민 사이에 벌어진 투쟁 이야기(만보산 사건)를
전해 듣는다.

   "조선사람이 와 논을 풀어놓면 저의 밭들이 결단난다고 들구일
어났습니다."[14]

   "그 사람네들도 사실 우리가 넓이 이십여척이나 되는 큰 수로를
내니까 단단히 서두르드군요. 여러백명이 관청으로 달려갔습니다.
조선사람 때문에 저이가 못살게 된다니까 관청선 개관권을 허가
해주고도 무책임하게 모른다고 내댑니다그려. 백성들은 조선사람들
한테 양식두 안 팔죠 우물도 못 쓰게허죠 그때 생각을 하면… 결국
우리도 사생결단으로 대들수밖에 없었읍니다. 아 갖구온 양식 갖구
온 미천은 다 그 땅 차입하는 운동과 봇도랑에 집어넣 봇도랑이 거

───────────────

14) 이태준, 위의 글, 308쪽.

이거이 완성돼가는데 가라니 어딜 갑니까? 갈 노자도 없고 가서 농사준비할 미천이 있어야죠? 그걸 물어준다고 하더라도 이십리나 되는 봇도랑을 내게 우리가 피땀을 어떻게 흘렸는데⋯ 창차 그저 어디로구 가라구 내댑니다그려. 토민들은 우리가 파논 봇도랑을 군데군데서 작구 메웁니다그려 그러면 우린 또 달려가 그들을 죽일 듯이 으르대구 또 파냅니다그려. 말이 웃읍지만 사생결단하는 투쟁이더랬읍니다. 우린 밤에도 팠읍니다. 나중엔 토민들이 다시 관청으로 가 야단을 쳐 결국은 중국군대가 나와 총을 막 쏘게 됐읍니다. 머리 우로 총알이 씽-씽 지나가지만 우린 이래 죽으나 저래 죽으나 죽긴 마찬가지라 그냥 도랑 속에서 흙만 파냈드렸읍니다."[15]

박씨의 안내로 이태준은 동리와 학교를 구경한다. 그리고 조선사람들의 유일한 낙이라면 매달 한 번씩 일원에 파는 만원짜리 채표(彩票)를 타 먹는 것으로, 그렇게 되면 다시 고향산천에 돌아갈 수 있다는 소망을 듣는다. 그래서 황량한 벌판에 남겨지는 그들의 처지를 안타깝게 여기는 작가의 귀향 발걸음은 결코 가볍지가 않은 것이다.

그렇다면 실제 두 작가의 작품에는 개인적 만주 체험이 어떻게 반영되어 있는지를 살펴보기로 한다.

3. '코우리'의 개척 고난사 - 『개간』

장혁주의 『개간』은 알려진 대로 단지 1931년 7월에 일어난 만보산(萬寶山) 사건만을 다루는 데 그치지 않는다. 오히려 그 이전부터 만주로 이주해온 조선 농민이 새로운 삶의 터전을 일구기 위해 피나는 노력으로 고

---

15) 이태준, 위의 글, 309-310쪽.

투하는 모습들이 생생하게 묘사된다. 전통적으로 밭 중심의 농작을 하는 만주 원주민들에게는 벼농사에 필요한 물줄기를 끌어들여 논(水田)을 일구는 조선 농민의 출현은 낯설고 위협적으로까지 비친다. 그러나 조선 이주자들이 만주에 자리를 잡고 농사를 지으려면 당연히 거주권, 개간권이 필요하다. 원주민(중국측) 지주와의 원만한 교섭과 거래가 요구되는 것인데, 여기에 당시 중국과 일본의 정치적 관계가 복잡하게 얽혀든다.

만주로 이주한 조선 농민은 표면적으로는 일본인이다. 그러나 원주민들에게 조선인은 '코우리'일뿐이다. '코우리'는 고려인이라는 뜻으로 조선인을 멸시하는 말이다. "너희들 코우리한테는 토지도 집도 빌려줘선 안된다고 전부터 나릿님의 엄한 분부가 계셨다. 이 규칙을 어겼을 시, 우리가 어떤 가혹한 처벌을 받을지 알 수가 없다."[16]

더구나 마적(馬賊)과 공비(共匪)의 습격에다 이들의 무자비한 횡포가 조선 농민들을 한층 곤경에 빠뜨린다.

장편 『개간』은 법하(法河, 송화강의 지류로서 광대한 저습지대)에서 힘겹게 개척에 성공한 조선 농민이 또 다시 새 땅을 찾아 도망치듯 떠나야만 하는 절박한 상황에서 시작된다. 소설의 주요 등장 인물인 최세모(崔世謨), 삼성(三星) 등과는 달리, 영준(永俊)은 그대로 남기를 고집해 결국 공비들에게 가족이 몰살당하게 된다.

"나는 피난은 싫으이. 안가고 말고. 다른 땅으로 가는 건 질색이네. 생판 낯선 남의 땅으로 정처없이 경지를 찾아나서는 건 이제 진저리가 나. 고향을 떠나온 이래, 우리는 몇번이나 자리를 바꿔가며 옮겨다녔던가, 그때마다 뼈에 사무친 절망이며 탄식은 아직도 잊을 수가 없네. 지금도 여전히 그 아픔이 생생하다네. 겨우 맘에 드는 곳을 찾아내 한시름 놓았다 싶었는데, 또 딴 데로 이주라니. 나는 싫으이. 여길 떠나긴 싫어. 나의 부모님도 이 땅에 잠들어 계

---

16) 張赫宙, 『開墾』, 中央公論社, 1943, 28쪽.

신 지금, 여긴 내 고향이나 마찬가질세. 이곳 흙은 죄다 내 손으로
직접 매만져 부드러워진 걸세. 나는 이곳 흙과 헤어지긴 싫으이. 꺼
칠꺼칠한 남의 흙은 이제 더는 만지기도 싫다네."[17]

조선 농민들의 소망은 거의 버려진 거나 다름없는 광대한 땅을 수전으
로 일구어 벼를 심고 쌀을 수확하는 것이다. 하지만 천신만고 끝에 새로
발견한 땅 이통하(伊通河)에서 그들은 거듭 원주민간의 이해(利害) 관계, 중
국과 일본의 정치적 힘겨루기 싸움에 밀려, 이러지도 저러지도 못한 채
개간 작업은 자꾸만 연기되어 간다. 마침내 일본 영사관의 젊고 의욕에
찬 외교관(田代)이 조선 농민을 돕는 일에 적극적으로 나선다. 부당한 압
박을 당하는 조선 농민을 보호해야 한다는 그의 결심은 이를 방치했을
경우, 중국의 배일(排日) 정책이 심화되는 현실 추세에서 일본의 기득 권
익의 침해를 인정하는 결과가 된다는 생각과 맞물린다.

일본 영사관의 나카가와(中川) 경부(警部) 또한 조선 농민의 죽음을 두려
워 않는 개간 태도에 깊이 감동받아 자신도 이들을 위해 목숨을 걸겠다
고 다짐하게 되는데, 사실 그는 조선인임을 다음의 대목에서 알 수 있다.

"잘난 척 하기는. 네 놈이 코우리 주제에 일본인 낯짝을 해봤자
이미 다 알고 있지."
"코우리도 훌륭한 일본인이다. 너희들의 야만행위를 묵시할 일
본사람이 아니야."[18]

일본측 지원을 업고 개간을 강행하려는 조선 농민과 이를 막으려는 원
주민들의 충돌은 급기야 만보산 사건으로 전개된다. 수적으로 절대적인
열세임에도 불구하고 결사적으로 저항하는 조선 농민은 일본 경찰의 무
기 지원에 힘입어 성공적으로 사태를 수습하기에 이른다. 그러나 만보산

17) 張赫宙, 『開墾』, 7쪽.
18) 張赫宙, 『開墾』, 277-278쪽.

사건을 계기로 중국의 배일 시위는 더욱 치열해지고 두 나라간의 감정은
악화되어갔다. 9월 18일, 만주사변의 발발. 이 소식에 접한 창오(昌五)는
"아아, 잘됐다" "불안하지도 않아. 어쩐지 참으로 환한 느낌이야. 어둠 속
에서 등불을 만난 것 같다네"(304-305쪽) 하면서, 패잔병들의 습격이 위험
하니 장춘(長春)으로 피난하라는 동료의 권유를 뿌리치고 그대로 잔류한
다. "왠지 떠나고 싶지 않아. 괜찮을 거라는 느낌이 들어. 내 마음은 새벽
녘 동쪽 하늘처럼 빛으로 가득하다네" "아침 노을 구름처럼 내 마음은
물들어 있어. 이대로 가만히 있고 싶어. 꼼짝도 하기 싫어"라는 대사와
더불어 "재난의 마지막 모습을 나는 이 눈으로 똑똑히 보고 싶다네" 라
는 그의 말에는 장래에 대한 낙관적인 희망 이면에 그간의 신난한 삶에
지친 농민의 모습이 반영되어 있다.

작가는 창오를 통해 만보산 사건 이후의 개척민의 삶이 '바위 밑에 깔
린 듯한 숨막히는 기분'에서 '한 점 구름 없는 쾌청한 하늘 아래로 해방
되어 나온' 것임을 보여주려 하였다. 여기에 장혁주의 만주 인식이 어떠
했는지 그 양상이 드러난다.

장혁주는『개간』「후기」에서 만주 건국 이전의 이주자들의 생활 상황
은 참으로 불행하고 암담했으며, 장개석(蔣介石)의 잘못된 항일정책의 필
연적인 결과로 만주사변을 초래하게 되었다고 썼다. 그리고 두 번의 만
주 개척지 시찰을 통해 자신의 판단에 대한 자신감을 얻었다 하였다. 이
로써 그의 결론은 단순 명료해진다. 불행했던 조선 농민의 만주 이주는
만보산 사건과 만주국의 건설로 인해 이제 행복해졌다는 것이다.

일본측의 보호 하에 중국 동북지방에서 일방적으로 개간을 강행하는
한국인 이주민들과 현지 주민들 사이에 터진 충돌을 그린 소설『개간』의
서술방법이 일본측에만 기울어져 있는 것이 아니라, 중국인 지주나 당국
자, 혹은 현지 농민들의 입장도 이해되도록 객관적으로 그렸고, 이해(利
害)집단 상호의 충돌을 당시의 국제정세나 정치역학에까지 시야를 넓히

고 있다는 점19)은 주목할 만하다.

동시에 다음과 같은 지적은 『개간』이 지닌 한계를 제대로 포착한 것으로 공감되는 부분이라 할 수 있다. "처녀작으로 일본인 농민이 조선반도의 농경지로 유입해옴에 따라 전래의 전답을 잃고 유민화되는 조선인 농민의 곤궁을 묘사한 「쫓기는 사람들」을 쓴 장혁주는, 『개간』에서 주인공 삼성 일가가 고향 경주를 떠난 것은 그의 부친의 방탕 때문이며 '혜택받은 신분과 물려받은 재산을 탕진하여 이민 무리에 합세했다'라는 개인적인 원인으로서 왜소화시켜 설정되어 있다. 그러나 80여명에 이르는 이민단 전체가 이러한 개인적인 사정으로 고향을 떠나는(쫓기는) 데에는 물론 사회적인 요인이 강하게 작용하고 있으며, 장혁주의 소설은 이러한 이민의 진짜 원인을 애매하게 호도하고 있다고 말하지 않을 수 없다."20)

가와무라의 지적대로 주요 등장인물인 최세모, 삼성 등은 양반가 출신으로 설정되어 있다. 특히 삼성의 부친은 선대의 재산을 탕진하고, 가뭄으로 생계가 막막해진 빈민들과 더불어 "사람 사는 곳은 어디든 마찬가지. 간도에 가서 한 밑천 마련하겠다"는 생각에 이주를 결심하게 되었다. 소작 빈농 출신인 창오는 열두 살 때 아버지의 죽음으로 인해 대신 음식점 일꾼 자리를 물려받고 가게 주인을 따라 만주로 건너오게 되었다. 이들의 만주 이주 원인에 일본의 조선 지배에 대한 언급이나 시사를 찾아보기란 힘들다. 따라서 작가 장혁주의 『개간』이 일본군에 의한 만주 지배의 '익찬(翼贊)'에 그친 것은, 어째서 조선인 농민들이 만주로 이주하게 되었고 현지의 만주인 농민과 대립적인 관계를 가질 수밖에 없었는가 라는 중요한 문제를 소홀히 했기 때문21)이라는 비판에서 자유로울 수 없다.

장혁주가 『개간』에서 중점을 둔 부분은 조선인 이주 농민이 만주에 자

---

19) 白川 豊, 「張赫宙의 生涯와 文學」, 앞의 책, 295쪽.
20) 川村 湊, 「朝鮮人の日本語文學」, 『文學からみる 「滿洲」-「五族協和」の夢と現實』, 吉川弘文館, 1998, 142쪽.
21) 川村 湊, 위의 글, 142쪽.

리잡기까지 겪어야 했던 가혹한 고난, 그리고 마침내 만보산 사건을 정점으로 농민들이 꿈꾸던 환경의 성취를 이룬 그 배경에 일본의 지원이 뒷받침되고 있었다는 사실을 내세우는 것이었다. 거의 동시에 발표된 장혁주의 또 하나의 만주소설인 장편『행복한 백성(幸福の民)』(南方書院, 1943. 4. 18) 역시 일제의 만주국 건설에 적극적인 지지를 표명하며 쓰여진 결과물이다.

만주를 어떻게 보는가라는 작가 장혁주의 시각이 선명하게 드러난 작품으로 단편「어떤 독농가의 술회」(『녹기』, 1943. 1)가 있다. 이 소설은 과거 아편중독자에 범죄자였으나 만주 개척촌에 참가하여 땅을 일굼으로써 결국 갱생의 길을 획득하게 되는 인물을 묘사하고 있다. 하지만 이러한 해피엔딩 식의 결말이 과연 현실을 제대로 반영한 것인지에 대해서는 의문이 남는 부분이라 하겠다.

4. 생존을 위해 찾은 땅, 만주-「농군」

흥미롭게도 장혁주는 조선문단의 작가를 언급하는 글에서 이태준의 「농군」을 들어 "「까마귀」「달밤」 같은 거의 그 독특한 감각적 문장력만으로 우수성을 인정받은 여러 단편, 담백한 감정과 이성을 갖춘 「화관」「구원의 여인상」 등의 장편에 비해 「농군」의 집단성과 적극적인 인간성은, 씨의 작품을 통틀어 분명히 일보 전진이라 할 만하다. 적어도 종래의 '허무'나 '우수(憂愁)' 등을 떨쳐버린 점에서도 문단적으로 일보 전진이라 생각된다"[22] "「농군」으로써 애수를 비극으로 밀고나가, 막다른 길을 타

---

22) 張赫宙,「朝鮮文壇の代表作家」,『わが風土記』, 212쪽.

개하였다"23)고 긍정적인 평가를 내리고 있다.

「농군」은 단편임에도 불구하고 정든 고향을 떠나 생존의 땅을 향해 찾아나선 절박한 조선 농민의 처지와 그들의 투쟁이 극적인 긴장감을 유지한 채 전개된다. 이는 노련한 작가의 간결하고도 함축성 있는 묘사력에 크게 힘입은 덕분이기도 하다. 작품 분량으로는 『개간』과 비교도 되지 않지만 소설이 던지는 문제의식은 결코 길이에 비할 바가 못된다.

「농군」은 봉천행 보통급행 삼등실 열차 안에서부터 시작된다. 노인, 아낙네(노인의 며느리), 청년(노인의 손자로 이름은 윤창권) 일행은 고향의 땅을 팔고 장춘(長春)으로 이주해가는 길이다. 그런데 검표하는 차장을 따라 들어온 '양복쟁이'가 청년을 불러 이름이며 원적, 가족 사항, 만주로 가는 이유 등에 대해 시시콜콜 캐묻는다.

> "돈 얼마나 가지구 가나?"
> "한 오백 원 됩니다."
> "오백 원, 웬 건가?"
> "밭허구 산허구 집서껀 판 겁니다."
> "집두 있구 밭두 있으면 왜 고향서 안 살구 가는 거야?"
> "밭이라구 모두 삼백이십 원 받은걸요. 조선서 삼백이십 원짜리 밭이나 가지군 살 수 있어야죠. 남의 소작도 해봤는데 땅 나쁜 건 품값두……"
> "듣기 싫여…… 아내가 벌었다며?"
> "네. 돈 쓸 일은 걸루 다 메꿔나갔습죠. 그렇지만 밤낮 공장에만 갖다 둘 수 있습니까?"
> 마침 차가 꽤 큰 정거장에 머문다. 형사는 수첩을 집어넣더니, 쓰다 달단 말도 없이 차를 내린다.24)

'양복쟁이'는 일본 형사이다. 그는 청년과의 대화를 통해 무슨 트집을

---

23) 張赫宙, 「朝鮮の文學界の現狀」, 위의 책, 222쪽.
24) 이태준, 「農軍」, 『해방 전후』(임형택·민충환 편), 창작과비평사, 1992, 196쪽.

잡으려 하지만 청년의 대답에 의해 점점 난처한 입장이 되고 만다. 만주로 떠나는 이유는 곧 일제의 조선 농민에 대한 수탈에 있다. 이주 이유를 청년에게 묻고서도 그 대답이 채 끝나기도 전에 "듣기 싫여"라고 무시해 버리는 형사의 응수와 때마침 도착한 역에 '쓰다 달단 말도 없이' 차에서 내리는 모습에서 작품에 표출하고자 한 작가의 의도를 읽기란 어렵지 않다. 「농군」이 일본의 조선 지배에 대한 간접적인 비판이 되고 있음[25]을 엿보게 되는 대목이다.

차창 밖으로 보이는 낯선 풍경과 원주민들의 표정은 이들의 뿌리내리기가 결코 수월치 않다는 암시를 던진다. 조선사람들 동네인 장쟈워푸(姜家窩栅)에서 농사에 필요한 대규모 수리공사를 하기 위해 쿨리들에게 일을 시키나 걸핏하면 꾀를 피우기 일쑤다. 점점 추워지는 날씨도 큰 문제다. 여기에 토민들이 떼지어 몰려들어 조선사람들이 봇동 내는 것을 방해한다. 조선사람들의 논물이 그들의 밭을 침수하여 망치려든다는 이유에서다. 벼농사에 필수인 봇동 내는 일을 포기할 수 없는 조선 농민과 전통적인 밭농사 습관을 고집하는 토민들 사이에는 결국 파국을 맞이하기에 이른다. 거주권과 개관권의 허가장을 소유한 조선사람들에 맞서 토민들은 군부의 힘을 빌려 대항해온다. 조선사람에게 황무지에 봇도랑을 내는 일은 그들의 목숨이나 다름없다. "이것을 버리고 돌아설 데는 없다. 죽어도 여기밖에 없다. 집도 여기요 무덤도 여기다. 언제 토민들이 몰려오든지, 오는 날은 사생결단이다. 낫이 있는 사람은 낫을 차고 식칼밖에 없는 사람은 식칼을 들고 봇도랑으로 나왔다."[26]

거주권도 개관권도 승인하나 논이 아닌 밭으로 일구라는 요구를 묵살하고 물길을 내는 작업을 계속하는 이민자들을 향해 마침내 순경들은 총으로 대응한다. 다리에 총을 맞은 창권이 피투성이가 된 노인의 시체를

---

25) 川村 湊, 앞의 글, 142쪽.
26) 이태준, 「農軍」, 205쪽.

두 팔로 쳐들고 둔덕으로 뛰어올랐을 때, 그토록 바랐던 물이 논자리로 넘쳐흐르는 걸 보며 소설은 끝맺는다.

　그런데 여기서 주목할 점은 작가가 실제로 만주기행을 하며 당시의 만보산 사건을 이주 농민으로부터 직접 들은 내용과는 다르게 소설에서 묘사되고 있다는 사실이다. 이는 소설의 결말과 직접 연관된 부분인 까닭에 작가 이태준의 태도를 가늠케 하는 단서라 할 수 있다. 「만주기행」에서 이태준은 "그러나 그때 그들의 총알에 命中된 사람은 하나도 없다한다. 멀리서 威脅하노라고 彈丸이 空中으로만 지나가게 쏘아 그런지 한사람도 傷한 사람은 없었고 몇 靑年들이 잡혀가 여러날 가치였다가 나왔을뿐인데 오히려 朝鮮에서 彼此에 殺傷이 생겼다는 것은 여간 遺感이 아니라고 한다. 아모튼 軍隊出動은 別問題로 하고 萬一 그 土民들이 殺生을 질기는 사람들이였다면 그 土民들의 몽둥이에라도 犧牲者가 없지 못했을 것이라 한다"[27)라고 쓰고서도 창작에서는 중국 군대의 총알에 맞아 조선사람의 희생자가 난 걸로 묘사하였다. 이는 단순히 소설의 극적인 결말을 위해서라고만은 할 수 없을 것이다.

　여기에는 작가 이태준의 조선인 이주 농민들에 대한 깊은 연민과 동정심이 투영되어 있는 게 아닐까 짐작해볼 수 있다. 사생결단으로 봇도랑을 내어 논을 일구려는 그들의 생존투쟁에 같은 민족의 동포로서 무게를 실어 표현하고픈 작가로서의 욕구가 표출된 것이 아닐까.

　사실 「농군」의 전후에 발표된 이태준의 단편을 보면 극도의 빈곤에 허덕이는 하층민에 대한 관심이 뚜렷하며, 출구가 없는 막막하고 어두운 현실이 적나라하게 묘사되고 있다. 그 대표적인 작품으로 「밤길」(1940)을 들 수 있겠는데, "이태준의 소설 미학을 흔히 '잔잔한 애수'로 규정하지만 이 「밤길」에는 애수로 가늠할 수 없을 만큼 울분이 과격하고 분위기마저 너무도 캄캄하다." 그리고 "작가는 민중에게서 계급의식은 주목하

27) 이태준, 「滿洲紀行」, 311쪽.

지 않은 대신 무지하고 가난한 그들에 대해 애정을 가지고 인간적 신뢰를 보내고 있다."28)

「농군」에는 중국 군대의 총에 맞아 죽는 노인 외에도 고향 땅에 묻히길 바랐으나 만주 벌판의 매서운 추위를 이기지 못하고 병들어 죽음을 맞는 노인(창권의 할아버지)이 등장해 비극적 요소를 배가시킨다. 즉 이태준이 말하는 만주는 조선사람이 감내해야 할 불가피한 역사적 현실 상황으로 말미암은 생존의 터전으로 존재하지만 실제의 삶을 결코 보장해주지는 못하는 곳이다.

제국주의 검열이 엄격하던 1930년대 후반에 「농군」이 발표되었다는 점, 그리고 사건의 실제 상황은 조선 농민이 보호를 받고 일본 경찰이 중국 농민에게 사격을 가하고 있는데 작품에서는 중국 군대의 총에 조선 농민이 맞아 죽는 점을 들어, 문충환은 「농군」이 "역사의식이 결여된 어설픈 행위"로 인해 "끝내 꼭두각시 놀음에 이용된 불행을 자초하고 말았다"고 단언하면서 아울러 사에구사 도시카쓰(三枝壽勝)의 '민족주의 작품'이라는 주장에도 의문을 제기하였다.29) 또한 드물게 본격적인 「농군」론을 발표한 김철은 특히 '만보산 사건'이 소설에서 어떻게 형상화되고 있는가, 그리고 식민지 조선인에게 만주라는 공간, '만주국'의 실체가 무엇이었는가라는 물음을 던지고 독자적인 해석을 내리고 있다. 그의 분석에 따르면 「농군」은 "'만주경영'이라는 제국주의의 "새로운 시대적 흐름"에 편승한, 다시 말해 당대의 '국책(國策)'에 적극적으로 부응한 소설이며, 그러한 사정을 떠나 소설 자체로 보아도 지극히 무성의하고 불성실한 작품"30)이다.

김철의 논의에는 분명히 귀담아 들을 만한 국문학 연구의 맹점이 존재

---

28) 임형택, 「이태준 단편선 『해방 전후』에 붙이는 말」, 『해방전후』, 310쪽.
29) 문충환, 앞의 글, 156쪽.
30) 김철, 「몰락하는 신생(新生): '만주'의 꿈과 『농군』의 오독(誤讀)」, 앞의 책, 124-125쪽.

하지만, "만주의 농민들을 '토민'으로 호칭하는 「농군」의 시선이, 홋카이
도를 식민지화하는 과정을 통해 스스로를 문명의 전도사로 위치지운 일
본 근대국가의 식민지주의를 그대로 복습하고 있는 것"[31]이라거나, 「농
군」에 앞서 발표된 기행문 「이민부락견문기」(「만주기행」)에 대해 "만주
개척의 성공 사례를 보고하는 것이고, 「농군」 역시 그 연장에 있는 것"[32]
이라는 지적에는 수긍하기 힘든 부분이 있다.

공교롭게도 김철의 글에는 조선 농민이 어째서 정든 고향을 떠나 낯설
고 두려운 이국의 땅을 찾아나설 수밖에 없었는가 하는 까닭을 제시한
작가의 의도에 대해서는 전혀 언급되지 않고 있다. 게다가 「만주기행」에
서 "인전 뱃속은 아무걸루든지 채웁니다만……"이라는 여운 뒤에 "그거
(彩票를 가리킴 - 인용자)나 빠지면 우리도 다시한번 고향산천에 가 살아볼
가요! 그렇지 못하면 밤낮 이꼴이다가 호인들 밭머리에 묻히고 말죠!"라
는 조선 농민의 토로에서 슬픔을 발견한 작가는 다음과 같이 적고 있다.
"나는 내일이나 모레면 山高水麗하다 해서 高麗란 나라이름까지 생긴 내
故鄕 錦繡江山에 드러서려니 생각하니 荒漠한 벌판에 남는 저들을 한번
더 돌아볼 염치가 없어졌다."[33]

이태준은 1930년대 한국 순수문학의 대표로 불릴 만큼 수작을 발표한
작가이며 그의 소설을 가리켜 역사 부재, 사회 부재의 문학이라고 하는
피상적인 논의는 재검토 수정되어야 한다. 식민지인의 참담한 삶을 그리
면서도 치밀하고 자연스런 구성에 의해 미적 승화를 이룩하고 있다[34]는
점을 높이 평가해야 할 것이다.

동시에 「농군」이 비록 이태준의 초기 작품에서 거의 찾아볼 수 없었던

---

31) 김철, 위의 글, 136쪽.
32) 김철, 위의 글, 141쪽.
33) 이태준, 「만주기행」, 앞의 책, 313쪽.
34) 張良守, 「소설 경향의 몇가지 흐름」, 『한국현대문학사』(김윤식·김우종 외 30인
    지음), 현대문학, 1994(증보판), 205-207쪽 참조.

"서정성에서 산문성으로, 평면적이고 정태적 인물 유형에서 입체적 동적 인물 유형으로, 신변적이고 개별화된 체험 영역에서 집단적이고 민족주의적 영역에로의 전환의 기미"[35]가 보인다 하더라도, '만보산 사건'이라는 서사적 주제를 입체적으로 담기에는 단편이라는 형식과 이태준 특유의 간결한 문체는 애당초 버거운 시도가 아니었던가. 따라서 작가는 '만보산 사건' 그 자체를 묘사하는 데 중점을 두기보다는 만보산 사건을 계기로 극적으로 표출된 만주 이주 조선 농민의 땅에 대한 강한 집념과 생존의 의지를 포착하고자 했다는 쪽에 무게를 두는 것이 마땅하지 않겠는가 생각된다. 그런 점에서 "일제의 중국침략을 전후한 시대적 배경에 비추어볼 때 약간의 의구를 떨칠 수 없지만, 그럼에도 식민지의 캄캄한 어둠속에서 무언가 간곡한 심정의 촉수를 내뻗는 작가의 마음을, 한계는 한계대로 인정하면서, 온전히 접수할 일이다"[36]라는 관점이 「농군」의 독해에 적절한 시사를 던지고 있다고 할 수 있다.

5. 맺음말

본고는 일본의 식민지 지배 시기에 발표된 작품으로 만주로 이주한 조선인 농민을 다룬 장혁주의 『개간』과 이태준의 「농군」을 비교 검토해본 것이다. 이 두 소설은 각기 장편과 단편이라는 차이는 있으나 동일하게 만보산 사건을 주요 제재로 삼고 있다.

---

35) 서종택, 「닫힌 세계와 자아」, 앞의 책, 132-133쪽.
36) 최원식, 「한국문학의 근대성을 다시 생각한다」, 『생산적 대화를 위하여』, 창작과비평사, 1997, 33-34쪽.

　장혁주는 친일성향으로 인해 거의 터부시되어 온 작가 가운데 한 사람
이라 할 수 있다. 몇몇 그의 문학에 대한 언급이 있다 하더라도 친일 사
실에만 집중되어 비판적으로 논의되고 있을 뿐이며, 전후를 아우른 그의
방대한 문학세계에 대한 심도 있는 고찰은 거의 전무한 형편이라 할 수
있다. 이태준은 1946년 월북한 작가라는 이유로 해금이 될 때까지 그에
대한 연구가 제대로 이루어지지 못했다.

　장혁주의 『개간』은 단순히 친일 작품이라는 이유만으로 등한시해버릴
수 없는 역사적인 무게를 담고 있다. 또한 장편에 걸맞게 다양한 인물을
등장시키는 가운데 갈등적 요소들을 적절히 배치하여 서술해나가는 작가
의 역량이 능숙하게 발휘된 작품이라 할 수 있다. 만주로 이주한 조선 농
민이 그곳 사람들과의 반대를 무릅쓰고 개척촌을 형성하여 벼농사를 일
구어내려는 과정에서 벌어지는 형용할 수 없는 고난과 투쟁의 묘사는 만
주인, 일본인들과의 개인적 및 국가적 이해관계가 상호 맞물리면서 다양
하게 전개된다.

　이태준의 「농군」은 순문학 작가답게 높은 문학성을 유지하면서도 어두
운 시대와 현실 속에 놓인 만주 소선인 이주의 난년을 극석으로 묘사해
낸 탁월한 작품이다. 장편 『개간』이 지닌 장대한 서사성은 부재하지만
작가 특유의 간결하고 함축성 있는 문체로 긴장되고 절박한 상황을 효과
적으로 전달한다.

　『개간』에서 작가는 조선 농민의 고난이 결코 헛되지 않았고 소원이 성
취되는 행복한 땅으로 변모한 만주를 제시하며 목청을 높인다. 그러나
「농군」의 결말은 암담하고 비극적이다. 이는 식민지 시기에 일본어로 창
작하며 일본 문단의 선두에서 일제의 구호에 맞는 작품을 발표했던 장혁
주, 그리고 식민지 작가로서 어두운 사회의 이면을 놓치지 않은 순문학
작가 이태준의 현실인식과 개성에 의해 성립된 결과라 할 것이다.

　이는 일본인 작가가 쓴 『만보산(万宝山)』(이토 에노스케 伊藤永之介)을 추

후 검토함으로써 만보산 사건을 보다 다각적인 관점에서 조명해보는 계기가 될 것으로 기대한다.

참고 자료

김윤식·김우종 외 30인 지음,『한국현대문학사』, 현대문학, 1994(증보판).
김재용·김미란 편역,『식민주의와 협력 – 일제말 전시기 일본어 소설선 1』, 역락, 2003.
김 철,「몰락하는 신생(新生) : '만주'의 꿈과『농군』의 오독(誤讀)」,『상허학보』 9집, 깊은샘, 2002. 8.
閔忠煥,「農軍」論,『李泰俊硏究』, 깊은샘, 1988.
白川 豊,『張赫宙硏究』, 동국대 박사논문, 1989. 12.
白川 豊,「張赫宙의 生涯와 文學」, 호테이 토시히로 엮음『장혁주소설선집』, 태학사, 2002.
상허문학회,『이태준 문학연구』, 깊은샘, 1993.
서은혜,「金史良의 '民族我'에 관하여」,『한림일본학연구』 제4집, 한림대 일본학연구소, 1999. 11.
서종택,『한국현대소설사론』, 고려대출판부, 1999.
이병렬,『이태준 소설연구』, 평민사, 1998.
李泰俊,「滿洲紀行」,『無序錄』, 博文書館, 1944.
이태준,「農軍」,『해방 전후』(임형택·민충환 편), 창작과비평사, 1992.
임형택,「이태준 단편선『해방 전후』에 붙이는 말」,『해방 전후』, 창작과비평사, 1992.
장영우,『이태준소설연구』, 태학사, 1996.
최원식,『생산적 대화를 위하여』, 창작과비평사, 1997.
布袋敏博,「일제말기 일본어 소설의 서지학적 연구」,『문학사상』, 1996.4.
任展慧,「張赫宙論」,『文學』, 岩波書店, 1965. 11.
張赫宙,『わが風土記』, 赤塚書房, 1942.
張赫宙,『開墾』, 中央公論社, 1943.
川村 湊,「金史良と張赫宙」,『近代日本と植民地 6 – 抵抗と屈從』, 岩波書店, 1993.
川村 湊,『文學からみる「滿洲」-「五族協和」の夢と現實』, 吉川弘文館, 1998.

전쟁과 종군 작가의 '진실'

— 히노 아시헤이(火野葦平)의 『보리와 병정(麥と兵隊)』을 중심으로 —

장영순(원광대학교)

1. 머리말

본 논문에서는 근대 일본의 전쟁문학의 대표적 작가 중 한 사람인 히노 아시헤이를 다루고자 한다. 히노는 1937년 중일전쟁의 발발과 함께 9월에 군에 입대하기 전 동인지 『문학회의(文學會議)』에 발표했던 「분뇨담(糞尿譚)」(1938년 3월)으로 제6회 아쿠다가와 상을 받는데 그 수상식이 전쟁터에서 이루어진다. 이것은 전쟁과 문학의 문제를 생각하는 데 있어 상징적인 사건이기도 하다. 본 논문에서는 히노 아시헤이 문학을 고찰함으로써 일본에 있어서의 전쟁문학을 검토해 보고자 한다. 특히 그의 대표작이라고 일컬어지는 병정 3부작 『보리와 병정』, 『흙과 병정(土と兵隊)』, 『꽃과 병정(花と兵隊)』 중에서도 한국에 번역이 된 『보리와 병정』을 중심으로 고찰하고자 한다.

히노가 하급 병사로서 병역 근무 중에 경험한, 중국 대륙에서 전투를
하는 일본 병사들의 모습을 그린 병정 3부작은 전시하의 일본인 병정을
그렸다는 점에서, 또 전시하에 사회적으로 요청 받은 문학적 테마라고
하는 점에서도 검토할 가치가 있는 문학 작품이다. 본 논문에서는 먼저
전시하 일본의 문학사상적 특징을 개관하고, 그 속에서 히노 아시헤이가
차지하는 문학적 위치를 논해 보고자 한다. 그리고 전쟁문학의 장르적
특징을 명확하게 규정하고 히노 아시헤이의 전쟁과 중국표상의 고찰을
통한『보리와 병정』의 해석이나 당시의 평가를 통해 일본 전쟁문학의 특
성을 고찰하고자 한다.

2. 전쟁과 문학 – 서민 작가 · 병사 작가의 탄생

본 논문에서는 중일전쟁의 발발과 함께 국가 총동원 법이 공포된 1938
년에 신인작가가 되어 전쟁이 끝나고 나서 자살로 생을 마친 작가 히노
아시헤이를 다루고자 한다. 중일전쟁이 시작된 1937년부터 1945년 패전
까지 일본은 전시 태세 하에 있었다. 사회적으로 보아도 당시는 어두운
시기였다. 문학도 일본 낭만파의 활동과 식민지 문학 등을 제외하고는
불모지였다. 그런 시대에 사회적으로 주목받은 문학 장르가 있었다. 전쟁
문학이 바로 그것이다.

그 중에서도 특히 주목받은 것은 대표적인 병사 작가였던 히노 아시헤
이였다. 전시하의 문학가들은 국책 문학을 선두로, 다양한 형태로 전쟁에
가담하지 않으면 안되었다. 국책에 순응해서 요구받은 대로 작품을 쓰는
사람, 국책 속에서 대항을 모색하는 사람, 펜을 꺾는 사람 등 문학자의

전쟁과의 관련 방식은 여러 패턴으로 나뉘어져 있었다. 여기서는 그러한 전시하의 문학의 특수성에 주목해서 히노 아시헤이의 『보리와 병정』을 논하고자 한다. 특히 텍스트에 무엇이 그려져 있는가 하는 분석적인 시점이 아니라 그의 문학이 어떻게 태어나서 전개되어 갔는지에 초점을 맞추어 보고자 한다.

히노 아시헤이(본명; 다마이 가츠노리(忠實勝則))가 문학활동을 하기 시작한 것은 대학시절부터이다. 그는 후쿠오카현 와카마츠시(福岡縣若松市) 출신으로 아버지의 가업은 석탄 청부업이었다. 와세다 대학 문학부 시절에는 『거리(街)』라는 동인잡지를 창간해 거기에 작품 「광인(狂人)」을 발표했다. 그리고 재학 중에 입대를 하게 되는데 군대 내에서 레닌의 번역서를 가지고 있었다는 이유로 계급이 하나 내려가 오장의 계급으로 제대를 한다. 제대 후에는 대학을 중퇴하고 항구의 작업 현장에서 일을 하기 시작한다. 그 때 게이샤와 사랑에 빠져 양쪽 부모의 반대에도 불구하고 결혼을 한다. 1931년에는 와카마츠 하역 인부 노동조합을 결성하고 그 서기장이 되어 동해만(洞海灣) 하역 스트라이크를 감행한다. 또 친구와 기타 큐슈 프롤레타리아 예술연맹을 결성해서 잡지 『동지(同志)』를 간행하나 매 호마다 발매 금지되어 3호로 문을 닫는다. 1932년에는 상해에서 중국인 노동자가 스트라이크를 일으켰는데 그는 아버지와 함께 석탄과 하역 인부를 데리고 상해로 갔다. 그러나 돌아오는 길에 체포, 유치되었다.

그는 그 뒤 전향을 결심하고, 동인잡지 『트랜싯』에 가맹하여 「산상군함(山上軍艦)」이라는 시를 발표한다. 이때부터 히노 아시헤이라는 펜 네임을 사용하게 된다. 1937년에는 쿠메 마사오(久米正雄)가 발행한 동인잡지 『문학회의』에 참가 「산감자(山芋)」, 「복어(河豚)」, 「분뇨담」 등을 발표한다.

그러나 그가 작가로서 인정을 받은 것은 출병 전에 발표한 「분뇨담」으로 아쿠다가와 상을 받고 나서부터이다. 「분뇨담」은 한때 부자였다가 몰락한 한 남자가 그 뒤 분뇨를 취급하는 일을 해서 다시 일어서려다가 사

기를 당해 몰락해 버린다는 이야기이다. 착하고 약하지만 성격이 급하고
몽상에 잘 젖는 남자 주인공의 성격 묘사와 서민의 애환이 잘 나타나 있
는 작품이라는 평가를 받고 있다. 그와 같은 히노의 서민적인 특성과 전
향 프롤레타리아 작가라는 경력에서 '흥행'성을 발견해 낸 것은 기쿠치
칸이다. 기쿠치 칸은 히노에게 아쿠다가와 상을 준 이유를 다음과 같이
설명하고 있다.

> 아쿠다가와 상은 다른 항목에서 밝힌 대로 히노 아시헤이군의
> 「분뇨담」으로 결정했다. 무명의 신인작가에게 줄 수 있었던 점은
> 아쿠다가와 상의 설립 논지에도 적합해서 우리들로서는 대단히 기
> 뻤다. (중략) 게다가 작가가 출정중인 것은 흥행가치 백 퍼센트로
> 최근 들어 활력을 띠지 못하고 있는 아쿠다가와 상의 단점을 구제
> 하기에는 충분했다. (중략) 우리는 히노군에게 적확하게 새로운 전
> 쟁문학을 기대해도 좋지 않을까 생각한다.[1]

이 인용문에서는 기쿠치 칸이 히노에게 아쿠다가와 상을 준 의도를 크
게 두 가지로 나누어 생각해 볼 수 있다. 우선 첫 번째는 '흥행'이다. 기
쿠치 칸은 히노가 '무명의 신인작가'인 점, '출정 중인'점을 '흥행가치 백
퍼센트'의 요인으로 보고 그것이 저조기인 문학계를 구해 낼 수 있을 것
이라고 말하고 있다. 여기서는 특히 기쿠치 칸이 '흥행'의 가치로서 지적
하고 있는 요소가 히노가 가지고 있는 서민적 특성이나 병사라고 하는
특수한 상황과 관련되어 있음에 주목해 보고 싶다. 그러면 히노의 '무명'
성이 어떻게 '흥행'으로 이어지는 것일까. 무명의 신인작가에게 아쿠다가
와 상을 수여한 것은 이례적인 일이었다고 한다. 그러나 일본 문학계는
일찍이, 러일전쟁기에 서민작가를 배출해서 크게 흥행에 성공한 경험을
갖고 있다. 오오쿠라 토로(大倉桃郎)의 『비와가(琵琶歌)』가 그 경우이다. 상
을 줄 작가를 찾아보니 전쟁에 출정 중인 이름없는 한 무명병사였다는

---

1) 기쿠치 칸, 「잡담(話の宵籠)」, 『문예춘추』, 1938. 8.

히노의 서민작가로서의 탄생 경로는 오오쿠라의 경우와 대단히 비슷하다. 오오쿠라의 경우도 아무리 수소문을 해도 나타나지 않던 환상의 작가가 출정 중인 병사였다는 것을 알고 화제가 된다. 결국 단행본으로 발표될 때에는 출정 중인 작가로부터의 편지를 부록으로 넣는 등 소설과 소설 외의 작가적인 것을 첨부함으로써, 독자로 하여금 피차별 부락 출신의 청년이 러일 전쟁의 출병에 의해 천황의 이름 하에 차별을 떨쳐버리고자 한다는 소설의 내용을, 출정 중인 작가와 연결해서 읽도록 했던 것이다.

그것을 모르는 기쿠치 칸이 아니었을 것이다. 그는 일부러 고바야시 히데오(小林秀雄)를 중국에 파견해 전쟁터에서 히노 아시헤이의 아쿠다가와 상 수상식을 거행한다.

기쿠치 칸은 당시 펜 부대의 회장이었다. 국론의 통일과 거국체제의 확립이라는 국책하에 1937년 7월 11일과 13일에는 신문사와 잡지사가 함께 대응하는 형태로 문학가들을 중국의 전쟁터로 파견했다. 그리고 그들은 귀국한 뒤 전지 르포르타주를 발표했다. 그 뒤 당국은 문단 스스로가 문학가들을 동원하는 기획을 세우는데 그것이 바로 펜 부대이다. 펜 부대는 회장인 기쿠치 칸을 비롯하여 요시가와 에이치(吉川英治), 쿠메 마사오(久米正雄) 등 이름이 널리 알려져 있는 작가 22명으로 구성되어 있다.

그런 기쿠치 칸이 히노에게 건 '새로운 전쟁문학'에의 기대는 아쿠다가와 상 수여의 또 하나의 의도라 할 수 있다. 기쿠치 칸의 격려에서도 알 수 있듯이 히노는 '새로운 전쟁문학'의 기수로 선발된 작가였던 것이다. 그것을 증명이라도 하듯이 그는 상을 받은 뒤 바로 중국파견 보도부에 전속되어 서주회전(徐州會戰)에 종군한다. "자네는 총칼을 가지고 일하는 것보다 펜을 가지고 봉공을 하는 것이 열 배 백 배는 더 의의가 있다"[2]고 당시의 회상에서 마부치(馬淵) 중사가 한 말을 적고 있듯이 히노

---

2) 히노 아시헤이, 「해설」, 『히노 아시헤이 선집 제2권』, 동경창원사(東京創元社), 1955,

는 기쿠치 칸을 비롯해 주변 사람들이 자신에게 무엇을 기대하고 있었는
지를 알고 있었다.

그러면 여기에서 '새로운 전쟁문학'이란 무엇을 의미하는 것이었을까.
기쿠치 칸이 히노의 '무명'성과 '출정중인'한 젊은 병사임을 강조하고 있
듯이 기쿠치 칸에게 있어서 그것은 기존의 유명한 문인에 의한 것이 아
니고 무명병사인 서민작가에 의해 씌어지는 전쟁문학이었던 것이다. 즉
기쿠치 칸은 「분뇨담」에서 보여진 것 같은 히노의 서민적인 특성과 그의
경력에 있는 프롤레타리아의 계급성이 서민의 반응을 불러 일으킬 것을
기대하고 있었을 것이다. 그러면 히노는 이런 기쿠치 칸의 '새로운 전쟁
문학'에의 기대를 어떻게 받아들이고 있었나. 그것은 그와 같은 기대 하
에 쓰여진 『보리와 병정』의 서문에 잘 나타나 있다.

> 나는 전쟁에 대해 언급해야 할 진실을 찾아내는 일이 내 평생의
> 일로 삼을 만큼 가치 있는 일이라 믿으며, 여러 가지 의미에서 지
> 금은 전쟁에 대해서는 아무 말도 하고 싶지 않습니다. 그러면서도
> 또 다른 의미에서, 현재, 전쟁 한가운데에 있는 한 병사의 직접적인
> 경험을 기록해 두는 것도 어딘가에 도움이 되지 않을까 생각해 우
> 선 있는 그대로 써두기로 했습니다. (중략) 이번 사변 발발 이후 전
> 쟁에 관한 많은 문장이 홍수처럼 발표되었습니다. 또한 뛰어난 사
> 람들이 전쟁터에 와서 뛰어난 문장을 많이 썼습니다. 또 감동적인
> 말로 된 전쟁중의 피 끓는 무용전이나 충용귀신을 울게 하는 미담
> 이나 재미있는 이야기, 그리고 장엄한 구상을 가진 사변소설이 계
> 속 써져 지금도 끊임없이 세상에 나오고 있습니다. 그것들은 전부
> 의미 있고 훌륭한 것들 뿐입니다. 그들 속에 있는 나의 재미없고
> 범용한 말이 나열된, 소박하고 평이하고 지루한 종군일기 등은 정
> 말로 황송할 따름입니다.[3]

402쪽.
3) 히노 아시헤이, 「보리와 병정 서문」, 『개조』, 1938. 8.

　이 인용문을 통해 기쿠치 칸이나 주위의 '전쟁문학'에의 기대가 그에게는 문학에 대한 태도나 문학이론으로 내면화되어 있었음을 알 수 있다. "전쟁에 대해 언급해야 할 진실을 찾아내는 것이 내 평생의 일로 삼을 만큼 가치가 있는 일이라고" 믿고 있듯이 그는 전쟁에 관한 '진실'을 찾아내는 일이야말로 자신의 중대한 임무라고 인식하고 있다. 그리고 그런 그의 '진실'을 찾아내고자 하는 의지는 "어딘가에 도움이 되지 않을까"해서 "있는 그대로 써 두"겠다는 의지로 표명된다.

　그리고 그 의지는 또한 '새로운 전쟁문학'이라는 새로운 문학관의 형태로도 나타난다. 자신이 쓴 『보리와 병정』이 '뛰어난 사람들이' 쓴 '전쟁중의 피 끓는 무용전'이나 '웅대한 구상을 가진 사변소설(事變小說)'이 아니라 "재미없고 범용한 말이 나열된 소박하고 평이해서 지루한 종군일기"임을 표명하고 있듯이 그는 자신의 문학관이 "한 병사의 직접적인 경험"을 "있는 그대로 써두는" 사실주의적인 수법임을 강조하고 있다. 당시 유행하고 있던 종군기의 대부분이 르포르타주임을 감안한다면, 그가 의식적으로 혹은 무의식적으로 그 수법을 받아들인 것으로 생각된다. 그러나 그것이 의식적이든 부의식적이든 그에게 있어서는 전쟁에 대해 "언급해야 할 진실"을 찾아낼 수 있는 그 나름대로의 문학이론이었음을 부인할 수 없다. 그러면 그가 그 이론에 따라 그려낸 것은 무엇이었나?

3. 히노 아시헤이가 본 '전쟁' – 『보리와 병정』

　아쿠다가와 상을 받은 뒤, 서주작전에 한 병사로서 종군한 작가 히노 아시헤이는 그 체험을 토대로 쓴 종군기 「보리와 병정」을 『개조』지에

(1938년 8월)에 발표한다. 서주는 중국 강소성(江蘇省) 서북단, 북경과 상해의 거의 중간쯤에 해당하는 지역이다. "서주전선의 양상은 뭔가 조금 다른 독특한 것이었다. 그것은 아마도 끝없이 펼쳐져 있는, 가도 가도 끝이 없는 엄청난 보리밭 탓이었다"4)고 「해설」에 언급되어 있듯이, 서주전선은 바다처럼 펼쳐져 있는 보리밭으로 상징되는 일본과는 이질적인 중국을 표상하고 있다. 그러면 거기서 히노가 본 것은 무엇이었을까.

스즈키가 『보리와 병정』은 전쟁문학이나 전쟁을 그리고 있지 않다고 말했듯이,5) 『보리와 병정』에는 격전보다 전쟁터에서 하는 일이나 놀이, 그리고 요리나 세탁 등 일상생활이 그려져 있고 병사들의 전우애나 상사와의 친분 있는 대화가 그려져 있다. 물론 5월 18일의 일기에는 생사를 건 격전도 그려지고 있으나, 전체적으로는 일상적인 생활이나 행진이 낭만적인 분위기로 그려져 있다고 할 수 있다. 그러면 그런 낭만적인 분위기는 어디에서 오는 것일까. 그것은 서주 작전이 승전이었던 점, 그리고 격전보다 주로 행진이 그려져 있기 때문일 것이다. 또 전시하의 금지 규정이나 검열을 의식해서 쓴 데서 온 것으로도 볼 수 있다. 그리고 와이드 스크린처럼 중국 전선의 이미지를 전해 오는, 이 작품의 묘사법의 특징과도 관련이 있다. 이 작품은 "서주전선에서 보아 온 병정의 고난과 희생을 후방의 사람들에게 알리고 싶었다"6)고 나중에 언급한 『보리와 병정』의 의도에 잘 나타나 있듯이 전쟁터에서 고난을 겪는 일본 병사의 모습이 가장 많이 묘사되어 있으며, 그 사이 사이에 중국 병사나 농민의 모습이 섞여져 있다. 그런데 거기에 등장하는 병사나 농민들의 모습은 직접적으로 묘사되기 보다는 그 배경이 되고 있는 보리나 보리밭에 비유되어 그려지는 경우가 많다

---

4) 히노 아시헤이, 「해설」, 『히노 아시헤이 선집 제2권』, 위의 책, 408쪽.
5) 스즈키 마사오(鈴木正夫), 「『보리와 병정』과 『살아있는 병정』의 중국 반향에 대한 메모」, 『요코하마 시립대학논집』, 1999. 3.
6) 히노 아시헤이, 「해설」, 『히노 아시헤이 선집 제2권』, 위의 책, 408쪽.

일본군에게 있어 보리밭은 병사들이 일상 생활을 하는데 도움이 되는 자연인 한편, 전쟁의 잔혹한 일들이 벌어지는 전쟁터이기도 하다. 예를 들어 보리밭에서 행진 도중 군 전체가 길을 헤매 고생을 하는 장면이 있는데, 거기에서 병사들을 헤매게 하는 보리밭은 전체적인 모습이 파악되지 않는 전쟁 그 자체의 비유로 생각할 수 있다. 이와 함께 전쟁으로 인해 짓밟혀 가는 보리밭은 오랜 행진으로 발의 상처가 무르고 터져 아무리 고통스러운 상황이어도 앞을 향해 나아가지 않으면 안 되는 일본병사의 비유로도 생각할 수 있다.

그러나 이 작품에서 보리는 주로 중국 농민을 상징하고 있다. 이것은 히노의 시선이 중국병사와 중국 농민을 어떻게 바라보고 있는지를 통해서 살펴보도록 하자. 히노는 중국 농민이나 병사의 모습이 자기가 알고 있는 일본인 농민이나 친구의 모습과 너무나도 '비슷해서 곤란할 정도'라든지, '눈앞의 원수로 살육전을 벌이고 있는 적의 병사가 아무래도 우리들과 너무 비슷한 얼굴모양을 하고 있어 옆집 사람 같은 느낌이 든다'고 언급하기도 한다. 또 부상당한 전우를 업고 도망가는 중국 병사가 몇 명이나 있었다는 적군들의 이야기에 감동을 받는 장면도 있다. 즉 중국병사나 중국농민을 적으로 보기보다는 같은 인간으로 보고 있는 곳이 많다.

특히 중국 농민의 경우는 보리의 이중적인 이미지를 통해 농민의 이중적인 모습을 잘 묘사하고 있다. 전쟁이나 정치, 그리고 국가 등에 의해 학대받고 있는 순박한 농민의 모습과 그것에 대항하는 강한 농민의 모습이 그것이다. 먼저 『보리와 병정』에 나타나 있는 소박한 중국 농민의 모습을 살펴보자. 「일가의 번영과 보리의 수확 이외에는 그들에게는 어떤 사상이나 정치, 국가조차도 무의미한 것일 것이다. 농민들에게 있어 전쟁은 마치 농작물을 파헤쳐 놓는 매나 홍수나 가뭄과 같은 하나의 재난에 불과하고, 그것이 바람처럼 통과하고 나면 다시 아무런 일도 없었다는 듯이 투덜투덜거리며 언제나처럼 농사일을 해나갈 것임에 틀림없다.」7)고 말하고 있듯이 그들은 농사일 외의 일에는 관심을 갖지 않는 소박한 농민으로 그려져 있다. 그리고 전쟁으로 피해를 입었어도 곧 바로 다시 일어날 수 있는 강한 생명력을 가진 것으로 강조되어 있다. 또한 전쟁뿐만 아니라 중국 정부의 세금 등으로 고통을 받고 있는 농민들의 모습이 동정 어린 시선으로 그려져 있기도 하다. 그러나 다음 인용에서처럼 그런 농민의 모습이 두려워 해야 할 존재로 그려져 있기도 하다.

> 병사는 그래도 아무렇지도 않은 얼굴을 하고 앞으로 나아간다. 누런 흙먼지를 뒤집어 쓴 흙 인형이 되어 땀에 젖은 채 걸어간다. 이 보리밭은 정말로 두려워 할 만한 것이다. 보리, 메 귀리, 밀 등이 단지 망막한 보리 바다를 이루고 있다. 여기서부터 앞으로 어디까지 계속되고 있는 것인지 상상이 안 간다. 이것은 단지 보리를 심는다든지 경작하는 것 같은 부드러운 느낌이 아니다. 이 한 그루 한 그루는 모두 중국 농민의 손에 의해 씨가 뿌려지고 자라게 된 것임에 틀림없는데, 보고 있으면 넘쳐 올 것 같은 땅의 무시무시함에 압도될 것 같다. 나는 밤부(蚌埠)난민대회에서 본 농민들을 떠올렸다.[8]

이 인용에서 보리밭은 자연을 느끼게 하는 부드러운 존재가 아니라 "넘쳐 올 것 같은 땅의 무시무시함에 압도될 것 같"은 "두려워 할 만한" 존재로 표현되어 있다. 히노는 한 그루 한 그루의 보리가 모여 있는 보리밭에서 "압도될 것 같"은 힘을 느끼면서 난민 대회에 참가한 늠름한 농민들의 모습을 떠올리고 있다. 즉 이 부분의 인용은 그가 본 "두려워 할 만한" 존재는 보리밭이 아니라 농민운동에 모여 있는 농민들의 힘이라는 것을 암시하고 있다. 또 중국인 집의 출입구나 벽에 "일본 제국주의 반대"라는 슬로건이 관찰자의 시선으로 그려져 있는 곳도 있다.

---

7) 히노 아시헤이, 『보리와 병정』, 인용은 『현대일본문학전집 77』(치쿠마쇼보(筑摩書房), 1973년)에 의함. 414쪽.
8) 히노 아시헤이, 『보리와 병정』, 앞의 책, 308쪽.

그러면 이에 비해 일본 병정의 모습은 어떻게 그려져 있는가. 이 작품에서는 전술한 대로 그들의 선량한 모습이 강조되어 있는데 그 중에서도 특히 자주 인용되는 장면이 있다. '항일'을 주장하며 저항하는 세 사람의 중국인 포로를 참수하는 장면인데 거기에서 히노는 "나는 눈을 외면했다. 나는 악마가 되어 있지 않았다. 나는 그것을 알고 안심했다"고 쓰고 있다. 이 중에서 "나는 눈을 외면했다" 이외의 문장은 삭제되었다가 전후에 다시 복원된 부분이다. 여기서는 살인을 하고 있는 일본병사의 모습보다 그것을 보고 눈을 외면하는 히노의 휴머니즘적인 자세가 더욱 강조되어 있다. 자신이 살인을 한 게 아니라는데 안도감을 느끼고 있는 그에게서 안일함조차 느껴지지만 일부 선행 논에서는 이 부분에서 그의 염전(厭戰)의식을 읽어 내기도 한다.

그러나 한편으로 『보리와 병정』에는 이런 희생과 고통을 지탱하게 해 주는 것으로 병사의 성전의식(聖戰意識)이 그려져 있다.

> 나도 한 명의 병사다. 언제 전사할 지 모르는 몸이다. 그러나 우리들은 전쟁터에서의 죽음을 이깝게 생각지 않는다. (중략) 병사는 인간이 품는 범용한 사상을 넘어섰다. 죽음도 넘어섰다. 그것은 큰 것을 향해 면면히 흐르고 있고, 고조되어 감과 동시에 그것을 억누르는 또 하나의 큰 힘에 몸을 맡기는 것이기도 하다. 또한 조국이 가는 길을 조국과 함께 가는 병사의 정신이기도 하다. 탄환 때문에 이 중국 땅에 묻히는 날이 올 때 나는 무엇보다도 사랑하는 조국을 생각하며, 사랑하는 조국의 만세를 있는 힘껏 외치며 죽고 싶다고 생각했다.9)

그의 설명에 따르면 병사에게는 인간의 범용한 사상이나 죽음을 넘어선 큰 힘이 있으며, 그것이 바로 병사가 조국과 운명을 같이 하는데 갖추어야 할 '병사의 정신'이기도 하다. 그리고 그 정신은 "사랑하는 조국을

---

9) 히노 아시헤이, 『보리와 병정』, 앞의 책, 327쪽.

218 ■ 제3부 재일본 친일문학

생각하며, 사랑하는 조국의 만세를 있는 힘껏 외치며 죽고 싶다"는 조국
애로 이어진다.

그러면 지금까지 살펴본 대로 히노의 시선이 그토록 일본병사나 중국
병사, 그리고 중국농민에게 향해져 있었던 이유는 어디에 있었을까. 먼저
청년시절 프롤레타리아 운동에 가담한 적이 있는 그가 전쟁을 겪고 있는
병사나 서민의 모습에 주목을 하고 있는 것은 어쩌면 당연한 일이었을지
도 모른다. 혹은 가장 먼저 전쟁터에 나갔던 문학가들이 주로 다루었던
테마를 그대로 이어 받았다고도 볼 수 있다. 그들의 현지 보고문에는 "전
쟁터의 정경을 생생하게 전하는 것이나, 오자키 시로(尾崎士郎)의 「비풍천
리(悲風千里)」(『중앙공론』, 1937년 10월)처럼 전쟁터를 둘러보고 감개에 잠
기거나, 오히려 일본군에 점령당한 중국의 민중에게 동정적인 기행문, 혹
은 기시다 고쿠시(岸田國士)의 「북지나사정(北支物情)」(『문예춘추』, 1937년 12
월~)처럼 중국이나 중국인을 이해하려고 한 르포르타주 등, 그 내용과
필자의 자세는 천차만별이었으나 모두가 사람들의 관심을 전쟁과 전쟁터
로 행하게"[10]하는 것들이 많았다. 즉 "전쟁문학 초기에는 병사 속에 내재
하는 인민에게, 또 중국 인민에게 관심을 보임으로써 백이십만의 독자를
감동시켜왔다"[11] 이처럼 그 당시에 중국 농민의 좋은 이미지만을 그리는
것이 유행하고 있었음을 감안하면 『보리와 병정』도 그런 작품들과 마찬
가지로, 전쟁터인 중국의 이미지를 서민에게 전하기 위해 쓰여진 하나의
전쟁협력 작품이었다고 말할 수 있다.

그리고 그것은 또한 그의 시선에 나타나 있는 모순을 통해서도 지적할
수 있다. 『보리와 병정』에서 적군인 중국병사나 중국농민에 대한 히노의
휴머니즘적인 시선과 '조국'을 위해 목숨을 걸고 싸우는 성전의식은 모순

10) 츠즈키 히사요시, 「국책문학에 대하여」, 『국문학』, 1983. 8, 11쪽.
11) 아스카이 마사미치, 「민족주의와 사회주의 – 히노 아시헤이의 경우」, 쿠와바라 타
    케오(桑原武夫)편 『문학연구의 이론』, 교토대학 인문과학 연구소 보고, 1967, 179
    쪽.

되어 있었다. 그는 중국인의 '일본제국주의 반대' 슬로건을 묘사하면서 한편에서는 황군으로서 조국을 위해 목숨을 바쳐 전쟁에서 싸울 것을 다짐하고 있다. 또 선량한 중국 농민을 전쟁이나 정치 등에 의해 억압되어 있는 존재로 인식하면서도 그 전쟁의 주범이 일본이나 일본군, 혹은 일본병사인 본인 자신이라는 것에 대한 인식이 전혀 없었다. 단순한 묘사에 불과하지만 '항일'하는 병사들을 그리고 있다는 점에서 그가 중국의 병사나 농민에게 있어 중일전쟁이 어떤 것인가를 모를 리 없었다. 그러나 그런 점에 대한 비판의식이 조금도 보이지 않는다. 단지 그것을 알고 있어도 전쟁에서는 "사랑하는 조국을 위해", 황군으로서 중국인 살인을 묵인할 수밖에 없었다. 아니, 병사정신으로 의무를 다하기 위해서는 묵인하는 것이 당연한 것이었을 것이다.

이것은 히노에게만 보이는 특징이 아니다. 전향한 프롤레타리아 작가이며 나중에 병사작가로 활약하는 우에다 히로시(上田廣), 히비노 시로(日比野士朗) 등에게도 보이는 모순이었다.

아스카이 마사미치(飛鳥井雅道)는 프롤레타리아 문학이 붕괴되고, 좌익적인 입장을 잃은 구 프롤레타리아 작가들이 중일전쟁 때 민족 문제의 소용돌이에 빠져들 수밖에 없었다고 하는 오랫동안의 평가를 그의 문학론과 관련지어 구체적으로 재해석하고 있다. "히노의 비극은 프롤레타리아 문학 붕괴 후, 예술로서의 방법을 잃은 데서 출발하지 않으면 안되었던 점에 먼 원인을 찾을 수 있으나 그의 방법 상실을 역수로 취해 르포르타주의 강점을 보인 순간, 그것은 다시 육군이라는 권력 측의 정치 우위에 휘말리지 않을 수 없었다"고 언급하고 있다.[12] 그는 사실주의적인 수법으로 그려진 『보리와 병정』의 어느 정도의 객관적 사실들을 '르포르타주의 강점'으로 평가하면서도, 그러나 결국 그것이 전쟁에 의해 육군이

---

12) 아스카이 마사미치, 「민족주의와 사회주의 – 히노 아시헤이의 경우」, 앞의 논문, 179쪽.

라고 하는 권력에 의해 회수되어 버렸음을 지적하고 있다.

　이상과 같이 『보리와 병정』의 묘사에는 비판정신도 결여되어 있고 그의 시선에 나타나 있는 모순도 엿보이지만, 그래도 그의 문학적인 수법에 의해 어느 정도는 당시의 객관적인 사실들이 그려져 있다고 할 수 있다. 특히, 중국의 선량한 농민의 모습을 동정을 가지고 보는 시선과 천황만세라는 슬로건 하에 열심히 싸우는 일이 모순이라는 것을 인식하지 못하고, 그 양쪽을 다 '진실'로서 받아 들인 병사(서민) 작가가 있었다고 하는 사실을 시사해 준다는 점은 중요하다. 그런 점에서 『보리와 병정』은 의의가 있는 작품일 것이다.

4. '전쟁의 진실'과 프로퍼갠더 - 전쟁문학과 서민

　『보리와 병정』은 발표 당시부터 미디어의 호평을 받아 개조사에서 단행본으로 출판되었을 때는 백 만부 이상이 팔리는 등 예상 외의 반응을 보였다. 그때의 분위기를 히노는 다음과 같이 적고 있다. "나를 깜짝 놀라게 한 것은 각 신문에 난 『개조』 8월호의 큼직큼직한 신문광고이다. 일본의 '서부전선 이상 없음'이라고 쓰고, 내 사진과 거대한 『보리와 병정』이라고 쓴 흰 활자가 찍힌 것이 당당히 3백장이나 있었다. (중략) 그 뒤 각 신문에 비평이 줄을 이었다."13)

　그러면 그렇게까지 『보리와 병정』이 논란을 일으킨 이유는 어디에 있었던 것일까. 자신의 작품이 걸작이라기 보다 그 배후에 전쟁이라는 현실이 있었기 때문이라고 지적하고 있듯이 전쟁기라는 시대 상황은 빠르

---

13) 히노 아시헤이, 「해설」, 『히노아시헤이 선집 제2권』, 위의 책, 419쪽.

릴 수 없는 중요한 요인일 것이다. 그 중에서도 『보리와 병정』에 즉시 반
응을 보이고 있는 미디어와 문단은 그 역할이 커서, 그때까지 무명의 작
가였던 히노를 일약 국민적인 영웅으로 만들어 버렸던 것이다.

츠즈키 히사요시(都築久義)는 「보리와 병사의 문학성」에서 동시대의 평
을 세 가지로 분류해서 논하고 있다. 『보리와 병정』이 대성공한 이유가
분류의 기준으로 작용하는 바, 첫 번째가 "전쟁 한가운데 있는 자에 의해
실감이 뒷받침되고 있는 점", 두 번째가 "민족적인 공론을 일으킨 점",
세 번째가 "인간적인 성실"이다.[14] 여기서는 첫 번째 분류에 속하는 논의
들에 주목해서 『보리와 병정』이 전쟁이라고 하는 극한 상황에서 쓴 작품
이라는 점에서 전쟁의 '사실' 혹은 '진실'을 그린 것으로 만들어져 간 과
정을 분명히 하고 싶다.

고바야시 히데오는 동경 아사히 신문 8월 4일자 「히노 아시헤이 『보리
와 병정』」에 "『보리와 병정』을 읽고 가슴을 찌르는 감동을 느꼈다. 사람
의 폐부를 찌르는 것이 있다"고 쓰고 있으며[15] 그 다음해는 「사변과 문
학」에 "소위, 전쟁문학 중에서, 가장 성공하고, 또 가장 뛰어난 것"이라고
까지 칭찬하고 있다.[16] 이와 같은 논의는 후에 발표되는 미요시 다츠지
(三好達治)의 「보리와 병정의 감상」에서도 확인할 수 있다.

> 이렇게 그는 그 위기에 용기와 재능을 아낌없이 발휘해서 싸워,
> 전사로서의 임무를 훌륭하게 수행해 유감이 없었을 뿐더러, 아울러
> 그와 같은 아비규환 중에 침착한 관찰형 문학관을 충분히 발휘해
> 서 전선 보도자로서의 최고 임무를 잘 수행했다 (중략) 히노군은
> 사실을 말해 주었다. 이렇게 사실 이상으로 더욱 소중한 또 하나의

---

14) 츠즈키 히사요시, 「『보리와 병정』의 문학성」, 『근대문학6 소화문학의 성질』, 유비
　　각(有斐閣), 1977.

15) 고바야시 히데오, 「창기병(槍騎兵)」, 『동경 아사히 신문』, 1938. 8. 4. 인용은 「고바
　　야시 히데오 전집 제4권」, 『작가의 얼굴』(신조사(新潮社), 1968년)에 의함.

16) 고바야시 히데오, 「사변과 문학」, 『침여원(寢女苑)』, 1939. 7. 인용은 앞의 전집 『역사
　　와 문학』에 의함.

현실을 말해 주었다. 그것이 우리들에게 감동을 주고 그것이 우리
들에게 전쟁이 무엇인지를 확실히 알려준다.[17)

미요시는 이 작품이 전사로서 임무를 다해가며 쓴 작품이라는 것을 칭
찬하고 나서 평을 쓰기 시작한다. 그런 다음 '관찰형 문학관'의 자세로
썼기 때문에 "사실 이상으로 중요한 깊은 현실"을 알려주는 문학이라고
평가하고 있다. 이것은 히노가 『보리와 병정』의 서문에서 언급된 문학관
과 호응을 이루는 평가로, 기쿠치 칸의 '새로운 전쟁문학'에 대한 기대나
고바야시 히데오의 뛰어난 '전쟁문학'이라는 평과도 호응을 이루고 있다.
이상과 같은 미디어나 문단에서의 평가에 의해 그의 작품은 어느 샌가
'전쟁이라는 것이 무엇인지'를 가르쳐 주는, 혹은 사실 이상의 '깊은 현
실'을 가르쳐 주는 전쟁문학의 진수가 되어 버린 것이다. 그러면 미디어
와 문단이 이렇게까지 그의 문학을 평가한 이유는 어디에 있었던 것인가

　　　출발 전에는 떠들썩 하게 논란을 일으켰던 펜 부대였으나 그들
　　의 종군보고의 인기는 그다지 반응이 좋지 않았다. 사람들의 관심
　　과 화제는 히노 아시헤이의 『보리와 병정』(『개조』 1938년 8월)에
　　집중되어 있었던 것이다. 전쟁터에서 실제로 싸우고 있는 병사의
　　전기가 방관자의 종군기를 압도하는 것은 당연할 것이다. 히노 아
　　시헤이의 등장은 우에다 히로시, 히비노 시로, 무네다 히로시(棟田
　　博)등의 병사 작가를 배출하고 병사의 수기나 전투기록을 범람시켰
　　다.[18)

기존에 종군기자의 보도가 없었던 것은 아니었다. 그러나 처음 종군한
문인들에 의해 쓰여진 현지 보고는 현장시찰보고로, 전쟁터나 병사들의
생태를 생생하게 전해주는 박력이 부족했다는 평이다. 그리고 유명한 문
인들에 의한 펜 부대의 종군기도 그다지 반응이 좋지 않은 상황이었다.

17) 미요시 다츠지, 「보리와 병정의 감상」, 『문예』, 1938. 9.
18) 츠즈키 히사요시, 「국책문학에 대하여」, 위의 논문, 14쪽.

　그런 상황에서 일개 병사인 히노 아시헤이가 쓴 작품이 서민의 반응을 일으킨 것이었다. 전쟁 하에 있는 서민들이 전쟁터의 사실이나 실태를 알고 싶어하던 때에 병사의 심정이나 행동을 잘 알고 있었던 병사작가들이 쓴 종군일기가 많은 독자들의 기대에 응했던 것이다. 이와 같이 그의 역할은 전쟁터나 후방에 있는 서민들에게 전쟁의 '진실'을 가르쳐 주는 작가로 군과 서민 사이를 이어주는 가교 역할을 한 것이다. 그리고 "히노 아시헤이의 등장은 우에다 히로시, 히비노 시로, 무네다 히로시 등의 병사작가를 배출시켜, 군대의 수기나 전투기록을 범람시켰다"고 되어 있듯이 많은 병사작가를 배출시키고 게다가 병사의 손으로 직접 쓰는 전투기록을 유행시키는 데에도 그의 역할이 있었음을 확인할 수 있다.

　그리고 이와 같이 국민적 영웅이 된 히노는 이후에도 사실주의적 수법으로 많은 작품을 발표했다. 『보리와 병정』에 이어서 「흙과 병정」을 『문예춘추』(1938년 11월)에 발표하고, 게다가 3부작 중 하나인 「꽃과 병정」을 『아사히 신문』(1938년 11월)에 「바다와 병정」을 『매일 신문』에 게재했다. 이렇게 해서 히노는 본격적으로 병정작가의 길을 걷게 된다.

　지금껏 살펴보았듯이 히노의 문학에 있어서 '진실'은 그의 문학관에 의해 지탱되어진 것이기도 하지만 미디어에 의해 만들어진 것이기도 했다. 사실 그의 작품에는 전쟁에 관한 진실을 쓰고자 하는 의지가 있었을 뿐 심원한 진실이 있었던 것은 아니었다. 그러나 미디어나 문단이 그의 작품을 전쟁의 진실을 알려주는 작품으로 순식간에 만들어 버렸던 것이었다. 즉 그 과정에서 동의 반복되어지는 전쟁의 '진실'이란 단어는 '일본 제국 만세', '천황 폐하 만세'와 같은 구호처럼 하나의 슬로건에 지나지 않았던 것임을 알 수 있다.

　그리고 이렇게 슬로건으로 내걸어진 '진실'이데올로기는 서민들에게 광명을 주었다. 바로 전쟁터에 나가지 않으면 안 되는 당시의 젊은 청년과 그와 같은 자식을 둔 부모들에게 이 책은 전쟁에서의 일상생활을 알려주는 안내서 같은 역할을 했던 것이다. 특히 실제 전쟁터에서 목숨을 걸고 싸우고 있는 병사들의 기록이기 때문에 거기에는 전쟁의 '진실'이 있을 것이라는 논리로 받아들여졌던 것이다.

초판 본 당시에 삽입되어 있었던 일본병사의 일상생활 사진이나 행진 사진 등은 정세를 풍자하는 전단 만화와 함께『보리와 병정』의 '진실'성을 더했을 것이다. 사진은 군 보도부 사진반의 우메모토 사마지(梅本左馬次)가, 전단 만화는 네 컷 만화의 창시자로 알려져 있는 아소우 유타카(麻生豊)가 담당했다. 즉『보리와 병정』이 베스트셀러가 된 데는 일반대중이 읽기 쉽게 사진이나 만화를 삽입하는 등 시각적인 것에 호소하는 수법에서도 그 요인을 찾을 수 있다.

그리고『보리와 병정』이 미디어나 문단 이외에 대중문화로 확산된 점도 간과할 수 없다.『보리와 병정』은 레코드나 연극 그리고 심지어는 상품명에까지 등장하게 된다.『보리와 병정』이 120만부 팔리는 등 호황을 누리자 이번에는『보리와 병정』이라는 군가가 문부성 추천곡으로 만들어져 많은 레코드가 팔렸다.『보리와 병정』가는 후지타 마사토(藤田まさと) 작사, 이다 노부오(飯田信夫) 작곡, 쇼지 타로(東海林太郎)가 부른 것이다. 신국극(新國劇)에서는 다카다 다모츠(高田保)가 각색 연출해서 '흙과 병정',『보리와 병정』을 상연했다. 그리고 소설 병정 3부작은 라디오에서도 가끔 방송되었다. 또한 계속해서 뭐와 병정이란 식의 단어들이 유행을 했다. "말과 병사, 차와 병사, 통조림과 병사, 초콜릿과 병사 등. 어느 맥주회사에서「맥주와 병사」라는 것을 써 주면 매월 맥주를 보내고 일생 마실 맥주를 주겠다고 했지만 거절했다"19)고 할 정도로 그가 의도했든 의도하지 않았든 간에 관계없이 그의 작품은 일본 전역에 퍼져 있었다. 특히 그의 작품 중에 병정 3부작은 국내뿐만 아니라, 미국, 중국, 조선 등에서도 번역되어 흥행했다. 그의 병정 논의는 후방의 서민들에게 긴장감을

19) 히노 아시헤이, 「해설」,『히노 아시헤이 선집 제2권』, 위의 책, 423쪽.

높이는 한편, 대중문화의 확산으로 자연스럽게 중국의 이미지나 황군의 이미지가 서민에게 전해지는 데 기여했다. 지금도 이 작품이 주는 인상이 보리로서 상징되는 중국의 이미지와 황군으로서 충성을 다하는 일본군의 이미지로 남아 있는 것은 당시의 이런 평가에 영향 받은 것으로 생각된다.

그 후에도 히노는 왕성한 작품활동을 한다. 1939년에는 해남 섬 작전에 참가해서 「해남기 전기」를 발표한다. 1942년 4월에는 보도반원으로서 필리핀의 바탄 작전에 참가하고, 1944년 4월에는 버어마의 인펄 작전에 보도반원으로서 참가한다. 광대한 지역으로 가 거기에서 경험한 무수히 많은 전투사실들을 전해왔다. 그러나 그가 그 뒤에 쓴 작품 중에는『보리와 병정』과 같은 문학성이 있는 작품은 나타나지 않았다고 하는 것이 일반적인 평가이다.

5. 전쟁 책임의 문제 - '현재의 성실'과 '미래의 진실'

패전 후, GHQ점령하의 일본에서, 히노 아시헤이는 문화 '전범 제1호'로 지명을 받고, 1948년에는 전쟁협력가로 도장이 찍혀, 문필가의 추방령을 받는다. 그리고 히노에 대한 세상의 태도도 일변했다. 예를 들어 전쟁 중에 히노의 전쟁문학을 찬미했던 이와가미 준이치(岩上順一)도 전후에는 태도가 싹 변해 '침략전쟁문학'(『인간의 확립』 1947년 1월)이라고 비판했고, 히라노 겐(平野謙)은 "히노 아시헤이의 전쟁 범죄적인 적발은 피할 수 없다"는 전제하에 그를 '시대의 희생자'로 평가했다.[20] 그 때의 일을 히

---

20) 히라노 켄, 「또 하나의 기준점」, 『신생활』, 1946. 3.

노는 이렇게 기억하고 있다.

> 종전 후는 성난 파도처럼 군대와 병사에 대한 좋지 않은 평판이
> 흘러 넘쳐, 조금이라도 병사를 칭찬하면 곧 군국주의자의 레텔을
> 붙여 버리는 풍조가 지배적이었다. 그렇게 전쟁중과는 정반대인 반
> 전적인 전쟁소설이 차례 차례로 나타났으며, 이것이야말로 진정한
> 문학이라고 해서 세상으로부터 압도적인 지지를 받았다. 임무를 수
> 행하지 않고 전선에서 탈출하는 비겁한 군인이 주인공이 되고, 그
> 것을 휴머니즘의 화신으로서 영웅처럼 맞이했다.[21]

이것은 훨씬 나중의 기록이나 그의 기억 속에서 전후에 있었던 세상의
변화가 얼마나 큰 충격이었는지를 엿볼 수 있다. 성전의식을 가지고 싸
우며 기록한 자신의 문학이 진정한 전쟁문학으로 칭찬을 받아 왔는데,
그것이 급변해서 군국주의에 협력한 '침략전쟁문학'으로 비판을 받게 되
고, 한편 '반전적 전쟁소설'이 '진정한 전쟁문학'으로 지지를 받는 상황이
되었던 것이다. 여기에서 '반전적 전쟁소설'은 전시 중에 금지되었다가
전후에 출판된 작품 군을 의미한다. 특히, 히노가 언급하고 있는 전후의
'진정한 전쟁문학'이란 말은 이시가와 다츠죠(石川達三)의『살아있는 병사
(生きている兵隊)』를 떠올리게 한다. 전시 중에 발매 금지되었던 이 작품은
전후 간행되어 베스트셀러가 된다. 그때 이시가와는 단행본의 서문에 "진
정한 전쟁문학을 쓰고 싶었다"고 적고 있다. 패전 직후에 일어난 진실의
반전, 히노는 당시 확 뒤집어진 '진정한 전쟁문학'의 내용을 받아들일 수
가 없었던 것 같다.
 그것은 전쟁책임에 대한 해명으로 발표된「슬픈 병사」에 잘 나타나 있다.

> 나는 확신한다. 이와 같은 도의의 퇴폐와 지조의 결여야말로 패
> 배의 원인이었다고 (중략) 승리자는 사상 면에서도 일본을 바로 잡

---

21) 히노 아시헤이,「해설」,『히노 아시헤이 선집 제4집』, 동경창원사(東京創元社), 1958,
    429쪽.

으려고 하나 일본이 민주주의가 되고 자유주의가 되는 것에는 어떤 수고도 필요치 않다. 패전의 원인이 된 도의의 퇴폐와 지조의 결여를 구해낼 수 있는 하나의 정신이야말로 병사의 정신이 아니고 무엇이겠는가 (중략) 병사정신은 진정으로 큰 평화의 정신에 지나지 않는다.[22]

이 문장은 전쟁책임에 대한 변명으로 쓰여진 것이지만 전쟁책임에 대한 반성은 조금도 보이지 않는다. 패전의 원인이 '도의의 퇴폐와 지조의 결여'에 있다고 하는 등 그는 전쟁 책임 대신 패전 책임에 대해 언급하고 있다. 그리고 '병사정신'이야말로 그 패전의 원인을 바로 잡을 수 있는 것이라 하고 있다. 전시하에 병사들의 대변자 역할을 해 왔던 그가 전후의 혼란함 속에서도 '병사정신'이야말로 '평화의 정신'으로 이어지는 것이라고 주장하고 있다. 그것은 사랑하는 조국을 위해 성전의식을 가지고 싸워야만 한다는 전시하의 그의 주장이 그대로 패전 상황으로 옮겨져 있는 듯한 느낌을 갖게 한다.

'병사정신'과 함께 그의 전쟁책임에 대한 또 하나의 변명론으로 지적할 수 있는 것은 성실론이다. 그의 '성실론'은, 자신의 전후상황을 고백한 작품 『혁명전후(革命前後)』의 주인공이 패전 후 CIC(민간정보국)의 조사관에게 대답한 다음 문장에서도 엿볼 수 있다.

나는 태평양 전쟁이 침략전쟁인지 아닌지는 잘 모릅니다. 적어도 싸우고 있는 동안에는 한번도 그렇게 생각한 적이 없었습니다. 조국이 지면 큰일이라고 하는 일념만이 있었을 뿐 나 같은 사람이 아무리 힘을 써도 어떻게 되지는 않았지만 그래도 어쨌든 전신전력을 다해 조국의 승리를 위해 몸바쳐 일했습니다. (중략) 그러나 나는 나대로 전쟁에 협력한 것을 후회하지 않습니다. 패배한 것은 유감스럽게 생각합니다만 내 기분은 패전에도 불구하고 지금도 변함없습니다.[23]

---

22) 히노 아시헤이, 「슬픈 병사」, 『아사히신문』, 1945. 11. 13.

여기서 패전 직후 히노는 "태평양 전쟁이 침략전쟁인지 아닌지는 잘 모른"다고 자신이 참가한 중일전쟁이 침략전쟁이었음을 부인하고 있다. 그리고 자신은 병사로서 조국의 승리를 위해 최선을 다했고, 그래서 "전쟁에 협력한 것은 후회하지 않는"다고 당당하게 말하고 있다. 이것은 후에 '성실론'으로 연결된다. 그는 세상의 비난에 "나는 전쟁터에서 자신의 임무를 수행하지 않았던 병사를 인간으로 존경할 수가 없다. 그것은 인간의 책임에 대한 깊은 문제이며 제국주의, 군국주의, 군벌 등의 상념과는 전혀 관계없는 근본적인 인격론이다"24)라고 성실론이나 인격론을 가지고 반격해 왔다. 그의 변명은 책임을 열심히 수행했는데 비판받는 것은 말도 안 되며, 오히려 그 전중에 성실하지 않았던 사람들이야말로 비판을 받아야만 한다는 논리에 기반하고 있었다. 그의 '성실론'은 후에도 그를 비판하는 세상에 대한 반격론으로 자주 등장한다. 마에다 가쿠죠(前田角藏)는 그의 논리를 '권력이라는 힘의 검열 속에서 자신은 작가로서 힘껏 <병사를 위한 문학>을 썼다고 하는 주관적 성실주의'라고 분석하고 그 '성실론'이야말로 '히노의 작가적 주체성이며 논리'라고 말했다.25)

그러나 그런 히노를 변명해 주는 논의는 거의 없고 전후부터 현재에 이르기까지 그의 전쟁책임을 묻는 비판론은 무수히 많이 나와 있다. 그의 비판론을 크게 분류해 보면 가장 많이 보이는 것은 역시 그가 본 '사실' 혹은 '진실'을 둘러싼 논의다. 그가 너무나도 전쟁 가까이에 있었던 탓에 거대한 전쟁의 전체상을 볼 수 없었다는 것이다. 혹은 일부러 보지 않으려고 했다는 것이다. 이 논의로는 야스타 다케시(安田武)와 와타나베 요시키(渡部芳紀)의 논을 들 수 있다. 야스타 다케시는 히노가 전쟁에서 '비겁한 행동이나 태만한 거짓, 비열한 배반, 언어도단의 잔악함을 보았음에도 불구하고' '시국에 영합하기 위해서 전쟁터에 있는 병사들의 모습

23) 히노 아시헤이, 『혁명전후』, 중앙공론사, 1960, 282쪽.
24) 히노 아시헤이, 「해설」, 『히노 아시헤이 선집 제4권』, 위의 책, 429쪽.
25) 마에다 가쿠죠, 「중일전쟁기의 히노 아시헤이 (상)」, 『일본문학』, 1983. 2, 34쪽.

을 저렇게 아름답게 그렸다'고 말하고 있다.26) 또한 와타나베 요시기는 1938년 3월에 발표되었다가 금지되었던 『살아있는 병사』를 "전쟁의 잔혹함, 일본군의 비도덕적인 만행을 이 정도로 확실히 그린" 작품이 없다고 평가하고 있는 반면, 『보리와 병정』에는 '자아를 포기하고 비판정신을 상실한 진실을 보지 않으려고 한 자세가 있었을 뿐이'라고 말하고 있다.27)

『보리와 병정』에 그려져 있는 중국농민의 모습에도 전쟁으로 인해 고통스러워하는 모습이 그다지 많이 그려져 있지 않으며 그 고통이 일본군에 의한 것이라는 자각도 전혀 보이지 않았다. 그밖에 『꽃과 병사』 또한 남경입성의 일본군을 소재로 하고 있음에도 불구하고 그 작품에는 '남경 대학살'의 잔학에 대한 언급은 조금도 보이지 않는다. 즉 중일전쟁이 일본 제국주의의 침략전쟁임을 폭로하고 그 잔학성을 비판하는 게 아니라, 그 군대나 병사의 활동을 찬미했다는 점에서 비판받아야 한다는 논의이다.

두 번째는 작가로서의 비판정신이 결여되어 있음을 지적하는 논의다. 마에다 가쿠죠(前田角藏)는 히노 아시헤이의 비극의 원인이, 그가 "작가라는 것 자체의 유죄성을 자각하는 일이 없어서, 따라서 권력과의 무비판, 무매개한 공범, 가담을 사전에 막지 못했던 논리와 논리가 내부에 결여된 채 전쟁기를 지내 버린 데 있었다"고 지적하고 있다.28) 물론 아무리 전쟁기라고 해도 그가 거기까지 무비판적으로 된 원인은 작가라고 하는 지식인으로서의 책임감이나 자각이 없었던 데 있었다고 하는 것이다.

세 번째는 전쟁책임에 관해 언급할 때 간과할 수 없는 논의로 전쟁의 피해자 측에서 본 그의 문학평가일 것이다. 그의 작품은 선량한 서민을 선동시켜 무수히 많은 희생자를 내는 원인으로 작용했다. 리세(李靑)는 「일본인이 쓴 중일전쟁」에서 "얼마나 많은 청년이 전쟁터에서 싸우다 죽

26) 야스타 다케시, 『전쟁문학론』, 제3문명사, 1977, 144쪽.
27) 와타나베 요시키, 「소화13년 이시카와 다츠지 『살아있는 병사』 히노 아시헤이 『보리와 병정』」, 『국문학』, 1983. 8.
28) 마에다 가쿠죠, 「중일전쟁기의 히노 아시헤이 (하)」, 『일본문학』, 1983. 3, 23쪽.

었겠는가. 그들은 피해를 입고 있는 모든 사람들에게 있어 적이며 전쟁
범죄인이다. 그러나 그들 또한 전쟁의 희생자이며 슬픈 피해자이기도 하
다"²⁹⁾고 지적하고 있다. 전쟁기 그의 작품이 일본 내에서 얼마나 많은 역
할을 해왔는가에 대해서는 전술한 대로이다. 그 중에서 하나는 식민지
국가에 번역된 『보리와 병정』의 역할을 들 수 있다. 무수히 많은 청년들
이 징병제에 의해 징병되어 전쟁터에서 죽어 갔다. 그러나 그것이 조국
을 위하여 라는 논리로 정당화되어 있었다. 그 과정에서 히노의 작품이
얼마나 전략적으로 이용되었는지를 규명할 필요가 있다.

그러나 그는 1955년 중국과 북조선을 방문한 기록 「공산국의 여행(赤
い國の旅人)」에서 병사 3부작 작가로서의 반성을 보이고 있다.

> 현재 여행하고 있는 곳은, 내가 병사로 싸웠던 적이 있는 장소들
> 뿐이다. 예전에 그 전선에 있었을 때, 만약 탄환에 맞아 죽을 시에
> 는 적군에게도 아군에게도 들릴 정도의 큰 목소리로 대 일본 제국
> 만세, 천황 폐하 만세를 외치려고 나는 생각하고 있었다. 『보리와
> 병정』, 『흙과 병정』 등에도 그런 것을 썼다. 나는 바보였기 때문에.
> 이 전쟁을 침략전쟁이라고 생각한 적이 한 번도 없었고, 오로지 조
> 국의 위기라고 믿고 조국의 승리만을 바랬다. 그래서 있는 힘껏 최
> 선을 다해 싸웠는데, 그런 나의 애국심의 배후에는 언제나 천황 폐
> 하를 위해 죽을 수 있다는. 그것은 지금 생각해 봐도 순수한 감동
> 이었던 것 같다. (중략) 전쟁 중에 천황에게 받친 사랑도 감동도 하
> 나의 현상이었는데. 현상에 목숨을 걸고 과오나 죄악을 범한 가운
> 데에서도 인간이 성장하는 것이라 한다면 현재의 성실도 믿기 어
> 려운 것이며, 혼란과 덧없음 속에서 오히려 미래의 진실을 구해야
> 만 하는가. 그것이 인간의 슬픈 어리석음인가.³⁰⁾

---

29) 리세이, 「일본인이 그린 중일전쟁 (하) - 병정3부작을 중심으로」, 『리츠메이칸문
학(立命館文學)』, 1995. 7, 212쪽.

30) 히노 아시헤이, 「공산국 여행」, 『문예』, 1955, 인용은 『히노 아시헤이 선집 제6권』
(동경창원사, 1958)에 의함. 206쪽.

　여기서 그는 중일전쟁이 침략전쟁임을 자각하지 못하고, 황군으로서 "대 일본 제국 만세, 천황 폐하 만세"를 외치면서 조국을 위해 목숨을 걸고 싸웠던 자신이 바보였다고 솔직히 반성하고 있다. 그리고 자신에게 그토록 소중했던 조국애나 천황에의 충성이 하나의 현상에 불과했음을 깨닫고 그것 때문에 범해온 '과오나 죄악'에 대해서도 반성을 보이고 있다. 그리고 무엇보다도 중요한 것은 그가 전후 계속해서 주장해 온 '성실론'에 대해서도 자신의 잘못을 인정하고 있다는 점이다. 히노는 자신이 '현재의 성실'에서 진실을 구하려고 했으나 '미래의 진실'을 추구했어야만 했다고 말하고 있다. '미래의 진실'이 무엇을 의미하는가에 대해서는 언급하고 있지 않지만 시대를 초월해서 미래에도 진실이 될 수 있는 진실이라고 하는 점에서 올바른 역사인식에 대한 지향을 의미하는 것이 아닐까.『보리와 병정』이나 그 밖의 다른 작품에서도 히노는 중국농민에게 보내는 동정의 시선과 천황에의 충성이 모순이라는 것을 느끼지 못했었다. 그러나 1955년 단계에서 겨우 그것이 모순이었다는 것을 알아차린다. 전쟁문학을 써서 전쟁에 협력한 것의 의미를 직시하게 된 것을 그의 자각으로 본다면, 그가 자살을 하기까지는 약 10년에 가까운 시간이 흘렀다. 전쟁 기에 각인된 정의나 도덕 진실 등에서 그가 벗어나는데 그 정도의 시간이 필요했는지도 모른다.

　1960년에는 패전 후의 혼란했던 세상을 배경으로 당시의 고난을 고백하는「혁명 전후」를 쓰나 출판을 보지 못하고 숨을 거둔다. 그 때 그의 나이 54세. 당시는 심근경색으로 죽었다고 보도되었으나 12년 후에 히노의 죽음이 자살이었음이 유족들의 발표로 알려진다.

6. 맺음말

지금까지 히노 아시헤이라는 신인작가가 종군작가로 갈채를 받고 패전 후 전쟁책임으로 자살하기까지의 경위를 논했다, 그것은 '전쟁의 진실'을 그린 소설로서 평가받았던 그의 대표작이 패전 후 '침략 전쟁문학'으로 비난을 받게 되는 과정이기도 했다. 물론 이러한 경위가 드문 예는 아니다. 일본 문학자의 전쟁책임 문제는 히노 아시헤이에게만 해당되는 문제는 아니기 때문이다. 그러나, '전쟁'을 '진실' 탐구의 테마로 보고, 그에 관련된 많은 작품을 쓰고 또 마지막에는 그것을 위해 죽었다는 점에서 그의 문학 활동에는 오늘날에도 고찰해 볼 만한 문제가 제기되어 있다고 생각한다. 먼저 유의해 둘 필요가 있는 것은 히노 아시헤이가 주장한 전쟁에 있어서의 '진실'이다. 『보리와 병정』서문에서도 알 수 있었듯이 그의 '진실'은 리얼리즘이라는 문학개념에 의해 지탱되어져 있었다. 따라서 『보리와 병정』에 있어서의 '진실'에는 무언가 심원한 의미가 있는 것이 아니었다. 거기에는 종군작가의 '진실'을 찾으려는 의지가 있었을 뿐이다. 그러나 그것이 일본의 전시기의 미디어나 문단의 보도를 통해 전쟁의 '진실'로서 만들어져 간다. 즉 히노는 '진실'이라는 말에 입각해 문학작품을 쓰고, 그의 독자는 그가 쓴 '진실'이라는 말에 의해 전쟁을 공유하게 되는 것이다. 그런 점에서 히노가 말한 '진실'이란 소위 '대 일본 제국만세', '천황폐하 만세'라는 말과 마찬가지로 동의 반복될 수밖에 없는 슬로건에 지나지 않았다.

물론 '진실'은 리얼하지 않으면 안 된다. 전쟁의 '진실'은 리얼리즘을 가지고 그려지지 않으면 안 된다. 이와 같이 르포르타주의 수법을 가지고 전쟁의 비참함을 그리는 것은 오늘날의 일반적인 생각과 다를 바 없다. 그러나 전쟁을 리얼리즘으로 그린다고 하는 수법의 공죄는 제일 먼저 그것이 이미지로서 유통되는데 있다. 리얼리즘은 있는 그대로 진실을 그리는 것이 아니라 그렇게 생각하게 해 버리는 이데올로기이다. 예를 들어 히노가 그린 '진실'은 전쟁터로 향하는 병사나 그들을 전송하는 독자와 함께 공유된다. 예를 들어 그것은 한국에서도 황국신민의 당연한 모습으로서 선전되는 것이다. 히노처럼 전쟁에서 '진실'을 구하는 소설류가 단지 전쟁을 극적으로 그리는 소설보다 독자에게 절실한 이미지를 제공하는 데 효과적이었던 것이다. 이런 의미에서 우리들이 주목해야 하는 것은 전쟁기에 만들어진 '진실' 이데올로기이며 프로퍼 갠더로서의 히노 아시헤이의 전쟁문학이다.

패전 후, GHQ 점령 하의 일본에서, 히노 아시헤이는 '문화 전범1호'로서 규탄을 받게 된다. 또 1948년에는 전쟁협력자로 낙인이 찍혀 문필가로서도 추방명령을 받았다. 당연히 그에 대한 평가도 일변했다. 그것은 소위 전쟁문학에 있어서 '진실'의 역설이었다. 그때까지 칭송을 받고 권장되었던 전쟁문학이 침략전쟁을 찬미하는 것으로 비판을 받게 되고, 반전을 그린 소설이 진정한 전쟁문학으로 평가를 받게 된다. 그런데 그러한 세상의 비판론에 히노는 '병사의 성신'이나 '성실론'을 가시고 반발한다. 어떤 의미에서 그것은 승패를 가지고 전쟁의 선악을 판단하는 것에 대해 이의를 제기한 것으로도 생각할 수 있다. 그러나 전쟁책임이라는 관점에서 볼 때 그의 '병사정신'은 전쟁책임은 커녕 전후에도 전시하와 같은 조국애를 주장하는 것에 지나지 않았으며 '성실론' 또한 주관적인 자기 변명에 지나지 않았다. 결국 그는 죽음을 선택했다. 히노가 결국 넘지 못한 것은 '진실'의 벽이다. 전쟁의 '진실'이라고 하는 것이 있다면 그것은 천황이나 국가에의 충성, 그리고 조국애에서 구해지는 것이 아니다. 그것은 적군 병사나 전쟁의 희생자, 즉 타자에게서 찾아야만 하는 윤리이다. 히노 아시헤이가 그것을 어떻게 생각하고 있었는지는 모른다. 단지

그가 죽음을 선택하기까지의 과정에서 전쟁협력자로서의 고민은 보여도
타자에 대한 반성은 그다지 찾아볼 수 없었다.

보 론

친일영화의 재고와 자발성
동아시아문학의 식민성과 탈식민성 연구

친일영화의 재고와 자발성

강성률(건국대학교)

1. 되살아난 일제의 망령

2004년이 시작되지미자 일제의 망령과 친일파의 망령이 되살아났다. 일제로부터 해방을 위해 싸웠던 상해 임시정부의 법통을 잇는다던 대한민국의 국회는 친일특별법 제정을 반대했고, 친일인명사전 편찬 예산 5억마저 삭감해 버렸다. 도대체 어느 나라의 국회인지 의심스러운 가운데 연예인 이승연은 일제의 성 노리개였던 정신대를 소재로 누드를 촬영했다고 밝혀 논란을 일으켰다. 국외 사정은 더욱 심각했다. 고이즈미 총리는 일본 전범의 위패를 모신 야스쿠니 신사에 전격적으로 참배를 강행했고, 한국의 독도 우표 발행에도 유감을 표했다. 중국은 고구려사를 자신들의 부속사(史)로 넣으려고 하면서 결국 조선족 문제를 자신들의 문제로 안고 가려는 속셈을 드러냈다. 이 모든 문제의 핵심은 일제의 식민지 정책에서 비롯됐다. 보다 정확히 말하자면 일제의 잔재를 아직도 청산하지

못했기 때문에 발생한 문제들이다. 21세기를 살면서도 20세기의 망령에
사로잡혀 있는 것은 결국 우리 자신의 문제에 기인한 것이다.

　일제 식민의 기억은 조선인들에게 지울 수 없는 상처를 남겼다. 발전
된 문화를 지니고 있다고 믿었던 조선이 다른 나라가 아닌 자신들이 문
화를 전수해 주었던 '야만' 일본의 식민지로 전락했다는 사실은 충격을
주기에 부족함이 없었다. 선망과 동경의 대상이었던 서양의 식민지가 아
니라 일본의 식민지라는 사실이 자괴감을 심어주기에 충분했다는 것이
다. 그러나 그런 상처는 이후 더욱 본격화된다. 대동아공영권을 꿈꾸었던
일본은 1937년 중일전쟁을 계기로 아예 조선의 말과 글을 없애 버리고
조선인을 일본인과 같은 민족으로 만들려는 노력을 하게 된다. 많은 조
선인들의 변절은 이때에 이루어졌다. 독일이 파리를 함락하고 일본이 싱
가포르 함락은 물론 중국까지 가파르게 차지해 나가자 그들은 대동아공
영권을 대세로 여겼던 것이다. 때문에 그들은 일본인과 마찬가지로 지원
병의 의무가 주어진 것에 감사하면서, 서양에 맞서 대동아공영권1)을 추
구해야 한다고 목소리를 높였다.

　다른 분야의 예술과 마찬가지로, 일제 시대의 영화 가운데 가장 불행
한 영화는 바로 이 시기에 만들어진 영화일 것이다. 그것은 개인적으로
봤을 때는 자신의 의지에 따라 출세를 위해 만든 영화이면서도 나중에는
결국 외면해야 할 영화였기 때문이고, 민족적으로 봤을 때는 동포를 전
쟁의 구렁텅이로 몰아넣은 철저히 반민족인 파쇼적 영화이기 때문이다.
영화 제작 여건을 보더라도, 최악의 상황이라고 하지 않을 수 없다. 제작
과 배급이 한 회사에서 통제되는 시스템이었다. 그러나 안타깝게도 우리
는 해방 이후 식민말기의 검열 제도와 통제 제도를 그대로 복원함으로써

---

1) 미국의 세계화에 맞서 중국, 한국, 일본 삼국의 문화를 토대로 맞서는 동아시아 문
　화권 주장이 한때 한국에도 크게 번창한 적이 있는데, 미국의 오만한 패권주의를
　보면서 이런 연대에 깊이 공감하면서도 한편으로는 이런 연대가 이미 일제의 대
　동아공영권으로 실험된 적이 있다는 점에서 씁쓸하지 않을 수 없다.

이 시대를 비판할 자격을 상실하게 된다.

이 글에서는 가장 극악한 영화가 만들어진 1937년 이후부터 해방 직전까지의 상황을 전반적으로 살펴본 후 친일영화에 대한 기존의 연구를 재고하려 한다. 이 작업은 미진했던 친일영화 연구를 보완하는 것을 일차 목적으로 하며, 더 나아가 새로운 시각으로 친일 영화를 연구함으로써 다소 정체되어 있는 친일영화 연구에 활력을 불어넣으려는 것이다. 넓게 보자면, 이 글은 일제 말기를 객관적으로 분석해서 우리의 과거를 정확히 파악하고자 함이며, 그런 작업은 다시 현재의 우리 모습을 정확히 파악하고자 함이고, 나아가 슬픈 역사를 재답하지 않으려는, 미래의 청사진을 그리고자 함이다. 친일영화 연구가 중요한 것은 해방 이후 왜곡되고 굴절된 영화사를 청산하고 진정한 한국영화의 르네상스를 맞이하기 위한 작업이다.

2. 친일영화 연구의 제반 문제들

1) 시대적 · 영화적 배경

일제는 1929년 세계대공황을 겪으면서 정치, 경제적 위기에 빠졌고 여기에 광주학생운동 등 민족해방운동이 고조되자 식민지 통치에 큰 위협을 느끼고 있었다. 이러한 위기 상황에서 탈출하고자 일본 내에서는 군부쿠데타가 일어나 군사적 파쇼체제를 갖추었고 조선에서 식민지체제를 더욱 강화하였다. 이어 대륙침략을 시도한 일제는 1931년 만주침략, 1932년 상해침공, 1937년 중일전쟁, 1941년 태평양전쟁을 도발, 침략 전쟁을

확대시켜 나갔다. 이 과정에서 조선은 일제의 대륙침략을 위한 병참기지
로 재편되어 사회는 철저히 통제당하였고 침략전쟁에 필요한 인력과 물
력을 수탈당하였다. 특히 일제의 수탈은 중일전쟁을 기점으로 극악해지
기 시작했다. 중일전쟁을 '동아신질서 확립' 혹은 '성전'이라 하면서 물자
와 인력을 전쟁에 최대한 동원하고자 혈안이 되어 조선인들에게도 일본
인과 같은 의무로서 강제연행과 지원병, 징병을 강행했는데, 특히 내선일
체의 논리는 일제가 강제로 인력을 동원하는 데 최대한으로 이용되었다.
황민화 내선일체의 강요 때문에 조선인들은 권리는 없이 일본인과 똑같
은 병역을 비롯한 전쟁 동원의 의무만을 지게 되었다. 이제 천황에 대한
충성과 죽음까지도 강요받았고 그것은 조선인들을 질식시키기에 이르렀
다.[2]

상황이 이러함에도 불구하고 "중일전쟁이 일어난 직후에 친일의 길에
들어서 내선일체의 황민화를 주장했던 이들은 징용이야말로 의무일 뿐
아니라 특권이라고 생각했다. 그 동안 일본인과 조선인 사이에 차별이
존재했는데, 일본인에게만 적용되던 징병이 조선인에게도 실시됨으로써
일본인과 마찬가지로 어엿한 국민으로서 대우받게 됐다고 여겼고 이를
내선일체의 완성이라고 보았던 것이다. 이렇듯 진정으로 일본인과 동등
한 대우를 받게 됐다는 점에 감격했고, 그 동안 받았던 차별과 불평등을
일거에 극복하는 것이라 생각함으로써 해방감을 느끼면서 눈물을 흘렸던
것이다."[3] 많은 지식인이 친일로 변절하는 사태가 발생한 것은 바로 이
때인데, 중요한 것은 이들의 변절이 단순히 개인의 안락만을 추구하기
위한 것이 아니라 자신의 신념에 의해서 행한 것이라는 점이다. 일본이
전쟁에서 질 것이라고는 생각도 하지 못했기 때문에, 따라서 조선의 해

---

2) 이명화, 「일제의 황민화 정책과 민족주의자들의 변절과 협력의 논리」, 민족문제연
   구소, 『친일파란 무엇인가』, 아세아문화사, 1997, 140쪽.
3) 김재용, 「친일문학의 자발성과 내적 논리」, 광복 57주년 기념 학술심포지움 자료
   집 『강요된 부역인가, 내재된 신념인가』, 민족문제연구소, 2002, 13쪽.

방은 꿈에도 생각지 못했기 때문에, 그들은 이제 조선인도 영광스런 황
국의 신민이 되었다고 기뻐했던 것이다. 황국신민화를 하는 길만이 조선
의 살길이라고 그들은 굳게 믿었던 것이다.

그렇다면 당시 영화의 사정은 어떠했을까? 항시 그런 것처럼, 어용 단
체들이 먼저 결성되기 시작했다. 조선 영화계를 개편하려 했던 일제의
의도에 맞추어 스스로 어용단체를 만들었던 영화인들이 있었다.4) 일본의
국책 영화단체인 제일영화협단과 같은 어용 단체를 모방하여 발족한 조
선영화협단을 들 수 있다. 이 조선영화협단의 슬로건은 '국민 영화의 촉
진에 기여한다'는 목적으로 창단되었는데, 여기에는 안종화, 야마나카(山
中裕), 이금룡, 김한, 독은기, 최운봉, 남홍일, 김소영 등이 가입하였다. 이
후 일제는 영화인들의 원활한 통제를 위해 조선영화협회를 만들었다. 이
협회는 영화를 통해 내선일체에 기여하고자 일제가 만든 관제 단체로서,
사실상 한국적인 표현의 자유나 작품활동을 중지시키고 일제의 정책에
협력하겠다는 선서이기도 하였다. 그들이 한 일이라고는 조선총독부 후
원 아래 영화문화강좌를 개최한다든가, 아니면 전승 뉴스가 있을 때마다
축하 행렬의 장식품으로 동원된다든가, 심지어 일개 일본영화 잡지인
『키네마 순보』의 후원으로 영화문화전람회를 여는 등 황국신민화 운동의
노리개로 이용되는 것이었다. 그럼에도 불구하고, 이 협회에 가입하지 않
은 영화인들은 일체의 작품 활동이 불가능했고 심지어 사상적인 문제자
로 낙인찍히기까지 했다. 이 협회의 구성원으로는 회장 안종화, 상무이사
안석영, 이사 이규환, 서월영, 이명우, 상무 평의원 김택윤, 평의원 서광
제, 최인규, 양세웅, 김한, 이필우, 김정화 등이다.

그런데 흥미롭게도 이 협회는 영화기능인 심사위원회라는 것을 두었
다. 이것은 모든 영화인에게 등록을 필하게 해서 효율적으로 통제하려는

---

4) 이 부분의 내용은 별다른 각주가 없는 한 유현목의 『한국영화발달사』(책누리,
1997)을 참조하였다.

수단이었다. 등록을 필한 영화인에게는 기능증을 발행했는데, 이 기능증이 있어야만 영화활동을 할 수 있었다. 영화인의 생사권을 쥐고 있다고할 수 있는 이 단체는 사실상 기능을 심사하는 것이 아니라 사상 조사에주력하고 있었다. 이 위원회는 다음과 같이 구성되어 있었다. 위원장에는총독부 경무국 도서과장 혼다, 위원으로는 사무관 야노, 이사관 시미즈,경성제국대학 법문학부 교수 가라시마, 총독부 편수관 나카무라, 조선영화인협회 회장 안종화, 연출자 이규환, 안석영, 연기자 김한, 서월영, 촬영기사 세도, 양세웅, 간사에는 총독부 경무국 촉탁 오카다, 촉탁 김성균,조선영화인 협회 서기 김정화 등으로 구성되어 있었다.

이렇게 조선에서의 분위기가 어느 정도 무르익자 일제는 예정대로1940년 1월 조선영화령을 선포했다. 이것은 일본영화령을 모방한 것으로세부 세칙을 보면, 종래의 자유로웠던 영화 제작과 배급업이 허가제로바뀌었고, 일본 선전문화영화의 강제 상영 규정과 구미영화의 수입 및상영이 규제되어 있었다. 더욱이 조선영화령은 한국영화인의 강제 등록과 기능 심사 등에 대한 법적 제한이 강조되어 있었기 때문에 한국영화인들의 작품 활동과 표현의 자유를 송두리째 박탈했던 것은 물론 영화제작 및 배급업까지도 억압시켜 놓은 최대의 악법이 되고 말았다. 이제강제로 제작업, 배급업이 통폐합되었으며, 미국영화 수입도 철저한 통제를 받게 되었다. 영화배우, 극장주, 배급업자 모두 어려운 현실에 직면한것이다. 특히 조선영화제작주식회사라는 단일 회사로 통폐합된 제작업계의 타격이 무엇보다 컸다. 제작편수는 급속하게 감소했으며, 그나마 제작되는 영화의 대부분은 천편일률적인 친일영화였다. 극장 사정도 마찬가지였다. 상영작의 2/3를 일본영화로 채워야 했으니, 군국주의 찬양 영화가 극장을 거의 메우는 실정이었다. 한마디로 영화문화가 사라진 것이다.

2) 친일영화의 정의 재고

이제 친일영화에 대한 정의 문제를 다루어보기로 하자. 위에서 짧게 살펴 본 것처럼 식민지 시대의 조선 영화는 1940년부터 사정이 급격하게 나빠지기 시작했다. 제작, 배급이 획일화되었으니 그것을 벗어날 방법이 없었다. 영화는 문학이나 미술과 달리 단체가 하는 협동작업이며, 많은 제작비가 들어가는 작업이기 때문에 일제가 통제하기에는 더 없이 좋았다. 더군다나 단체에 가입하지 않은 이들에게는 영화를 만들 수 없게 규정을 만들어 놓아 더더욱 그러했다. 이런 시기에 조선영화인들은 친일영화를 만들었다.

여기서 먼저 언급해야 할 것은 친일영화에 대한 명확한 정의이다. 흔히 친일영화는 대개 "일본의 정책, 문화 등에 우호적인 태도를 취한다는 말이다. 그러나 일제 강점하 조선에서 친일이란 우호적인 태도를 넘어서서 일제의 조선 탄압정책에 적극 협력하고 부응하여 결과적으로는 일제의 식민지 정책을 강화하고 조선 민중의 해방의지를 말살하려 했던 반민족적 행위임에 틀림없다"[5]는 정도에 그친다. 그런데 다시 말하면 대개의 친일영화 정의는 일제의 정책에 부응한 반민족적 영화라는 정도의 정의에 그친다. 바로 여기서 문제가 발생한다. 일제의 정책에 동조한 정도를 두고 어느 정도까지 친일영화로 볼 것인지의 문제가 발생하게 되고, 그렇게 되면 필연적으로 소극적 친일영화, 적극적 친일영화가 나뉘게 된다. 그런데 소극적 친일영화라는 것이 결국 일제시대 조선의 암울한 현실을 은폐하거나 또는 간접적으로 일제의 정책을 옹호한 영화라는 식의 논의가 발생하게 되면서 필연적으로 일제시대의 거의 대부분의 영화를 친일영화로 분류하는 오류를 범하게 된다. 가령 일제 시대 대부분을 차지하는 신파 영화 역시 모순을 은폐한다는 점에서 친일영화가 되며, 심지어

---

5) 이효인, 『한국영화역사강의1』, 이론과실천, 1992, 279쪽.

<아리랑>을 만들었던 나운규조차 일인 감독이 만든 정훈성 영화 <남편은 경비대로>에 출현했기 때문에 친일영화인이라는 논리가 가능해진다. 이런 문제는 논의를 정확하게 하지 않았기 때문에 발생한 것이다. 친일영화에 대한 보다 정확한 정의가 필요한 것은 바로 이 때문이다.

문학평론가 김재용의 연구는 이 부분에서 많은 것을 암시해 준다. 같은 고민을 안고 있었던 친일문학을 연구하면서 그는 대동아공영권의 전쟁 동원과 내선일체의 황국신민화를 다룬 문학만을 친일문학으로 분류하고자 했다.6) 언어민족주의, 창씨개명 여부, 친일단체 가입 여부와 상관없이, 그들의 문학이 동양에 대한 자각을 다루고 있든 생산문학이든 간에 대동아공영권의 전쟁 동원과 내선일체의 황국신민화를 주장하고 있으면 친일문학이라는 것이다. 기존의 연구가 품고 있던 문제를 시원하게 해소해준 연구라고 할 수 있다. 애매 모호했던 친일문학의 경계를 명확하게 해주면서 그 범위를 최소화했다는 점에서 수긍하지 않을 수 없다는 것이다.

필자는 영화에서도 이 기준을 적용하고자 한다. 대동아공영권의 전쟁 동원과 내선일체의 황국신민화를 직접적으로 주장하지 않은 영화는 친일영화로 규정할 수 없다는 것이 필자의 생각이다. 그렇지 않을 경우 많은 문제가 발생한다. 영화 필름이 남아있지 않은 지금의 상황에서, 그나마 정확한 내용도 알지 못하는 상황에서 암울한 조선 현실을 은폐하거나 간접적으로 일제 정책을 옹호하는 영화를 구분하는 것 자체도 어렵거니와 또한 그것이 일제의 정책과 상관없이 감독의 '순수한' 의도였을 경우도 있기 때문이다. 여기에 한 가지 덧붙이자면, 일제의 병참기지화가 가속화된 결정적 계기인 1937년 중일전쟁 이후의 영화로 친일영화의 범위를 한정해야 해야 한다는 것이다. 범위를 이렇게 좁히는 것은 1937년 이전의 영화에는 그런 친일적 요소가 거의 드러나지 않기 때문이기도 하고, 설

---

6) 김재용, 앞의 글, 19쪽.

령 드러난다고 하더라도 그 정도가 노골적이지 않기 때문이다. 다르게 말하자면, 적어도 영화 통제에 있어서는 1937년 이전의 통제는 그토록 가혹하지는 않았다는 것이다. 때문에 1937년 이전의 영화를 친일영화로 규정하는 것 역시 지나치게 논의를 확대시켜 오히려 논의를 흐리는 우를 범하게 된다.

가령 기존의 한국영화사가들은 대개 최인규의 <수업료>와 <집 없는 천사>를 친일영화로 분류했었다. 물론 몇몇 연구가들은 친일영화가 아니라고 했지만, 그것은 단지 최인규를 옹호하기 위한 것에 지나지 않았다. 대개는 두 편을 두고 일제 지배하의 조선의 어려운 상황을 가리는 소극적 친일영화라고 정의하는 것이 일반적이었다. 그러나 필자가 보기에 이 부분은 문제가 있다. 물론 필자는 두 영화가 "일제시대 조선민중이 겪는 고통받는 삶을 영상으로 고발하고 있는"[7] 영화라고는 전혀 생각지 않는다. 그렇다고 필자는 이 영화가 "계몽적 성격을 통해 간접적으로 조선사회의 모순을 은폐한 작품"[8]이기 때문에 친일영화라고도 전혀 생각지 않는다. 만약 이것이 성립하려면 일제시대 계몽영화는 모두 친일영화가 되어야 한다.

<수업료>는 "경일소학생신문에 입선된 광주 북정공립소학교 4학년생의 작문을 영화화한 것으로서 집안 살림이 가난한 까닭으로 수업료를 제대로 내지 못하는 소년이 낙심하지 않고 살아가는 모습을 그린 작품"[9]이고, <집없는 천사>는 "고아 출신인 문예봉·김신재·강홍식이 불우한 고아들을 선도하여 밝은 내일의 길로 인도한다는 내용의 계몽영화"[10]이다. 두 편을 필름으로 볼 수 없기에 정확한 내용을 알 수 없지만, 두 편에서는 대동아공영권의 전쟁 동원과 내선일체의 황국신민화를 직접적으

---

7) 김수남, 『한국 영화작가 연구』, 예니, 1995, 155쪽.
8) 이효인, 앞의 책, 282쪽.
9) 한국영화진흥조합 간, 『한국영화총서』, 한국영화진흥조합, 1972, 226쪽.
10) 같은 책, 230쪽.

로 주장하지 않는다. 단지 어려운 여건 속에서도 꿋꿋이 살아가는 사람들의 모습을 다루고 있을 따름이다. 때문에 두 영화가 황국신민화나 전쟁동원을 보여주는 영화라면 친일영화가 되겠지만, 단지 계몽적 성격을 지닌 영화라면 그것을 두고 섣불리 친일영화라고 규정할 수 없다. 더군다나 최인규 영화 속에 나타난 계몽주의가 최인규 개인의 생각이라면, 그래서 그는 일제의 정책에 담합할 생각이 전혀 없었다면, 그것을 두고 친일영화라고 규정할 수는 없다. 때문에 이 두 영화에 대한 연구는 더 진행되어야 한다. 물론 수기 당선 공모작을 영화로 만들었고, 그 작업 과정에서 일본의 기술이 많이 결합된 것으로 보아 친일영화일 가능성이 있지만 그러나 그것만으로 친일영화라고 단정하기는 어렵다. 친일영화는 대동아공영권의 전쟁 동원과 내선일체의 황국신민화를 직접적으로 주장하는 영화로서, 민족을 배반하고 인류를 죽음으로 몰고 가는 파시즘을 찬양하고 선동한 영화일 경우로 국한되어야 한다.

3) 친일영화 연구의 어려움 - 엇갈리는 자료들

친일영화에 대한 정의를 위와 같이 내릴 때에도 문제는 여전히 발생한다. 먼저 일제 시대 영화 필름이 존재하지 않는 데다가 당시의 자료도 한정되어 있기 때문에 연구의 어려움이 있다. 그러나 이것보다 더 문제는 한국영화사를 서술한 몇 안 되는 책에서도 평가가 서로 어긋나는 경우가 있기도 하고, 친일영화를 만든 당사자들이 자신의 입장을 변명하면서 논의를 흐려 놓은 경우도 있기 때문이다. 특히 평가가 어긋나는 한국영화사가들의 경우, 이는 인의 장막에 가려진 의도적인 것일 수도 있고, 저자들의 실수일 수도 있다. 그런 예를 전창근의 <복지만리>에서 볼 수 있다. 다음은 이 영화를 평한 부분이다.

일제에게 옥토를 빼앗긴 한국의 농민들은 만주 벌판으로 쫓겨가 그곳에서 집단 생활을 하면서 벌목 작업을 하고 있었다. 그들은 향수를 우정과 협동심으로 달래었다.

어느날 이 집단촌에 작부들이 들어왔다. 이들은 벌목을 하면서 살아가는 동포들을 가난하다고 천시하였다. 이것을 본 이 청년(전창근 분)은 그녀들에게 동포끼리 서로 돕고 살아야 한다고 설득을 한다. 그래서 그는 그녀들을 깨우치기 위해 작부 중 한 여인과 결혼까지 하여 행복을 과시한다.

이렇게 해서 다른 작부들도 하나하나 이 집단 벌목꾼들과 새로운 인생을 찾아 그들의 품에 안긴다.

만주 벌판에서 온갖 고역을 다 겪는 동포들의 비참한 생활상을 그리면서 민족애의 자각을 주제로 한 이 영화는 근래에 보기 드문 민족의식을 고취한 새로운 스타일의 작품으로 평가되어 절찬을 받았다.(…)

더구나 이방인들의 단결을 호소한 애족적인 장면 묘사로 전창근의 작가적 사상성이 문제되었던 이 작품은 마침내 그를 3개월여 옥고를 치르게 하기도 하였다.[11]

일본에 가서 벌이를 하던 청년 넷이 고향인 함경도 무산으로 돌아가서 벌목 일을 하며 살아가게 되었다. 그러나 봄이 되어 불경기가 휩쓸매, 그들은 다시 만주 땅으로 옮겨가서 살 길을 찾아야 했다.

일본이나 한국보다는 살기 좋은 ≪민족협화≫의 낙토 만주에서의 생활은 그지없이 희망에 찬 그것이었다. 그러나 우연히도 한국인 마을과 만주인 마을 사이에 뜻밖의 불화가 싹터서, 만주인 부락의 동장과 이들 네 청년의 충심에서 우러나는 화해 공작에도 불구하고, 마침내 양쪽 젊은이들은 정면 충돌의 기세에 놓이게 된다.

네 청년 가운데의 쑃이라는 청년은 이러한 사태를 진심으로 우려하며 당황한다. 이 불화에서 초래되는 것은 기십만 명에 달하는 한국 이민의 재앙이요, 또한 두 민족의 협화야말로 ≪동양평화≫를

---

11) 유현목, 앞의 책, 287-288쪽. <복지만리>에 대한 이런 평가는 『한국영화총서』도 마찬가지이다. 그러나 최근 출시된 『실록 한국영화총서』에는 황국신민화의 줄거리로, 『한국영화감독사전』에는 애족적인 내용으로 상반되게 소개되어 있다.

위해서 끝끝내 수호해야 할 사명이라고 확신하기 때문이었다. 어떻게 할 것인가? 그는 서로 싸우려는 양쪽 젊은이들을 앞질러 행동했다. 두 민족 사이에 벌어지는 위기를 미연에 방지할 방책으로서, 그는 스스로 피땀 흘려 건설한 한국인 부락에 불을 질러 놓았던 것이다.

만주인들은 동장의 충고도 있고 하여 타오르는 불길을 보고는 모두들 총대를 버리고 이웃마을의 재화를 구제했다. 이리하여 청년의 평화책은 성공한다.

그러나 다음날 아침, 불타버린 한국인 부락에서 마을 사람들은 강 청년의 시체를 발견해야 했다. 그는 방화의 책임을 자신의 죽음으로 보상한 것이며, 스스로 희생한 것이었다. 강 청년의 이러한 죽음은 하나의 명기할 교훈이 되어, 두 민족 사이에는 강인한 친화력을 가져오게 했다.[12]

<복지만리>를 처음 접하면 도대체 어느 것이 영화의 진짜 줄거리인지 알 수가 없다. 불과 60년 전의 영화인데도 이렇게 서술이 어긋난다. 만약 전자가 맞다면 이국에서 민족의 단결을 호소한 민족적 영화가 되고, 후자가 맞다면 내선일체의 황국신민화를 주장한 친일영화가 된다. 그렇다면 어느 것이 맞는 것일까? 다음을 보면 쉽게 알 수 있다.

일제의 침략이 북으로, 대륙으로 확대됨에 따라 조선 총독부의 정책을 반영해 만든 노래도 유행했다. 그 대표적인 것이 1941년 태평 4월 신보로 나온 「복지 만리」(김영수 작사·이재호 곡·백년설 노래)이다.

달 실은 馬車다 해 실은 馬車다
청대콩 벌판 우에 휘파람을 불며 불며
저 언덕을 넘어가면 새 세상의 문이 있다
黃色氣層 大陸길에 빨니 가자
방울 소리 울니며

---

12) 안종화, 『한국영화측면비사』, 현대미학사, 1998, 276-277쪽.

白馬를 달니던 고구려 쌈터다
파무친 성터 우에 청노새는 간다 간다
저 고개를 넘어스면 새 천지의 종이 운다
다함없는 大陸길에 어서 가자
방울 소리 울니며

「복지 만리」는 고려 영화사와 만주 영화협회가 제휴하여 제작한 국책 영화 「복지만리」의 주제가였다. 이 영화는 논밭을 일궈 만주의 새 천지로 향해 이주한 조선인의 생활을 소재로 한 작품이었다고 한다. 다만 『경성일보』의 기사에 의하면 "이 영화의 내용은 신동아 건설의 기둥이라고 할 수 있는 선만(鮮滿) 일체를 이상으로 하는 실체를 다룬 것으로서 진지한 두 민족의 정신적 융합을 이야기하는 것"이라고 되어 있다.13)

대중음악사 연구서를 보면 <복지만리>는 거의 상식처럼 통한다. 이런 예는 얼마든지 있다. 아래를 보자.

이 시기의 노골적인 친일가요들은 해방 후 불려지지 않아 많이 알려져 있지는 않다. 그 중, 이유는 알 수 없으나 <복지만리>란 노래가 흘러간 옛 노래 프로그램에서 종종 불려지면서 후대에까지 알려진 작품이다. <감격시대>처럼 행진곡풍 노래인데, 일제 시대의 노래 중 얼마 되지 않는 활달하고 명랑한 분위기의 노래로서 프로그램의 구색을 맞추었던 것이 아닌가 싶다. 가사에서 징병이나 징용에 관한 사실적 표현이 없으므로, 가사의 각 구절의 정치적 의미를 되새기지 않고 쉽게 불렀던 것으로 짐작된다.(중략)
이 작품은 고려영화사와 만주영화협회가 제휴하여 선만일체(鮮滿一體)를 선양하기 위해 제작한 국책영화 <복지만리>(김영수 극본, 전창근 감독)의 주제가였고, 3절은 일본어로 되어 있다. '청대콩 벌판', '황색기층 대륙길'이란 말이 중국과 만주를 지칭하는 것이 분명하다. 중국과 만주로의 진출이야말로 새 세상이 보장되는 것이라

---

13) 박찬호(안동림 역), 『한국 가요사』, 현암사, 1992, 477-478쪽.

고 이야기하고 있어서 일본의 만주 침략과 조선인의 만주 이주권
장 의도를 명확하게 드러내 보이고 있다. 특히 2절에서 '백마를 달
리든 고구려 쌈터다'라는 구절이 흥미롭다. 오랫동안 약소민족으로
침략 받고 살아온 우리 민족적 자존심(낭만적인 측면이 다분하지
만)의 근거인 강대국 고구려의 역사를 들먹이며 만주 진출을 부추
기고 있는 것이다. 이 구절 때문에 이 노래는 해방 후 고구려의 기
상을 노래한 작품이라는 이상한 해석이 덧붙여져 『광복의 메아리』
라는 독립군가집에까지 실려 있다. 그러나 궁극적 주제 의식은 고
구려 기상의 계승이 아니라 만주 침략임이 명확하다. 오히려 이 노
래는 당시에 심심치 않게 발견되던 고대사 소재의 작품들에 대하
여 다시 한번 생각해 보게 만든다. 일제가 이런 소재까지 정치적으
로 이용할 정도였음을 생각하면, 당시의 백제나 신라, 낙랑 등의 역
사적 설화를 소재로 한 작품들이 민족적이라는 판단을 내리는 것
은 지나치게 단순하고 섣부른 판단이라는 생각을 해야 하는 것이
다. 오히려 이러한 소재는 대동아공영권과 아시아적 가치를 주장하
던 일본의 정책에 부응하는 것이었을 수 있는 것이다.[14]

이제 답은 간단해졌다. <복지만리>는 내선일체의 황국신민화를 주장
하는 친일영화였을 따름이다. 그래도 문제는 남는다. 그렇다면 이 영화를
감독한 전창근은 왜 감옥에 간 것일까? 그것을 어떻게 설명할 수 있을까?
그것은 이영일이 증언하고 있다. "왜경은 전창근의 귀국을 중시하고 있었
다. 김구 선생 밑에서 3·1학교 교편을 잡고 소위 군관학교 사건의 연루
자로서 요시찰인으로 감시하고 있다가 <복지만리>가 끝난 뒤에 그를 체
포하여 버렸던 것이다."[15] 결론적으로 말하자면, 전창근은 <복지만리>
때문에 감옥에 간 것이 아니라 만주에서의 교편 생활 때문에 간 것이다.
슬픈 것은 상해에서 김구 선생 밑에서 교편을 잡던 전창근이 국내에 들
어와서는 친일영화를 만들었다는 것이며, 더욱 슬픈 것은 다른 분야의 연

14) 이영미, 『한국 대중가요사』, 시공사, 1998, 95-96쪽.
15) 이영일, 『한국영화인열전』, 한국영화진흥공사, 1982, 207쪽.

구자들도 이렇게 상세하게 알고 있는 것을 전문가라는 영화사가들이 왜 이렇게 모르고 있는가 하는 점이다. 아직도 "전창근 감독의 <복지만리> 가 사상적 시비에 휘말려 전 감독이 체포되어 100일 간 옥고를 치른다. 전창근 감독 역시 윤봉춘과 함께 민족정신, 항일정신이 높아 지사감독으로 불린 사람"16)이라고 평가하는 것은 도대체 무슨 이유 때문일까?

3. 친일영화의 분류와 자발성

1) 친일영화 분류

이제 친일영화에 대한 세부적인 논의를 해 보도록 하자. 필자는 앞에서 친일영화를 정의하면서, 1937년부터 1945년까지의 영화 가운데 대동아공영권의 전쟁 동원과 내선일체의 황국신민화를 직접적으로 주장하는 영화를 친일영화로 규정하기로 했다. 이제는 이 시기에 제작된 영화 가운데 이런 내용을 담고 있는 영화가 얼마나 되는지, 그 영화들이 누구에 의해서 만들어졌는지, 어떤 종류가 있는지, 왜 만들어졌는지 따져보는 것이 순서일 것 같다.

당시에 만들어진 영화를 연도별로 정리하면 다음과 같다.17)

---

16) 호현찬, 『한국영화 100년』, 문학사상사, 2000, 75쪽.

17) 여기서 언급해야 할 것은 일제시대에 만들어진 한국영화의 숫자가 정확하지 않다는 것이다. 이것은 한국영화사 연구가 아직 체계적이지 않기 때문에 발생하는 문제인데, 가령, 다큐멘터리, 문화영화를 제작편수에 포함하는 경우와 하지 않는 경우, 완성해 놓고 개봉을 한 영화와 하지 않은 영화를 제작편수에 넣는 여부에 따라 제작편수가 달라진다. 또한 아직 발굴하지 못한 영화도 있기 때문에 이 부분에 대한 보강도 필요하다. 이 글에서 필자는 『한국영화총서』와 『실록 한국영화

연 도 (편수)	제 목	감 독	제 작(제작자)	비 고
1937 (7)	오몽녀	나운규	경성촬영소(分島周次郞)	이태준 원작, 문예영화
	인생항로	안종화	한양영화사(차상은)	신파 멜로물
	노래조선	김상진	오케이레코드영화제작소	가요대상 촬영
	역습	안종화	고려영화키네마	신파
	순정해협	신경균	청구영화사(신경균)	신파 멜로물, 신경균의 데뷔작
	나그네	이규환	성봉영화원(홍찬)	일본 新興키네마와 공동제작, 동경 明治座 개봉
	심청	안석영	세기양행(정은규)	고전소설 원작
1938 (6)	청춘부대	홍개명	화랑영화사(임동원)	계몽 신파(물질주의 경계)
	한강	방한준	반도영화사(이구영)	근대화와 세대의 문제
	대금강산보	?	일활(日活)영화사	
	어화	안철영	극광영화사(안철영)	신파
	군용열차	서광제	성봉영화원(홍찬)	최초의 친일영화, 스파이 영화
	도생록	윤봉춘	천일영화사(최병규)	기구한 인생, 신파
1939 (10)	무정	박기채	조선영화사(최남주)	이광수 원작, 문예영화
	사랑에 속고 돈 에 울고	이명우	고려영화사(홍순언)	홍도야 우지 마라, 신파
	국경	최인규	천일영화사(최병규)	최인규 데뷔작, 1923년의 <국 경>과 구별, 액션 멜로
	애련송	김유영	극연좌 영화부(서항석)	동아일보 시나리오 당선작, 신파
	성황당	방한준	반도영화제작소(이구영)	정비석 원작, 신파
	귀착지	이영춘	한양영화사(김갑기)	계몽영화
	국기 아래서 나 는 죽는다	이익/ 岡野進一	조선영화문화회/일본문 화영화주식회사	황국신민화 영화
	처의 모습	이창근	평양동양영화사(이창근)	신파
	새 출발	이규환	조선영화사(최남주)	신파 계몽
	처녀도	신경균	한양영화사(차상은)	신파 멜로

　총서』에 등장하는 영화 가운데 개봉된 영화를 중심으로 정리하였다. 단 필자는
『한국영화총서』에 나와 있는 <신라의 고적>(1943)은 제외했는데, 이것은 이 책
보다 상세하게 세부요소를 게재한 『실록 한국영화총서』에서는 이 영화에 대한
언급이 전혀 없기 때문이다. 이 부분에 대한 연구가 필요하다.

연 도 (편수)	제 목	감 독	제 작(제작자)	비 고
1940 (8)	바다의 빛	山中裕	조선문화영화협회(津村勇)	계몽 어용 영화
	산촌의 여명	山中裕	조선문화영화협회	계몽 영화
	수업료	최인규/ 방한준	고려영화사(이창용)	계몽 영화
	승리의 뜰	방한준	조선구귀영화사	지원병 차출 영화
	처녀도	신경균	한양영화사(김갑기)	
	수선화	김유영	조선영화사	멜로
	청명심	山中裕	조선문화영화협회	내선일체 계몽 성향
	최후의 승리	방한준	조선구귀영화사(이창용)	대동아 전쟁 독려 영화(?)
1941 (7)	지원병	안석영	동아흥업사 영화부 (최승일)	지원병 차출 영화
	너와 나	허 영	조선영화제작주식회사(日 夏英太郞) 조선군보도부	내선일체 계몽
	반도의 봄	이병일	명보영화사	신파
	아내(妻)의 윤리	김영화	조선예흥사/경성영화사 합작(김영화/서항석)	신파
	복지만리	전창근	고려영화협회(이창용)/ 만주영화협회	내선일체 계몽
	집 없는 천사	최인규	고려영화협회(이창용)	계몽 영화
	창공	이규환	협동예술영화사/경성영 화사 합작(이화삼)	신파
1942 (5)	나는 간다	박기채	조선영화제작주식회사 (田中三郞)	지원병 차출 영화
	신개지	윤봉춘	한양영화사(김갑기)	신파
	풍년가	방한준	고려영화협회(이창용)	계몽 영화
	풍년기	방한준	조선영화제작주식회사 (田中三郞)	유치진의 <소>를 개작
	흙의 결실	안석영	조선영화제작주식회사 (田中三郞)	어용 계몽 영화

연 도 (편수)	제 목	감 독	제 작(제작자)	비 고
1943 (4)	망루의 결사대	今井正	고려영화협회/동보영화사 합작(이창용/藤本眞澄)	군국주의 어용 영화, 최인규 기획/감독보/편집, 영상자료원 소장
	우러르라 창공	김영화	조선영화제작주식회사 (田中三郎)	지원병 차출 영화
	젊은 모습	豊田四朗	조선영화제작주식회사 (田中三郎)	지원병 차출 영화, 영상자료원 소장
	조선 해협	박기채	조선영화제작주식회사 (田中三郎)	지원병 차출 영화
1943 (?)	아름다운 이웃 사랑	岡崎達司	?	영상자료원 소장
1944 (3)	거경전(巨鯨傳)	방한준	조선영화제작주식회사 (田中三郎)	수산증산 어용 영화
	병정님	방한준	조선영화제작주식회사 (田中三郎)	지원병 차출 영화
	태양의 아이들	최인규	조선영화제작주식회사 (田中三郎)	지원병 차출 영화
1945 (5)	감격의 일기	신경균	조선영화제작주식회사 (田中三郎)	군국주의 어용 영화
	사랑과 맹서 (盟誓)	최인규/ 今井正	조선영화제작주식회사 (田中三郎)	황국신민화 어용 영화, 영상자료원 소장
	신풍(神風)의 아이들	최인규	조선영화제작주식회사 (田中三郎)	지원병 차출 영화
	우리들의 전쟁	신경균	조선영화제작주식회사 (田中三郎)	지원병 차출 영화
	혈(血)과 한(汗)	신경균	조선영화제작주식회사 (田中三郎)	8월 11일~8월 15일 상영

　　도표에서 보는 바와 같이 이 시기에 만들어진 영화는 그리 많지 않다. 9년 동안 제작된 총 편수는 56편에 불과하다. 대략 한 해에 6편 가량 제작된 셈이다. 제작편수만 볼 때 눈에 두드러지는 것은 1937년에서 1940년

까지의 제작편수와 1941년부터 1945년까지의 제작편수가 확연하게 차이
가 난다는 것이다. 연도로만 보자면, 후자가 1년이 더 많은데도 제작편수
는 오히려 25편으로 6편이나 적다. 그것은 조선영화령이 선포된 1940년
이후 이런 조짐을 보이다가 조선영화제작주식회사가 결성된 1942년부터
는 작품수가 현저히 줄어들었다는 것을 의미하는데, 이는 점점 더해가는
일제말기의 가혹한 탄압 상을 보여주는 것이다.

제작편수뿐 아니라 영화의 성향에서도 차이를 보인다. 1940년을 전후
해서 성향이 너무도 뚜렷하게 구분된다. 1937년에서 1940년까지의 영화
는 문예물 또는 신파물이 주류를 이루었고 이후의 영화는 대개 황국신민
화와 대동아공영권을 위한 전쟁을 지지하는 친일영화가 주류를 이룬다.
이것은 조선영화령이 선포된 1940년의 상황 때문이라고 짐작할 수 있다.
1937년에서 1940년까지 만들어진 영화들을 보면, 흥미롭게도 많은 부분
1920년대와 1930년대의 신파와 이야기 구조가 닿아있다는 것을 알 수 있
다. 이효인은 이것을 "돈이 없어 가난에 찌들리는 여자를 돈 가진 자가
유린하고 이 여자의 남편 혹은 애인이 복수를 하는 구조"[18]로, <나그
네>, <도생록>, <성황당> 능에서도 어김없이 등상한다고 했다. 넛붙이
기를 그는 이런 구조는 현실을 도피하려고 한 산물의 소산이라고 했다.
그런데 흥미롭게도 유현목은 이런 경향을 "마지막 저항"[19]이라고 했다.
어느 것이 정확한 지적인지는 좀더 시대적 고찰을 해봐야 알겠지만, 유
현목처럼 저항적 의미로 신파적 요소의 영화를 만든 것 같지는 않고, 그
렇다고 엄혹한 일제의 현실 속에서 현실 도피적 의미로만 이런 경향의
영화를 만든 것 같지도 않다. 여전히 사랑 타령에서 벗어나지 못한다는
의미에서 저항이라고 하기에는 무리가 있고, 경제적 현실이 어려웠던 그
들에게 돈은 무엇보다도 절실한 현실의 반영이라는 점에서 무작정 현실

---

18) 이효인, 앞의 책, 265쪽. 그는 이런 구조의 영화를 "돈 - 겁탈 - 복수의 구조로 짜
   여진 영화"라고 명명했다.
19) 유현목, 앞의 책, 251쪽.

도피라고 하기에도 무리가 있다. 그러나 확실한 것은 이런 경향이 이후에 등장할 친일영화를 예비하는 영화라는 점이다. 현실에 약간의 발을 걸친 채 도피함으로써 다음 단계에서는 확실히 도피할 수 있도록 했다는 것이다.

1940년 이후에는 몇 편을 제외하고는 대부분이 친일영화이다. 친일영화라는 용어를 어떤 의미로 사용하든 간에 그런 혐의에서 벗어나기 어렵다. 이 시기에 제작된 25편 가운데 8편을 제외한 17편은 명확한 친일영화로 구분할 수 있다. 이전 시기에는, 일본 감독이 연출한 <바다의 빛>, <산촌의 여명>을 친일영화로 분류한다고 하더라도 친일영화가(31편 가운데) 7편 뿐인 것을 감안하면, 놀라운 증가라고 할 수 있다. 전쟁이 심해질수록 일제의 통제도 심했고 거기에 빌붙은 영화인들도 많았다는 것을 알 수 있다.

이제 친일영화로 분류되는 영화들을 하나하나 따져보기로 하자. 그런데 먼저 언급해야 할 것은 이 부분에서 일본 감독이 만든 친일영화나 정확한 내용을 알 수 없는 영화는 제외했다는 것이다. 정확한 내용을 알 수 없는 경우 제외하는 것은 당연하다고 생각했기 때문이고, 한국에서 활동한 일본 감독의 영화를 제외한 것은 그들의 영화는 친일영화라기보다는 어용국책영화이기 때문이다. 일본인들이 일본의 정책을 홍보하는 영화를 만든 것을 두고 친일영화로 명명하기에는 문제가 있다. 비록 그들이 파시즘을 옹호하는 영화를 만들었다고 하더라도 조선인처럼 반민족적인 영화를 만든 것이 아니기 때문에 여기에서는 제외하기로 했다는 것이다.

이제 친일영화를 만든 감독과 그들이 연출한 영화를 거론해 보자. 알기 쉽게 나열하자면 다음과 같다.[20]

---

20) 혹 이 부분에서 오해가 있을 것 같아 한마디 하자면, 이 글에서는 친일영화만 거론하고자 하며, 그 가운데서도 친일영화를 연출한 감독만을 거론하고자 한다. 당연하게도 친일영화인이 친일영화를 만든 감독으로 국한되는 것은 아니다. 영화를 만들지 않았지만 외부 활동을 통해 친일 활동을 한 감독이 분명 존재하고(가령

서광제의 <군용열차>(1938)

이 익의 <국기 아래서 나는 죽는다>(1939)

방한준의 <승리의 뜰>(1940), <최후의 승리>(1940), <거경전(巨
鯨傳)>(1944), <병정님>(1944)

허 영의 <너와 나>(1941)

안석영의 <지원병>(1941), <흙의 결실>(1942)

전창근의 <복지만리>(1941)

박기채의 <나는 간다>(1942), <조선해협>(1943)

김영화의 <우러르라 창공>(1943)

최인규의 <태양의 아이들>(1944), <사랑과 맹서(盟誓)>(1945),
<신풍(神風)의 아이들>(1945)

신경균의 <감격의 일기>(1945), <우리들의 전쟁>(1945), <혈(血)
과 한(汗)>(1945)[21]

한국영화 감독이 만든 것으로는, 10명이 만든 19편의 영화가 친일영화의 전부이다. 놀라운 것은 대개는 일제 말기 거의 대부분의 감독이 친일을 한 것으로 알고 있는데, 후술하겠지만, 결코 그렇지 않다는 것이다. 1945년까지 데뷔한 한국영화 감독은 총 47명이다.[22] 이 가운데 1945년 이전에 사망한 김도산, 나운규, 김유영을 제외한 44명의 감독 가운데 단 10명만이 친일영화를 연출했다. 그러니까 단순비율로만 따지자면 친일영화를 만든 10명보다 훨씬 많은 34명이 친일영화를 만들지 않은 것이다. 물론 영화 외 단체 활동 등의 행동을 통해 친일을 한 감독도 있지만, 그

안종화), 배우, 제작자, 촬영기사, 편집기사 등의 영화인들 역시 친일을 했지만, 이 글에서는 친일영화를 만든 감독만 논하기로 한다.

21) 정확한 내용을 알 수 없음에도 불구하고 <혈(血)과 한(汗)>을 친일영화로 분류한 것은 같은 해에 <감격의 일기>(1945), <우리들의 전쟁>(1945) 같은 명확한 친일영화를 만든 신경균 감독의 영화이며, 또한 이 영화가 상영된 기간이 8월 11일에서 8월 15일까지인 것으로 미루어 보아, 즉 8월 15일에 종영한 것으로 보아 친일영화일 가능성이 거의 확실해서이다. 이 영화의 내용도 당시 상황이 전쟁말기였으며, 신경균의 전작이 지원병 차출에 관한 것이기에 이와 비슷할 것으로 예상된다.

22) 김종원 외, 『한국영화감독사전』, 국학자료원, 2004, 679-680쪽 참조.

것을 제외하고 단순 숫자로 봤을 때 그렇다는 것이다. 상세한 연구를 통해 밝혀야겠지만, 대략 단체 활동을 통해 친일활동을 한 감독을 고려하더라도 친일활동을 하지 않은 감독이 친일활동을 한 감독보다 갑절은 많다고 할 수 있다.

이제 친일영화를 분류해 보자. 이효인은 친일영화를 다음과 같이 네 가지로 분류했다.

① 소극적으로 일제의 정책을 영화 속에 반영한 작품 - <군용열차>
② 계몽적 성격을 통해 간접적으로 조선사회의 모순을 은폐한 작품 - <수업료>, <청명심>, <바다의 빛>, <산촌의 여명>, <집 없는 천사>
③ 조선인들에게 황국신민이 될 것을 강요한 작품 - <국기 아래 나는 죽으리>, <거경선>, <흙에 산다>, <너와 나>
④ 일제의 전쟁 야욕을 부추겨 조선 민중들을 전쟁터로 몰아넣은 작품 - <승리의 뜰>, <지원병>, <이제 나도 가련다>, <우러르라 창공>, <가미가제 아들들>, <망루의 결사대>, <조선해협>, <젊은 모습>, <병정님>, <태양의 아들들>, <사랑과 맹세>, <우리들의 전쟁>, <감격의 일기>, <피와 땀>[23]

그러나 이 분류는 몇 가지 문제를 지닌다. 먼저 필자가 위에서 논한 것처럼, "계몽적 성격을 통해 간접적으로 조선사회의 모순을 은폐한 작품"을 친일영화로 규정함으로써 문제의 여지를 남겼다. 그리고 <사랑과 맹서>가 "일제의 전쟁 야욕을 부추겨 조선 민중들을 전쟁터로 몰아넣은 작품"인지도 의문이다. 이 영화는 "일본 사람들과 같은 생활을 하도록 권장하는 내용의 황국 신민화 정책용 어용영화"[24]라고 분명히 기록되어 있다. 마지막으로 <거경전>, <흙의 결실>을 이효인은 "조선인들에게 황

---

23) 이효인, 앞의 책, 281-285쪽 정리.
24) 한국영화진흥조합 간, 앞의 책, 252쪽.

국신민이 될 것을 강요한 작품"이라고 했는데, 필자가 보기에 이 영화는 대동아전쟁의 동원의 일환으로 후방의 생산 증강 문제를 다루었기 때문에 대동아공영권의 전쟁 동원, 즉 "일제의 전쟁 야욕을 부추겨 조선 민중들을 전쟁터로 몰아넣은 작품"으로 분류하는 것이 더 타당해 보인다.

필자는 친일영화는 단 두 가지로만 분류할 수 있다고 생각한다. 이미 서술한 것처럼, 대동아공영권의 전쟁 동원과 내선일체의 황국신민화를 다룬 영화로 나눌 수 있다는 것이다. 소극적이니 적극적이니 하는 분류는 오해의 여지를 남기기 때문에 친일영화에서 아예 제외하는 것이 타당하다고 이미 필자는 논했었다. 이렇게 분류했을 때, 내선일체의 황국신민화를 다룬 영화로는 <국기 아래서 나는 죽는다>, <너와 나>, <복지만리>, <사랑과 맹서> 등을 들 수 있고, 이를 제외한 나머지 영화는 모두 대동아공영권의 전쟁 동원을 다룬 영화로 분류할 수 있다. <군용열차>는 전쟁 동원을 위한 영화로, 선술한 것처럼 <흙의 결실>, <거경전>은 대동아전쟁의 동원의 일환으로 후방의 생산 증강 문제를 다루었기에 대동아공영권의 전쟁 동원을 다룬 영화로 분류할 수 있다. 이렇게 보면 한국감독이 만든 19편의 친일영화 가운데 15편이 내동아공영권의 전쟁 동원을 다룬 영화라는 것을 알 수 있으며, 이를 통해 전쟁이 깊어갈수록 동원을 위한 선전도 강화되었다는 것을 알 수 있다.

2) 새로운 기준의 제시 – 자발성

이제 다른 문제가 남는다. 친일영화를 만든 10명의 감독은 무슨 생각으로 그렇게 한 것일까? 정말로 그들은 자신들의 의지와는 무관하게 어쩔 수 없이 강요에 의해 친일영화를 만든 것일까? 만약 일제의 강압에 의해서 어쩔 수 없이 친일영화를 만들었다면, 우리는 그들에게 돌을 던져서는 안 된다. 그런 상황은 언제든지 우리에게도 닥칠 수 있기 때문이며, 그런 상황이 닥쳤을 때 우리 역시 장엄하게 순국할 것이라고 장담할수 없기 때문이다. 친일영화 감독 가운데 대표적인 감독인 최인규는 해방 후인 1948년 9월호『삼천리』에서 다음과 같이 말했다.

> 1944년 - 45년 지구(地球) 전쟁 중 일본 군부(軍部)의 강제적 징용(徵用)으로 두 작품을 제작하였다. 그러나 나에게도 일리(一理)의 기도(企圖)가 있었으니 제일작(第一作) '태양의 아이들'은 일본에 보냈던 기술자를 등용(登用)함이 목적이었고, 제이작(第二作) '사랑과 맹세'는 그의 권세(權勢)를 역용(役用)하여 촬영소를 만들고 일본 최대의 동보영화(東寶映畵)에서 일류 기술자와 저명(著名)한 배우를 불러다가 우리 나라 영화인이 내일의 조성(造成)에 도움을 얻기 바라고 나섰던 것이다. 그리고 짬이 있으면 집에서 비밀로 초단파수신기(超短波受信機)를 만들어 세계의 전황(戰況) 뉴스를 청취(聽取)하는 것이 다시 더 없는 흥미이며 일과(日課)이었었는데 일본 헌병(憲兵)이 이것을 탐지하여 가지고 내 집 담벼락을 무너트리면서 수색(搜索)을 하고 야단을 쳤던 것이 또한 기억에 새롭다.[25]

여기서 필자는 "일류 기술자와 저명(著名)한 배우를 불러다가 우리 나라 영화인이 내일의 조성(造成)에 도움을 얻기 바라고" 만든 영화가 민족을 말살하는 내선일체의 황국신민화를 위한 영화냐고, "일본에 보냈던 기술자를 등용(登用)"하기 위해 만든 영화가 조선의 어린이까지 전쟁에 동원해야 한다는 영화냐고 묻고 싶은 생각은 없다. 어차피 그것은 구차한 변명에 불과하기 때문이다. 중요한 것은 최인규의 이런 말을 곧이곧대로 듣고 그들을 옹호하는 이들이 있다는 것이다. 그래서 영화연구가들은 친일영화를 만든 감독 역시 강압에 의해 어쩔 수 없이 만들었다고 주장한다. 심지어 "1941년 <조선영화제작자협회>와 1942년 <조선영화주

---

25) 김종욱 편저, 『실록 한국영화총서 (상)』, 국학자료원, 2002, 761-762쪽에서 재인용.

식회사>의 발족은 영화를 만드는 사람은 **누구나 친일행위를 할 수밖에 없는 강요된 상황**(강조 - 인용자)으로 몰고 갔다. 다시 말해 민족영화인은 영화를 만들지 않는 영화인밖에 없었다"[26]라고, 아주 극단적으로 말하기도 했다. 이렇게 되면 친일영화를 만든 것이 전혀 부끄럽지 않은 것으로 간주된다. 더 나가 그들이 있었기에 한국영화의 맥이 이어졌다는, 그들이 있었기에 영화기술의 발전이 이루어졌다는 결론이 가능하기도 하다.

여기서 필자가 주장하고 싶은 것은 친일영화를 만든 이들이 결코 강압에 의해 만든 것이 아니라는 것이다. 부끄러운 일이지만, 친일영화를 만들라는 압력에 굴하지 않아서 감옥에 갔거나 고문을 당했다는 영화인을 필자는 아직도 듣지도 보지도 못했다. 당시 상황을 찬찬히 살펴보면 친일영화를 만든 이들이 자발적으로 그렇게 했다는 것을 알게 된다. 때문에 친일영화를 정의하는 데 있어서 가장 중요한 것은 자발성이 된다.

필자가 이렇게 주장하는 이유로 먼저 친일영화를 만든 감독들이 지닌 세대적 특징을 들 수 있다. 출생이 미상인 김영화와 이익을 제외하면 그들은 대개 1901년에서 1912년 사이에 출생했다.[27] 서광제(1901), 안석영(1901), 방한준(1906), 박기채(1906), 진창근(1907), 허영(1908), 최인규(1911), 신경균(1912)의 순으로 출생했다. 이들이 태어날 때부터 조선은 이미 식민지 상태였거나 아니면 철들기 전부터 조선이 식민지 상태라는 것을 알게 된 감독들이다. 때문에 그들에게 민족의식은 상대적으로 박약했다고 할 수 있다. 생각해 보라. 태어날 때부터, 또는 철들기 전부터 조국이 식민지였던 사람이, 그렇게 반평생을 살아온 사람이 새로운 세상이 올 것이라고 생각이나 했겠는가. 이효인이 거론한 것처럼 그들은 "세상이 바뀔 것이라고 생각하지 못했을 수 있는 인물들이었다."[28]

26) 김수남, 앞의 책, 152쪽.
27) 감독들의 출생년도와 이력은 『한국영화감독사전』을 참조하였다.
28) 이효인, 「영화계 친일행위의 논리와 성격」, 광복 57주년 기념 학술심포지움 자료집 『강요된 부역인가, 내재된 신념인가』, 민족문제연구소, 2002, 98쪽.

이런 인식은 당시 영화인들에게만 있는 것이 아니었다. 친일문학을 했던 문학인을 포함한 다수의 인물들은 일제로부터 조선이 독립한다는 생각을 불가능에 가깝다고 여겼다. 시인 서정주 역시 "창피한 대로 꽤 길미래의 일본인의 동양주도권은 기정 사실이니 한국인도 거기에 맞추어서 어떻게든 살아 견뎌야 한다는 생각을 세우고 만 것이다. 정치세계에 대한 내 부족한 지식이 내 그릇된 인식을 만들었고 이 그릇된 인식에서 나온 언행들이 내 생애의 가장 창피한 일들을 빚었다. 그러나 그때에는 나는 나를 가장 객관적인 관찰자라고 생각했던 것"29)이라고 솔직히 고백하기도 했다. 언론이 철저히 통제되어 있던 당시 상황으로서는 일본이 패망한다는 생각을 하기 어려웠을 것이다. 그들이 자발적으로 영화를 만든 바탕에는 이런 세계인식이 있었다. 그러므로 최인규가 "초단파수신기(超短波受信機)를 만들어 세계의 전황(戰況) 뉴스를 청취(聽取)"하면서 대동아공영권을 위해 조선의 어린이들도 가미가제를 해야 한다는 영화를 만들었다는 것은 엄연한 모순이다. 일본이 패망할 것이라는 점을 알고 있는 사람이 어떻게 그런 영화를 만들 수 있겠는가.

둘째, 당시 영화계의 세대 교체를 들 수 있다. 1941년 이후 영화를 만든 이들을 유심히 보면, 앞에서 거론한 친일영화를 만든 감독 외에는 윤봉춘, 이규환만이 각각 한 편씩만 연출했을 뿐 이전의 감독들은 완전히 자취를 감추었다는 것을 알게 된다. 정말로 신기하리만큼 이전의 감독들은 사라져버렸다. 심지어 해방 이후 다시 활동하더라도 이 시기에 영화를 만들지는 않았다. 이를 다르게 해석하자면, 윤봉춘과 이규환을 제외하면, 완전히 세대 교체가 이루어졌다는 것을 의미한다. 그나마 1942년이 되면 윤봉춘은 의정부 산골로 숨어버리고, 이규환은 만주를 떠돌다가 징용에 끌려가게 되면서 이들마저 사라져버리자 조선영화계는 젊은 인력에 의해 좌지우지되는 상황이 되었다. 세대교체는 이렇게 한 순간에 일어난 것이다.

---

29) 김재용, 앞의 글, 14쪽에서 재인용.

여기서 눈 여겨 볼 것은 세대 교체를 이룩한 이들이 대개 유학파라는 점이다. "이규환, 박기채, 신경균, 이병일 등이 일본에서 영화수업을 받은 데 반해 전창근은 중국, 안철영은 독일에서 영화수업을 받고 귀국하였다."[30] 그뿐 아니다. 친일영화를 연출했던 방한준, 최인규, 허영, 안석영, 김영화는 도일해서 일본영화 현장에 있었거나 학원을 다니거나 다른 분야의 공부를 했던 인물들이다. 서광제 역시 일본에서 유학을 했다. 이렇게 되면 자료가 거의 없는 이익을 제외한, 친일영화를 만든 모든 감독이 유학을 했던 인물이라는 것을 알게 된다. 게다가 전창근을 제외한 다른 감독은 일본에서 공부를 했거나 영화현장에서 있었거나 학원을 다녔다. 그렇다면 그들에게 일본은 무엇이었을까? 두말할 것 없이, 세계에서 가장 발달된 문명을 지닌 강대국이었을 것이다. 이렇게 일본에서 유학을 한 이들이 조선영화의 주류로 부상했다. 일본에서 발달된 영화 기술을 배운 이들은 자신의 기술을 조선의 현장에서 사용하고 싶었을 것이다. 게다가 태어날 때부터 조국은 식민지였기 때문에 민족의식이 박약했던 그들은 별 스스럼없이 친일영화를 연출할 수 있었다. 그것은 또한 자신들의 새로운 기술을 통해 출세하는 길이기도 했다.

셋째, 예술의 논리를 들 수 있다. 예술은 기본적으로 자의식의 산물이다. 자신이 좋아서 창작하는 것이 예술이다. 만약 어떤 감독이 마지못해 친일영화를 만들었다면 그 영화는 아마 엄청나게 질적으로 떨어지는 영화가 되었을 것이다. 왜냐하면 마음에서 우러나와 만든 영화가 아니라 강요에 의해 마지못해 만든 영화이기 때문이다. 최선을 다해 만들어도 수작이 나오기 어려운 것이 영화계의 (지금도 엄연한) 현실인데, 강요에 의해 마지못해 만들면 그것은 십중팔구 졸작이 되기 마련이다. 앞에서도 서술했지만, 많은 이들은 일제의 징용이야말로 황국식민의 의무일 뿐 아니라 특권이라고 생각했다. 징병이 조선인에게도 실시됨으로써 일본인과

---

30) 이효인, 앞의 책, 276쪽.

마찬가지로 어엿한 국민으로서 대우받게 됐다고 여겼고, 이를 내선일체의 완성이라고 보았다. 친일영화를 만든 감독들 역시 이런 생각을 하면서 일본에서 배운 신기술을 현장에서 적용했을 것이다. 때문에 친일영화를 만든 감독들의 영화세계는 어느 정도 일관성을 지닌다. 마지못해 한 것이 아니라 자발적으로 했기 때문에 이런 일관성이 존재하는 것이다.

다시 최인규의 예를 들자면, 그는 가장 확실한 친일영화인 가운데 한 명이다. 이후의 그의 행적으로 보면 이는 명확해진다. 그가 만든 영화에는 일련의 통일성이 있다. 초기 <수업료>나 <집 없는 천사>는 어느 불우한 환경에 처한 아이들의 삶을 다루고 있는데, 이렇게 아이들을 다룬 영화는 그의 친일영화 <태양의 아이들>, <사랑과 맹서>, <신풍의 아이들>로 그대로 이어진다. 해방이 되자 그는 다시 미군정의 어용영화 <국민투표>와 농촌홍보 영화 <희망의 마을>을 만들었다. 철저하게 정권의 편에 서서 영화 만들었다. 해방 후 그가 만든 <독립전야>, <자유 만세> 역시 아군과 적군은 바뀌었지만, 전쟁 영화라는 점에서는 일관성이 있다. 이렇게 최인규는 내적 논리를 가지고 자신의 친일영화를 연출했던 것이다. 그래서 만약 <신풍의 아이들>이 자신의 의지의 소산이 아니라면 <자유만세> 역시 의지의 소산이 아니며, 같은 방식으로 <국민투표>도 의지의 소산이 아니어야 한다. 만약 그렇다면 그는 과연 자신의 의지로 만든 영화로 무엇이 남을까? 단 한 편도 없게 된다. 친일영화는 감독의 의지의 소산이었다.

단 한 편의 친일영화를 만든 감독을 두고 친일영화인으로 규정하기에는 어려움이 따른다. 정말로 부득이한 상황 때문에 연출을 하지 않을 수 없어 했을 수도 있고, 또 어떤 때는 자신의 친일을 뉘우치면서 이후에는 다른 길을 걸었을 수도 있기 때문이다. 친일영화에 대한 연구가 세심하고 섬세해야 하는 것은 바로 이 때문이다. 때문에 필자는 이 글에서 일제 말기에 만들어진 친일영화를 분류했지 (확실한 친일영화인인 최인규를 제외

하고) 그 영화를 연출한 이들을 친일영화인이라고 규정하지는 않았다. 그
것은 조금 더 많은 자료를 모으고 연구를 해야할 분야라고 생각했기 때
문이다. 덧붙이자면 필자는 이 글에서 친일단체의 활동을 거론하지도 않
았다. 이 역시 보다 많은 자료와 연구를 통해 섬세하게 다뤄야 하기 때문
이다. 함부로 친일영화인이라고 규정했을 때의 피해를 줄이기 위해서이다.

4. 한국영화사를 온전히 복원하자

과거에서 아무런 교훈도 배우지 못하는 민족의 미래는 암담할 수밖에
없다. 지금 한국 사회가 이렇게 천박한 자본주의 사회로 흘러가는 한 원
인도 출세가 모든 것을 덮어주는, 수단과 방법을 가리지 않았던 친일파
의 처벌을 미루었던 것이 한 원인이라고 필자는 굳게 믿고 있다. 친일영
화 연구는 형극의 길이다. 자료는 별로 남아 있지 않고, 그나마 일부가
독점하고 있는 상황에서 홀로 연구한다는 것은 고난의 길이 아닐 수 없
다. 그러나 인간에게는 반드시 해야 할 일이 있고 하지 말아야 할 일이
있다. 하지 말아야 할 일을 한 친일영화인들을 연구해서 그들의 부끄러
운 과거를 밝히는 것은 반드시 해야 할 일이다. 그렇게 하는 것만이 '원
칙과 소신'이 통하는 사회를 만드는 길이기 때문이다.

친일영화에 대한 연구는 아직까지 미미한 실정이다. 심지어 친일영화
의 개념 정립도 쉽지 않다. 그것은 문학처럼 글로 남아 있거나, 또는 미
술이나 음악처럼 그림이나 음표로 남아 있는 것이 아니라 필름이 거의
존재하지 않는 상태에서 한 것이기에 그 한계가 명확하기 때문이다. 그
러나 이런 한계에도 불구하고 친일영화에 대한 연구는 반드시 수행되어

야 할 분야이다. 우리의 슬픈 과거를 통해 다시는 이런 일이 발생하지 않
도록 하기 위함이다. 활성화되고 있는 한국영화사 연구 가운데 가장 미
미한 분야가 있다면, 바로 친일영화라고 할 수 있다. 아직도 생존해 친일
영화 관련자는 그들의 과거를 은폐시키는 데 급급하고 대부분의 영화인
들은 어두운 시대의 정치적 문제였다고 연구를 소홀히 하고 있으며, 오
늘의 영화인들은 자료의 부족이나 영화의 본질적 문제가 아니라고 연구
를 하지 않고 있는 실정이다.

친일영화를 연구하고자 하는 것은 한국영화사를 온전히 복원하고자 하
는 작업이다. 100여 년이라는, 지극히 짧은 역사를 지니고 있는 한국영화
사에서 공백이 되다시피 한 부분을 온전히 살리는 작업이다. 그러나 친
일영화 연구는 여기서 그치지 않는다. 그것은 과거의 현실을 냉정히 평
가해서 현실을 다시 보고자 함이다. 전시 병영 체제의 연장이었던 1960
년대, 1970년대, 1980년대의 한국영화와 친일영화는 결코 뗄 수 없는 관
계에 있다.

동아시아문학의 식민성과 탈식민성 연구[*]

신정호(전남대학교)

1. 서 론

중국의 '친일문학'(親日文學)에 대한 한국 학계의 체계적 연구보고는 현재까지 제출되지 않고 있다. 하지만 그 문제에 대한 중요성을 인식하지 못하고 있었던 것은 아니다. 1998년 가을 한국의 『민족문학사연구』가 권두좌담으로 마련한 「한국문학에서 식민지 근대와 민족문제」 좌담[1])에서 이 문제가 직접 거론되었고, 필자 또한 한국의 '중국학회'에서 주최한 국제학술발표대회(2001. 8)에서 관련 글을 발표했다.[2]) 그러나 이 문제에 대

* 본 연구는 한국학술진흥재단 2003년도 선도연구자 연구비 지원에 의하여 수행되었음을 밝힌다.(연구과제번호 : 2003-041-A00380)

1) 「한국문학에서 식민지 근대와 민족문제」, 『민족문학연구』[제13호], 1998년 하반기, 8-48쪽.
2) 申正浩, 「中國現代文學的殖民性初探」, 『韓國中國學會國際學術大會發表論文集』(2001. 8. 中文).

한 후속 연구는 이어지지 못했다. 아마도 국민적 감정과는 별도로 동아시아 개별 국가·지역의 식민지·반식민지시대의 성격규정과 그 제반 유산에 대한 학문적 접근과 평가가 쉽지 않은 난제이기 때문일 것이다.

중국의 친일문학 상황을 올바로 이해하기 위해서는 우선 중국 학계의 연구 성과를 검토할 필요가 있다. 그러나 「해방 직후의 민족문학운동」[3] 좌담회 이후 한국 학계에서 유형별 분류를 통해 한국의 친일문학 제반 유산을 총체적으로 정리하고 친일문인의 내적 논리를 규명하는 점과 대조적으로 중국의 학계는 이 문제에 대해 시종 외면하고 있다. 북경과 상해의 지역문학사 가운데 언급된 일부 성과를 제외하면 엄격히 말해 친일문학 연구는 장기간 중국현대문학사 연구에서 의식적으로 배제되었으며, 근년 들어 재조명되고 있는 일제 점령지구[淪陷區]문학 사료 정리 및 연구에서도 누락되고 있다. 여기에는 친일문학이 중국현대문학 연구의 주제가 될 수 있느냐는 근본적 불신이 내재되어 있다. 다시 말해 그러한 회의는 궁극적으로 중국현대문학사의 한 페이지를 친일문학의 기술에 할애할 것이냐는 부정적 시각과 맞닿아있다. 이러한 인식은 중국의 문학사료 가운데 대부분의 친일문학 자료가 공개되지 않고 자료의 열람 또한 근본적으로 봉쇄되어 있는 도서관리 규정과 짝을 이루고 있는 셈이다.

중국의 친일문학을 연구하는 데 반드시 함께 검토되어야 할 부분이 대만의 친일문학 평가 문제이다. 이는 대만의 문학을 중국문학의 일부로 볼 것이냐는 문제와는 별개로, '대동아문학자대회'의 중국 대표로 대만의 작가들이 참여한 예에서 알 수 있듯 중국의 친일문학 자체가 대만 지식인의 참여 속에서 전개되었다는 점에서 대만의 친일문학 연구는 중국의 그것을 설명하는 데 중요한 정보를 제공한다. 이 점에서 근년 대만에서 발행한

---

3) 『민족문학사연구』[제7호], 1995년 상반기, 6-19쪽 참조. 해방 50주년을 맞아 열린 본 좌담회에서 친일문학·친일문인의 평가는 '선악을 넘어서' '친일의 내적 논리'를 밝혀야 하고, 그것은 '유형별 분류'를 통해 접근되어야 한다는 주장이 문학평론가 김재용(金在湧)에 의해 해방 후 처음 제기되었다.

친일문학 논쟁은 흥미롭다. '대만독립'을 표방하는 '민진당'의 집권에 힘입어 장량저[張良澤] 등 일부 논객들에 의해 일제시대 친일문학의 복권이 주장되고 있는 것이다. 이들은 '국민당'의 계엄통치 하에서 반공(反共)과 중화 민족대의(中華民族大義) 이데올로기 하에서 올바른 문학교육을 받지 못한 결과 객관적 문학사 시각을 박탈당했다고 포문을 열고 당시 일본어로 씌어진 친일문학작품을 중국어[漢語]로 번역하여 지상에 공개함으로써 친일문학에 대한 재평가를 시도하였다. '구식민'으로의 회귀를 망각한 논리의 맹점은 즉각 대만의 지식인들로부터 강한 비판을 받았는데,[4] 이들의 친일문학 복권 시도는 탈식민 논리 하에서 감행된 국민당의 '신식민'에 대한 맹목적 본토화에 다름 아니었다. 비록 대만의 친일문학이 대부분 일본어로 창작되었다는 점에서 중국 내지의 친일문학과 일차적으로 구분되지만, 중화민족대의를 사이에 두고 평가가 엇갈리듯 중국문학사 내부의 강한 자장 속에 놓인 공안이라는 인식을 새롭게 하며 중국 내지의 친일문학 연구에 있어 대비적 시야에서 충분히 참고 될 필요가 있다고 본다.

'만주국'의 친일문학 또한 마찬가지다. 일제강점기 중국의 바깥이었던 동북 3성에 출몰했던 '만주국(滿洲國)'의 친일문학은 일본계·조선계·한족계 등으로 나뉘어 '왕도낙토'의 문학을 분할한 탓에 만리장성 안쪽의 반식민지 중국 내지(內地)의 친일문학과 일정정도 구분된다. 또한 '만주국'의 친일문학이 대만의 친일문학과 마찬가지로 전통 지식인들의 한문학 전통 속에서 강화되었고 또한 대부분 일본어로 창작되었다는 점에서 중국 내지의 친일문학과 구별된다. 그럼에도 불구하고 '만주국'은 중국 내지에 친일문학을 수출하는 본부를 두고 있었다는 조직의 측면에서 중국의 친일문학 연구에 큰 의의를 지니므로 중국의 친일문학과 연관 속에서 '만주국'의 친일문학을 새롭게 바라볼 필요가 있다.

중국의 친일문학 연구는 앞에서 설명한 몇 가지 점에 유의하여 대만 및

---

4) 陳映眞, 「정신의 황폐(精神的荒廢)」, 『실천문학』[73], 2004년 봄호, 253-277쪽.

'만주국'의 친일문학과 면밀한 대비 속에서 진행되어야 하지만 결국 다른 틀 속에서 파악될 수밖에 없다. 본고는 대만, '만주국'을 중심에 두고 중국의 친일문학의 실제, 선행연구의 문제, 향후 연구의 과제로 나누어 토론하고자 한다. 중국의 친일문학 연구는 궁극적으로 중국현대문학의 국제주의 프롤레타리아 문학과의 대비 속에서 20세기 동아시아의 지역연대의 명과 암이라는 커다란 정신사적 문제를 파악하는 핵심 과제의 하나이다. 본 연구는 이 점에 유의하여 대만 '만주국'의 친일 한시를 중심에 두고 전개하되 부분적으로 동아시아 국제주의 프롤레타리아 문학 또한 언급할 것이다.

현재 한국과 북한에서 통용되고 있는 '친일문학'이란 용어의 과학성 여부에 대해 이론이 제기되어 있지만 통일된 다른 용어가 없으므로 본문에서는 한국문학을 논하는 경우 그것을 그대로 사용하기로 한다. 다만 한국의 '친일문학'과 같은 개념어로 중국 대륙에서는 통칭 '한간문학(漢奸文學)'이라하고 대만에서는 '황민문학(皇民文學)' 혹은 '황도문학(皇道文學)'이라고도 하므로 이를 각각 따르기로 한다. 이들 사이에 본질적 차이가 있는 것은 아니나 용어가 사용되는 문맥은 각각 다르다.

2. 본 론

1) 작가들의 동향과 항일 문단의 형성

중국 내지(內地)의 작가들이 일제의 물리적 시공 영향권에 놓인 것은 1937년 이른바 '7·7 사변' 이후의 일이다. 이는 대만과 동북 3성의 문인

들이 각각 '대만할양'(1895)과 '만주국' 건국(1932)을 계기로 일본의 직접
적 통제 하에 놓인 것과 비교해 시기적으로 다소 후의 일이 된다. 그런데
중국 내지의 작가들은 당시 조야에 팽배했던 주권의식과 일제 규탄과는
대조적으로 '9·18 만주사변'(1931)을 제재로 다룬 작품을 별로 창작하지
않았다. 이 점은 대만 할양을 결정지은 '마관조약(馬關條約: 시모노세키조
약)'(1895)의 체결과 조선 침략의 전주였던 을미사변(1895) 및 동북 3성 점
령의 교두보로 되는 뤼순항[旅順港]의 함락(1905)을 차례로 지켜보며, 청
조정의 쇠퇴와 일본의 패권을 개탄한 근대 중국지식인들의 시가(詩歌), 소
설 창작5)과 극명한 대조를 이룬다. 아마도 이와 같은 사실은 청조(만주족)
에 대한 적개심이 현대중국의 작가들 사이에 팽배해 있었던 것이 아닌가
싶다.6) 요컨대 '9·18 사변' 후 항일문학은 동북 3성에 거주하는 작가들
에 의해 주도되었고, 중국 내지의 작가들이 단결하여 항일문학에 뛰어든
것은 엄밀히 말해 '7·7 사변'(1937) 이후의 일이다. 혹자는 '국방문학' 구
호 아래 좌우문인의 '항일통일전선'을 도모한 일에서 발단되었다고 하나,
좌익작가 그룹의 내분이 심각하였다는 점에서 실제적인 항일통일전선이
라고 평가하기에는 다소 무리가 따른다.

2) 친일 한시의 재검토

臺灣 지역의 관련 토론을 우선 보자. 최근 대만 자생 정당인 민진당의
활약으로 사회분위기가 일신된 바탕 위에서, 일제시대의 부정적 유산에
대해 재평가하는 움직임이 있다. 교과서에 일제를 미화한 관련 작품을
수록하자는 張良澤의 주장과 일제시대 친일문학에 대해 긍정 시각으로

---

5) 『근현대 한중지식인의 한국제재 중국어한문 문학자료 전집』(가제)[1-20], 광주, 전
   남대호남문화연구소, 2004. 7.(발간 예정)
6) 김시준, 『중국현대문학사』, 서울, 지식산업사, 1992, 301쪽.

새로운 해석을 내린 陳芳明의 저술을 계기로 90년대 후반부터 관련 논의
가 진행 중이다. 신자유주의에 기댄 대만 민족주의 사조의 일정정도 반
영이라 할 수 있는데, '대만사회과학연구회'의 논의를 중심으로 일제시대
의 '황민문학(皇民文學)'에 대한 대만 학계 및 지식인 사회의 논의는 지속
되고 있다. 그러나 정서적 차원에서 논의가 장기간 진행되면서 엄밀한
학문적 검증을 기다리고 있다. 초보적이나마, 친일문학의 재해석 및 선양
에 맞서 당시 동아시아문학의 식민성을 비판적으로 분석한 저작으로 陳
映眞(필명, 許南村) 외 공저『억지 궤변에 반대함(反對言僞而辯)』(臺北, 人間出
版社, 2002. 8.)과『淸理與批判』(臺北, 人間出版社, 1998. 12.)이 대표적이다. 그
리고 관련 논술을 비교적 너른 시야에서 전개한 대만 청화대학 교수 呂
正惠의 저술과 재야 학자 曾健民의 관련 연구는 일본어에 해박한 그의 실
증적 연구덕에 단연 돋보인다. 呂正惠, 曾健民의 연구는『殖民地的傷痕 - 臺
灣文學問題』와 진보 이론지『理論與批評』에 각각 지속적으로 발표되고 있
다. 이와 별도로 식민지 대만의 시각에서 만주문단을 바라본 施淑의 「'만
주국'의 '대동아문학'('大東亞文學'在'滿洲國')」(『文學、文化與世變』, 中央研究院
中國文哲研究所, 2002. 11.) 논문은 대만 학계에서 제출된 '만주국' 문단 관
련 연구로는 최고의 수준을 대표한다. 대만의 친일문학 사정을 고려할
때 연구의 양과 수준은 아직 성숙되었다고 판단하기에는 이른 감이 든다.
특히 대만의 친일 한시 연구는 사각지대이다.

　일반적으로 '대만문학사'는 '전통문학'과 '신문학' 간의 논쟁 그리고
'향토문학', '대만어 논쟁' 등을 거친 후, 1920년대에 이르러 신문학이 주
류로 부상한다고 기술하고 있다. 그러나 항일문예전선의 측면에서 보자
면, 반제국주의 문화운동이 보편적으로 그러하듯, 신문학 작가, 한시인,
음악가, 미술가를 아우르는 범민족 예술가의 연합전선을 축으로 신문학
과 전통문학이 상호 연대의식을 가지며 발전하였고, 실제로 당시 대만에
는 신문학 단체를 훨씬 상회하는 300여 개의 크고 작은 한시 시사(詩社)가

있었다. 물론 모든 시사가 항일을 위해 결성된 것은 아니며, 오히려 일제의 권장에 따라 조직된 경우도 있었다.

시사 가운데 대표적인 것으로는 대북(臺北)을 중심으로 한 북부의 영사(瀛社), 대중(臺中)을 중심으로 한 중부의 역사(櫟社), 대남(臺南)을 중심으로 한 남부의 남사(南社)를 꼽을 수 있다. 『만선음초(滿鮮吟草)』의 작자 윤암(潤庵) 위청덕(魏淸德)은 영사(瀛社)의 일원이었다. 대만의 문학사가들은 그가 경서와 한시 창작에 능하였고 특히 당송 문장에 정통했던 성실한 한학자였다고 평가한다.

『만선음초』는 위청덕이 1935년 5월 선박편을 이용 대만을 출발하여 대련(大連)에 도착, 근 석 달 동안 만주(滿洲)와 조선(朝鮮)을 여행하고 전체 여정 속에서 얻은 시상(詩想)을 바탕으로 창작된 51수의 시를 싣고 있다.

비매품으로 발간된 『만선음초』는 서문을 포함 1a부터 14a까지 14장 28면(표지 제외)으로 제작되었다. 시집은 기착지 대련항에서 지은 「대련」으로부터 귀로의 출발지 조선의 부산[東萊]에서 고려삼 대신 잣을 사가지고 귀국길에 올랐다는 내용의 「잣(松實)」에 이르기까지 각각 5언 19제 19수, 7언 25제 32수 전체 44제 51수가 여정에 따라 수록되어 있어 그의 만주 조선 나들이 여정을 생생하게 확인할 수 있다.

『만선음초』 가운데 '조선(한국)'과 관련된 시는 「압록강(鴨綠江)」(7a-7b)에서 「잣」(14a)까지 5언 10제 10수, 7언 15제 22수 모두 25제 32수이다. 「기자릉(箕子陵)」(7b)을 지나며 작가는 일찍이 '홍범(洪範)'의 도가 이곳에서 실현되었음을 회상하며 스스로를 중원의 적자로 위치시키고 눈물을 훔치고 있다. 또한 「경성(京城)」(11b), 「창경원(昌慶苑)」(11b-12a), 「비원(秘苑)」(12a), 「창덕궁 모란을 노래하며(詠昌德宮牡丹)」(112a-12b), 「건청궁사 2수(乾淸宮詞二首)」 같은 작품에서는 놀이터로 변한 고궁의 모습에 애상을 느끼며, 조선왕조의 허무한 쇄락을 통해 인생의 허무함을 비추기도 한다. 특히, 「건청궁사(乾淸宮詞)」에서는 명성황후의 비참한 최후를 회상하며 화려

함도 잠시일 뿐이고 정원의 꽃만 무정하게 붉게 빛나고 있다고 탄식하고
있다. 그의 시에서 보이는 이러한 잃어버린 왕조에 대한 애상은 정만조
를 애도하는 시와 내적으로 통한다. 그러나 그의 시어들에 비치는 '경성',
'민비' 등과 같은 일제의 언어가 무반성적으로 사용되고 있는 점은 주의
를 요한다.

　32수의 전체 시 가운데 동래부사 송산현(宋象賢, 1551~1592)을 모신 '충
열사'를 둘러보고 지은 「동래성에서 부사 송충렬공을 애도하는 노래(東萊
城弔府使宗忠烈歌)」는 본 시집 가운데에서 가장 주목을 끄는 작품이다. 주
지하다시피 동래부사 송상현은 조선 중기 문신으로 종계변무사(宗系辨誣
使)의 질정관(質正官)으로 명(明)나라에 다녀왔다.(1584) 동래부사로 부임한
(1591) 이듬해 임진왜란이 일어나 왜군이 동래성(東萊城)에 들이닥치자 성
안의 군사를 이끌고 항전하였으나 성은 함락되었고, 그는 함락을 지켜보
며 조복(朝服)을 갈아입고 단정히 앉은 채 순사(殉死)하였다. 역사서는 그
의 충절에 탄복한 적장 히라요시[平義智] 등이 시체를 동문 밖에 장사지
내고 시를 지어 제사를 지냈다고 기록하고 있다.

　지은이가 원해서 '충열사'에 들렀는지 아니면 타의로 들렀는지는 확인
할 수 없으나, 작품이 송충열공의 애국충절을 높이 평가하고 있는 점은
비록 역사 사실에 관련된 짤막한 대목이긴 하지만, 전통 지식인의 의리
를 잘 보여준다 하겠다. 특히 일본의 왜군을 '적(敵)'이라 표현한 부분(敵
亦視他非人間)에 이르러서는, 관기의 노랫가락이 자욱한 일제강점기 동래
의 하늘아래에서도 흔들리지 않은 작가의 일본관을 잘 보여주고 있다.
다만 아쉬운 부분은 본 작품에 오자가 더러 섞여있다는 점이다. 우선 시
의 제목 「東萊城弔府使宗忠烈歌」는 마땅히 「東萊城弔府使宋忠烈歌」일 것이
다. 그리고 적장의 이름은 '平調盆'이 아니고 히라요시[平義智]다. 또한 송
산현을 '곡천선생(谷泉先生)'이라 불렀는데 본관이 여산(礪山)인 그의 호는
천곡(泉谷) 혹은 한천(寒泉)이며, 자는 덕구(德求)이다.

『만선음초』는 본자료집에 실린 예룽중[葉榮鐘]의 「조선유초(朝鮮遊草)」와 더불어 '조선'을 유람하고 지은 대만 지식인들의 한시 작품이다. 넓은 의미에서 「조선유초」와 마찬가지로 유기시 류(類)로 분류할 수 있겠으나, 일반적인 의미에서의 유기시와는 다른 배경 하에서 창작되었다. 「조선유초」가 일본의 식민지의 '지방자치제' 시찰을 목적으로 대만 대표 자격으로 조선을 방문한 작가에 의해 씌어졌다면, 『만선음초』는 뚜렷한 목적이 없이 만주와 조선을 유람하는 것 자체가 목적이었던 듯하다. 요컨대 예룽중이 정부 대표 자격으로 한국을 방문한 것이라면 위청덕(魏淸德)은 민간 대표 자격으로 한국을 방문한 것이다. 당시 여행권 포상을 내걸고 개최된 한시 대회가 빈번했음을 염두에 둘 때, 아마 위청덕은 일제가 만주 조선 여행권을 내걸고 주관한 한시 대회에서 자격을 얻지 않았나 싶다.

두 작품이 다루고 있는 조선의 제재나 두 시인이 주목한 조선의 풍경은, 적어도 수록된 시편들에 한정하여 평가할 때, 본질적으로 차이가 난다고 말할 수 있다. 「조선유초」가 공무 출장의 여가 일정으로 금강산만을 유람하고 쓴 작품들인데 반해 『만선음초』는 압록강부터 시작해 평양, 경성, 경복궁, 금강산, 부산 등등 소선 삭지의 노시 빛 녕승고적을 두루 돌아보고 시제로 삼고 있을 뿐만 아니라 경성의 조선인, 경성의 일본인에 대해서도 두루 쓰고 있다. 특히 일제강점기 조선의 '최고 학술기관' 경학원(經學院)의 대제학을 맡고 명륜학원(明倫學院)의 총재를 겸하며 『고종실록』, 『순종실록』 편찬을 주도하며 일세의 위세를 떨쳤던 정만조의 서거 소식을 듣고 쓴 추도시는 당시 식민지 조선과 대만의 한학자들 간에 교우가 깊었음을 알 수 있다. 한시 내용은 다음과 같다.

悼鄭萬朝先生

去年芝館共銜卮, 準擬重逢訂後期.
凄絶漢江風月夜, 聲聲長笛不勝悲.

정만조 선생을 애도함

작년에 지관에서 함께 만나 즐기었고, 다시 만날 날을 기약하였
는데
처절한 한강에 바람부는 달밤이어라. 고즈넉한 피리소리에 슬픔
을 이기지 못하겠네.

『만선음초』에는 한 가지 의문점이 숨어있다. 즉 정만조(1858~1936)의
죽음을 애도하며 쓴 추도시 「정만조선생을 애도하며(悼鄭萬朝先生)」(13a)가
수록되어 있는 점이다. 시집 서문이 1935년 초가을에 집필된 시점과 관
련하여 상세한 고증이 필요한 부분이다.

우선 시집의 서문이 문제다. 시집의 서문은 설어(雪漁) 사여전(謝汝銓)
1935년 초가을(昭和乙亥孟秋)에 집필하였다. 시의 내용이 하나도 언급되지
않은 것으로 미루어 시를 보지 않은 상태에서 시집 발간에 즈음해 청탁
을 받고 평소에 작가와 교유한 인상에 기대에 서문을 쓰지 않았을까 추
정된다. 이 점으로 미루어 작가가 시집을 탈고한 것은 늦어도 1935년 늦
여름이라 추정되는데, 작품 가운데 정만조의 죽음을 애도하는 추도시가
들어 있는 점은 정만조는 1936년 사망했다는 사실로 미루어 명백히 앞뒤
모순이다.

둘째는 시의 내용이다. 내용 가운데 작가가 '경성'을 방문했던 길에 만
났다는 점을 알 수 있다. 따라서 대만으로 돌아온 후 사망소식을 듣고 썼
을 것이라는 점이 인정된다. 그렇지 않고서는 1936에 사망한 정만조의
애도시가 1935년 쓴 서문과 함께 실리기는 불가능하다. 결론적으로 다음
과 같은 두 가지 가설이 가능해 진다. 첫째, 1935년 늦여름에 설어 사여
전을 찾아가 시집 내용은 건네지 않고 서문을 청탁하고 초가을에 서문을
받아 출간을 준비하던 중 1936년 정만조 사망 소식이 전해지자 애도시 1
수를 추가하여 출간했을 가능성이 높다. 만일 이 경우라면 본 시집의 출
간 년도는 1936년 이후로 보는 것이 옳다. 둘째, 그렇지 않은 경우라면

현재 확인 가능한『만선음초』가 증보판일 가능성을 배제할 수 없다. 그러나 출간지 주소만 적혀있을 뿐 출간년도와 관련한 사항이 전혀 소개되어 있지 않고, 특히 '비매품'으로 발간된 점으로 미루어, 차후『만선음초』의 다른 판본이 발굴되지 않는 한 밝혀내기가 쉽기 않을 전망이다. 향후 이 부분은 위청덕 관련 자료를 통해 면밀한 고증이 필요한 부분이다.

대만의 지식인 작가 예룽중(1900~1978)의「조선유초」[7] 또한 1933년 가을에 '조선'에서 창작된 한시 작품이다. 넓은 의미에서 유기시 류(類)로 분류할 수 있겠으나, 일반적인 의미에서의 유기시와는 사뭇 다른 창작 배경을 가지고 있다.

'조선', '만주'와 함께 일본의 식민지로 된 대만의 지식인들은 20세기 전반기 동안 일본 측의 주선 아래 식민 각지를 시찰하고 여행하는 기회가 주어졌다. 본 자료집에 실린『만선음초』와 마찬가지로 본 시작들은 이와 같은 배경 하에서 창작된 것이다. 이 점은 쇼와(昭和) 8년에 창작된「다사까 군께 드림(贈田坂君)」[8]이란 자작시에 대한 작가 스스로의 전기(前記)에 잘 나타나 있다. '지방자치제' 시찰이 바로 대만 일본 측에서 각각 대표가 참가한 소식적 단체 공무였고, 금강산 여행은 그 입어 휴가였음이 확인된다.

다사까 군의 선도와 보호를 받아 금강산 산길의 야행이 무사했다는 감사의 뜻은 의미가 심장하나, 16수 시 전체에 대해 빈틈없이 정치적 해석

---

7) 5언 절구 1수, 7언 절구 15수로 이루어진「조선유초」전체 16수는 훗날 지은이의 문집『少奇吟草』(全6卷; 1979)에 실렸다. 또한「臺灣先賢詩文集彙刊」[제3집/제14권] (板橋, 龍文出版社, 2001)에도 전문이 수록되어 있다.

8) 贈田坂君
「昭和八年」秋, 余與楊肇嘉, 葉清耀兩先輩爲視察地方自治制渡韓,
公餘漫遊金剛山, 夜行山路, 星微月黑, 咫尺莫辨, 怪石縱橫頹仆者再,
得君先導衛護甚力乃克脫險, 爰賦絶句用表謝忱.

闇中摸索深林內, 夜冷風凄仄徑迂.
怪石縱橫頹仆再, 賴君援引出迷途.

을 가해버리면 일찍이 지은이 스스로 다짐 한 바, "진정이 있지 아니하면 시를 짓지 않는다(不有眞情不作詩。)"했던 작가의 시심에 다가설 수 없다. 비록 타향의 아름다운 산수를 유람하고 지은 작품들이지만 투기심은 보이지 않으며 "나라는 망하였으나 영산은 남아있느니, 어부를 기다려 나루를 물어보려네(國亡尙有靈山在, 留待漁人一問津。)" 대목에 이르면 작가의 '조선'에 대한 은근한 감상마저 느낄 수 있다.

작가는 일찍이 문재를 드러내어 린시앤탕[林獻堂]의 일본어 통역 겸 비서를 지냈다. 「역사(櫟社)」의 정신을 이어받은 작가의 많은 가작은 식민지 대만인의 애환과 눈물, 기백과 포부를 담고 있어 문학사가 황더스[黃得時]로부터 "열렬한 민족정신이 행간에 넘쳐흐른다(行間洋溢著熱烈的民族精神)"고 상찬되었다.

만주의 경우도 예외는 아니었다. 지금까지 조사한 만주의 친일한시 주로 한국인에 의해 쓰여진 것들인데, 중국인이 쓴 한시도 적지 않을 것이라고 여겨진다. 우선 그러한 성격의 한시를 확인 해보자.

拜謁 康德皇帝陛下[9]

仙桃爛熳九重春, 咫尺龍樓拜聖人
官備漢廷儀復見, 帝懷周室命維新
一家同視無遐邇, 六府先修盡惠仁
特念滿鮮親誼客, 權差篤質護留民

강덕 황제 폐하를 배알하다

복숭아꽃 활짝 핀 대궐의 봄에
가까운 편전에서 임금을 배알하네.
관청은 한나라 조정을 모방하여 성한 의례를 다시 보겠고
임금은 성한 주나라를 사모함에 국가가 새로워졌네.

9) 朴榮喆,『滿蒙日報』, 1937. 7. 9.

한 집으로 생각하여 멀고 가까움 없고
조정이 먼저 닦여짐에 모두가 어진 사람이네.
특히 滿鮮의 情의가 친밀함을 생각하여
두터운 자질로 백성들을 보호하소서.

위의 시는 名譽總領事 朴榮喆이 써바친 대표적 친일한시이다. 다시 한
수를 보자.

間島淸原省長餞別詩 (一)[10]

宦海超遷監四方
山川生彩草蒼蒼
離亭北路繫惟累
和氣東園李正芳
梅門閒閒令庾嶺
桐鄉歷歷舊朝陽
博施名譽昇榮職
此日此行得順良

간도청원성장을 전별하는 시 (1)

벼슬길 높이 올라 사방을 감독하니
산천도 빛이 나고 초목도 푸르네
북으로 떠난 길 만류하길 생각하고
화기 가득한 동원에 오얏 정히 향기롭네
영유령에 있는 매화 핀 문은 한가할 것이고
구조양에 있는 고향은 역력하네
널리 베푼 명성 높은 벼슬 오르니
오늘 가신 이 길 편안하소서.[11]

10) 金賢奎, 『滿鮮日報』, 1940. 6. 5. 金賢奎는 辛酉吟社 동인이다.
11) 만주 지역 한시 교정과 번역초고는 호광수 연구원(전남대, 호남문화연구소)의 협

시의 형식적 면만 놓고 본다면 일급 한시다. 이상 예로 든 시들은 간도 거주 한인들에 의해 쓰여진 것인데, 중국인의 창작은 양적으로는 적겠지만 분명히 있으리라는 판단이다. 중국문학의 경우 중국 국내 연구자들의 무관심 속에서 이 분야의 연구는 거의 진행되지 않고 있다. 중국의 사정을 파악한다는 측면에서 연구 상황을 소개하는 것으로 대신하려 한다. '만주국' 시기의 동북지구의 현대문학 연구는 단 한차례 학술세미나가 진행되었을 뿐이다. 馮爲群 등이 발표한 논문을 묶은 『東北淪陷時期文學國際學術硏討會論文集』(沈陽 沈陽出版社, 1992. 6.)이 그것인데, 친일문학(漢奸文學)을 포함한 문학의 식민성 논의가 본격적으로 다루어지지 않아 아쉬운 점이 있다. 근자에 錢理群 主編으로 『中國淪陷區文學大系』(第1-7集)(桂林, 廣西教育出版社, 2000. 4.)과 張毓茂 主編으로 『東北現代文學大系(1919~1949)』(第1-8集)(沈陽, 沈陽出版社, 1996. 12.)이 출판되었는데, 친일 성향의 문학 작품은 모두 생략해 버렸다. 이 점만 보아도 중국의 관련 논의의 방향을 대강 짐작케 한다. 그리고 관련 문학사 연구가 전무한 것은 없는 아니지만, 그 시각이 대동소이 하다. 徐迺翔의 『中國抗戰時期淪陷區文學史』(福州, 福建教育出版社, 1995. 7.)와 孫中田, 黃萬華 등 4인이 공저한 『鐐銬下的繆斯-東北淪陷區文學史綱』(吉林大學出版社, 1999. 11.) 같은 연구서는 중국 동북 지역의 친일문학을 그나마 언급한 연구서 류에 속한다. 최근 일본인 연구자 岡田英樹가 쓴 『僞滿洲國文學』(靳叢林 역, 吉林大學出版社, 2001. 2.)가 중국어로 번역되어 출판된 점으로 미루어 중국 동북지역에서 이 시기 문학사에 대해 관심이 지속되고 있음을 알 수 있다. 향후 연구 수행에 있어 교류의 여지는 있는 셈이다. 중국 동북 만주 지역의 한국인 친일문학에 대해서는 연변문학예술연구소 소장을 지낸 조선족 평론가 崔三龍이 편찬한 『중국 조선족 문학대계』[친일문학권](연변인민출판사, 2001)이 있다. 그간 연구지원 신청자와 지속적으로 교류를 해 왔으므로 향후 진일보 학술교류가 기대된다.

조를 얻었다.

3. 결 론

일반적으로 친일 문학은 현대문학을 위주로 검토되었다. 본문은 전통 문학 장르 가운데 친일 한시를 위주로 검토하였다. 검토를 진행하는 과정 중 북한의 친일문학 연구 동향이 몹시 궁금하였다. 일찍이 항일운동의 승리로부터 정권의 합법성을 보장받은 아시아 사회주의 신생국에서 친일연구가 있었을까? 높은 민족역사의 자각 속에서 반제/반식민 투쟁을 모토로 한 동아시아의 신생사회주의 국가들이 반일역사를 청산하는 과정에서 혹시 체계적이고 조직적인 친일연구가 있지 않았을까. 특히 중국과 북한의 장기적이고 치밀하게 전개한 '만국국(중국의 동북지역)'에서의 반일운동 승리의 점검 과정 속에서 정권수립 후 관련 작업을 수행하지 않았을까?

그러나 이러한 의문은 다음과 같은 몇 가지 단편적인 사실들을 맞대면 부정적인 관측을 낳게 된다. "일제시기의 문학에 대해서도 민족적 양심을 지킨 작가들의 작품을 폭넓게 담기로 하였습니다"[12] 일제시기의 민속적 양심을 지킨 작가들의 작품은 1985년을 전후로 북한 출판계 학계에서 적극적으로 재평가되고 있지만, 친일작가의 친일작품은 출판하지 않는다는 얘기다. 말을 바꾸면 일제시기의 반동 친일작가의 작품은 폭넓게 제외한다는 얘기다. 이러한 주장은 북한의 학계가 친일문학을 어떻게 대하고 '연구'하는지 대강 짐작케 한다. 1986년 당시 사회과학원문학연구소의 소장 김하명(金河明)의 발언은 이를 뒷받침한다. 그는 다음과 같이 반어법으로 친일작가에 대한 문화공작의 일반적 시각을 드러내고 있다. "변절 이전의 이광수를 우리들도 평가한다".[13] 이 발언은 친일작가 이광

---

12) 『조선신보』, 1988. 7. 18.
13) 1986년 8월 북경대학에서 열린 제2차 조선학토론회에서 한 발언이다. 오오무라

수는 '변절' 작가이고 변절한 이광수의 '변절' 이후 작품은 평가하지 않는다는 얘기다. 김하명은 일본에 가서도 비슷한 얘기를 하고 있는데, 친일작가에 대한 북한의 기준과 문학사 내 처리가 보다 분명하게 드러난다.

저간의 사정이 그렇다면 우리가 선도하는 것이 당면 과제다. 한국을 포함하는 동아시아의 식민성과 탈식민성에 대한 연구는 우선 한국, 중국, 일본 3국을 아우르는 대비적 시야 속에서 진행되어야 진정한 동아시아의 근대 나아가 동아시아 근대 국민문학의 성격을 이야기 할 수 있다. 동아시아 문학사도 그러한 성격을 인식하는 바탕 위에서 옥석을 가릴 때 비로소 가능해 질 것으로 믿어 의심치 않는다. 그렇다면, 동아시아의 식민성과 탈식민성에 대한 연구가 친일문학에 대한 연구로부터 충실히 진행될 수 있는 근거는 어디에서 말미암는가? 그것은 바로 정치·경제·사회·교육·종교 등과는 달리 문학 분야는 작품과 행적이 가장 분명하게 남아 당시 역사의 흔적을 가장 잘 보여준다는 데서 근거를 갖는다. 기록과 증빙 자료가 빈약했던 식민통치시기의 기술적인 여건을 고려하면 문학 영역은 작품을 발표한다는 활동원칙 때문에 자료를 발굴하고 검토하기에 가장 용이한 분야에 속한다. 바로 이 점이 식민성 연구에서 선진성을 지니는 까닭이다.

주지하다시피 오는 2005년은 한국, 중국, 대만 등 동아시아 지역이 제2차 세계 대전으로부터 해방된 광복(1945) 60주년이 된다. 환갑년을 얼마 남겨두지 않은 현재까지 동아시아의 현대성 논의의 유효한 논제 가운데 하나인 친일문학에 대한 역사적 · 실증적 연구는 역사가 살아있는 과거이듯 현재 진행형이다. 민족의 운명이 역사에 대한 겸허한 반성과 창조적 사고를 통해 좌우된다는 인류사의 준엄한 경험을 비출 때, 동아시아 역내의 식민역사를 공유하였던 대만과 중국 동북의 '만주국' 역사를 상호 비교 검토함으로써 한민족의 역사를 바로 세울 수 있다. 연구자의 궁극

마스오, 『윤동주와 한국문학』, 서울, 소명출판, 2001. 3, 357쪽에 보임.

적 시각이 역사의 어두운 면을 비난하는 데 있지 않고, 오히려 비판적 연구를 통한 건강한 민족사의 전망에 있음은 두 말할 여지가 없다.

참고문헌

김재용, 「전도된오리엔탈리즘으로서의친일문학 – 서정주의 친일문학에 대하여」, 『실천문학』 2002년 여름호.
김재용, 「친일문학의자발성과내적논리」, 민족문제연구소 주관 광복 57주년 기념 학술심포지움, 2002. 8. 14.
김 철, 「친일문학론: 근대적 주체의 형성과 관련하여, 이광수와 백철의 경우」, 『민족문학사 연구』 8, 1995.

저자 약력

• 김재용
  연세대학교 대학원, 한국근대문학 전공
  원광대학교 교수

• 강성률
  동국대학교 대학원, 한국영화 전공
  건국대학교 강사

• 박수연
  충남대학교 대학원, 한국근대문학 전공
  원광대학교 인문학연구소 연구원

• 신정호
  북경대학교 대학원, 중국문학 전공
  전남대학교 문화예술교육연구원 연구원

• 유숙자
  고려대학교 대학원, 비교문학 전공
  원광대학교 인문학연구소 연구원

• 이상경
  서울대학교 대학원, 한국근대문학 전공
  한국과학기술원 교수

• 이선옥
  숙명여대 대학원, 한국근대문학 전공
  원광대학교 인문학연구소 연구원

• 장영순
  쓰쿠바대학교 대학원, 일본근대문학 전공
  원광대학교 인문학연구소 연구원

• 한수영
  연세대학교 대학원, 한국근대문학 전공
  동아대학교 교수

재일본 및 재만주 친일문학의 논리

인 쇄 2004년 06월 14일
발 행 2004년 06월 17일
저 자 김재용 · 강성률 · 박수연 · 신정호 · 유숙자
        이상경 · 이선옥 · 장영순 · 한수영
펴낸이 이 대 현
편 집 박 윤 정
펴낸곳 도서출판 역락 / 서울 성동구 성수2가 3동 301-80
        (주)지시코별관 3층 (우 133-835)
TEL 대표 · 영업 3409-2058 편집부 3409-2060 FAX 3409-2059
E-MAIL youkrack@hanmail.net / yk3888@kornet.net
등 록 1999년 4월 19일 제2-2803호
ISBN 89-5556-313-2-93800

정가 12,000원

* 잘못된 책은 교환해 드립니다.